Diogenes Taschenbuch 24574

AF177544

Patricia Highsmith · Werkausgabe
Romane und Stories
Herausgegeben von Paul Ingendaay und
Anna von Planta

PATRICIA HIGHSMITH, geboren 1921 in Fort Worth / Texas, wuchs in Texas und New York auf und studierte Literatur und Zoologie. Erste Kurzgeschichten schrieb sie an der Highschool, den ersten Lebensunterhalt verdiente sie als Comictexterin, und den ersten Welterfolg erlangte sie 1950 mit ihrem Romanerstling *Zwei Fremde im Zug*, dessen Verfilmung von Alfred Hitchcock sie über Nacht weltberühmt machte. Patricia Highsmith starb 1995 in Locarno.

Patricia Highsmith
Der süße Wahn

ROMAN

Aus dem Amerikanischen von
Christa E. Seibicke
Mit einem Nachwort von
Paul Ingendaay

Diogenes

Herausgegeben in
Zusammenarbeit mit Ina Lannert,
Barbara Rohrer und Kate Kingsley Skattebol
Titel der 1960 bei Harper and Row, New York,
erschienenen Originalausgabe:
›This Sweet Sickness‹
Copyright © 1960 by Patricia Highsmith
Die vorliegende Übersetzung
erschien erstmals 2002 im Diogenes Verlag
Nachweis am Schluß des Bandes
Covermotiv: Design by Jaipur Rugs
Copyright © Jaipur Rugs Company Pvt. Ltd.

Veröffentlicht als Diogenes Taschenbuch, 2005, 2021
All rights reserved
Alle Rechte vorbehalten
Copyright © 2002, 2021
Diogenes Verlag AG Zürich
www.diogenes.ch
40/20/852/1
ISBN 978 3 257 24574 5

Inhalt

Der süße Wahn

Für meine Mutter

I

Es war die Eifersucht, die David nicht schlafen ließ, ihn aus dem zerwühlten Bett in der dunklen, stillen Pension hinaus auf die Straße trieb.

Allerdings lebte er mit dieser Eifersucht nun schon so lange, daß die üblichen Begleitbilder und Assoziationen, die direkt aufs Herz zielen, nur mehr unterschwellig auf ihn wirkten. Jetzt ging es bloß noch um die SITUATION, und die war und blieb unverändert, und das seit fast zwei Jahren. Zwecklos, sie im einzelnen aufzudröseln. Die SITUATION war wie ein Stein, ein an die fünf Pfund schwerer Stein, den er Tag und Nacht in der Brust trug, nur daß es abends und nachts, wenn er nicht arbeitete, ein bißchen schlimmer war als bei Tage.

Die Straßen in dem ziemlich heruntergekommenen Villenviertel waren jetzt, kurz nach Mitternacht, finster und menschenleer. David bog in einen abschüssigen Seitenweg ein, der zum Hudson River hinunterführte. Hinter sich hörte er schwach das Tuckern anspringender Automotoren: Das Kino an der Main Street war aus. Er hielt sich hart am Bordstein, um einem verwachsenen Baum aus dem Weg zu gehen, dessen Stamm sich weit übers Trottoir neigte. Aus dem Eckzimmer im Obergeschoß eines zweistöckigen Holzhauses drang ein gelbliches Licht. Liest da einer noch so spät, überlegte David, oder mußte bloß mal jemand aufs Klo? Ein Mann ging vorbei, träge und torkelnd, ein Betrunkener. Gleich hinter dem Schild mit der Aufschrift SACKGASSE stieg David über einen niedrigen weißen Zaun auf ein Schotterfeld und starrte mit verschränkten Armen geradeaus in die Finsternis, auf den Fluß. Richtig sehen konnte er ihn nicht, aber riechen, und er wußte, daß er da war – graugrün, tief und verdreckt. An die fünf Minuten trotzte David, der ohne Jackett aus dem Haus gegangen war, dem schneidenden Herbstwind, dann machte er kehrt und sprang über den Zaun zurück auf die Straße.

Der Weg zur Pension führte ihn an Andys Diner vorbei, einem Aluminiumcontainer, der diagonal zur Fahrbahn auf einem unbebauten Grundstück stand. Obwohl er nichts essen, ja sich nicht einmal aufwärmen wollte, ging David rein. Die beiden einzigen Gäste, zwei Männer, saßen weit auseinander, und David nahm sich einen Hocker etwa in der Mitte zwischen ihnen. Es roch nach brutzelnden Hamburgern und ganz schwach auch nach dem dünnen Kaffee, den David nicht mochte. Sam, ein kräftiger Mann mit schleppendem Gang, führte das Diner zusammen mit seiner Frau. Andy war, so hatte David von irgendwem gehört, vor ein paar Jahren gestorben.

»'n Abend, wie geht's?« grüßte Sam müde und wischte, ohne aufzusehen, flüchtig mit einem Lappen über die Theke.

»Danke. Ich hätte gern einen Kaffee.«

»Schwarz?«

»Ja, bitte.«

Mit Milch und Zucker schmeckte der Kaffee hier fast

wie Tee und hätte sicher niemanden wach gehalten. David stützte sich mit dem Ellbogen auf den Tresen, ballte die klamme Rechte zur Faust, und während er sie mit der linken Hand warm rubbelte, starrte er blicklos auf eine grellbunte Speisereklame. Jemand kam herein und setzte sich neben ihn, ein Mädchen. David schaute nicht mal hin.

»Guten Abend, Sam«, sagte das Mädchen, und sofort hellte Sams Miene sich auf.

»Hi! Wie geht's uns heute? Was darf's sein? Wie immer?«

»Mhm. Mit viel Schlagsahne.«

»Macht aber dick.«

»Ach, damit hab ich keine Probleme.« Sie wandte sich David zu. »Guten Abend, Mr. Kelsey.«

David schrak zusammen und sah sie an. Nein, er kannte sie nicht. »Guten Abend«, erwiderte er, lächelte mechanisch und blickte wieder geradeaus.

Nach einer kleinen Pause fragte das Mädchen: »Sind Sie immer so schweigsam?«

Diesmal sah er sie bewußt an und dachte: Das ist kein Flittchen, bloß ein ganz normales Mädchen. »Doch, schon«, versetzte er wortkarg und zog den Kaffeebecher zu sich heran.

»Sie erinnern sich wohl nicht mehr an mich, wie?« fragte sie lachend.

»Nein, tut mir leid.«

»Ich wohne auch bei Mrs. McCartney.« Sie lächelte strahlend. »Montag abend hat sie uns doch miteinander bekannt gemacht, und im Speisezimmer seh ich Sie auch jeden Abend. Aber ich frühstücke vor Ihnen. Ich heiße übrigens Effie Brennan. Freut mich, zum zweitenmal Ihre Bekanntschaft zu machen.« Dabei nickte sie ihm so schwungvoll zu, daß ihre hellbraunen Haare mitwippten.

»Ganz meinerseits«, sagte David. »Tut mir leid, daß ich so ein schlechtes Gedächtnis habe.«

»Ach, für Gesichter vielleicht. Aber als Wissenschaftler sind Sie ein genialer Kopf, sagt Mrs. McCartney. – Danke, Sam.«

Sie beugte sich über ihre Schokolade, sog das Aroma ein, und David bekam, auch ohne hinzusehen, mit, wie sie heimlich den Löffel an ihrer Papierserviette abwischte, bevor sie ihn in die Tasse tunkte und anfing, mit dem Sahnehäubchen zu spielen, das sie wieder und wieder in die Schokolade stippte.

»Sie waren heute abend nicht zufällig im Kino, oder, Mr. Kelsey?«

»Nein.«

»Da haben Sie auch nicht viel versäumt. Aber ich bin einfach ein wahnsinniger Kinofan. Vielleicht, weil ich keinen Fernseher mehr habe. Die Mädels, mit denen ich früher zusammenwohnte, die hatten einen, aber er gehörte ausgerechnet der, die dann ausgezogen ist. Zu Hause habe ich selber einen, aber ich bin schon seit einem halben Jahr nicht mehr daheim gewesen, außer zu Besuch. Ich komme übrigens aus Ellenville. Sie sind auch nicht von hier, oder?«

»Nein, aus Kalifornien.«

»Oh, Kalifornien!« wiederholte sie andächtig. »Na ja, da kann Froudsburg wohl nicht mithalten, aber für meine Verhältnisse ist das hier schon eine richtige Stadt.« Wieder zeigte sie ihr strahlendes Lächeln. Sie hatte große, kräftige

Vorderzähne und ein relativ schmales Gesicht. »Ich hab hier eine gute Stelle als Sekretärin in einem Holzlager. Bei Depew – vielleicht sagt Ihnen der Name was? Ein schönes Appartement hatte ich auch schon, aber dann hat eine aus unserer Wohngemeinschaft geheiratet, und ohne sie konnten wir die Miete nicht mehr bezahlen. Jetzt bin ich auf der Suche nach was Erschwinglichem. Auf Dauer möchte ich nämlich nicht bei Mrs. McCartney hängenbleiben.« Sie lachte.

David wußte nicht, was er darauf sagen sollte.

»Fühlen Sie sich denn da wohl?« fragte sie.

»Ach, es geht so.«

Sie beugte sich tief über die Tasse und trank einen Schluck. »Na ja, als Mann macht einem das vielleicht nicht soviel aus, aber ich hab doch lieber ein Bad für mich allein. Wohnen Sie eigentlich schon lange dort?«

»Etwas über ein Jahr.« David spürte den Blick des Mädchens auf sich ruhen, obwohl er sie nicht ansah.

»Was? Na, dann muß es Ihnen wohl gefallen.«

Das hatte er auch schon von anderen gehört. Alle Welt und selbst dieses Mädchen, das doch gerade erst bei Mrs. McCartney eingezogen war, wußte, daß er gut verdiente. Früher oder später würde irgendwer aus der Pension ihr auch sagen, was er mit seinem Geld machte.

»Aber Mrs. McCartney hat mir erzählt, daß Sie Ihre kranke Mutter unterstützen.«

Sie wußte es bereits. »So ist es«, sagte David.

»Mrs. McCartney findet das großartig von Ihnen. Ich übrigens auch. Sie hätten nicht zufällig ein Streichholz, Mr. Kelsey?«

»Tut mir leid, aber ich rauche nicht.« Er hob die Hand. »Sam, haben Sie mal Feuer?«

»Klar.« Sam schob David im Vorbeigehen mit der freien Hand ein Streichholzheftchen hin.

Das Mädchen hielt sich die Zigarette zwischen zwei Fingern an die Lippen, als erwarte sie, daß David ihr Feuer geben würde, doch er reichte ihr nur lächelnd die Streichhölzer, legte ein Zehncentstück auf die Theke und rutschte vom Hocker. »Gute Nacht dann.«

»Sekunde, ich komme mit. Das heißt, wenn Sie auch nach Hause wollen.«

David blieb stumm, aber er saß in der Falle. Als er ihr notgedrungen die Schiebetür öffnete, erzählte sie gerade, daß sie immer zur Kaffeepause ins Diner komme, weil das Holzlager ganz in der Nähe sei. Sie plapperte unbekümmert drauflos, und David tat so, als ob er zuhören würde. Sie erkundigte sich nach seiner Beratertätigkeit bei Cheswick Fabrics, und er antwortete, es gehe einfach darum, diverse Konkurrenten abzuwimmeln, die in der Fabrik rumschnüffelten, um beispielsweise hinter die Rezeptur ihrer Schaumstoffspülung zu kommen.

»Och, jetzt nehmen Sie mich aber auf den Arm! Mrs. McCartney sagt, Sie sind der Boss bei Cheswick und Sie gehen nicht zu den Leuten hin, sondern die müssen zu Ihnen kommen, weil Ihre Firma Sie auch nicht einen Tag entbehren kann.« Das Mädchen redete wie ein Wasserfall, und ihre klare Stimme hallte laut durch die schlafende Straße.

»Keine Ahnung, wo sie das herhat. Unser Boss ist ein gewisser Lewissohn. Ich bin nur der Chefingenieur. Ein ganz gewöhnlicher Chemiker.«

»Apropos Chemie! Ich wette, bei Mrs. McCartney im oberen Bad ließe sich ein brandneuer Stoff analysieren«, sagte sie lachend. »Haben Sie das orangene Zeug in der Wanne gesehen, unterm Wasserhahn? Allmächtiger!«

David, der wußte, worauf sie anspielte, lachte mit. Und unter der nächsten Straßenlaterne schaute er sich das Mädchen genauer an. Sie war knapp einsfünfundsechzig groß, etwa vierundzwanzig Jahre alt, nicht direkt hübsch, aber auch nicht unansehnlich. Ihre hellbraunen Augen blickten freimütig und mit einer gewissen Verschmitztheit zu ihm auf.

»Da wären wir, oder nicht?« fragte sie und wies auf eine dunkle Fassade inmitten der Häuserzeile.

»Doch«, sagte David, der das Haus auch mit verbundenen Augen gefunden hätte, allein durch die Unebenheiten im Trottoir unter seinen Sohlen.

Kurz vor der Tür blieb das Mädchen plötzlich stehen, und im nächsten Moment sah David auch, warum. Dort auf der Vordertreppe saß Wes.

»Na, so was«, sagte Wes leise mit einem Blick auf das Mädchen.

»Du hast doch hoffentlich Mrs. Mac nicht aufgeweckt, oder, Wes?«

»Nein, nein, bloß einen von den alten Knaben im Parterre.« Wes verbeugte sich leicht vor dem Mädchen.

»Ich verabschiede mich jetzt lieber«, sagte David leise zu ihr.

»Willst du uns nicht vorstellen?« fragte Wes.

»Entschuldige. Also das ist Wes Carmichael. Miss…«

»Brennan«, ergänzte sie. »Effie.«

»Effie«, wiederholte Wes lächelnd. »Schönen guten Abend, Miss Effie.«

»Guten Abend, Mr. Carmichael. Tja, ich geh schon mal rein. Nacht, Mr. Kelsey.«

»Gute Nacht.«

Noch bevor sie die Haustür aufgesperrt hatte, flehte Wes mit tonloser Stimme: »Dave, du mußt mit zu mir nach Hause kommen. Keine Widerrede! Wir wollen uns nicht streiten, hörst du. Mir reicht der Stunk daheim.«

»Aber Wes, doch nicht mehr um diese Zeit.« David schob sachte Wes' Hand von seinem Arm.

»Nein, nein, du mußt mitkommen. Wenn du bloß den Fuß in die Tür setzt, kannst du in dem Haus mehr erreichen als ich mit tausend Worten. Worte! Damit ist Laura nicht beizukommen.«

»War wohl wieder schlimm, heut abend?«

Wes legte die Hände vors Gesicht und wiegte sich in den Schultern. »Paar Leute waren auf einen Drink bei uns. *Meine* Freunde. Und weil die nicht früh genug gegangen sind, ist Laura durchgedreht, noch bevor sie aus dem Haus waren. Komm mit, Dave, bitte. Ich hab den Wagen da.«

»Nein, ich kann nicht.«

»Doch, du mußt. Ihr kennt euch noch nicht, und ich sag dir, heut abend ist *die* Gelegenheit, euch kennenzulernen.«

»Ich will sie aber gar nicht kennenlernen. Tut mir leid, Wes, aber das ist mein letztes Wort. Und jetzt sei vernünftig. Wir müssen morgen beide um neun im Labor sein.«

»Ach, so spät ist's doch noch gar nicht. Wieviel Uhr haben wir? Elf?« Wes bemühte sich vergebens, die Ziffern auf seiner Armbanduhr zu erkennen.

»Was hältst du davon, wenn ich dich heimfahre und dann zurücklaufe?«

»Meinetwegen kannst du fahren, aber du mußt auch mit reinkommen. Mein Gott, wahrscheinlich hat sie inzwischen das ganze Geschirr zertrümmert.«

»Pst! Komm jetzt.« David zog Wes zu dessen Wagen, einem grünen Oldsmobile, der zur Hälfte Mrs. Cartneys Einfahrt blockierte. Als er Wes auf den Beifahrersitz verfrachtet hatte, setzte David sich ans Steuer.

Auf der Fahrt zu den Carmichaels, die zehn Blocks weiter wohnten, erfuhr David Näheres über den Abend, der offenbar nicht viel anders verlaufen war als viele andere zuvor, auch wenn Wes jedesmal beteuerte, daß es *so* schlimm noch nie gewesen wäre und daß es zwischen ihm und Laura immer ärger würde.

»Und dann soll ich mit ihr schlafen!« rief Wes eben entrüstet. »Aber wie kann ich das? Welcher Mann würde das fertigbringen? Schön, vielleicht könnten's andere – ich jedenfalls nicht.«

David hörte Wes' leidenschaftlichen Appell wie ein fernes Echo, das ihn nichts anging. Als das Haus der Carmichaels in Sicht kam, spähte er vorsichtig in die Runde, denn er hatte keine Lust, im Vorgarten oder auf dem Bürgersteig einer tobenden Laura in die Arme zu laufen. Hinten im Haus brannte in einem Seitenfenster Licht, wahrscheinlich die Küche, in der besagtes Geschirr zu Bruch gegangen war. Auch im Obergeschoß war ein Fenster erleuchtet. Aber es schien alles ruhig. David meinte, Laura sei wohl schon schlafen gegangen und es hätte sowieso keinen Sinn, daß er um die Zeit noch mit hineinkäme. Nach ein paar halbherzigen Einwänden gab sich Wes geschlagen. Für David war es deprimierend, mit anzusehen, wie mutlos und unentschlossen die bloße Nähe zu Laura ihn machte.

»Behalt du den Wagen, Dave, dann brauchst du nicht zu laufen. Kannst mich ja morgen früh abholen.«

»Nein, nein, ich komm schon klar. Jetzt rein mit dir.«

Wes straffte sich plötzlich und klopfte David von oben her auf die Schulter. Aber er wirkte immer noch ängstlich, und seine Augen schwammen in trunkener Rührung. »Du bist der beste Kumpel auf der Welt, Dave. Einsame Klasse, ehrlich.«

»Nimm ein Aspirin, und trink reichlich Wasser, bevor du schlafen gehst«, flüsterte David.

»Schlafen, daß ich nicht lache!«

David winkte ihm zu und ging. Er fühlte sich stark und frei, frei von all den tragischen Verstrickungen, mit denen Wes zu kämpfen hatte und die er nur belächelte. Mitleidig schüttelte er den Kopf. David, der Wesley Carmichael kurz nach dessen Flitterwochen kennengelernt hatte, wußte noch gut, wie neidisch er damals auf Wes und dessen Glück gewesen war – beinahe sogar eifersüchtig. In der Fabrik hatten sie geschwärmt, daß Laura eine Schönheit sei und auch, wie unbeschwert und stürmisch Wes um sie geworben habe und so weiter. Vielleicht drei Monate lang hatte Wes dann auch noch diese Glückseligkeit ausgestrahlt – ein kleiner Sterblicher, der sich eine Weile im Glanz der Götter sonnte –, doch die Euphorie schwand so rasch, daß David sich kaum noch daran erinnern konnte. Was folgte, war ein Höllensturz, und der arme Wes verbrachte seine Abende nun oft bei David, nur um Lauras scharfer Zunge und ihrem Sauberkeitswahn zu entfliehen. Richtig leid tat er David an den Wochenenden, wenn Laura (obwohl nicht berufstätig) vollends zum Putzteufel wurde, und zwar weil Wes angeblich jedes Zimmer in Unordnung brachte, sobald er nur den Fuß über die Schwelle setzte. Wieder schüttelte David den Kopf. Wie konnte man nur zulassen, daß etwas so Kostbares wie eine Ehe vor die Hunde ging! David schwor sich zum wiederholten Mal, daß ihm und Annabelle das nie passieren würde. Bei dem Gedanken an sie durchströmte ein warmer, zärtlicher Puls seinen ganzen Körper, wie ein mächtiger Herzschlag. Und dann stand er auch schon auf dem Gehweg vor Mrs. McCartneys Haus.

Das Telefon begann zu klingeln, noch ehe er an der Vordertreppe war. David schloß die Tür auf, tappte den Flur entlang und griff im Dunkeln zielsicher nach dem Hörer. »Hallo«, flüsterte er.

»Dave, ich bin's, Wes. Du, sie hat zum Glück tatsächlich schon geschlafen. Was sagst du dazu?«

»Sei froh.«

»Hör zu, ich würde mich morgen abend gern mit dir treffen. Was hältst du davon, wenn ich dich irgendwohin zum Essen einlade? Dann trinken wir gemütlich ein paar Bier zusammen, und vielleicht…«

»Morgen ist Freitag, Wes.«

»Ach ja, richtig. Mist.«

»Tut mir leid, Mann. Andernfalls wäre ich bestimmt…«

»Ich weiß, ich weiß«, unterbrach Wes ihn mit kläglicher Stimme. »Okay, dann also bis morgen.« Und er beendete das Gespräch so hastig, als ob ihm bei dem Gedanken an das bevorstehende lange Wochenende das Heulen käme.

Lautlos legte David den Hörer auf und schlich auf Zehenspitzen hinauf in sein Zimmer, das im zweiten Stock nach Westen hinaus lag. Unter einer Tür weiter hinten, neben dem Bad, schimmerte Licht, und er nahm an, daß dort das Mädchen wohnte. »Effie – ist das nicht ein gräßlicher Name?« hatte sie wie zur Entschuldigung gefragt. »Mein Vater hat ihn mir verpaßt, weil eine alte Flamme von ihm so hieß.« David hätte gern gewußt, ob ihr Vater immer noch in Effie, seine alte Flamme, verliebt, aber mit einer Xanthippe verheiratet war.

Das Leben war wirklich sehr merkwürdig, doch David Kelsey war felsenfest davon überzeugt, daß er schon damit klarkommen würde.

2

Jeden Freitagabend gegen halb sechs holte David den blauen Matchsack aus der Pension, in dem Mrs. McCartney ein frisches Hemd, Schlafanzug, Zahnbürste und Rasierapparat vermutete. Tatsächlich wäre es ihm nicht im Traum eingefallen, irgendwelche persönlichen Sachen, die er in Mrs. McCartneys Pension benutzte, mit ins Wochenende zu nehmen. In dem Beutel befanden sich wahlweise Bücher, eine Flasche Wein oder Gin oder auch mal eine Kleinigkeit fürs Haus, aber nichts von dem, was er zwischen Montag und Freitag benutzte. Und eigentlich kam er Freitagabend auch nicht wegen des Matchsacks vorbei, den er ja schon am Morgen in die Firma hätte mitnehmen können, sondern um nachzusehen, ob mit der Zehnuhrpost ein Brief von Annabelle gekommen war. Fast zwanghaft befolgte er dieses Ritual, obgleich Annabelle ihm in den zwei Jahren, die er jetzt in der Stadt wohnte, nur zweimal geschrieben hatte. Auch er hatte ihr bloß vier Briefe geschickt, denn er hielt es für einen gravierenden Fehler, sie mit Post zu überhäufen.

Sein Zimmer war, wie David selbst, immer ordentlich und erinnerte seltsam an eine verblaßte Vergangenheit, die man bei entsprechendem Alter vielleicht noch aus eigener Anschauung, vielleicht aber auch nur aus Büchern oder von

Bildern kannte. Leute wie Mr. Harris, der spitzbäuchige Klavierstimmer, der unten das mittlere Zimmer bewohnte, oder Mr. Muldaven, der Witwer vom Parterre Straßenseite, oder auch Mrs. McCartney selbst starrten jedesmal, wenn sie aus irgendeinem Grund bei David erschienen, wie benommen ins Zimmer, ehe sie ihr Anliegen vorbrachten. (David, der Besucher eher abwehrte, hielt sich sogar einen eigenen Besen und Staubtücher und putzte so gut, daß Sarah, das Zimmermädchen, eigentlich nie zu ihm hereinkommen mußte, aber er wußte, daß sie trotzdem manchmal kam.) Der Raum war in verschossenem Gelb gehalten, wie alle anderen in einer geschmacklosen Mischung aus Alt und Neu möbliert und nur mit dem Allernötigsten eingerichtet – Bett, Stuhl, Sessel, Kommode, Tisch. In Davids Zimmer fehlte die Kommode, und statt dessen hatte er einen hohen, dunklen Schrank mit zwei Schubladen unten drin. Der große Teppich war abgetreten, ja abgewetzt von Besen und Teppichkehrer und hatte zwei Löcher, die von dem scheußlichen braunen Doppelbett mit der zu kurzen, maschinengehäkelten Tagesdecke und dem schlichten Schreibtisch, auf dem einige von Davids Büchern standen, nur notdürftig verdeckt wurden. Der rötlichbraune Sessel, das neueste Möbelstück im Raum, war schätzungsweise zwanzig Jahre alt. Der Verzicht auf jeglichen persönlichen Krimskrams – David hatte nicht einmal Bilder an den Wänden – und die stete peinliche Ordnung verwunderten die Leute zunächst, doch dann kam ein Déjà-vu-Gefühl hinzu, die Ahnung von etwas seltsam Altertümlichem, die sich noch verstärkte, wenn der hochgewachsene, stille David selber anwesend war. Mrs. McCartney hielt sich mit all dem nicht lange auf. Für sie war David Kelsey einfach der ideale Untermieter, ein feiner junger Mensch, »einer, wie man ihn unter Tausenden bloß einmal findet«. Er rauchte und trank nicht, empfing Damenbesuch nicht einmal *vor* zehn Uhr abends (um welche Zeit sie die Mädchen draußen haben wollte, was sie ihren männlichen Mietern auch anstandslos sagte, noch bevor sie einzogen), und er verbrachte jedes Wochenende von Freitag abend bis Montag morgen bei seiner kranken Mutter in einem Pflegeheim. Was David Kelsey betraf, so hatte Mrs. McCartney nur die eine Sorge, daß er nie ein Mädchen finden würde, das gut genug für ihn wäre.

Als es um halb sechs klopfte und David an die Tür ging, sah er den vertrauten Ausdruck von Neugier und dumpfem Staunen auf Mrs. McCartneys Gesicht, sobald sie an ihm vorbei ins Zimmer spähte. Die hagere graue Person mit ihrer rechtschaffenen Tüchtigkeit irritierte David, stieß ihn ab. Er durchschaute das beflissene Lächeln, so falsch wie ihre Zähne, und wußte, daß sie sich nur wieder einmal vergewisserte, ob sein Zimmer, *ihr* Eigentum bis aufs letzte Fitzelchen, noch in all seiner Häßlichkeit intakt war. Am meisten allerdings schmerzte David der Gedanke, daß zwei Söhne, die in St. Louis wohnten, Mrs. McCartney zur Mutter hatten.

»Entschuldigen Sie die Störung, David«, sagte Mrs. McCartney, »aber Mrs. Beecham läßt bitten, daß Sie noch mal zu ihr hinaufkommen, bevor Sie gehen.« Dann beugte sie sich vor und setzte im Flüsterton hinzu: »Ich glaube, die Gute hat wieder eine Kleinigkeit für Ihre Mutter.«

»Ist gut. Und schönen Dank auch, Mrs. McCartney.«

»Und ich danke für die Miete.« Sie wollte schon den Rückzug antreten, doch dann fiel ihr noch etwas ein. »Ihnen ist nicht aufgefallen, ob das große Fenster undicht ist, oder? Der Regen am Montag…«

David warf einen flüchtigen Blick auf das Fenster hinter ihm, ein sehr großes, flankiert von zwei schmalen, hohen, die zusammen einen Erker bildeten. »Keine Spur«, sagte er, »keine Spur.« Durchaus möglich, daß es hineingeregnet hatte, aber er wollte nicht, daß Mrs. McCartney oder George, ihr Faktotum, in seiner Abwesenheit in seinem Zimmer herumschnüffelten.

»Gut. Dann schönes Wochenende, David, und grüßen Sie Ihre Mutter von uns.«

»Danke, ich werd's ausrichten.« David wartete hinter der geschlossenen Tür, bis ihre Schritte auf der Treppe verklungen waren, dann ging er hinaus und schloß hinter sich ab.

Mrs. Beecham wohnte im dritten Stock, nach hinten hinaus. Die dritte Etage war wesentlich kleiner als die unteren. Hier gab es nur Mrs. Beechams Zimmer, ein Bad hinten in der Mitte und ein Zimmer so groß wie das von Mrs. Beecham zur Linken, in dem Mrs. McCartney schlief. David klopfte leise an Mrs. Beechams Tür, und ihre liebliche, hohe Stimme antwortete prompt: »Kommen Sie herein, David.« Sie kannte seinen Gang.

Mrs. Beecham saß mit Strickzeug und Buch auf dem Schoß in ihrem Rollstuhl. Auf dem Buch lag die rechteckige Lupe, mit der sie die Seite entlangfuhr, während sie gleichzeitig strickte und las. Sie war siebenundachtzig, und seit einem Schlaganfall vor zwanzig Jahren waren ihr linkes

24

Bein und teilweise auch der linke Arm gelähmt. Ihre Tochter in Kalifornien schickte ihr regelmäßig etwas Geld, aber David hatte gehört, daß sie die Mutter nie besuchen kam.

»Setzen Sie sich, David«, sagte Mrs. Beecham und deutete auf einen Stuhl mit löchrigem Rohrgeflecht. »Ich hatte gehofft, daß ich Sie noch erwische, bevor Sie losfahren. Sagten Sie nicht, Ihre Mutter hätte etwa meine Größe?« Unterm Reden hatte sie ihren Rollstuhl geschickt zur Kommode manövriert und seitlich davor plaziert.

»So ungefähr«, antwortete David, wie schon oft. »Sagen Sie bloß, Sie haben schon wieder etwas für sie?« Höflichkeitshalber hatte er lächelnd Platz genommen, aber als Mrs. Beecham ein flauschiges, rosa Etwas aus einer Schublade zog, sprang er nervös auf.

»Es ist bloß wieder ein Bettjäckchen. Sie wissen ja, wie schnell mir die von der Hand gehen, David, und wem sollte ich sie sonst schenken?«

David bewunderte das Bettjäckchen pflichtschuldig und überlegte, womit er sich bei Mrs. Beecham revanchieren könnte. Er hatte ihr schon etliche Geschenke gemacht, aber es fiel ihm jedesmal schwer, sich etwas für sie auszudenken. »Die ist wunderschön, Mrs. Beecham. Aber Mutter trägt immer noch die andere, die Sie ihr gestrickt haben – letztes Jahr.«

»Kann nicht schaden, wenn sie eine zum Wechseln hat. Und Ihnen reichen zwei Paar Socken auch nicht, David. Bringen Sie sie mir auf jeden Fall zum Stopfen, sobald ein Loch drin ist. Im Moment bin ich an einer Jacke und einem Mützchen für mein Urenkelchen, aber als nächstes kommen neue Socken für Sie dran.« Sie war zu alt und grau, um vor

Freude darüber, daß David das Bettjäckchen gefiel, noch rot zu werden, und hantierte nur hektisch mit ihren Stricknadeln.

David betastete verlegen die rosa Wollweste und verwarf den Gedanken, sich nach Mrs. Beechams Urenkelkind zu erkundigen, auf dessen Geschlecht er sich nicht mehr besinnen konnte, denn er war nicht sicher, ob ihre Familie den Anstand besessen hatte, ihr ein Foto von dem Baby zu schicken.

»Ich hab das nette Mädchen unten gebeten, mir einen Geschenkkarton mitzubringen, und das wird sie auch bestimmt tun, nur ist sie noch nicht zurück. Ich erkenne sie schon am Gang, David, wirklich.« Durch Brillengläser, die so stark vergrößerten, daß sie David deutlich den grauen Star in beiden Pupillen zeigten, blickte Mrs. Beecham ihn fröhlich an.

»Welches Mädchen?« fragte David.

»Na, Effie Brennan. Sagen Sie bloß, Sie kennen sie noch nicht?«

»O doch, natürlich.« David lächelte. »Tja, Mrs. Beecham, was kann ich Ihnen denn diesmal mitbringen? Wieder ein Stück von dem Käse, den Sie so gern essen? Oder hätten Sie lieber etwas Grünes?« Vor ihren Fenstern, die nach Osten gingen, standen dicht an dicht alle möglichen Topfpflanzen.

»Ist ja kaum noch Platz, David, nicht?« Sie lachte und hob dann warnend den Finger. »Ah, jetzt kommt Effie.«

»Da will ich lieber gehen.« David zog den Reißverschluß an seinem Matchsack auf, den er jetzt mit dem Körper abschirmte, obwohl Mrs. Beecham auf die Entfernung wahrscheinlich ohnehin nicht hätte sehen können, was darin war, und legte das zusammengefaltete Bettjäckchen sorgsam obenauf. »Darüber wird Mutter sich bestimmt sehr freuen«, sagte er und stand auf. »Also dann bis Montag morgen. Machen Sie's gut, Mrs. Beecham.«

Doch die alte Dame schien so erwartungsvoll auf die sich nähernden Schritte konzentriert, daß David, der verlegen auf ein Abschiedswort wartete, keine Antwort bekam. Dann klopfte es, und Mrs. Beecham rief mit singender Stimme »Herein«.

Das Mädchen stürzte förmlich ins Zimmer und war so beladen mit einem Riesenstrauß goldfarbener Blumen, daß David, wenn er unhöflicher oder auch nur fixer gewesen wäre, unbemerkt hätte hinausschlüpfen können.

»Da kommt Ihr Geschenkkarton!« rief Mrs. Beecham aufgeregt und nahm dem Mädchen die silberweiß gestreifte Schachtel ab. »Tun Sie's da rein. Das sieht gleich viel hübscher aus.«

»Hallo!« Effie lächelte strahlend. »Der Karton war also für Sie.«

»Für meine Mutter«, sagte David. »Besten Dank auch, daß Sie sich die Mühe gemacht haben.« Er machte seinen Matchsack wieder auf und zerrte hastig das Bettjäckchen heraus.

Obwohl das gar nicht nötig gewesen wäre, half Effie ihm, die Jacke in das Seidenpapier einzuschlagen, das im Karton lag. Dabei streiften sich ihre Hände, und David zog die seine rasch zurück. Das Mädchen sah ihn an.

Er klemmte sich die Schachtel unter den Arm. »Ich geh dann, Mrs. Beecham. Nochmals danke schön.« Er nickte dem Mädchen zu, sagte »Auf Wiedersehen« und schloß die Tür über Mrs. Beechams »Fahren Sie vorsichtig, David« und vor den wachsamen, staunenden Augen des Mädchens. Noch auf der Treppe hörte er ihre fiepsigen Frauenstimmen. Mrs. Beecham würde jetzt wahrscheinlich dem Mädchen vorschwärmen, was er doch für ein feiner junger Mann sei. Er wußte, daß einige der Mieter ihn hinter seinem Rücken »den Heiligen« nannten, was ihn allerdings so ärgerte, daß er es nach Möglichkeit verdrängte.

Er nahm den Highway in Richtung Norden. Die rasch hereinbrechende Dämmerung kündigte schon den nahenden Winter an. David freute sich darauf. Ihm war die Nacht lieber als der Tag, trotz der melancholischen Anwandlungen, die ihn nachts manchmal überkamen, und er hatte den Winter lieber als den Sommer. Jetzt, auf dem Heimweg, träumte er mit offenen Augen von den bevorstehenden langen Abenden. Er sah sich mit einem Buch am Feuer sitzen oder unten im Keller ein Möbelstück herrichten oder vor dem Kamin auf dem Boden liegen und im Dunkeln Musik hören. Zum Teufel mit Sommerblumen wie Rosen, die, einmal geschnitten, in weniger als einer Woche verwelkten. Aus seinem Wohnzimmerfenster blickte er auf den immergrünen Efeu, der sich dunkel und kräftig an den unebenen Grundmauern emporrankte. Er hatte schon Efeu gesehen, der in Eis einbalsamiert und trotzdem noch grün und lebendig war. Efeu verlangte keine Pflege, auch wenn er sich um den seinen ein bißchen kümmerte, und er war sommers wie winters schön.

An einer Kreuzung in einem Ort namens Ballard, etwa eine Meile von seinem Haus entfernt, hielt David vor einem Metzgerladen und kaufte ein Steak und Hackfleisch für Hamburger. In einem anderen Geschäft holte er frische Brötchen, Salat, ein paar Birnen und einen Importsenf, den er noch nie probiert hatte. Aus dem Getränkeladen nebenan besorgte er sich noch zwei Flaschen Pouilly-Fuissé und eine Kiste Frascati. Dann fuhr er weiter und bog erst in eine schmale Teer-, dann in eine unbefestigte Straße ein, die mitten durch einen Kiefernwald führte. Der Wagen rumpelte über die Bohlen einer kleinen Brücke, und dann, bei der nächsten sanften Kurve, blitzten die weißen Fensterpfosten seines Hauses flüchtig im Scheinwerferlicht auf wie ein Willkommensgruß.

David Haus, das ganz allein stand, war aus Ziegeln und Naturstein erbaut, mit einem unverhältnismäßig hohen Schornstein an einem Ende, der den Anschein erweckte, das Haus wäre ursprünglich um ein Stockwerk höher geplant gewesen. Auch die Farben waren naturbelassen, ein mattes Braun mit vereinzelten Grautönen. Irgendwer hatte einmal Rasen angesät, und ein bißchen Gras wuchs immer noch, wurde aber auf drei Seiten rasch vom Wald überwuchert. Und auch auf der vierten, wo Davids Scheinwerfer die Fensterpfosten ausgeleuchtet hatten, standen ein paar Kiefern, die den Schornstein überragten.

David, eine Einkaufstüte im Arm, schloß die Haustür auf und streifte automatisch die Schuhe an der groben braunen Fußmatte ab, bevor er hineinging. Er drehte den Lichtschalter rechts neben der Tür, holte tief Luft und betrachtete zufrieden das hübsche Wohnzimmer mit der weichen Couch, den braunweiß gemusterten Teppichen, den beiden Fotos von Annabelle auf dem Kaminsims und seinen Bücher- und Plattenregalen. Dann trug er die Einkaufstüte in die Küche. Eine halbe Stunde später hatte er geduscht, oben im Schlafzimmer eine saubere Jeans und ein frisches Hemd angezogen, die Heizung angestellt, die Kiste Wein im Keller verstaut, die Lebensmittel weggeräumt und im Kamin alles für ein Feuer vorbereitet. Jetzt zündete er es an und nahm zum zweiten Mal an diesem Abend die Fotografie eines flüchtig lächelnden Mädchens mit braunem gewelltem, schulterlangem Haar vom Sims und küßte es sanft auf den Mund. Dann mixte er in einem kleinen Shaker zwei Martini und goß sie in große, gestielte Gläser, die neben einem Teller mit Anchovis und schwarzen Oliven standen, nippte an einem Martini und machte sich dann daran, die mitgebrachte Wandleuchte anzuschließen. Es war eine ganz besondere Lampe, die er per Post in einem New Yorker Warenhaus an Mrs. McCartneys Adresse bestellt hatte. Er brachte sie über der Couch zwischen zwei Bücherregalen an. Mittlerweile war das eine Glas leer, und David nahm den zweiten Martini mit in die Küche, um ihn beim Kochen zu trinken. Er erinnerte sich, daß er früher mit dem ersten Martini einer imaginären Annabelle zugeprostet und »Auf dich« gesagt hatte, bevor er das Glas an die Lippen setzte. Genauso hatte er es dann auch mit dem zweiten gemacht. Aber jetzt stellte er erleichtert fest, daß diese sinnlose Albernheit seit Monaten nicht mehr vorgekommen war. Einer, der sich so was angewöhnte, mußte ja um seinen Verstand fürchten.

Während seine Folienkartoffel garte, legte David eine Brahms-Sinfonie auf und deckte den glänzenden Mahagonitisch mit Silberbesteck, Weinglas und Leinenserviette für eine Person. Dann legte er noch ein Geologiebuch griffbereit für den Fall, daß er beim Essen lesen wollte. Er summte den wunderschönen ersten Satz der Sinfonie mit, aber so leise, daß es niemanden gestört hätte, falls noch jemand dagewesen wäre. Da er keine Nachbarn hatte, stellte er den Plattenspieler richtig laut, so daß die Musik sein Summen vollends übertönte. Er bewegte sich heiter und gelöst, viel unverkrampfter als bei Mrs. McCartney oder in der Fabrik. Hin und wieder hielt er inne, griff nach dem zweiten Glas, das immer noch nicht leer war, und schaute mit erwartungsvoll hochgezogenen Brauen hinüber ins Wohnzimmer, als ob Annabelle dort säße und etwas zu ihm gesagt oder ihm eine Frage gestellt hätte. Manchmal bildete er sich auch ein, sie wäre hier bei ihm in der Küche.

Und manchmal, nach den zwei Martinis und einer halben Flasche Wein zum Essen, war ihm, als hörte er, wie Annabelle ihn Bill nannte, und darüber lächelte er, denn wenn das geschah, dann hatte er sich in der eigenen Phantasie verheddert. In diesem seinem Haus stellte er sich gern vor, er wäre William Neumeister – ein Mann, der alles besaß, was er sich nur wünschte, der zu leben verstand, lachen und glücklich sein konnte. David hatte das Haus unter dem Namen William Neumeister gekauft, und auch die wenigen Geschäftsleute am Ort, die Müllabfuhr und sein Immobilienmakler kannten ihn als William Neumeister. Der Name war David eines Tages einfach so eingefallen. Natürlich war ihm von Anfang an klar, was er auf deutsch bedeutete. Andererseits fand er, der Name höre sich gut an, ja klinge nach etwas, und so behielt er ihn.

Als er vor nunmehr fast zwei Jahren von Annabelles

Heirat mit Gerald Delaney erfahren hatte, wollte David anfangs bloß um jeden Preis dem schmerzlichen Druck seiner Depression entfliehen. Er war nicht der Typ, der seine Arbeit hinwirft, sich wochenlang betrinkt oder dergleichen. Er hatte im Gegenteil versucht, noch fleißiger zu arbeiten, um alle Gedanken auszublenden, bis er sich wieder einigermaßen gefangen hatte und überlegen konnte, was zu tun sei. Er hatte sich nach Alleinsein gesehnt und nach einem Tapetenwechsel, den er sich aber aus beruflichen Gründen nicht leisten konnte. Trotzdem träumte er davon, und seine Träume regten seine Phantasie an. Warum sich nicht, eine Zeitlang wenigstens, vorstellen, daß sie gar nicht stattgefunden hatte, Annabelles Hochzeit, die fraglos ein schrecklicher Fehler war. Warum sich nicht die beseligende Vorstellung gönnen, Annabelle hätte *ihn* geheiratet? Und wie wäre es dann weitergegangen? Sicher wäre er aus seiner kleinen Wohnung in Froudsburg ausgezogen und hätte sich irgendwo ein hübsches Haus gesucht. Und eines Tages hatte er beherzt den Bruch vollzogen, der bis heute fortbestand: zwischen der häßlichen Pension in Froudsburg, wo er arbeitete, und dem Haus auf dem Land, in das er neunzig Prozent seines Einkommens und soviel Zeit wie möglich steckte. Da er nicht wollte, daß man das Haus mit David Kelsey in Verbindung brachte, hatte er den anderen Namen erfunden, und mit dem neuen Namen entstand in gewissem Sinn auch ein neuer Mensch – William Neumeister, dem nie etwas (oder jedenfalls nichts Wichtiges) mißlungen war und der deshalb auch Annabelle erobert hatte. Sie wohnte hier mit ihm zusammen, stellte er sich vor, wenn er in seinen Büchern schmökerte, sich samstags und sonntags rasierte oder auf seinem Grundstück herumwerkelte.

Er hatte das Haus nicht über Nacht erworben. Allein für William Neumeisters Referenzen hatte er wochenlang gebraucht: eine von einem gewissen Richard Patterson, der an einen Post- und Telefondienst in New York angeschlossen war und der Mr. Willis, dem Makler, auf seine Anfrage hin ein glänzendes Empfehlungsschreiben für William Neumeister schickte; ein weiteres Lob kam von John Atherley, auf dessen Namen David eine Woche lang ein Hotelzimmer in Poughkeepsie gemietet hatte, um Mr. Willis' Brief abfangen zu können. Als letzte kleine Vorsichtsmaßnahme trat er der Bücherei in Beck's Brook bei, einer kleinen Stadt nördlich von Ballard. Dafür waren aber keine Referenzen verlangt worden. Außerdem hatte er sich ein paar tausend Dollar von seinem Onkel Bert geborgt (und inzwischen zurückgezahlt), um eine respektable Anzahlung auf das Haus leisten zu können. Immobilienmakler waren nicht mißtrauisch gegen Leute, die ein Drittel des Kaufpreises bar auf den Tisch blätterten. Seinem Onkel hatte er gesagt, er brauche das Geld, weil er sich mit dem Gedanken trage, ein Haus zu kaufen, aber ein paar Monate später erzählte er ihm, er hätte sich's anders überlegt und würde doch in der Pension wohnen bleiben. In der First National Bank von Beck's Brook hatte er gleichzeitig ein bescheidenes Spar- und Girokonto eröffnet und dabei als Referenzen für William Neumeister wieder Patterson und Atherley angegeben, die in dem Fall allerdings nicht überprüft wurden, oder jedenfalls kam nie eine diesbezügliche Anfrage von der Bank an die fiktiven Adressen.

Sein Haus hatte den unschätzbaren Vorteil, daß ihm hier nie langweilig wurde. Er spürte Annabelles Gegenwart in jedem Zimmer, ja er benahm sich stets so, als wäre er mit ihr zusammen, selbst dann, wenn er versunken über einer einsamen Mahlzeit saß. Es war überhaupt nicht wie in der Pension, wo er sich zwischen den vielen Menschen so einsam fühlte wie ein versprengtes Atom im Weltall. In dem hübschen Haus war Annabelle bei ihm und hielt seine Hand, während sie Bach und Brahms und Bartók hörten, und gelegentlich machte sie sich über seine Zerstreutheit lustig. Hier im Haus ging er wie auf Wolken. Schien die Sonne, war es ein Paradies, und regnerische Wochenenden hatten ihren eigenen Charme.

Nachts schlief er mit ihr oben in dem Doppelbett. Ihr Kopf lag auf seinem Arm, und wenn er sich ihr zuwandte und sie an sich zog, hatte sein heißes Verlangen mehr als einmal den Höhepunkt erreicht und war unter dem eingebildeten Druck ihres Körpers übergeflossen, auch wenn hinterher seine flach auf dem Laken ruhende Hand nur Leere und Einsamkeit signalisierte. Eines Sonntagmorgens warf er das Fläschchen Kashmir fort, das er gekauft hatte, weil es früher Annabelles Lieblingsparfüm gewesen war. Er brauchte solche Requisiten nicht, um sich an sie zu erinnern. Das Parfüm war schon zuviel.

Am Sonntag grillte David zum Abendessen auf einem Holzkohlenfeuer im Kamin das Steak, und danach setzte er sich oben im Gästezimmer an den beigefarbenen Schreibtisch im japanischen Stil, schraubte seinen Füllfederhalter auf und dachte zehn Minuten lang angestrengt nach. Dann, als er den Brief im Kopf formuliert hatte, nahm er aus einem Fach, das nichts anderes enthielt, die beiden Briefe von Annabelle. Die Kuverts trugen den Poststempel von Hartford, Connecticut, einer Stadt, die David sich einmal angesehen hatte und fast ebenso häßlich fand wie Froudsburg. Er kannte die Reihenhaussiedlungen aus rotem Backstein mit nur drei Meter Abstand von Haus zu Haus, und der auch noch vollgepfercht mit Mülltonnen und Kinderwagen; kannte die flatternden Wäscheleinen und das Gewirr der Fernsehantennen auf den Dächern; ja, er kannte sogar Annabelles Straße, auch wenn er nicht wissen wollte, welches ihr Haus in der roten Einheitsfront war. Das herauszufinden wäre ihm vorgekommen, als lege man den Finger in eine schmerzende Wunde, statt sie sich nur anzusehen.

Obwohl er ihn schon auswendig kannte, las er ihren letzten Brief noch einmal aufmerksam durch. Ihre Schrift war groß und schwungvoll und verlief sehr geradlinig.

3. Juli 1958

Mein lieber Dave,

ich habe mich sehr gefreut, von Dir zu hören – aber wenn Gerald zufällig der Umschlag in die Hände fällt, dann muß ich wieder endlos erklären und Beteuerungen abgeben. Es freut mich, daß Du beruflich weiter so gut vorankommst. Von zu Hause schreiben sie mir oft, wie erfolgreich Du bist. Meinen Glückwunsch!

Auch ich erinnere mich an die schöne Zeit, die wir miteinander hatten. Mein Leben hier ist nicht besonders aufregend oder interessant, aber damit muß man sich wohl abfinden. Geralds Laden geht soweit ganz gut, nur haben wir eine Menge Unkosten. Du fragst, ob ich an

Dich denke. Doch, ja, und ich würde Dich auch gerne wiedersehen, bloß ließe sich das kaum einrichten, ohne daß es Theater gäbe. Hoffentlich hast Du da, wo Du wohnst, ein paar Freunde gefunden und bist nicht zuviel allein. Ich weiß, daß Du den meisten Menschen überlegen bist, aber wie Mr. Soloff (mein Musiklehrer) immer sagte: Ein bißchen was profitiert man von jedem, selbst dem einfachsten Menschen. Nein, Deine Briefe habe ich nicht aufgehoben, weil Gerald sie sonst finden könnte. Ich habe ihm gesagt, daß Du mir ab und zu schreibst, wie es Dir geht. Ich weiß, daß es Dir gutgeht, Dave, denn zum Glück hast Du doch einen Beruf, der Dich ausfüllt.

Jetzt ist dieser Brief schon so lang geraten, und dabei muß ich noch Berge von Sandwiches für morgen zum Picknick herrichten!

Alles Liebe und Gute für Dich,

Annabelle

Diese traurigen Wendungen – *muß ich wieder endlose Beteuerungen abgeben … Mein Leben hier ist nicht besonders aufregend oder interessant –*, die ihn seit Erhalt des Briefes tagtäglich bedrückt hatten, gingen ihm jetzt aufs neue qualvoll zu Herzen. Sie liebte Gerald nicht und hatte ihn nie geliebt. Diese Ehe gehörte annulliert, und David hatte versucht, Annabelle dazu zu überreden, sobald er von der Heirat erfuhr, die damals erst einen Monat zurücklag. Kopfschüttelnd knirschte er mit den Zähnen bei dem Gedanken daran, daß er alles verdorben hatte, weil er damals den verhängnisvollen Fehler machte, noch einen Monat in Froudsburg zu bleiben. Und das bloß, weil Cheswick ihn behalten wollte und weil es eine neue Stelle war und er dachte, für die 25000 Dollar Jahresgehalt müsse er sich mit allen Einzelheiten des Betriebs vertraut machen. Dabei hätte er sich in zwei Wochen einarbeiten können, ja hatte das auch getan. Er bezwang seinen Zorn und legte ein Blatt Papier bereit. Es hatte keinen Sinn, ihren zweiten und etwas früher datierten Brief zu lesen, der kürzer war als der andere und den er ebenfalls auswendig kannte – bedauerlicherweise, denn er hatte so gar nichts Ermutigendes. Den Brief vom Juli hatte er noch nicht beantwortet. Er wollte erst etwas Konkretes haben, was er sie fragen konnte, bevor er es riskierte, sie ein weiteres Mal in Unannehmlichkeiten zu stürzen. Der Gedanke daran, daß dieser Schlappschwanz von Ehemann ihr eine Szene machte, brachte David mehr in Rage als alles andere. Dieser Gerald sah aus wie ein Eunuch, und David hegte die leise Hoffnung, daß er tatsächlich einer war.

Er schrieb das Datum und »Meine geliebte Annabelle«, doch dann griff er zuerst nach einem Kuvert und adressierte es, aber ohne Absenderangabe.

Deine Briefe [schrieb er] *sind derzeit mein einziger Lichtblick, zugleich aber auch mein größter Kummer. Du hast mir einmal gestanden, daß Du ihn nicht liebst, und ich frage mich, ob Du das vergessen hast oder ob Du – so allein und ohne Beistand – vor dem sogenannten Schicksal kapitulierst? Darling, was Du dort in Hartford durchmachst, das ist nicht das Leben. Ganz im Gegenteil! Du liebst diesen Mann nicht, und er hat nicht mal Geld. Nicht, daß ich das irgendwem zum Vorwurf ma-*

*chen würde, sofern ihm nichts am Geld liegt oder er
nicht in der Lage ist, viel zu verdienen. Nein, was mich
in Deinem Fall so aufbringt, das ist die schäbige, stumpfsinnige Plackerei, zu der Du verurteilt bist – und vor
allem der Umstand, daß keine Liebe dabei ist, die den
Zustand erträglicher machen könnte. Kannst Du nicht
mal für einen Augenblick objektiv sein und einsehen,
wie das auf mich oder irgendeinen Außenstehenden wirken muß?*

Hast Du etwa Angst, Dich mit mir zu treffen? [Den
Satz strich er wieder durch. Nun würde er den Brief
noch einmal abschreiben müssen. Aber das war fast jedesmal so.] *Ich möchte Dich unbedingt sehen, Darling,
und ich glaube, ich weiß einen besseren Treffpunkt als
Hartford. Es ist noch lange hin, Du kannst also in aller
Ruhe darüber nachdenken. Ich schlage vor, daß wir uns
in New York treffen, und zwar irgendwann zwischen
dem 21. und 24. Dezember (ich weiß, daß Du Weihnachten zurück sein mußt). Bitte gib mir bald Bescheid, damit ich von der Vorfreude zehren kann. Sag Gerald, Du
müßtest etwas ganz Bestimmtes kaufen, was Du nur in
New York bekommst. Wenn Du es einrichten kannst,
werde ich mir im Algonquin ein Zimmer nehmen, also
merk Dir das als Treffpunkt für den Tag, an dem Du
Dich freimachen kannst. Oder wenn Dir das lieber ist,
hole ich Dich auch vom Bahnhof ab, wenn Du mich
wissen läßt, wann Dein Zug ankommt. Du kannst mir
schreiben, wann immer Du magst, vergiß das nicht:* 137½
Ash Lane, Froudsburg, N.Y.

Es reicht schon, wenn Du eine halbe Stunde Zeit hast

– drei Stunden wären wunderbar. Wir können zusammen Tee trinken, zu Mittag oder zu Abend essen, ganz wie Du möchtest. Oder wir setzen uns einfach so in die Lobby und unterhalten uns. Ich werde fröhlich sein, lustig, ernsthaft oder was immer Du willst.

Hier fiel ihm Mrs. Beechams rosa Bettjäckchen ein. Das war eine lustige Geschichte, aber die konnte er Annabelle nicht erzählen. Denn noch wollte er ihr nichts über das Haus verraten, in dem er seine Wochenenden verbrachte, nichts über die Bücher und Platten, die er dort, immer mit dem Gedanken an sie, zusammentrug. Ach, er konnte sie noch nicht einmal bitten, ein Wochenende mit ihm *in* seinem Haus zu verbringen, weil Annabelle so etwas nie tun würde. Ein Schwein hatte sich ihre Treue gekauft. Nicht einmal das, der Kerl hatte bloß die Hand ausgestreckt und zugelangt. Einen Moment lang träumte er davon, ihr sein Haus anzutragen. Er stellte sich vor, wie er ihr davon schrieb, wie sie einwilligen und ein Wochenende mit ihm hier verbringen würde, so wie er es sich jedes Wochenende ausmalte – eine Annabelle aus Fleisch und Blut, die wirklich und wahrhaftig hier mit ihm am Tisch saß. Aber das war ja undenkbar. David entsagte seinem Traum, unterschrieb den Brief mit all seiner Liebe und fügte noch ein Postskriptum hinzu:

Du machst es Dir leicht und vertröstest mich mit meiner Arbeit. Aber ohne Dich bin ich nur ein halber Mensch.

3

Fast zwei Wochen vergingen, ohne daß ein Brief von Annabelle kam. David versuchte sie zu entschuldigen, aber es ließ sich nicht leugnen, daß sie ihm leicht hätte schreiben können, selbst wenn es bloß eine Postkarte gewesen wäre, die sie auf dem Weg zum Einkaufen in den Kasten warf. Sie begreift einfach nicht, was es für mich heißt, überhaupt nichts von ihr zu hören, dachte er, nicht einmal ein Wort darüber, daß sie über meine Bitte um ein Treffen in New York nachdenken wird. Dann stellte er sich vor, daß sie seinen Vorschlag in Betracht zog, aber erst schreiben wollte, wenn sie sich entschieden hatte.

Die Tage verstrichen, einer so eintönig wie der andere. Während der Arbeitszeit ging es oft hektisch zu. Von ihm als Chefingenieur erwartete man, daß er sich mit allem auskannte und die Arbeit in zehn oder zwölf ganz unterschiedlichen Abteilungen überwachte. Der Elektroniker zum Beispiel konnte nicht einmal die einfachsten Entscheidungen selbständig treffen und schickte mindestens viermal pro Tag nach David. Mit einer Spirallamelle war etwas schiefgegangen. Kostete eine Röhre wirklich 375 Dollar? War diese Platte nach Davids Meinung abgenutzt oder nicht? Der neue Lehrling hatte eine Walze verstellt, die nun statt der vorgeschriebenen Dreizehnpfundrollen welche zu fünfzehn

Pfund produzierte. Die Fabrik erzeugte Kunststoffe, die sowohl für Autositze verwendet wurden als auch für billige Sofa- und Sesselbezüge, für Babyunterlagen, als Innenfutter für Koffer und was immer einem Mann wie Dexter Lewissohn sonst noch einfiel. An die zwanzig Maschinen, die aussahen wie Druckerpressen, walzten weiße Schaumstoffballen zwischen dünne Plastikfolien in Rosa, Blau, Grün und allen möglichen anderen Farben, die anschließend mit Rauten, Quadraten, Punkten und so weiter bedruckt wurden. Was dabei herauskam, sah verheerend aus, trotzdem wurden Cheswick-Stoffe überall in den Staaten verkauft, ja sogar exportiert. Immerhin konnte man darauf Getränke verschütten, Säuglinge konnten darauf sabbern – mit Seife und Wasser war alles im Handumdrehen wieder sauber. Das einzig Ästhetische an der Produktion waren vielleicht die schneeweißen Schaumstoffballen, anderthalb Meter lang, knapp einen Meter breit und dabei federleicht. Die sahen zumindest proper aus. Aber bevor das Material weiß und genormt war, mußte es bearbeitet, gewaschen und diversen Spülgängen unterzogen werden (deren Formeln Lewissohn in überholt romantischer Manier vor seinen Konkurrenten geheimhielt). Wenn das Zeug im Rohzustand in die Flockenmaschine kam, schwebten überall flauschig weiche Fusseln herum, die sich in Nase, Haar und Kleidung festsetzten. In der »Entwicklungsabteilung« im zweiten Stock tüftelten und »experimentierten« Wes Carmichael und ein halbes Dutzend junger Chemiker, die für ihre Spielereien stattliche Gehälter kassierten. Sie bastelten an kunststoffummantelten Drähten, wie man sie von Abtropfständern für Geschirr kennt; entwickelten flüssigen Backofenreiniger, Hautpflegemittel, Rattengift und Silberpolitur. Sie übertrafen einander im Entwerfen von Cartoons und Slogans, die Arbeitsleistung und Betriebsmoral schwächten. Auf ihrem Stockwerk stand an der Tür zur Herrentoilette »Bullen« und bei den Damen »Färsen«. An Davids erstem Arbeitstag hatte Mr. Lewissohn ihm händereibend versichert: »Unsere Produkte machen sich alle binnen weniger Tage in Dollars und Cents bezahlt.« Auf die Erzeugnisse der »Entwicklungsabteilung«, die einzige Extravaganz, die Mr. Lewissohn seiner Eitelkeit gönnte, traf das jedoch nur bedingt zu. Und vielleicht war auch David dieser Extravaganz zuzurechnen; jedenfalls schmeichelte es Mr. Lewissohn, sagen zu können: »Bei mir arbeitet ein ausgereifter Chemiker, ein junger Mensch, der mit drei Stipendien ausgezeichnet wurde.«

David mochte seinen Job nicht, den er nur wegen Annabelle angenommen hatte, um sie dann – Ironie des Schicksals – zu verlieren, weil er in diesem einen entscheidenden Monat in Froudsburg festsaß. Eine Stelle in der Forschung hätte ihm besser gefallen, aber er hatte sich gedacht, wenn er bald heiraten wollte, brauchte er ein ordentliches Polster und ein gutes Einkommen. Der Forschungsauftrag in Oakley im Jahr zuvor war so schlecht dotiert gewesen, daß er kaum etwas auf die hohe Kante legen konnte. Davids Start als Industriechemiker war sehr vielversprechend, und als Mr. Lewissohn merkte, wie fähig er war, kam er auf die Idee, ihm das gesamte Untergeschoß anzuvertrauen und dafür zwei, drei nicht besonders tüchtige Werkmeister zu entlassen. Das war genau zu der Zeit, als David vorhatte, nach La Jolla zurückzufahren und um Annabelles Hand anzuhalten. Er hatte ihr bis dahin täglich geschrieben und teilte ihr nun mit, daß er leider erst einen Monat später käme. Er hatte nicht geschrieben »warte auf mich« und auch nicht, daß er sie heiraten wolle, denn das wollte er ihr lieber persönlich sagen. Immerhin hatte sie ihm erst zwei Monate zuvor gestanden: »Ich liebe dich auch, David.« Und der Umstand, daß sie ihn in dem Moment nicht Dave genannt hatte, sondern David, gab dem Ganzen um so mehr Gewicht. Als Tante Edie ihm schrieb, Annabelle habe einen anderen geheiratet, konnte er es zunächst nicht glauben. David hatte noch nie von Gerald Delaney gehört. Tante Edies Brief zufolge kam er aus Tucson. Annabelle kannte ihn bei der Heirat noch nicht mal einen Monat, berichtete Tante Edie weiter, und vielleicht sei sie etwas überstürzt gewesen, aber die Tante schob es auf die »schwere Zeit«, die Annabelle daheim gehabt hatte. David wußte Bescheid: über die kranke, ständig nörgelnde Mutter, den übellaunigen Vater und die beiden Taugenichtse von Brüdern, die sich von vorn und hinten bedienen ließen, als wäre Annabelle das Aschenputtel im Haus. Aber einen zu heiraten, den sie noch nicht mal einen Monat kannte! »In der Liebe sticht immer der Überraschungstrumpf«, hatte seine Kusine Louise ihm geschrieben. Louise war sechzehn und hatte schriftstellerische Ambitionen. Damals hätte es auch keinen Sinn gehabt, Hals über Kopf nach La Jolla zurückzukehren, denn wie er von Louise erfuhr, waren Annabelle und ihr frischgebackener Ehemann für einen Monat auf Hochzeitsreise in Kanada, Genaueres wußte auch sie nicht. »Aber ihre Mutter hat gesagt, daß sie nach den Flitterwochen noch mal nach La Jolla kommt, um ihre

Sachen abzuholen. Ich halte dich auf dem laufenden, Dave. Aber nimm's nicht zu schwer, denn ich finde sie, ehrlich gesagt, nicht gut genug für dich. Oder um mit Mom zu reden: Jedem das Seine.«

David richtete es so ein, daß er, als der Monat um war, nach La Jolla konnte. Für ein einziges Wochenende flog er quer über den ganzen Kontinent und traf Annabelle in ihrem Elternhaus, wo sie tatsächlich ihre Sachen packte, weil sie und ihr Mann sich, wie sie sagte, an der Ostküste niederlassen wollten. Gerald war Elektroingenieur – ein hochtrabender Titel, den David dahingehend interpretierte, daß der Kerl einen Toaster reparieren oder die Platten in einem elektrischen Bügeleisen auswechseln konnte. Tatsächlich hatte Gerald vor, irgendwo an der Ostküste einen kleinen Reparaturladen aufzumachen. David war außer sich vor Entsetzen gewesen.

»Wußtest du denn nicht«, hatte er naiv gefragt, »daß ich dich heiraten wollte, Annabelle?«

Sie hatte so verlegen dreingeschaut wie ein kleines Mädchen, das bei einem harmlosen Streich ertappt worden ist. »Tja, Dave – ich war mir nicht sicher. Wie sollte ich auch?« Sie war etwas über mittelgroß und eher grobknochig, obgleich sie sich ungemein anmutig bewegte und sehr gern tanzte. Mit zweiundzwanzig waren ihre Wangen noch kindlich rund, die Lippen jung, eher schmal und weich und so arglos wie ihre graublauen Augen. Sie war sehr ernsthaft und scherzte nur selten, weil ihr dazu die Unbeschwertheit fehlte. »Tut mir leid, Dave.«

»Aber es ist noch nicht zu spät, Annabelle! Bist du – du liebst ihn doch nicht, oder?«

»Ich weiß nicht. Er ist gut zu mir.«

»Aber du liebst ihn nicht, oder?« hatte David verzweifelt wiederholt.

»Ich glaube, bis jetzt noch nicht.«

Und dann brach der Streit aus, bei dem sie schließlich so laut geworden waren, daß einer ihrer Brüder, der oben ein Nickerchen machte, wach wurde und sich beschwerte. David hatte sie in die Arme genommen – das war das letzte Mal gewesen – und sie angefleht, die Ehe mit Gerald zu annullieren. Ohne sie bedeute ihm das Leben nichts, hatte er gesagt und nie ein wahreres Wort gesprochen. Dann verlor er irgendwie das Gleichgewicht, und sie stolperten beide über einen am Boden stehenden Schrankkoffer, und eine seiner liebsten Erinnerungen an Annabelle war, daß sie darüber gelacht hatte. Noch als er ihr hochhalf, lachte sie. Aber dann sagte sie, er müsse jetzt gehen, weil Gerald jeden Augenblick zurück sein könne.

»Ich hab keine Angst vor ihm«, hatte David gesagt. Und in dem Moment hielt ein Wagen vor dem Haus, dem Annabelles anderer Bruder und ein kleinerer Mann entstiegen. »Aber ich lege auch keinen großen Wert drauf, ihn kennenzulernen«, hatte David ganz ruhig hinzugesetzt. »Ich liebe dich, Annabelle. Ich werde dich immer lieben.« Und mit diesen Worten, die gewaltig sind oder völlig banal, je nachdem, wie man sie auffaßt, ging er zur Tür, ohne Annabelle auch nur zu küssen, was er bestimmt hätte tun können. Noch heute erinnerte er sich an den verwunderten Ausdruck in ihrem Gesicht, und mitunter fragte er sich, ob sie, wenn er noch eine Minute geblieben wäre, nicht doch gesagt hätte: »Also gut, Dave, ich lasse mich von Gerald scheiden.«

Draußen auf dem Gehweg dachte er nicht daran, Gerald auszuweichen, weshalb dessen Schulter die seine – oder vielmehr seinen Oberarm – streifte. David hatte ihm ins Gesicht geschaut, und was sich ihm einprägte, waren die große dicke Unterlippe, die weniger auf Sinnlichkeit als auf Trägheit zu deuten schien, dann die kleinen dunklen Affenaugen und das volle, glatte, scheinbar bartlose Kinn. In den kommenden Monaten hatte die dicke Unterlippe in Davids Erinnerung immer groteskere Formen angenommen; so verglich er sie etwa mit der Pobacke eines Affen. Wie *konnte* sie nur? dachte David immerzu, und er war so mitgenommen, daß er erst zur Schlafenszeit die Kraft aufbrachte, zu seiner Tante zurückzugehen.

Als er am nächsten Tag um die Mittagszeit bei Annabelle anrief, sagte ihre Mutter, sie und Gerald seien schon fort. David flog mit der Nachmittagsmaschine an die Ostküste zurück. Seine Familie – von der nur noch Tante, Onkel und Kusine übrig waren, denn Davids Vater war gestorben, als er zehn war, und vier Jahre später auch seine Mutter –, seine Familie also wußte inzwischen, daß er Annabelle liebte. David bedauerte das. Wäre Annabelle bei ihm gewesen, dann hätte es ihn gefreut, daß sie Bescheid wußten, so aber hatte er nichts davon. Und sein Onkel Bert hatte ihm auf seine scheue und doch sachliche Art zu verstehen gegeben, daß David sich in seinen Augen wieder mal »die Falsche ausgesucht« hatte – »genau wie diese Joan Wagoner«. David hatte nicht darauf geantwortet, aber es machte ihn wütend, daß Bert Annabelle mit Joan Wagoner auf eine Stufe stellte, einem Mädchen, an das er sich kaum noch erinnern konnte und mit dem er als Siebzehn- oder

Achtzehnjähriger gegangen war! Die einzige Parallele zu Annabelle bestand darin, daß auch Joan irgendeinen Esel geheiratet hatte. Als Onkel, Tante und Kusine ihn am Flughafen verabschiedeten, hatten sie ihn so traurig und besorgt gemustert, als müßten sie tatenlos mit ansehen, wie er an einer schrecklichen Krankheit zugrunde ging.

Damals hatte er Annabelle fünf Monate gekannt, aber was für eine Rolle spielte die Zeit in der Liebe? Eine Sekunde, ein Jahr, ein Monat – solche Maßstäbe ließen sich hier nicht anwenden. Als Annabelle in jenem Frühling auf dem Wohltätigkeitsbasar der Kirche lächelnd »Hallo« zu ihm gesagt hatte, da hätte er am liebsten geantwortet: »Ich möchte den Rest meines Lebens mit dir verbringen. Ich heiße David, und du?« Er hatte an dem Tag seiner Tante geholfen, ihren Stand aufzubauen, und er wußte noch, daß er sich aufgerichtet hatte, die Säge fallen ließ und auf die Klaviermusik zuging, die hinter einer Spanplatte erklang. Ja, die Spanplatte lehnte direkt am Klavier. Sie saß halb in der Sonne, halb im Schatten, aber die Sonne schien auf die Tasten und auf ihre wunderschönen Hände. Den Saum ihrer kurzen Ärmel schmückten schwarzsamtene Schleifen. Ihr hellbraunes Haar war in der Mitte gescheitelt und fiel voll und weich, wie eine braune Wolke, auf ihre Schultern. Er stand einfach nur da, vielleicht fünf Sekunden – genau würde er das nie wissen –, und dann sah sie ihn, schaute hoch und dann noch einmal, unterbrach ihr Spiel und sagte »Hallo«, mit einem Lächeln, als ob sie ihn schon lange kennen würde. An dem Tag brachte er sie nach Hause (achtzehn paradiesische Blocks weit). Er wollte sie auf eine Limonade oder eine Cola einladen, was sie ablehnte. Doch sie versprach, am nächsten Abend nach dem Essen mit ihm spazierenzugehen. Essen könne sie nicht mit ihm, sagte sie, weil sie für ihre Familie kochen müsse. Sie hatte zwei Brüder. Ihre Mutter sei mit Davids Tante bekannt, sagte Annabelle, und er wunderte sich, daß sie beide sich nicht schon früher begegnet waren. Denn auch wenn er die meiste Zeit auswärts auf dem College war, verbrachte er doch die Ferien zu Hause. »War wohl Pech«, sagte Annabelle mit schleppender Stimme, und ihr scheues Lächeln ließ sie jünger aussehen, als sie war. Das Stück, das sie gespielt hatte, war eine Etüde von Chopin, erklärte sie ihm, und David hatte sich auf dem Heimweg vergebens daran zu erinnern versucht, obgleich er ganz erfüllt war von Stimmung und Melodie.

Als sie sich das dritte Mal trafen und unweit von ihrem Haus unter den Bäumen spazierengingen, hatte er sie bei der Hand gefaßt; ihre Arme berührten sich im langsamen Dahinschlendern wieder und wieder, bis es nicht mehr auszuhalten war und sie stehenblieben und sich einander zuwandten.

Seiner Tante hatte Annabelle recht gut gefallen, als David sie mit nach Hause brachte, doch sie begegnete ihr mit einer ihm unbegreiflichen Gleichgültigkeit. Er hatte der Tante nicht gleich auf die Nase gebunden, daß er in Annabelle Stanton verliebt sei; vielleicht weil er das nicht für nötig hielt, aber auch aus dem Wunsch heraus, es noch ein Weilchen geheimzuhalten. Doch Annabelle – ein Mädchen wie sie begegnete einem nicht jeden Tag oder jedes Jahr, ja nicht mal in jedem Leben. Und wenn er mit ihr auf der Straße spazierenging, merkte David, daß ein paar Leute das auch begriffen. Alle, die sie kannten, hatten sie gern und bedauerten sie, weil man sie daheim nicht zu schätzen wußte. Ihre Brüder hatten seit jeher im Haus das Sagen. Annabelle war für sie Putzfrau, Köchin, Wäscherin und Büglerin, und wenn sie Klavier spielen konnte, so war das eine nette Zugabe, und sie ließen sie gewähren, solange sie darüber den Haushalt nicht vernachlässigte. Das College mußte Annabelle nach zwei Jahren verlassen, weil kein Geld mehr da war, und als sie dann ein Stipendium für eine Pianistenausbildung bekam, mußte sie auch die abbrechen, weil ihr Vater einen Schlaganfall erlitt und die Mutter sie zu Hause brauchte.

David hatte sich so selbstbewußt und arrogant über ihr elendes Leben empört, daß er mit Annabelle kaum darüber sprach. Nur ein oder zweimal sagte er (wobei die ungesagten, heftigeren Worte ihn in der Kehle würgten): »Ich hol dich da raus, und zwar bald, sehr bald schon.« Da war er sechsundzwanzig und arbeitete für ein kümmerliches Gehalt in einem Forschungslabor in Oakley, wohin er eigentlich auch gern zurückwollte, aber Annabelle warf alle seine Pläne über den Haufen. Er beschloß, sich nach einer Stelle in der Wirtschaft umzusehen, und schrieb auf die Anzeige von Cheswick Fabrics in Froudsburg, New York.

Seine Rückkehr nach La Jolla hatte er nicht genau angegeben, aber er sagte ihr, er komme in zwei, drei Monaten übers Wochenende, vielleicht auch früher. Sechs Wochen kannten sie sich, als er an die Ostküste fuhr; vielleicht war das nicht lange für zwei, die heiraten wollten, aber David wußte bei seiner Abreise trotzdem, daß Annabelle seine

Frau werden würde. Sie gehörten ganz einfach zusammen, und er dachte, sie wüßte das auch.

Vielleicht hatte er Onkel und Tante gegenüber ein paar Andeutungen gemacht, er wußte es nicht mehr genau, aber er hatte gespürt, daß die beiden sich über die Familie Stanton erhaben fühlten. Schon möglich, dachte David, daß die Stantons weniger Geld hatten als die Kelseys, aber bemaß sich der Wert einer Familie nach Dollars? Und wenn die Brüder Trinker waren und Tagediebe – was konnte Annabelle dafür? Davids Vater, Berts Bruder, hatte genug Geld für Davids Erziehung und Ausbildung hinterlassen, und überhaupt hatte niemand in der Familie Kelsey je Geldsorgen gehabt, aber in dieser glücklichen Lage war nicht jeder. Bert hatte einen angenehmen, ruhigen Posten bei einer Versicherungsgesellschaft, für die er schon seit dreißig Jahren arbeitete. Von Zeit zu Zeit beklagte Bert mit traurigem Kopfschütteln den geschäftlichen Leichtsinn seines Bruders Arthur, aber Davids Vater war gleichwohl nicht als armer Mann gestorben, und auch seine Mutter hatte von zu Hause Geld mit in die Ehe gebracht. David war zehn, als sein Vater an Lungenentzündung starb, und vier Jahre später kam seine Mutter bei einem Autounfall ums Leben. Onkel und Tante hatten ihn, was sein leibliches Wohl betraf, wie ihren eigenen Sohn aufgezogen, hatten ihn gelobt und waren stolz gewesen auf seine schulischen Leistungen. Bert zeigte zwar deutlich Hemmungen vor der Vaterrolle, doch das machte David nichts aus, zumal Onkel Bert ihm ein herzensguter Vormund war. Seine Frau war nicht so intelligent wie er und eher oberflächlich. Mit zweiundvierzig klammerte sie sich noch recht erfolgreich an ihre Jugend, und nur ihre Briefe klangen alt, waren gespickt mit überholten Snobismen, Ratschlägen und Fragen nach seinen Finanzen.

David hätte gern gewußt, was seine Mutter von Annabelle gehalten hätte, ob sie, die selber sehr eigensinnig war, ihm zugeredet hätte: »Nur los, greif zu« oder ob sie aus finanziellen Erwägungen und Standesrücksichten gegen die Heirat gewesen wäre. David fürchtete sich ein bißchen vor seiner Mutter: In seinen Erinnerungen an die gemeinsame Zeit war er selber nie älter als vierzehn, kleiner als sie und schüchterner, ein verklemmter Schuljunge und über die Maßen unsicher. Seine Mutter brachte es fertig, ein Flugzeug zu chartern und sich nach Minnesota oder Florida abzusetzen, und heikle Geschäfte seines Vaters regelte sie kurzerhand per Ferngespräch. Mitunter, wenn die Eltern sich im Nebenzimmer unterhielten, hörte David das zufriedene, bewundernde Lachen, mit dem sein Vater ihren Unternehmungen Beifall zollte. Nur ab und zu, nicht öfter als einmal im Monat, setzte seine Mutter sich zu ihm ans Bett und gab ihm einen Gutenachtkuß. David konnte sich nicht vorstellen, was seine Mutter dazu gesagt hätte, daß er Naturwissenschaftler geworden war beziehungsweise sich, um es mit ihren Worten auszudrücken, »auf die Wissenschaften verlegt« hatte. Anfangs hätte ihr das vielleicht sogar imponiert, aber dann hätte sie wahrscheinlich bald gefunden, daß eine solche Laufbahn zu geruhsam sei für einen Mann. Gleichwohl sonnte sich David in der Vorstellung, daß Annabelle Stanton seiner Mutter gefallen hätte.

Im ersten süßen Liebesrausch hatte David Alkohol und Zigaretten aufgegeben. Zwar hatte er nie übermäßig viel geraucht oder getrunken, aber jetzt brauchte er diese kleinen Ersatzvergnügen nicht mehr. In der Vormittagspause bei Cheswick hatte er sich einmal zum Kaffee eine Zigarette angesteckt, doch war ihm das wie ein Frevel vorgekommen oder wie ein Vertrauensbruch, und er hatte sie gleich wieder ausgemacht. Inzwischen schmeckten ihm Zigaretten gar nicht mehr und Alkohol kaum, außer an den festlichen Wochenenden, wenn er sich vorstellte, daß er und Annabelle, falls sie bei ihm wäre, vor dem Abendessen einen Cocktail trinken würden, oder auch zwei. Den Wein zu den Mahlzeiten fand er stilvoll. Einmal hatte er Annabelle in einem Brief gefragt: »Magst du Pfefferminzlikör? Cognac? Chartreuse?« Sie vergaß, darauf zu antworten, aber er hatte die Frage auch erst nach ihrer Heirat mit Gerald gestellt, und Annabelle hatte jetzt wohl kaum noch Zeit zum Ausgehen; außerdem konnte sich Gerald bestimmt keinen Cognac leisten.

4

Die Blätter fielen, braune und gelbe; andere färbten sich rot und blieben noch wochenlang an den Bäumen hängen. Schon der erste November, und noch immer keine Antwort von Annabelle. Ob er ihr noch einmal schreiben sollte? Oder hatte sie bereits wegen des letzten Briefes Ärger bekommen, und Gerald kontrollierte nun all ihre Post?

David erwog, sie anzurufen, fürchtete jedoch, sich, falls er sie überrumpelte, einen Korb einzuhandeln, den sie dann später nicht würde zurücknehmen wollen. Aus ebendieser Überlegung heraus hatte er noch nie versucht, mit ihr zu telefonieren. Es wäre ihm unerträglich gewesen, wenn sie womöglich gesagt hätte: »Ich freue mich immer, von dir zu hören, Dave, aber anrufen darfst du mich nicht mehr. Versprochen?« Und natürlich würde er ihr sein Wort geben, wenn sie ihn darum bäte. Doch solange er nicht anrief, blieb als letzte Rettung immer noch das Telefon.

In der Pension bedrängte ihn das Mädchen Effie mit lächelnden Blicken und hatte jedesmal einen klaren, vollständigen Satz parat, wie zum Beispiel: »Hallo, Sie sind ja pünktlich wie ein Uhrwerk!«, wenn sie nach der Arbeit um halb sechs im Hausflur zusammentrafen. Mittlerweile saß sie im Speisesaal an seinem Tisch, einem Vierertisch, und versuchte ständig ein Gespräch anzuknüpfen. Morgens konnte David sich ihr entziehen, indem er sein Buch aufschlug, aber abends las er nicht (weil es ihm beim Dinner, anders als beim Frühstück, wirklich unhöflich vorgekommen wäre), und so bekamen Mr. Harris und Mr. Muldaven, ihre beiden anderen Tischgenossen, abends Gelegenheit, väterlich weise über Effies Konversationsbemühungen zu lächeln, die freilich auch nicht schlimmer waren als Mr. Harris' und Mr. Muldavens Nörgeleien über das Essen oder die Baseballergebnisse. Wenigstens hatte David den Eindruck, daß Effies gute Laune einer unverfälschten Herzlichkeit entsprang. Was ihn irritierte und in Verlegenheit brachte, das war das belustigte Schmunzeln der beiden älteren Herren und ihre kindische Freude über einen vermeintlich sich anbahnenden Flirt. Ja, er bildete sich sogar ein, auch Mrs. McCartney schiele mit lüsternen Blicken nach ihm und dem Mädchen.

Wes Carmichael, der David unter der Woche mindestens zweimal abends besuchen kam, erkundigte sich nach ihr. Er hatte den Abend nicht vergessen, an dem er vor dem Haus auf David gewartet und die beiden zusammen hatte heimkommen sehen, schon weil es das erste Mal war, daß er David überhaupt in weiblicher Begleitung traf.

»Ich weiß nichts über sie«, sagte David.

»Hat sie dir nicht wenigstens erzählt, wo sie arbeitet?«

»Doch, aber ich hab's wieder vergessen.«

Wes quittierte das mit einem so spöttischen Lachen, daß David ihn verdutzt ansah. »Dafür weiß sie über dich aber bestens Bescheid. Bis ins kleinste«, verkündete Wes grinsend.

David sah auf die kupferfarbene Bierdose, die Wes zwischen den Händen rollte, aber seine Kopfhaut kribbelte vor Angst. War das Mädchen ihm etwa zu seinem Haus gefolgt? Aber nein, sie hatte ja gar kein Auto! »Was willst du damit sagen?« fragte er.

»Nur, daß sie mich über dich ausgehorcht hat. Und sie behält alles, was ich ihr erzähle, da kannst du sicher sein.«

»Du hast dich also mit ihr getroffen?«

»Wir haben zusammen Kaffee getrunken, das ist alles.« Wes sprach jetzt ruhig und besänftigend, trank einen Schluck Bier und senkte den Blick auf den gelben Teppich. »Zweimal, um genau zu sein. Bin ihr zufällig in der Nähe vom Diner begegnet. Und dann noch mal *im* Diner.«

Doch David sah sein schuldbewußtes Gesicht und glaubte nicht so recht, daß das wirklich alles war.

»War richtig komisch: Wann immer ich was über sie erfahren wollte, hat sie das Gespräch gleich wieder auf dich gebracht. Na, und als ich erwähnte, daß wir im selben Betrieb arbeiten, hat sie mich natürlich erst recht gelöchert. Da hast du eine Eroberung gemacht, Dave!«

»Daß ich nicht lache!« David schloß die Augen und stützte den Hinterkopf in die verschränkten Hände.

»Nein, ganz im Ernst! Was meinst du, wie traurig sie ist, weil du jedes Wochenende wegmußt. Hat sie mir selber gesagt. Ich dagegen könnte bestimmt nicht bei ihr landen, selbst wenn ich wollte.«

»Und, willst du?« David schlug die Augen wieder auf.

Wes musterte ihn mit schräg geneigtem Kopf. »Nein, mein Freund, ehrlich nicht. Trotzdem kann so ein bißchen weibliche Gesellschaft Spaß machen, verstehst du? Man trinkt abends ein Bier zusammen, unterhält sich und lacht miteinander, und dann marsch zurück in die heimische Ehehölle. Aber davon hast du wohl keine Ahnung.«

David schwieg.

»Im Gespräch mit ihr ist mir übrigens ein ganz komischer Einfall gekommen. Ich dachte auf einmal: Was wäre, wenn der gute alte Dave...« Wes stockte, ließ David aber nicht aus den Augen.

»Red nur weiter«, sagte David unbeteiligt.

»Eigentlich sollte ich so was nicht sagen, schon wegen deiner Mutter.« Aber als David stumm blieb, hielt es Wes nicht länger: »Ich hab gedacht, wie komisch das wäre, wenn du irgendwo ein Mädchen hättest, das du an den Wochenenden besuchst, während wir alle glauben, daß du dir nichts aus Frauen machst – oder wegen dieser einen, von der du mir erzählt hast, keine andere anschaust...« Wes lächelte betreten. »Vergiß es, war nur ein dummer Witz.«

Hier lachte David wie aufs Stichwort. »Doch, das wäre komisch.«

Wes warf die leere Bierdose in den Papierkorb, fischte eine neue aus der Tüte, die er mitgebracht hatte, und hielt sie zuvorkommend erst David hin. Doch der schüttelte den Kopf. Er hatte den ganzen Abend nur ein Bier getrunken. Wes trank sogar heimlich in der Fabrik, nahm davon aber nicht zu. Er wirkte größer als seine einsfünfundsiebzig, weil er so schlank und feingliedrig war. Mit seinem schütteren braunen Haar, das über der Stirn meist widerspenstig hochstand, sah er aus wie ein unbeschwerter, ewig siebzehnjähriger Intellektueller, der von klein auf Brillenträger gewesen ist.

»Apropos Wochenende«, sagte Wes, »so eine sturmfreie Bude könnte ich weiß Gott auch gebrauchen.« Er kippte die Bierdose um und sah hoch zur Deckenlampe – einer grotesk nach außen gebogenen Metallkonstruktion mit zwei Glühbirnen und zwei leeren Fassungen. »Es gibt Zeiten, da beneide ich dich um diese bescheidene Hütte. Schön, du hast kein eigenes Klo, aber wenigstens dieses *Zimmer* gehört dir allein. Da kann kein Mensch reinplatzen und verlangen, daß du's mit ihm teilst – außer vielleicht Effie!« schloß Wes mit einem Lachen, das sein Gesicht verwandelte.

»Auch die nicht, dafür sorgt schon Mrs. McCartney. Die paßt auf wie ein Schießhund.«

»Ach, das tun doch alle Zimmerwirtinnen, und trotzdem geht was zusammen.« Mit einer bei ihm befremdlichen Gelehrtengeste schob Wes mit dem Zeigefinger seine Brille nach oben.

Drei Tage später bezog Wes ein kleines Parterrezimmer in der Pension, das eben erst von einer schmächtigen Frau um die Fünfzig geräumt worden war, die so kurz hier gewohnt hatte, daß David sie nicht einmal mit Namen kannte. David erfuhr es von Effie Brennan, die er bei einem Abendspaziergang vor dem Haus traf.

»Guten Abend, Mr. Kelsey«, trällerte sie. »Wissen Sie schon, daß Ihr Freund, Mr. Carmichael, bei uns einzieht?«

Im ersten Moment dachte David, Wes und Laura hätten sich nun tatsächlich zur Trennung entschlossen. Doch dann fiel ihm ein, was Wes neulich abends gesagt hatte. »Ach ja? Wann denn?«

»Wenn Mrs. Mac einverstanden ist, schon morgen abend,

sagt er. Ich habe nämlich gerade mit Mr. Carmichael gesprochen. Er war... also ich bin ihm zufällig auf der Main Street begegnet, und er bat mich, ihm Bescheid zu geben, wenn bei uns etwas frei wird. Er will gleich morgen früh vorbeikommen.«

»Aha.« Auf einmal nahm David ihr Parfüm wahr, einen angenehm eigenwilligen Duft, den er ihr gar nicht zugetraut hätte.

Sie hob ihr lächelndes Gesicht zu ihm auf. »Er sagt, das würde hier quasi ein Ausweichquartier für ihn – so eine Art Hobbyraum –, und darum will er auch nicht viel von seinen Sachen mitbringen. Manchmal redet er schon ulkiges Zeug daher.«

David nickte und sagte mit einem flüchtigen Lächeln: »Wird sicher nett mit ihm.« Im Gehen hob er grüßend die Hand.

Eigentlich hatte er kein bestimmtes Ziel im Auge gehabt, aber jetzt wandte er sich in Richtung Main Street. *Das geht dich nichts an*, ermahnte er sich, noch bevor er einen klaren Gedanken fassen konnte. Vielleicht war er ja auch zu mißtrauisch. Aber nein, er wußte schließlich, wie Wes die Frauen auf der Straße ansah oder in Michael's Tavern, wo sie beide manchmal ein Bier tranken, ja sogar in der Fabrik. Außerdem prahlte Wes auch zur Genüge mit seinem Erfolg bei Frauen – jeder Art von Frauen, wie er behauptete. »Gib dich locker, so als wär dir vor nichts bange, aber geh sie frontal an«, hatte Wes gesagt. »Es heißt, Frauen stehen mehr auf die sanfte Tour, ich weiß, aber das ist ein Irrtum. Nein, schockieren muß man sie, regelrecht überfahren!« An dem Abend hatte David das sogar komisch gefunden und darüber gelacht. Aber jetzt ärgerte, ja deprimierte es ihn, daß Wes kein besserer Mensch war, daß er sich über kurz oder lang mit anderen Frauen einlassen und die eigene betrügen würde, genau wie all die anderen zweitklassigen Individuen, die das Gros der menschlichen Rasse ausmachten. Er dachte daran, wie Wes in seiner Achtung gestiegen war, als er ihm damals das Referat über Edelgase zeigte, das er gleich nach der Uni verfaßt hatte. Und Wes hatte immer noch das Zeug zu einem hervorragenden Chemiker, vorausgesetzt, er vergeudete seine besten Jahre nicht bei Cheswick. Aber privat würde er straucheln, sei es mit Effie Brennan, sei es mit einer anderen, womöglich gar mit mehreren. Und darüber mußte er nach Davids Ansicht unweigerlich seine Selbstachtung verlieren, was sich wiederum auf seine Arbeit auswirken würde, und sei es nur, weil ein schlechtes Gewissen die Imaginationskraft schwächte. Oder ergab das keinen Sinn? Sowenig wie alles andere?

Das geht dich alles nichts an, wiederholte seine innere Stimme, worauf David wenige Meter vor der gelbrosa Leuchtreklame von Michael's Tavern stehenblieb, kehrtmachte und zur Pension zurückging. Er würde sich heute abend in ein Geologiebuch vertiefen und die ganze Bande vergessen.

Am nächsten Abend um sechs erschien Wes mit einem Koffer, zwei Bücherpaketen und einer Schreibmaschine in der Pension. Den Wagen habe er Laura gelassen, in der Hoffnung, David würde ihn zur Arbeit und zurück mitnehmen, erklärte Wes, und David sagte, er könne selbstverständlich mit ihm fahren. Um Mr. Harris und Mr. Muldaven nicht unmittelbar vor dem Essen zu belästigen, hatte David Mrs. McCartney frühzeitig gebeten, den beiden Herren einen anderen Tisch zu geben, da Mr. Carmichael bestimmt gern mit ihm zusammensitzen würde. Und Mrs. McCartney übernahm das gern, denn Mr. Carmichael hatte bei ihr schon jetzt einen Stein im Brett, einfach weil er ein Freund von Mr. Kelsey war, ihrem besten Untermieter.

Effie Brennan wirkte etwas nervös, als sie an diesem Abend zum erstenmal zwischen David und Wes saß, aber auch beschwingt. Sie trug die blau-schwarz gestreifte Bluse aus seidig glänzendem Stoff, ihre beste, wie David sie hatte sagen hören. Und dazu die rosa Korallenohrringe.

»Schmeckt nicht schlecht«, sagte Wes aufgeräumt, während er sich Ketchup auf den Hackbraten träufelte.

»Aber zulegen werden Sie hier bestimmt nicht«, sagte Effie. »Außer vielleicht beim Frühstück. Da gibt's reichlich Hafergrütze. Und sonntags auch Speck, aber mit dem knausert sie ganz schön.«

Obwohl er sich anstrengte, fiel David nichts ein, was er zu der Unterhaltung hätte beisteuern können. Ja, er war nicht einmal neugierig darauf, was zwischen Wes und Laura vorgefallen war, ob sie sich nun scheiden lassen wollten und ob Laura wußte, wo Wes sich aufhielt. Effie Brennans Schicksal interessierte ihn erst recht nicht, auch wenn sich gestern abend ein albernes Gefühl von Ritterlichkeit in seiner Brust geregt hatte, so was wie der Impuls, ihre Unschuld zu beschützen. Sie wirkte so jungfräulich, aber wie konnte man da sicher sein? David musterte das schäbige Bild vor sich an der Wand, eine nordische Waldlandschaft, und weiter den Eckschrank mit seiner häßlichen Parade dicker weißer Tassen und Teller, lauter Ramsch vom Billig-markt. Die Tapete war hellblau, allerdings nicht einheitlich blau, sondern jeweils an den Stellen heller, wo sich die Kon-turen von Bildern und Möbelstücken abzeichneten, die hier jahrelang das Licht verstellt hatten.

»Was ist mit dir, David?« fragte Wes spitz. »Und wor-über grinst du so? Was ist denn komisch an meiner Ein-standsparty?«

»Nichts!« beteuerte David, der gar nicht mitbekommen hatte, worüber die beiden sich unterhielten.

Effie kicherte in ihre Serviette. »Ach, was sind wir zer-streut!« Und sie richtete ihre langbewimperten Augen auf David.

David nahm lustlos ein paar Bissen von seinem Rühr-kuchen, löffelte die winzige Kugel Vanilleeis, die oben draufsaß, in seine Tasse und ließ sie im Kaffee zergehen. Ef-fie tat so, als fände sie das umwerfend komisch, und machte es ihm prompt nach.

»Haben Sie eine lange Fahrt, wenn Sie an den Wochen-enden Ihre Mutter besuchen?« wollte Effie wissen.

»Ach ... etwa eine Stunde«, antwortete David.

»Und dürfen Sie bei ihr im Sanatorium übernachten?«

David war sicher, daß sie das längst von Mrs. Beecham oder Wes wußte, denn denen hatte er es so erzählt. »Ja, man ist dort sehr entgegenkommend. Ich habe sogar ein Einzel-zimmer mit Bad. Und natürlich darf ich auch die Mahlzei-ten mit meiner Mutter zusammen einnehmen.«

»Und wie heißt das Heim?«

Vorsichtig schlug David unter dem niedrigen Tisch die Beine übereinander. »Also, das möchte ich auf ausdrücklichen Wunsch meiner Mutter lieber nicht sagen. Sie ist sehr traurig darüber, daß sie im Heim leben muß und… natürlich hat sie außer mir auch ein paar Freunde, die sie besuchen, aber sie hat mir – vor Jahren schon – das Versprechen abgenommen, sonst mit niemandem darüber zu sprechen.«

Effie schaute ihn an. »Ihre Mutter tut mir sehr leid«, sagte sie aufrichtig, »aber sie sollte froh sein, daß sie einen so wunderbaren Sohn hat.«

Wes summte respektlos *God Save the Queen*. David wußte, daß er vor dem Abendessen zwei Scotch getrunken hatte, vielleicht auch mehr, und jetzt fieberte er dem Rendezvous mit Effie entgegen.

»Eigentlich müßte ich heute abend noch einen Brief schreiben«, sagte Effie gerade zu Wes.

»Dann erledigen Sie das doch jetzt gleich. Ich brauche ja auch noch ein paar Minuten.« Er zwinkerte ihr zu, aber nicht verstohlen, sondern auf die offene Art, die ihm zufolge immer ankam. »Also dann so gegen acht?« fragte er und stand auf. »Wenn ihr mich jetzt entschuldigt.« Er verneigte sich. »Wo ich wohne, wißt ihr ja wohl.« Im Hinausgehen nickte er freundlich erst Mr. Harris zu, dann Mrs. Starkie, der freiberuflichen Krankenschwester, Sarah, die müde in der Tür lehnte und darauf wartete, daß die Gäste mit dem Essen fertig wurden, damit sie abräumen konnte, und endlich noch Mrs. McCartney, die eben hereinkam.

Mrs. McCartney hatte offenbar etwas mitzuteilen. David nahm an, es ginge um Heizung oder Warmwasser. Aber sie breitete die Arme aus, als gälte es, eine fröhlich lärmende Tafelgesellschaft zum Schweigen zu bringen, und rief: »Kinder, heute abend hätte es eigentlich Kartoffelpüree geben sollen, aber irgendwie – *irgendwie* sind die Kartoffeln angebrannt!« Sie lachte. »Ein paar aus der Mitte hätten wir zwar noch verwerten können, aber das hätte nie gereicht.« Die letzten Worte unterstrich sie mit einer eindeutigen Kopfbewegung. »Ich hoffe, Sie verzeihen der Köchin und werden uns vor allem trotzdem nicht verhungern. Aber angebrannte Kartoffeln – nein, das geht wirklich nicht.« Sie neigte den Kopf, empfahl sich mit einer fahrigen Handbewegung und ging durch den Speisesaal in Richtung Vorratskammer, die direkten Zugang zur Küche hatte.

»Mrs. McCartney«, rief Effie ihr nach, »ich hab mal gehört, wenn man einen Stich Erdnußbutter an angebrannte Kartoffeln gibt, dann schmeckt das Angebrannte nicht mehr durch.«

Mr. Harris lachte anerkennend.

»Ach ja? Danke, meine Liebe, ich werde es der Köchin sagen«, antwortete Mrs. McCartney säuerlich. Effie hatte ihr den Abgang verdorben.

»Am besten stellen Sie die Erdnußbutter gleich neben den Herd«, sagte Mr. Harris und lachte wieder, diesmal ziemlich laut.

David schob seinen Stuhl zurück.

»Haben Sie noch einen Moment Zeit für mich?« fragte Effie, als sie sah, daß er aufstehen wollte.

»Ja, sicher.«

»Es geht um Ihren Freund, Mr. Carmichael – Wes. Er ist doch verheiratet, oder?«

»Ja«, sagte David.

»Also, das ist ein bißchen peinlich. Ich meine, ich verabrede mich nicht gern mit verheirateten Männern. Und ich finde, es schickt sich nicht, zu einem verheirateten Mann aufs Zimmer zu gehen, wenn er im Hotel wohnt oder so. Ich möchte Wes nicht kränken, aber so etwas tue ich einfach nicht«, sagte sie feierlich und schüttelte wie zum Nachdruck langsam den Kopf. »Ich will aber auch kein Drama daraus machen«, setzte sie mit einem flüchtigen Lachen hinzu. »Und darum dachte ich, vielleicht könnten Sie es ihm irgendwie zu verstehen geben. Nur sagen Sie ihm nicht, daß ich Sie dazu angestiftet habe. Versprochen?«

»Versprochen.« So hatte David noch nie mit dem Mädchen geredet. Mit einemmal fand er sie richtig nett, ja beinahe liebenswert.

»Ich hatte nämlich den Eindruck, daß Sie heute abend gar nicht kommen wollten«, meinte sie nervös.

»Wohin denn?«

»Na, zu ihm aufs Zimmer. Er hat uns doch beide eingeladen.« Sie lächelte ihr breites, hektisches Lächeln. »Haben Sie denn das nicht mitbekommen? Wes wollte Champagner besorgen und Eis. Und das macht er gerade.«

David schüttelte den Kopf. »Tut mir leid, aber von Champagner habe ich wirklich nichts gehört.«

Ein Abglanz des amüsierten Lächelns spielte noch immer um ihre Lippen. »Aber Sie gehen schon hin, oder?« fragte sie hoffnungsvoll.

David wußte, daß er sich nicht würde drücken können. Denn auch wenn Wes im Grunde vielleicht lieber mit dem Mädchen allein gewesen wäre, hätte er ihm eine Absage ausgerechnet an seinem Einstandsabend trotzdem verübelt. »Heute meinetwegen«, sagte er, »aber an den anderen Abenden könnt ihr nicht mit mir rechnen.«

»Was denn für andere Abende?« Effie erstarrte. »Hören Sie, Mr. Kelsey, Sie wollen mich doch hoffentlich nicht beleidigen.« Effie zwinkerte heftig. »Von mir aus können wir die Party auch abblasen.«

David biß sich in die Backe. Er hatte sie nicht kränken, sondern ihr bloß die Augen öffnen wollen.

»Schließlich ist er doch wohl *Ihr* Freund und nicht meiner.« Damit sprang sie auf und lief hinaus.

David war in seinem Zimmer und las, als Wes kurz vor acht bei ihm klopfte.

»Effie möchte wissen, ob du dabei bist«, sagte er. »Na los, gib dir einen Ruck, mein Alter! Das Buch da läuft dir doch nicht weg.«

Lächelnd warf David das Buch aufs Bett, trat vor den Spiegel an der Innenseite der Schranktür und fuhr sich ein paarmal mit dem Kamm durchs Haar.

Auf dem Flur blieb Wes vor Effies Tür stehen und klopfte. »Sind Sie fertig? David hab ich schon abgeholt.«

»Moment, bin gleich soweit«, rief sie, und Wes lächelte David siegessicher zu. Gleich darauf öffnete Effie die Tür. Sie hatte ein winziges Handtäschchen unterm Arm und duftete intensiver als vorher nach dem angenehmen, nicht zu süßlichen Parfüm.

Wes hatte sein Waschbecken mit Eiswürfeln gefüllt und zwei Flaschen Champagner zur Hälfte darin versenkt. Er bat seine Gäste, Platz zu nehmen, dann quirlte er die Flaschen ein paarmal im Eis, zog eine heraus, prüfte die Temperatur und legte sie zurück. Effie setzte sich steif in einen Sessel, David nahm auf dem Bett Platz. Wes kredenzte den Champagner – er hatte sich in der Küche ein paar klobige,

gestielte Dessertgläser geliehen –, und sie stießen auf Wes'
neues Zimmer an und auf seinen Aufenthalt unter Mrs.
McCartneys Dach. Wes schenkte die zweite Runde ein.

Über Effies Wangen legte sich ein zarter Rosenhauch.
Sie und Wes alberten herum, aber David beteiligte sich
schon bald nicht mehr an der Unterhaltung, ja hörte nicht
einmal zu. Wes hatte die zweite Flasche aufgemacht und
sprach davon, eine dritte kommen zu lassen. Die würde
der Laden frei Haus liefern, sagte er und machte das Fenster auf, damit der Rauch abziehen konnte. Dann hockte er
sich neben dem Sessel des Mädchens auf den Boden und
tätschelte ihr im Gespräch hin und wieder die Hand oder
den Ellbogen. Effie zog jedesmal den Arm weg und wandte sich dann mit ihrem gewinnenden Lächeln an David.
»Ich würde gern etwas über Ihre Arbeit erfahren.«

»Die kann er Ihnen genausogut erklären«, sagte David.

»Nichts da! Heute abend wird nicht über die Fabrik geredet!« protestierte Wes.

Das Mädchen bekam leicht glasige Augen. »Dann bin
ich nicht mehr hier«, sagte sie gerade zu Wes. »Ich habe eine Wohnung gefunden und ziehe am ersten Dezember um.
Das sind nur noch zehn Tage.«

Wes stöhnte auf. »Aber wir bleiben doch in Kontakt? Ich
meine, ich kann Sie doch ab und zu sehen, oder?«

»Ich hoffe sehr, daß Sie beide mit mir Kontakt halten«,
sagte Effie.

David lehnte sich an die Wand zurück und musterte Effie unbeteiligt. Dabei fiel ihm zum erstenmal auf, daß ihr
Haar fast den gleichen Braunton hatte wie das von Annabelle. Ihre anfängliche Befangenheit hatte sich gelegt, nur

ihr Blick irrte rastlos von Davids Gesicht über den auf sein Knie gestützten braunen Slipper zu Wes, zur Decke hoch und wieder zurück. Wes' Arm lag jetzt auf ihrer Sessellehne, und die Hand des Mädchens spielte mit der Zigarettenschachtel in ihrem Schoß. David langweilte sich und wünschte, er wäre oben bei seinem Buch. Das Mädchen hatte ihm ein Kompliment über seine Schuhe gemacht und ihn gefragt, ob er immer Drillichhosen trage. Wen interessierte das? Er hatte ja gesagt, und tatsächlich trug er im Labor fast nur Drillichhosen, farbige Hemden, Sportsakkos und Slipper, weil er sich über Mr. Lewissohns Weisung geärgert hatte, doch bitte korrekt gekleidet im Betrieb zu erscheinen, da er oft mit »Kunden« (eine Spezies, die Mr. Lewissohn heilig war) zu tun haben würde. Aber David schützte sich gegen die vielen säurehaltigen Sprays meist mit einem langen weißen Kittel, und was er darunter anhatte, sah ohnehin niemand. Seine guten Sachen verwahrte er in dem Haus in Ballard. In der Pension dachten sie vermutlich, er müßte sogar an der Kleidung sparen, um sich das Sanatorium für seine Mutter leisten zu können.

David hörte, wie Wes dem Mädchen das Versprechen abnahm, bald einmal mit ihm aufs Land zu fahren.

»Den Wagen kriege ich schon, verlaß dich drauf«, rief er David herausfordernd über die Schulter zu.

Wie widerlich das alles ist! dachte David. Wenn er unbedingt ein Mädchen will, warum kauft er sich dann nicht eins von der Straße? Was gefiel Wes schon an dieser Effie, außer ihrem Körper? Was konnte er sonst mit ihr anfangen? Sie spielte nicht Klavier wie Annabelle, hatte nichts von Annabelles Liebreiz – ihre Wohlanständigkeit war nur die Pose einer im Grunde gewöhnlichen Person, die sich in Frauenzeitschriften und der Ratgeberkolumne billiger Illustrierter angelesen hat, wie sich ein Mädchen beim Rendezvous mit einem Mann benimmt. Diese Blätter fixierten die Mädels regelrecht auf Sex, indem sie ständig davon faselten, »wie weit« ein anständiges Mädchen gehen durfte, und im übrigen jeden Mann als Lustmolch abstempelten. Aber ließen sich die meisten Mädchen nicht mehr oder weniger auf ihre Triebe reduzieren? Die meisten hatten doch nur das eine Ziel, mit spätestens fünfundzwanzig zu heiraten und Kinder zu kriegen. Annabelle hatte mit zweiundzwanzig einen glänzenden Einfall für ein Buch über Mozart und Schubert gehabt, zwei Komponisten mit einer, wie sie meinte, in der Musikgeschichte einmaligen lyrischen Begabung. David fragte sich oft, was wohl aus ihrem Plan geworden war und aus dem Exposé, das sie ihm gezeigt hatte. Hatte sie über Bergen von Abwasch die Inspiration verloren, oder dachte sie weiterhin an ihr Buch? Ob sie es immer noch schreiben wollte? Vielleicht reifte das Projekt ja mit der Zeit noch.

Die beiden unterbrachen seine Gedanken mit ihrem Gelächter und verspotteten ihn als Tagträumer. Effie war aufgestanden. Sie wollte gehen und wehrte ab, als Wes vorschlug, nach der dritten Flasche Champagner zu telefonieren. Nun sollte wenigstens David noch ein Weilchen bleiben, aber der erklärte mit einer Wes gegenüber seltenen Bestimmtheit, er müsse heute abend noch etwas durchlesen. Inzwischen war es elf. David und das Mädchen dankten Wes für seine Gastfreundschaft und schlossen die Tür vor seinem lächelnden, aber einsamen Gesicht.

»Wenn man am nächsten Morgen Wasser trinkt, soll das Champagnergefühl angeblich wiederkommen«, sagte Effie kichernd. Als David sich vor seiner Tür verabschieden wollte, sprudelte sie hastig etwas von einem sehenswerten Film daher, der am Samstag im Odeon anlaufe.

»Aber da bin ich leider nicht hier.«

»Ach ja, richtig. Aber den Film spielen sie Montag auch noch. Überlegen Sie sich's.« Und wie in plötzlicher Verlegenheit machte sie brüsk kehrt und lief den Gang hinunter zu ihrem Zimmer. »Gute Nacht, David.«

»Gute Nacht.«

In den kommenden zehn Tagen sah es so aus, als behielte David mit seinen pessimistischen Vorahnungen recht. Effie ging am Samstag abend mit Wes ins Kino. Wes erzählte ihm davon und auch, daß sie sich von ihm hatte küssen lassen – einmal. Im übrigen habe Laura ihn mehrmals in der Fabrik angerufen, aber er weigerte sich, mit ihr zu sprechen. Einmal verlangte Laura auch nach David Kelsey. Wo Wes zur Zeit wohne, wollte sie wissen, aber da er Wes versprochen hatte, ihn nicht zu verraten, stellte David sich dumm. Doch Laura ließ nicht locker. »Dann wünsche ich«, erklärte sie in unpersönlichem Befehlston, »daß Sie das für mich herausfinden. Es ist sehr wichtig.« David fragte Wes, ob es sich vielleicht um einen Notfall handeln könne und ob er sich nicht doch mit ihr in Verbindung setzen wolle.

»Ach was, sie hat im Moment bloß keinen, an dem sie rumnörgeln kann. Und das ist Lauras einzige Freude, andere Menschen runterzuputzen.«

David war bedrückt und dachte so wenig wie möglich über Wes und Effie nach, obgleich Effie sich beim Frühstück und beim Abendessen nach wie vor alle Mühe gab, ihn in die Unterhaltung mit einzubeziehen. Zweimal bat sie ihn auch, doch mit ihnen fernzusehen. Wes hatte einen tragbaren Fernseher von zu Hause mitgebracht. David stieß sich im Grunde gar nicht so sehr an Wes' lockerer Moral. Er war einfach traurig, weil sein Freund das Format, das er ihm angedichtet hatte, verloren, ja es im Grunde nie besessen hatte.

5

Am zwölften Dezember hielt David es nicht mehr aus. Und am Samstag, dem dreizehnten, schrieb er in seinem Haus in Ballard einen weiteren Brief an Annabelle, in dem er seine qualvolle Ungeduld mit der vorgetäuschten Sorge zu bemänteln suchte, der Brief mit der Weihnachtseinladung sei vielleicht nicht angekommen. In Wirklichkeit befürchtete er nur, daß Gerald den Brief geöffnet und ihn Annabelle unterschlagen hatte. Oder vielleicht hatte Gerald ihr verboten, darauf zu antworten. Einen Augenblick lang stellte David sich vor, wie Gerald einen anderen der vier Briefe las, die er Annabelle bislang geschickt hatte, den, in dem es hieß, ohne sie könne er niemals glücklich werden, er werde Himmel und Hölle in Bewegung setzen, um mit ihr zusammenzukommen, und er habe noch nicht einmal angefangen, seine Mittel – den genauen Wortlaut wußte David nicht mehr, aber sinngemäß hatte er wohl geschrieben, daß er unbegrenzte Kraft besitze, sie nur noch nicht eingesetzt habe. Natürlich hatte er dabei an übernatürliche oder seelische Kräfte gedacht. David glaubte fest daran, Briefe hätten die Macht, einen Menschen zu beeinflussen, zu bestärken oder zu überzeugen – aber auch zu zerstören, je nach ihrer Absicht. Annabelle selbst hatte ihm einmal eine Ausgabe der Briefe von Abelard und Heloïse geliehen. Sie wußte also Bescheid. Aber wenn dieser gemeine Hund den bewußten Brief gelesen hatte, dann würde er Annabelle aus reinem Selbstschutz verboten haben, David zu antworten; ja, vielleicht durfte sie künftig nicht einmal mehr seine Briefe öffnen. Trotz seines eunuchenhaften Aussehens war Gerald zu Hause sehr dominierend, wie David von seiner Tante erfahren hatte, und die wußte es wiederum von Annabelles Familie in La Jolla.

David sah es nicht mehr gern, daß Wes ihn abends auf seinem Zimmer besuchte, und Wes, der das spürte, reagierte beleidigt.

»Daß du selber wie ein Mönch lebst, habe ich ja gewußt«, sagte Wes und lachte besänftigend, »aber daß du dermaßen prüde bist, hätte ich nicht gedacht. Ich bin zweimal mit dem Mädchen im Kino gewesen, das ist alles.«

»Mit Prüderie hat das nichts zu tun«, sagte David ruhig. »Ich finde solche Affären bloß deprimierend. Und sie führen zu nichts.«

»Ach, und was ist mit deiner großen Liebe, von der du mir erzählt hast? Du hast das Mädchen seit zwei Jahren nicht gesehen. Was meinst du, was dabei herauskommt? Hast du keine Angst, daß sie einen anderen kennenlernen könnte, der sich etwas mehr um sie kümmert?«

»Kaum.« David saß am Steuer. Sie waren auf dem Weg zur Fabrik im Norden der Stadt.

»Du kapselst dich von aller Welt ab.«

David schwieg. Vor einem Jahr hatte Wes ihm zwei seiner Verflossenen vorgestellt, doch David hatte keins der Mädchen wiedergesehen, was Wes sehr verwunderte, ja fast kränkte: »Also die Soundso hätte ich beinahe selber geheiratet!« Aber David hatte damals gerade erst von Anna-belles Heirat erfahren, und es war ein Wunder, daß er sich überhaupt zu einem Treffen mit diesen Mädchen aufraffen konnte. Er wußte noch, daß er einen Besuch in Wes' und Lauras trautem neuen Heim abgelehnt hatte, worauf Wes ein Abendessen mit David und den Mädchen im Red Schooner Inn arrangierte. Die Mädchen waren unterein-ander befreundet, und eine wohnte auch in Froudsburg. Wes hatte ihm so lange mit seinem »Kontaktbedürfnis«, das jeder Mensch habe, in den Ohren gelegen, bis David ihm schließlich von einem Mädchen in Kalifornien erzähl-te, das er liebe und heiraten wolle. Aber sie mache jetzt erst einmal ihr Examen und wolle dann vor der Ehe noch ein Jahr Berufserfahrung sammeln. Wes hatte das eher skep-tisch aufgenommen und gemeint, sie müsse schon ein un-gewöhnliches Mädchen sein oder aber David sei Frauen ge-genüber ziemlich immun. »Durchaus nicht«, hatte David geantwortet, »aber für mich gibt es nur diese *eine*. Oder ist dir das zu hoch?« In der Tat war das für Wes schwerer zu verstehen als eine komplizierte chemische Gleichung. Ja, er behauptete sogar, das Mädchen – David hatte ihm nie ihren Namen verraten – habe einen Unmenschen aus ihm ge-macht. Dabei hatte Annabelle das genaue Gegenteil be-wirkt. Was verstand Wes überhaupt unter Menschlichkeit – Saufgelage und Promiskuität?

Doch David konnte und wollte weder die vielen langen Gespräche vergessen, die er mit Wes über andere Themen geführt hatte, noch die Abende, an denen Wes, durch etli-che Scotch mit Wasser weich gestimmt, schwärmerisch vor sich hin monologisierte. Wes war weder abgestumpft noch herzlos, aber der Alkohol mußte ihm erst den Verstand einnebeln, damit seine Gefühle zum Zuge kamen. Eines Abends hatte er die Geschichte von einer zerlumpten alten Frau erfunden, die sich ehrfürchtig über den verstümmelten Leichnam ihres verlorenen Sohns beugt, der nicht einmal zum Sterben heimgekommen ist und zu dem sie sich viele Meilen weit hat schleppen müssen, um ihn endlich in jämmerlichem Zustand anzutreffen. Wes hatte rhetorisch die Frage nach dem Warum eingeflochten und dann seine Fabel weitergesponnen: Der verlorene Sohn starb kinderlos, hatte sein Leben lang nichts vollbracht, was ihm zur Ehre gereichte, und die Leute hatten der Mutter abgeraten, zu ihm zu gehen, weil es ihr nur das Herz brechen würde, und trotzdem fand man sie weinend auf allen vieren zu ihm kriechen, nur um mit den Fingerspitzen noch einmal seinen stinkenden Leichnam zu berühren. Wes wollte damit die Sinnlosigkeit und Unlogik menschlicher Beziehungen veranschaulichen. Dabei wußte er genau wie David, daß sie ebenso unergründlich waren wie das Universum plausibel und kalkulierbar. Die Allegorie vom verlorenen Sohn fiel in die Zeit beginnender Spannungen zwischen Wes und Laura, deren Glück damals erste Schatten trübten, und David hätte gern gewußt, ob Wes mit seiner Parabel indirekt sagen wollte, daß er Laura immer lieben werde, was immer sie auch tat.

Effie zog am ersten Dezember um, und obwohl Wes behauptete, er habe sie schon ein paarmal in der neuen Wohnung besucht, verbrachte er nach wie vor gut die Hälfte seiner Abende in der Pension. Wenn er ausging, dann allein. David wußte das, weil Wes ihn so oft bat mitzukommen. Laura hatte inzwischen doch erfahren, wo ihr Mann wohnte, und Wes konnte sich seinen Freiraum angeblich nur durch das Versprechen erkaufen, am zwanzigsten, also noch vor Weihnachten, wieder heimzukommen. David stand vor einem Rätsel: Laut Wes war Laura nur daran gelegen, ihren Prügelknaben wiederzubekommen, und trotzdem folgte er ihr wie ein Schoßhündchen.

»Das Haus wird so blitzsauber sein, daß mir die Luft wegbleibt«, brummte Wes. »Selbst ein Engel würde sich nicht auf die Teppiche trauen, und sie wird sagen: ›Siehst du, aus diesem Haus *kann* man was machen, wenn du mal eine Zeitlang aus dem Weg bist.‹ Ich wette, so wird sie ausfallen, die herzerwärmende Begrüßung.« Und David dachte unwillkürlich an Wes' Schreibtisch in seinem Büro bei Cheswick, der immer so tadellos aufgeräumt war.

Als David den Wagen durch das automatisch betriebene Tor auf den Firmenparkplatz steuerte, leistete er im Geiste den gleichen Eid wie jeden Morgen, seit er Annabelle um ein Treffen gebeten hatte: Falls sie nicht nach New York kommen konnte, würde er kündigen, nach Hartford fahren und die SITUATION an Ort und Stelle klären. Dann würde er auf einem Gespräch mit Annabelle bestehen und, falls nötig, auch mit Gerald reden. Was war schon dabei, wenn er momentan arbeitslos zu ihr kam? Er konnte in jedem x-beliebigen Forschungslabor mehr verdienen als Gerald, und außerdem würde er sein Haus verkaufen und sich in der Nähe seines neuen Arbeitsplatzes nach einem ebenso schönen umsehen. Und in *dem* Haus würde Annabelle von Anfang an bei ihm sein. Bisher war er zu geduldig gewesen und viel zu passiv.

»He! Was knirschst du denn so mit den Zähnen?« fragte Wes.

David parkte wie üblich auf dem Eckplatz am Osteingang. Davor wurde gerade ein Laster mit Chemikalien entladen, und so mußten die beiden einen Bogen um die aufgestapelten Kisten machen und sich an der heruntergeklappten Laderampe vorbei ins Gebäude zwängen.

Wes verabredete sich mit David zum Lunch und ging dann nach oben, während David dem L-förmigen Gang zu seinem Büro im Nordwestflügel des Hauses folgte. Helen Phimister, seine Sekretärin, war noch nicht da, und David, der sich Helen mit zwei Kollegen teilte (seine Diktatzeit war gegen elf), sah den Stapel Briefe im Eingangskorb auf seinem Schreibtisch durch, um abzuschätzen, wie viele er heute persönlich beantworten mußte. Dann nahm er noch ein technisches Handbuch vom Tisch und verließ das Büro.

Mr. Lewissohn, eine gedrungene Gestalt im grauen Zweireiher und mit rosigem Gesicht, wünschte ihm im Vorbeigehen laut und herzlich guten Morgen. David nickte nur lächelnd. Dabei fiel ihm auf, daß er vergessen hatte, den weißen Kittel, dieses pseudowissenschaftliche Statussymbol, überzustreifen. Aber statt das Versäumte nachzuholen, ging er unbeirrt weiter, und seine frisch geputzten Schuhe glitten fast lautlos über die Korkplatten im Gang.

In der Bibliothek, wo er für den Elektroniker etwas nachschlagen wollte, las er sich fest, und es war schon viertel nach eins, als er merkte, daß längst Mittagszeit war. Er nahm nur Gemüsesuppe und Kaffee und war schon um halb zwei wieder im Büro, um mit Helen die Arbeitsplanung für den Nachmittag zu besprechen. Danach achtete er nicht mehr auf die Zeit, bis um fünf die Feierabendsirene ging. Er wäre gern noch ein Weilchen geblieben, vielleicht bis sechs, wenn nur noch Charlie Engels, der Wachmann, unten am Haupteingang saß, aber er mußte ja Wes mit nach Hause nehmen.

Und natürlich konnte in der Pension auch ein Brief von Annabelle auf ihn warten. Mit dieser Hoffnung, die leise und doch zuversichtlich in seinem Herzen keimte, kam ein Lächeln auf seine Lippen, als er sich von Helen Phimister verabschiedete.

Sie lächelte strahlend zurück. »Guten Abend, Mr. Kelsey. Sie sind ja heute so vergnügt.« Sie war eine hübsche, gutmütige Blondine von zwei-, dreiundzwanzig.

»Danke, Sie aber auch«, versetzte David linkisch und zog den Mantel über, dessen eine Tasche ganz ausgebeult war von einer Flasche mit einer weißen Lotion, einem noch namenlosen, aber angeblich sensationell hautverträglichen Produkt aus Wes' Abteilung, das David Mrs. Beecham schenken wollte. Seit er in der Pension wohnte, war das schon die dritte Flasche, die er ihr mitbrachte.

Auf der Heimfahrt wollte Wes ihn überreden, zu Effie Brennan zum Abendessen mitzukommen. »Wenn du wüßtest, wie sie mich angefleht hat, dich mitzubringen!« sagte Wes. »Ihr liegt viel mehr an dir als an mir.«

»Ihr Pech«, sagte David und lächelte. Unter Aufbietung all seiner Phantasie und Willenskraft plazierte er ein in Annabelles Schrift an ihn adressiertes Kuvert auf den grauen Korbtisch in Mrs. McCartneys Diele.

»Effie hat mich heute im Labor angerufen, um sich zu

vergewissern«, sagte Wes. »Sie hat uns schon vor fünf Tagen eingeladen, und du könntest wenigstens den Anstand haben, ihr abzusagen.«

»Ich habe dich doch gebeten, das für mich zu besorgen.«

»Habe ich aber nicht, du Stubenhocker. Und bei meinem Kohldampf esse ich heute abend für zwei.«

David schnappte sich den Brief mit seinem Namen auf dem Umschlag und merkte erst, als er ihn in der Hand hielt, daß es nicht Annabelles Schrift war.

»Aha, das Mädchen«, meinte Wes lächelnd und ging auf sein Zimmer.

Der Brief war von Effie Brennan. Sie hatte sich mühsam einen heiteren Ton abgerungen und vermutete – David fühlte sich an die Entschuldigungen erinnert, die er ständig für Annabelle erfand –, er habe die Einladung vielleicht vergessen. Am Ende hieß es plump: »*Bitte* kommen Sie, ich habe so selten Besuch, und gerade Ihre Gesellschaft fehlt mir sehr.«

Vielleicht lag es an dem flehenden Ton des Briefes, vielleicht wollte er einmal einen Abend nicht über Annabelles verspätete Antwort nachgrübeln, vielleicht waren es auch die freundlichen Worte, mit denen Mrs. Beecham über Effie sprach, als er ihr die Lotion brachte. Jedenfalls nahm er rasch ein Bad, zog ein frisches Hemd an und ging hinunter zu Wes. Wenn er schon weg ist, macht es auch nichts, dachte er, und ist er noch da, dann soll's wohl so sein. Wes wollte gerade gehen und war hocherfreut, daß David nun doch mitkam. Den Scotch zum Auftakt, den Wes sich noch rasch genehmigte, lehnte David ab.

Effie Brennan wohnte in der Main Street, zwischen ei-

nem Geschäft für Damenmoden und einer Eisenwaren-
handlung. Über dem Eingang des roten Backsteinhauses
hing ein Praxisschild: DR. NADEL, SCHMERZLOSE ZAHN-
BEHANDLUNG. David, der für bestimmte naturwissenschaft-
liche Seminare etwas Deutsch gelernt hatte, übersetzte den
sprechenden Namen des Arztes, und beide lachten. Effie
stand schon in der Tür, als sie auf ihrem Stockwerk anka-
men. Aus der Wohnung drang köstlicher Bratenduft.

Sie hatte Wes' Whisky bereitgestellt und ließ David die
Wahl zwischen Whisky und Martini, doch der bestand lächelnd auf nichts weiter als Soda mit Eis. Eigentlich wollte er
nicht einmal das Eis, denn er mochte keine stark gekühlten
Getränke, aber die Bitte, das Eis wegzulassen, schien ihm
übertrieben, und außerdem spürte er, daß er Effie damit um
eine kleine Freude gebracht hätte.

»Für dieses Abendessen«, rief Effie aus der Küche, »habe ich mir lauter Sachen ausgedacht, die ihr bei Mrs. Mac
garantiert nie bekommt.«

Sie aßen in einem Alkoven neben der Küche an einem
weißen Klapptisch nach Art der Picknicktische in öffent-
lichen Parks. Das feine rosa Tischtuch war fleckenlos sauber und frisch gebügelt. Aber es dauerte nicht lange, und
Wes hatte es mit Bratensauce bekleckert.

An dem Wein zum Essen beteiligte David sich gern und
wünschte bloß, er hätte statt Wes die Flasche beigesteuert.
Es war ein ausgezeichneter Médoc, und obwohl David sich
fragte, wo Wes ihn in Froudsburg aufgetrieben haben mochte, erkundigte er sich nicht danach. Doch Wes merkte auch
so, wie genüßlich er dem Wein zusprach, und rief: »Sieh an,
eine Schwäche hast du also auch! Warum hast du uns das

nur so lange verheimlicht, Davy? Ah, ich weiß, ich weiß: Der Connaisseur und Gentleman – genießt und schweigt!« Dabei fuchtelte er so übermütig mit den Händen herum, daß er beinahe die Flasche umgeworfen hätte.

»Ich finde es sehr schön, wenn jemand einen guten Wein zu schätzen weiß«, sagte Effie. »Vor vier Jahren, als ich in Kanada war…«

David beschloß, ihr am nächsten Tag Blumen zu schikken. Er erinnerte sich dunkel, kürzlich irgendwo Chrysanthemensträuße gesehen zu haben. Dann fiel ihm auf, wie ihre schlanken Hände beim Sprechen gestikulierten und daß sie Nagellack trug, was ihm, auch wenn es eine dezente Farbe war, mißfiel, ja ihn förmlich abschreckte. Annabelle benutzte keinen Nagellack, und sie hatte ihm einmal gesagt, daß sie sich die Nägel wegen ihres Klavierspiels gern kurz schnitt.

Unterdessen saßen sie im Wohnzimmer beim Kaffee, und Wes machte David auf ein kleines Ölbild aufmerksam, ein paar am Kai vertäute Fischerboote, das Effie gemalt hatte. David lobte das Bild, das weder gut noch schlecht war, mit einer Floskel und erkundigte sich, ob sie viel male.

»Die sind alle von mir.« Effie wies schwungvoll auf die Wand zur Küche. »Ausgenommen das da«, schränkte sie ein und zeigte auf das relativ gelungene Porträt eines Mannes in mittleren Jahren. »Das ist von einem Freund von mir. Es ist mein Vater.«

Wes war aufgestanden, wanderte von Bild zu Bild und ließ sich zu jedem etwas einfallen. David überlegte inzwischen, wie er es anstellen könnte, sich vor Wes zu verabschieden.

»Ich zeige Ihnen mal ganz was Verrücktes«, rief Effie ausgelassen. »Das traue ich mich nur, weil ich zwei Martinis intus habe.« Aus der obersten Schublade ihres Schreibpults mit dem abgeschrägten Deckel holte sie einen großen Bogen Zeichenpapier. »Erkennen Sie den?« fragte sie und reichte David das Blatt.

Er war unangenehm überrascht, als ihm sein eigenes Konterfei entgegenblickte.

»Das ist ja Davy!« rief Wes lachend. »Ich wußte gar nicht, daß du ihr gesessen hast, Dave.«

»Habe ich auch nicht.«

»Ich fühle mich geschmeichelt, daß Sie's erkennen. Ich habe es nach dem Gedächtnis gezeichnet, das heißt« – sie verdrehte nervös die Augen –, »viel Gelegenheit hatte ich ja nicht, Sie mir einzuprägen. Und jetzt sehe ich auch, was mir bei den Augen entgangen ist.« Sie trat wieder ans Pult.

»Aber das Haar und die Gesichtsform sind phantastisch getroffen«, sagte Wes.

Womit er durchaus recht hat, dachte David und blickte auf sein dichtes, dunkelbraunes Haar – das Porträt war eine braune Kohlezeichnung –, die geraden Brauen, den Mund. »Dafür, daß Sie nur nach dem Gedächtnis gezeichnet haben, finde ich es sagenhaft gut, Effie.« David lächelte.

Sie hielt mitten in der Bewegung inne; das jähe Schweigen im Raum verlieh seinem gar nicht so ernstgemeinten Lob Gewicht. Jedenfalls schien Effie es begierig aufzunehmen. Im nächsten Moment stand sie mit gezücktem Pastellstift vor ihm. »Sie würden mir nicht Modell stehen, damit ich die Augen nachbessern kann – nur für eine Minute.«

David nickte. »Aber sicher.«

Effie arbeitete zum Korrigieren mit einem spitzen Radiermesserchen, und den Kohlestift spitzte sie von Zeit zu Zeit an einem Schmirgelpapier nach.

»So!« rief sie schließlich. »Jetzt habe ich sogar die Augenbrauen besser hingekriegt.« Sie lehnte die Zeichnung an ein Bücherbord, damit die beiden Männer sie bewundern konnten, quittierte aber ihre Kommentare mit abwehrendem Lachen und unterbrach sie mit dem Satz: »›Porträt des Genies als junger Mann‹.«

Kurz danach verschwand Wes, ins Bad, wie David annahm, der sich unversehens mit Effie allein fand. Wie zwei gehemmte Teenager brachten beide erst keinen Ton heraus. Dann erklärte sie hastig, wenn die Zeichnung ihm wirklich gefalle, könne er sie behalten, und er nahm dankend an.

»Ich weiß nicht, was Sie von mir denken. Wahrscheinlich finden Sie mich töricht…« Effies Lider zuckten nervös, und sie vermied es, ihn anzusehen. »Aber ich hab Sie sehr gern. Wenn Sie mir gegenüber nur nicht so schüchtern wären! *Ich* bin schon schlimm genug.«

David stand in tödlicher Verlegenheit da wie ein Stockfisch.

»Ich meine, ich sehe nicht ein, warum wir nicht ab und zu miteinander ins Kino gehen können. Oder vielleicht kommen Sie hin und wieder mal zum Essen. Ich würde Sie schon nicht auffressen.« Effie lachte gequält.

David nahm all seinen Mut zusammen. Wenn ich es jetzt hinter mich bringe, dachte er, dann wird in Zukunft alles viel leichter sein. »Um die Wahrheit zu sagen, ich bin verlobt, Effie – und auch wenn es bis zur Hochzeit noch eine Zeit dauert, möchte ich inzwischen lieber nicht mit anderen ausgehen.« Ihm war, als hätte er sich einen Augenblick nackt gezeigt und würde sich nun hastig wieder bedecken.

Doch Effie wirkte kein bißchen überrascht. »Also ist es Ihre Verlobte, die Sie an den Wochenenden besuchen?« fragte sie verträumt.

»Am Wochenende fahre ich zu meiner Mutter«, antwortete er.

»Ihre Mutter ist tot.«

David machte den Mund auf und wieder zu. »Wer hat Ihnen denn das erzählt?«

»Ihr Chef. Mein Chef, Mr. Depew, ist mit Mr. Lewissohn bekannt. Neulich hatte Mr. Lewissohn bei uns zu tun, das Gespräch kam auf Sie, und ich sagte: ›Das mit seiner Mutter ist ein Jammer‹, oder so ähnlich, und darauf fragte er: ›Wieso?‹ Und ich sagte, es täte mir so leid, daß sie im Pflegeheim ist, und er meinte, nein, nein, sie sei längst verstorben. Es stehe in Ihrer Personalakte, er erinnere sich genau. Natürlich bin ich nicht weiter darauf eingegangen, ich wollte nicht indiskret sein. Zu Mr. Lewissohn habe ich gesagt, ich hätte da wohl etwas durcheinandergebracht.«

David spürte, daß sein Gesicht kreideweiß sein mußte, denn er fühlte sich einer Ohnmacht nahe. »Mr. Lewissohn hat sich geirrt. So was kann gar nicht in meiner Akte stehen. Meine Mutter ist sehr krank, und vielleicht stirbt sie in den nächsten Monaten, aber noch lebt sie.« Doch auch David erinnerte sich jetzt an seine Personalakte und an das lapidare »*Nein*«, das er vor zwei Jahren hinter eine bestimmte Frage gesetzt hatte. Seit dem Tag, als er das Formular ausfüllte, hatte er nicht mehr daran gedacht. Was, wenn auch Wes dahinterkam? Womöglich hatte Effie es ihm sogar schon erzählt.

Wes war inzwischen zurück, er und Effie tranken noch einen Scotch, und David nahm eine letzte Tasse Kaffee – Pulverkaffee, denn die Kanne war leer. Dann standen die beiden Männer auf und verabschiedeten sich. Effie kam David etwas merkwürdig vor, und er führte es darauf zurück, daß sie ihm die Geschichte mit seiner Mutter vielleicht doch nicht geglaubt hatte. Als er ihr noch einmal für sein Porträt dankte, nahm sie es ihm rasch aus der Hand und sagte: »Mir fällt gerade ein, daß ich es lieber fixieren sollte, damit der Kohlestift nicht verwischt.« Dabei schaute sie ihm fest in die Augen, und er war überzeugt, daß er die Zeichnung nie wiedersehen würde.

6

Tags darauf, am achtzehnten Dezember, kam ein Brief
von Annabelle. Doch als er den Umschlag in der Diele liegen sah, riß David ihn nicht etwa hastig vom Tisch,
sondern nahm ihn genauso gelassen zur Hand wie die
Ansichtskarte von seiner Kusine Louise aus Kalifornien.
Dann ging er hinauf in sein Zimmer.

David zog den Mantel aus, hängte ihn weg, wobei er
nervös den Kragen auf dem Bügel zurechtzupfte, schloß
die Schranktür und setzte sich an den Schreibtisch, um für
den Brief oder vielmehr das, was darin stehen mochte, besser gewappnet zu sein. Er zog zwei einseitig beschriebene
Bogen aus dem Kuvert, aber bevor er etwas lesen konnte,
verschwammen ihm erst einmal die Buchstaben vor den
Augen.

16. Dezember 1958

Lieber Dave,

*bitte verzeih, daß Du so lange auf Antwort warten
mußtest – aber ich glaube, ich habe eine gute Entschuldigung! Ich habe ein Baby bekommen! Einen Jungen,
und er wiegt acht Pfund. Weil es ein paar Komplikatio-
nen gab oder welche befürchtet wurden, habe ich mich
nichts zu sagen getraut, bevor »es« wirklich da war, aber*

nun ist alles gut. Du verstehst hoffentlich, daß ich jetzt, wo ich ein Baby zu versorgen habe, unmöglich verreisen kann. Mein Sohn ist übrigens am 2. Dezember morgens um zehn nach vier geboren und somit heute zwei Wochen alt.

Dave, ich kann mir denken, daß das für Dich überraschend kommt, auch wenn es das nicht sollte. Ich versichere Dir, ich bin glücklich – zumindest im Augenblick –, und auch wenn ich mit Dir vielleicht ebenso oder sogar noch glücklicher geworden wäre, ist es anders gekommen. Und wer sich weigert, die Dinge zu nehmen, wie sie sind, der lebt in einer Scheinwelt – was in mancher Beziehung sehr schön ist, aber nicht für das wahre Leben taugt. Meinst Du nicht auch?

Sobald ich eine Betreuung für das Baby finde, muß ich mir Arbeit suchen, denn Gerald hat sich mit dem Laden arg verspekuliert (obwohl man ihm von allen Seiten abgeraten hatte) und ist deshalb hoch verschuldet. Genug davon.

Ich muß jetzt schließen, denn ich habe noch tausend Dinge zu erledigen. Es tut mir leid, daß ich Dir absagen muß, besonders so kurz vor Weihnachten. Wirst Du über die Feiertage nach Kalifornien fliegen? Ich denke an Dich, Dave.

Wie immer, herzlichst
Annabelle

David stand auf und wandte sich seinen drei Fenstern zu. Ein Kind. Es war unfaßbar, einfach unfaßbar. Sein benommenes Hirn spielte flüchtig mit dem Gedanken, Annabelle hätte das nur erfunden, vielleicht um ihn zu erschrecken oder zu kränken, damit er aufhörte, ihr zu schreiben – weil sie ihm weitere Qualen ersparen wollte. Wenn sie wirklich ein Kind erwartete, hätte sie dann nicht schon vor Monaten davon geschwärmt? So wie jede andere Frau?

David saß eine ganze Weile reglos auf dem Bett und stierte verwirrt auf den Teppich nieder, bis er endlich von einem Klopfen aufgeschreckt wurde.

Sarah stand in der Tür und sagte irgendwas von Abendessen.

»Mir ist nicht gut, ich komme heute abend nicht hinunter«, antwortete David. Immerhin wußte er jetzt wieder, wo er war, und als er die Tür hinter Sarah geschlossen hatte, lauschte er, bis ihre Schritte verklungen waren, und griff dann nach Annabelles Brief. Doch obwohl er ihn rasch zusammenfaltete, sprangen ihm einzelne Worte ins Auge, bevor er ihn in den Umschlag stecken und energisch das Tintenfaß draufstellen konnte. Dann nahm er seinen Mantel, verließ das Zimmer, ohne abzuschließen, und ging leise die Treppe hinunter. In der Diele stieß er mit Wes zusammen, der eben aus dem Speisesaal kam.

»Da bist du ja! Ich höre, dir geht's nicht gut?« erkundigte sich Wes besorgt.

»Doch, doch. Ich habe nur keinen Hunger.«

»Du bist ja ganz grün im Gesicht. Was ist denn passiert?«

»Gar nichts. Ich will nur ein bißchen Luft schnappen. Bis später«, setzte David matt hinzu und verließ das Haus.

Zum ersten Mal seit Monaten, ja vielleicht überhaupt das erste Mal bei seinen Spaziergängen, landete er in der hell erleuchteten, belebten Main Street. Viele Geschäfte waren schon geschlossen, aber eine ganze Reihe hatte jetzt, so kurz vor Weihnachten, auch länger geöffnet, und auf den Bürgersteigen drängten sich die gesichtslosen Hinterwäldler, deren Aufdringlichkeit David fast vom ersten Tag an gleichermaßen verblüfft wie abgestoßen hatte. Als er plötzlich merkte, daß er auf Effies Straßenseite ging, wechselte er hastig den Gehweg, wie um einer zufälligen Begegnung mit ihr vorzubeugen. Schaufenster mit billigen Schuhen oder Damenmoden und Drugstores, vollgestopft mit Spielzeug, flimmerten an seinem linken Augenwinkel vorbei. Immer wieder mußte er entgegenkommenden Passanten ausweichen, die sich vor den Auslagen die Nase platt drückten, und einmal duckte er sich hastig vor einem riesigen Weihnachtsmann, der freudlos von einer unendlich langsam kreisenden Schallplatte herunterlachte. Aber als er richtig hinschaute, sah er, daß die schwarzen Wachstuchstiefel gut einen Meter über seinem Kopf baumelten. Aus dem Plattenladen dröhnte *Hark, the Herald Angels Sing,* und behutsam, wie einen Ball, der auf einem Springbrunnen tanzt, balancierte David das gebündelte Chaos der SITUATION durch das geschäftige Chaos ringsum. Doch als Lärm und Licht schwächer wurden und irgendwann zu seiner Linken dunkel und still ein verlassenes Grundstück gähnte, da kam ihm endlich ein rettender Gedanke: Annabelle war im Moment nicht bei sich, konnte wegen des Kindes die Dinge nicht klar und logisch sehen. Nein, er glaubte nicht mehr, daß sie ihn belogen hatte, das wäre unter ihrer Würde. Sie versank nur hilflos in dem, was sie für die Realität hielt, und das war kein Wunder. Natürlich war so ein Baby real, ebenso wie die Geburtswehen, dreckige

Windeln, Krankenhausrechnungen und, nicht zu vergessen, der Trottel von Ehemann. Und über alledem erkannte Annabelle nicht mehr, daß es immer noch einen Ausweg gab.

Wenn sie nicht zu ihm kommen konnte, dann würde er eben zu ihr gehen. Und zwar am besten gleich diesen Sonntag, weil er dann damit rechnen konnte, auch Gerald Delaney anzutreffen. Freitag abend würde er wie immer in sein Haus in Ballard fahren und von dort am Sonntag morgen gegen neun nach Hartford aufbrechen. Vorher anrufen wollte er nicht, damit sie ihn gar nicht erst bitten konnte wegzubleiben. Erst in Hartford würde er telefonieren und auf einer Unterredung mit ihr und Gerald bestehen. Und schon begann er, so systematisch wie möglich seine Argumente zu ordnen.

Davids Selbstbeherrschung triumphierte auch diesmal über seinen Seelenzustand, und obwohl Annabelles Brief ihn schwer getroffen hatte und er die erste Nacht kein Auge zutat, bemerkte weder Wes noch Mrs. Beecham – die ihm für die neuen Socken Maß nahm – oder irgend jemand in der Fabrik am Donnerstag und Freitag eine Veränderung an ihm. Er dachte an die Blumen für Effie und schickte sie ihr zusammen mit einem Dankeskärtchen.

Am Freitag gegen halb sechs machte Wes sein Versprechen wahr und verließ, zwischen Resignation und Zynismus schwankend, die Pension.

Als er sich verabschieden kam, packte David ihn auf einmal so ungestüm an der Schulter, daß Wes erschrocken eins von seinen Weihnachtspäckchen fallen ließ. »Menschenskind, *versuch's* doch noch mal! Jetzt hast du doch deinen Spaß gehabt.«

»Mein Gott, Dave!« rief Wes entgeistert und zog sich das Jackett zurecht. »Was ist denn bloß in dich gefahren?«

»Gar nichts! Aber du… Wie willst du denn was bei deiner Frau erreichen, wenn du schon so verbittert ankommst?«

»Wer sagt denn, daß ich bei ihr überhaupt noch was erreichen will?«

»Aber ihr habt euch doch mal geliebt, das hast du selbst gesagt.« David bemühte sich, ruhig durchzuatmen. »Entschuldige, Wes.«

»Mann! Ich dachte schon, du willst mich zusammenschlagen.« Wes war immer noch böse. »Und daß du's nur weißt: Effie hat mich auf einen Scotch eingeladen, damit ich gerüstet bin fürs… traute Heim!«

»Laß dich nicht aufhalten!« David setzte sich aufs Bett und bedeckte das Gesicht mit den Händen. Er wollte sicher sein, daß Wes aus dem Haus war, bevor er diese alles entscheidende Fahrt antrat. Aber es verging noch gut eine Minute, ehe er unter Wes' Schritten die Dielen knarren hörte, ehe die Tür aufging und ins Schloß fiel.

7

Als David am Sonntag morgen kurz nach sechs aufstand, fing es an zu regnen, und im Radio wurde für
später sogar Schnee angesagt. Noch in Pyjama und Bademantel, gönnte er sich ein reichliches Frühstück – gekoch-
te Eier, English Muffin, Speck –, aber nicht weil er Appetit
gehabt hätte, sondern eher pflichtschuldig, weil sein Verstand ihn daran erinnerte, wie wichtig eine gute Grundlage
sei. Anschließend legte er eine Haydn-Sonate auf, streifte
im Haus herum und betrachtete seine Kunstbände, das
sündteure gerahmte Beethoven-Autograph, die Zeichnung
von Leonardo im Blattgoldrahmen, die noch teurer gewesen war, und das silberne Teeservice auf dem Tisch in der
Wohnzimmerecke, das er leider noch nie benutzt hatte.

Auf dem Weg nach Hartford regnete es ununterbrochen, Nebel stiegen auf, und es wurde merklich kühler. Als
würde ich mich in hyperboreische Gefilde verirren, dachte
David, der immer noch die Haydn-Sonate im Ohr hatte, ja
sie leise mitsummte, während er beiläufig seinen Text
probte, freilich ohne ihn Wort für Wort auszuformulieren,
da er sich in solchen Fällen lieber auf seine Eingebung verließ. Obwohl er sich fest vorgenommen hatte, diesmal genau auf den Weg zu achten, geriet er irgendwann wieder
auf eine falsche Überführung und landete schließlich in ei-

nem Gewerbegebiet, das zwar dem Viertel, in dem Annabelle wohnte, nicht unähnlich sah, aber doch so weit davon entfernt lag, daß er sich zweimal an einer Tankstelle nach dem Weg erkundigen mußte.

Talbert Street. Der Name sagte ihm nichts; vielleicht zeugte die Straße vom flüchtigen Ruhm eines braven Bürgers, möglicherweise hatte man ihr den Namen ganz ohne Grund verpaßt. Als David sie ausgemacht hatte, fuhr er noch zwei, drei Blocks weiter bis zum nächsten Drugstore. Von hier aus wollte er telefonieren; Annabelles Nummer wußte er auswendig.

Eine Männerstimme meldete sich.

»Könnte ich bitte Annabelle sprechen?«

»Wer ist denn da?«

»David Kelsey.«

»David?«

»Ja, David.«

Es dauerte ungewöhnlich lange, bis sie an den Apparat kam. »Hallo?« sagte sie, und ihre Stimme wirkte so beruhigend auf ihn, als ob man an einem Instrument die Saiten lockerte.

»Hallo, Schatz, hier ist David. Ich bin gerade in Hartford und... Also, ich möchte dich gern besuchen.«

»Heute?«

»Ja, jetzt gleich. Darf ich raufkommen? Ich bin ganz in der Nähe.«

»Aber ich bin auf dem Weg zur Kirche, Dave.«

»Zur Kirche?« wiederholte er erstaunt.

»Ja, aber vielleicht... Ich hab mich nur mit einer Freundin verabredet.«

»Annabelle, sag ihr ab, ja? Annabelle?« Aber sie war nicht mehr dran, sprach vielleicht schon mit der Freundin.

»Hallo, Dave? Können wir uns irgendwo treffen?«

»Ich würde lieber zu dir nach Hause kommen. Ich will auch mit Gerald reden«, sagte er mit fester Stimme.

Daraufhin verschwand sie wieder, David hörte unverständliches Gemurmel, aus dem sich das tiefe Brummen einer Männerstimme abhob, und dann wurde am anderen Ende geräuschvoll aufgelegt.

David knallte seinerseits den Hörer auf die Gabel und riß wütend die Zellentür auf. Doch im Nu hatte er sich wieder in der Gewalt, und als er den Drugstore verließ, fühlte er sich ruhig und gelassen. In der bevorstehenden Szene sollte sich nur einer blamieren: dieser Esel Gerald. David fuhr in die Talbert Street und parkte fast unmittelbar vor dem Haus. In dem zweistöckigen Backsteinbau wohnten vier Parteien. David läutete bei Delaney. Sein Blick wanderte über das spärliche, welke Gras in dem handtuchgroßen Vorgarten mit der kniehohen Hecke, die trotz der Drahtumzäunung an vielen Stellen niedergetrampelt war. Nach einer angemessenen Frist klingelte er noch einmal. Die Tür ging auf, und heraus trat ein sprödes, sommersprossiges Mädchen im Sonntagsstaat, das David im Vorbeigehen neugierig musterte. Gleich darauf hörte er Stöckelabsätze die Treppe herunterklappern, die Tür öffnete sich abermals, und da stand sie.

»Dave, wie konntest du nur?« fragte sie lächelnd. »Und ausgerechnet am Sonntag. Autsch! Das ist meine Hand.«

»Annabelle…« Ihr Haar war kürzer, und sie wirkte ein bißchen müde um die Augen, aber deren Farbe, dieses verschattete Graublau, und ihr wunderschöner Mund waren unverändert. Sein Blick fiel auf die Wölbung ihrer Brüste unter dem braunen Tweedkleid, auf die noch immer schlanke Taille.

»Was starrst du mich denn so an?« fragte sie und lachte so verschämt, daß ihm das Herz in Tränen zerfloß. »Und was hast du nur mit deinen Haaren gemacht? Die sind ja ganz naß.«

Er stammelte irgend etwas daher, und auf einmal war er so müde, daß er sich gegen den Türpfosten lehnen mußte. Aber er hielt sie fest in den Armen, die Lippen an ihren Hals gepreßt, dicht unter dem Ohr. Er hätte den Rest seines Lebens so verweilen mögen.

»Hör zu, ich bin nur heruntergekommen, damit Gerald keine Szene macht«, sagte sie und schob ihn von sich weg. »Du hättest ihm deinen Namen nicht sagen dürfen.«

»Aber ich will ihn sprechen. Oder möchtest du erst mit mir allein reden? Dann komm mit, mein Wagen steht da drüben.«

Sie schüttelte den Kopf. »Wenn ich nicht gleich zurück bin, wird Gerald herunterkommen. Ich weiß nicht, ob wir uns heute sehen können, Dave – außer eben jetzt.«

»Ja, bist du denn seine Gefangene?«

»Wenn's um dich geht…«

»Annabelle?« Von oben.

Sie sah ihn an, direkt flehentlich, und David erinnerte sich an ihren Blick in La Jolla, damals gleich nach der Hochzeitsreise.

»Schön, dann gehen wir eben rauf«, sagte er und nahm ihren Arm.

»Annabelle? Kommst du?«

»Dave, bitte…«

Aber er zog sie entschlossen zur Treppe und rief ein lautes »Ja!« nach oben.

Gerald wich einen Schritt zur offenen Tür zurück, als David, der Annabelle immer noch am Arm hielt, auf dem Treppenabsatz erschien. Er war klein und untersetzt, hatte ein Kindergesicht und hängende Schultern (was besonders auffiel, wenn er wie jetzt in Hemdsärmeln war), und auf einmal wußte David auch, was so komisch an ihm war: Er sah aus wie einer dieser Drüsenleidenden, die nie in den Stimmbruch kommen, keinen Bartwuchs, dafür aber breite Hüften und eine unnatürlich hohe Taille haben. Gerald hatte sämtliche Symptome, außer daß seine Stimmlage um eine Spur männlicher war. »Mr. Kelsey?« sagte Gerald.

»Ganz recht«, antwortete David freundlich. »Verzeihen Sie mein Eindringen, aber ich war gerade in der Gegend…«

»Dave möchte auf einen Sprung hineinkommen«, sagte Annabelle zu ihrem Mann, der jetzt seitwärts in der Tür stand, als ob er den Eingang versperren wollte.

David schob Annabelle vor sich her. Auf Unordnung und die tristen Attribute einer Existenz, wie die Delaneys sie führten, war er gefaßt gewesen, aber was sich ihm darbot, als er die Wohnung betrat, übertraf seine schlimmsten Befürchtungen. Auf dem Fernseher lehnte an der Antenne das Bild eines abstoßend häßlichen, ergrauten Verwandten; vor dem Lehnsessel stand ein Paar erdfarbene Pantoffeln, und auf dem Sitz lag die knallige Comicbeilage der Sonntagszeitung. David warf einen Blick auf Geralds Schuhe – klein, ungeputzt – und schloß aus den offen herunterhängenden Schnürsenkeln, daß er ihn beim Zeitunglesen gestört hatte.

»Es ist nicht sehr aufgeräumt bei uns«, sagte Annabelle entschuldigend. »Aber setz dich doch, Dave.« Sie wies auf ein grünes Sofa, das für die anderthalb Jahre, die sie erst hier wohnten, reichlich abgewetzt war.

»Danke.« David zog den feuchten Regenmantel aus und nahm ihn über den Arm.

»Also ihr braucht euch wirklich nicht so anzugiften«, sagte Annabelle. »Magst du einen Kaffee, Dave?«

»Nein, danke, Annabelle.« Er sah Gerald an, der ihm mit verschränkten Armen gegenüberstand und ihn offenbar nicht schnell genug wieder loswerden konnte. »Um es kurz zu machen, Mr. Delaney, ich liebe Annabelle und bin fest entschlossen, sie zu heiraten.«

»Wie bitte?« Gerald lächelte träge und belustigt, ließ die Arme sinken und stemmte die Hände in die Hüften, ausladende Hüften, die zum Kinderkriegen sehr viel tauglicher schienen als Annabelles.

»Mein Gott, Dave!« stöhnte Annabelle.

»Hören Sie zu, Mr. Kelsey«, sagte Gerald gedehnt, und wie zu seiner Rückendeckung oder als hätte sein *Hören Sie zu* sich just darauf bezogen, erklang aus dem Nebenzimmer ein piepsiges Plärren. Annabelle machte einen Schritt auf die Tür zu, dann stockte sie. »In meinen Augen haben Sie sich von Anfang an unverschämt und ordinär –«

»Moment mal!« unterbrach David.

»… in unsere Ehe eingemischt. Und was Ihre Briefe angeht, die habe ich gründlich satt und verbitte sie mir ein für allemal.«

»Ich wüßte nicht, daß ich *Ihnen* je geschrieben hätte.«

»Sie haben meiner Frau geschrieben, und…«

»Sie haben meine Briefe gelesen. Paßt zu Ihnen. Auch wenn das Schnüffeln in fremder Post sonst ein weibliches Laster ist.«

»David!«

Geralds Wangen wurden allmählich genauso rosig wie seine wulstige Unterlippe. »Also in gewisser Weise bin ich direkt froh, daß Sie heute gekommen sind, denn jetzt sehe ich, daß ich Sie richtig eingeschätzt habe. Sie sind verrückt, komplett verrückt.«

David lachte leise. Dieser Eunuch! Daß der Annabelle geheiratet hatte, war eine Farce – so grotesk wie das Märchen, in dem der Bucklige die Prinzessin erobert. »Sie müssen's ja wissen – so ein kerngesundes Mannsbild!«

Da explodierte Gerald, David brüllte zurück, und im nächsten Moment gingen sie aufeinander los. Als Annabelle sie trennen wollte, traf Davids Faust sie an der Hüfte.

»Raus hier!« Gerald wies zur Tür. »Entweder Sie verschwinden auf der Stelle, oder ich rufe die Polizei!«

»Annabelle kann mich wegschicken, sonst niemand«, versetzte David ruhig, bückte sich nach seinem Regenmantel, der bei dem Handgemenge hinuntergefallen war, und wünschte nur, er hätte die Faust bis zum Ellbogen in diesen einladend schwabbeligen Rettungsring unter Geralds Gürtel gerammt. An so einem Schlag wäre der Kerl jämmerlich zu Boden gegangen, vielleicht sogar verreckt. Kaltblütig wandte David ihm den Rücken zu, während er den Regenmantel glattstrich, ihn auf links drehte und über den Arm nahm. Und da seine brennende Hand ihn daran erinnerte, daß er versehentlich Annabelle getroffen hatte, blickte er sich suchend nach ihr um.

Sie kam mit einem Kaffee herein, den sie ihm darbot wie eine Opfergabe, was David aus irgendeinem Grund so lustig fand, daß er die Tasse breit grinsend entgegennahm. »Er ist nicht sehr stark«, sagte sie entschuldigend. »Gerald mag keinen starken Kaffee.«

»Und du?« fragte er. Der Kaffee war wirklich gräßlich und so durchsichtig, daß man das Rund des Tassenbodens durchscheinen sah. David dachte an die Espressomaschine in seinem Haus, und dann sah er wieder Gerald an, der immer noch mit gespreizten Beinen und lächerlich geballten Fäusten dastand. »Jetzt passen Sie mal gut auf, Gerald. Annabelle und ich, wir haben uns schon geliebt, bevor sie Ihnen begegnet ist, und so ein Gefühl vergeht nicht.«

»Herrgott noch mal!« Gerald schlug sich an die wulstige Stirn. »Dann fragen Sie sie doch selber! Na los!«

»Du weißt es doch noch, Annabelle, oder?« Kaum daß er sich ihr zuwandte, brannten ihm Leib und Seele vor Verlangen. Seine ganze Wut war verflogen, und fast wäre ihm die Tasse von der Untertasse gerutscht, denn sie schaute ihn an, als wollte sie »Ja« sagen.

»Ja, Dave, ich erinnere mich, aber das ist lange her.«

»Keine zwei Jahre! Und du hast selber gesagt, du liebst Gerald nicht.«

»Wann soll ich das gesagt haben?«

»Damals in La Jolla.«

»Er ist wahnsinnig. Mr. Kelsey, wenn Sie nicht in einer Minute draußen sind…«

»Es gibt wohl verschiedene Arten von Liebe, Dave. Und mit der Ehe wird sowieso alles anders.« Ihre Stimme zitterte.

»Wie anders? Zwei Menschen verlieben sich ineinander und heiraten…« Er starrte sie an, wußte nicht, wie er sich einzig mit dem Wort »Liebe« verständlich machen sollte, doch dann setzte er alles auf eine Karte. »Heißt lieben denn nicht sich kümmern, für den anderen sorgen, Rücksicht nehmen – Opfer bringen?«

»Doch, ja, Dave. Aber es bringt doch nichts, wenn wir den ganzen Tag hier stehen und über die Vergangenheit diskutieren.«

»Aber all das tue ich für dich«, stammelte er. »Viel mehr als dieser…« Wieder wußte er keinen Namen für den Fettkloß mit der unglückseligen Fähigkeit, sich fortzupflanzen. »Ich möchte dich allein sprechen, Annabelle.« David stellte die Tasse hin und griff nach ihrer Hand, doch als er sie zur Tür führen wollte, zog sie die Hand zurück, und dann war Geralds Gesicht dem seinen plötzlich ganz nahe, und David holte zum Schlag aus.

»Dave, *bitte*!« Annabelle klammerte sich mit beiden Händen an seinen erhobenen Arm.

David zwang sich zur Ruhe. »Tut mir leid. Ehrlich.« Er hätte sich geschämt, diese kleine Witzfigur zu schlagen. Schon daß er sich fast dazu hatte hinreißen lassen, beschämte ihn. »Ich meine es ernst«, sagte er ruhig zu Annabelle und schaute ihr in die lieben Augen, die jetzt in Tränen schwammen. Dann küßte er sie so rasch und unvermittelt auf den Mund, daß Gerald nicht rechtzeitig dazwischenfahren konnte.

Unmittelbar nach dem Kuß versetzte er Gerald mit der flachen Hand einen kräftigen Stoß gegen die Brust.

Gerald konnte zwar das Gleichgewicht halten, taumelte aber im nächsten Moment mit den Kniekehlen gegen das Sofa.

»Ich hätte besser nicht am Sonntag kommen sollen«, sagte David, der Geralds dreckigen Fluch geflissentlich überhörte. »Aber ich liebe dich, Annabelle, und ich werde dir schreiben.« Er drückte ihr noch einmal die Hand und ging. Auf der Treppe hörte er Gerald oben in gespielt fassungsloser Empörung toben und schreien.

Noch auf dem Weg zum Wagen überlegte David, ob er umkehren und auf einem Gespräch unter vier Augen mit Annabelle bestehen, ja sie notfalls mit Gewalt aus der Wohnung holen sollte. Diesen Gerald konnte er mit links erledigen. Überhaupt hätte er viel konsequenter sein müssen. Andererseits war er mit seinem Abgang ziemlich zufrieden und wollte die Wirkung nicht durch eine neuerliche Szene schmälern. Nein, er würde ihr schreiben und sie überreden – diesmal erfolgreich –, sich irgendwo mit ihm zu treffen, schlimmstenfalls auch in Hartford. David rief sich Geralds jämmerliche Erscheinung vor Augen – die offenbar weder durch Verstand noch Charme oder Sensibilität wettgemacht wurde –, und er fühlte sich wieder ganz sicher. Aber schon nach knapp einer halben Meile fuhr er in einer ruhigen Straße rechts ran, stellte den Motor ab und sank erschöpft über dem Steuer zusammen. Wie immer vor dem Einschlafen wanderten seine Gedanken zu Annabelle, nur daß sie diesmal nicht um ihre Probleme kreisten und um die SITUATION, sondern einzig um Annabelles klares, unschuldiges Gesicht und ihren Körper, den er eben erst, wenn auch nur für einen Moment, im Arm gehalten hatte. Und er schloß die Augen in der tröstlichen Gewißheit, daß sie eines Tages ihm gehören würde.

8

Noch am selben Abend, bevor die morgendlichen Schreckensbilder verblassen konnten, setzte er sich hin und schrieb an sie.

21. Dezember 1958

Meine geliebte Annabelle,

einzig um Deinetwillen bin ich versucht, für mein Benehmen heute morgen um Verzeihung zu bitten. Andererseits bereue ich es so sehr, nicht energischer aufgetreten zu sein, daß ich mich nicht entschuldigen kann. Ach, ich bin so niedergeschlagen – und doch ist dies ein besonderer, ja verklärter Tag, nur weil ich Dich gesehen habe. Übrigens habe ich auch einen Blick auf Dein Klavier im Nebenzimmer werfen können, ein ganz einfaches Tafelklavier, soviel ich sehen konnte, das Deinem Spiel sicher nicht gerecht wird. Eigentlich wollte ich mich nach Deinem Buch über Mozart und Schubert erkundigen, und überhaupt wollte ich Dich so vieles fragen und Dir auch soviel erzählen – aber es ging nicht. Ich glaube und hoffe, daß mir zumindest eines gelungen ist: Gerald klarzumachen, daß ich es ernst meine. Hoffentlich ist es ihm tüchtig an die Nieren gegangen; geschähe ihm jedenfalls recht.

Wenn irgend möglich, telegrafiere mir doch bitte (per R-Gespräch, damit es nicht auf Deine Telefonrechnung kommt), an welchem Vor- beziehungsweise Nachmittag Du mich nächsten Montag, Dienstag oder Mittwoch in Hartford treffen kannst. Ich werde es dann irgendwie einrichten, an dem Tag freizubekommen. Denn Du bist mir tausendmal wichtiger als meine Stellung, die ich ohnehin nur wegen des Geldes angenommen habe – und das wiederum nur Deinetwegen. Aber das soll kein Vorwurf sein, denn auch ich bin froh über das Geld und habe es gut angelegt. Gern möchte ich Dir erzählen, wie, aber lieber mündlich.

Ich kann nicht schließen, ohne klar zu sagen, wie entsetzt ich über Gerald war. Von zu Hause haben sie mir immer wieder geschrieben, er sei »okay« und so weiter, und das habe ich bislang geschluckt.

Aber nun muß ich Dir sagen, in meinen Augen ist er [hier strich er die Wendung »ein kleines Ungeheuer« wieder aus] Deiner so absolut unwürdig, daß mir die Worte fehlen, um Dir meinen Eindruck zu schildern. Sollte er jedoch irgendeine liebenswerte Eigenschaft besitzen, dann erzähl mir davon – wenn wir uns sehen –, und ich will's mir gerne anhören, schon um mich die restliche Zeit, die Du noch mit ihm verbringen mußt, damit trösten zu können.

Auf ewig, Dein Dave

PS: *Verzeih mir, aber ich konnte keinen Anteil an dem Kind nehmen, auch wenn es zur Hälfte Deines ist.*

Dieses Postskriptum löste eine unangenehme Gedankenkette aus: Ob er das Halbungeheuer wohl mit aufnehmen mußte, wenn er und Annabelle heirateten? Doch er grübelte nicht lange darüber nach, sondern vertraute darauf, daß sie sich überreden ließe, Gerald das Kind zu lassen – sie mußte doch einsehen, daß es die Statur seines Vaters erben würde. Er und Annabelle würden schließlich ein eigenes Kind bekommen – oder auch mehrere. David, der den Brief gleich einwerfen wollte, fuhr hinüber ins etwa eine Meile entfernte Ballard, wo an der Hauptstraße ein großer grüner Briefkasten stand. Doch im letzten Moment fiel ihm ein, daß der Brief, wenn er ihn hier einwarf, den Poststempel von Ballard tragen würde, und noch wollte er nicht, daß Annabelle (oder Gerald) ihn mit Ballard in Verbindung bringen konnte. Da der Brief aber so schnell wie möglich ankommen sollte, blieb David nichts anderes übrig, als gleich zurück nach Froudsburg zu fahren.

9

David schlief immer schlechter. Zwar hatte er normalerweise keine Probleme mit dem Einschlafen, wach-
te aber nach einer Stunde, leidlich erfrischt, schon wieder
auf und fand dann bis zum Morgengrauen keinen Schlaf
mehr. Die Geräusche in Mrs. McCartneys Haus waren wie
die Tonspur zu einem ständig wiederkehrenden Alptraum.
Da war das leise, aber enervierende, von Dichtungsstrei-
fen gedämpfte Klappern eines Fensters in der ersten Etage,
an dessen Rahmen der Wind rüttelte. Mrs. Starkie in Effies
früherem Zimmer, Hofseite, zweiter Stock, schnarchte
laut. Und Mr. Harris ging nicht bloß jede Nacht gegen drei
Uhr morgens zur Toilette, sondern erwachte auch gelegentlich von einem Kribbeln im Bein und stampfte dann
so lange wie verrückt mit dem bloßen Fuß auf, bis der
Krampf nachließ. Einmal im Monat entschuldigte er sich
dafür offiziell im Speisesaal. Am häufigsten allerdings hörte David ein geheimnisvolles Knarzen, als ob da noch jemand nicht schlafen könnte, jemand, der ruhelos im Zimmer auf und ab ging und dabei immer wieder auf eine
knarrende Diele trat. Außerdem fror David neuerdings
häufig im Bett und mußte dann seinen Mantel über die dünnen Decken breiten. Um auch im Wachen wenigstens einigermaßen Kraft zu schöpfen, zwang er sich, so still zu lie-

gen, daß man ihn leicht hätte für bewußtlos oder gelähmt halten können.

Dienstag abend war immer noch kein Telegramm da, und am Mittwoch morgen trödelte David absichtlich, um die Zehnuhrpost abzuwarten. Gespannt stand er in der Diele und hielt durch die Glasfüllung in der Haustür Ausschau nach dem Briefträger. Mrs. McCartney, die auf ihre Frage zur Antwort bekommen hatte, er warte auf die Post, erkundigte sich als nächstes, ob es sich um seine Mutter handele und ob es ihr womöglich schlechter gehe, aber David sagte, nein, mit seiner Mutter habe es nichts zu tun und ihr Zustand sei unverändert.

»Sicher verbringen Sie die Feiertage mit ihr zusammen«, sagte Mrs. McCartney mit einem kleinen Weihnachtslächeln.

»Natürlich.« Und dann sah David den Briefträger durch den Nieselregen kommen und öffnete ihm.

»Frohe Weihnachten!« wünschte der Briefträger und übergab David die Post für das ganze Haus: zwei Dutzend quadratische Umschläge, zumeist Weihnachtskarten, manche knallig bunt mit Girlanden in den Ecken, einige mit zittriger Alterskrakelschrift adressiert. Und ein Brief war tatsächlich von Annabelle. Hastig warf David die übrige Post auf den Korbtisch und riß das Kuvert auf.

Sie schrieb, sie könne sich nicht mit ihm treffen. Er überflog den Brief nur, aber sein Atem ging schwer vor Zorn, wie bei einem launischen Kind, das gleich in Tränen ausbricht, und seine Lippen über den zusammengebissenen Zähnen waren leicht geöffnet. Sie bedankte sich für die Brillantnadel – die er vor zwei Wochen auf eine Olga-Tritt-

Reklame in einer New Yorker Zeitung hin bestellt hatte –, schrieb aber weiter, daß sie ein so teures Geschenk unmöglich annehmen könne.

David stürzte aus dem Haus und hielt das Gesicht in den Regen, während er zu seinem um die Ecke geparkten Wagen lief.

Bei Cheswick wurde an diesem Tag nur pro forma gearbeitet. Auf den Gängen sah man von Flaschen ausgebeulte weiße Kitteltaschen und lachende Gesichter – ein-, zweimal hatte David den Eindruck, man lache über ihn. Trotzdem kostete es ihn keine große Mühe, auch seinerseits ein freundliches Gesicht aufzusetzen; vergnügt wünschte er den Kollegen »Fröhliche Weihnachten«, und das Parfüm für Helen, seine Sekretärin, hatte er ebenfalls nicht vergessen. Geduldig überprüfte er jeden Vorgang, der an diesem Tag anstand, doppelt, denn ihm war wohl bewußt, daß er sich überhaupt nicht konzentrieren konnte. Nicht einmal auf Annabelle und ihren Brief, obwohl nur er an seiner Unaufmerksamkeit schuld war. In der Mittagspause, als alles ruhig war, trat er an das Fenster seines Büros und las den Brief noch einmal. Am meisten schmerzte ihn der ausgesucht freundliche, behutsame Ton, in dem sie wohl nur schrieb, weil sie wußte, daß er den Brief am Heiligen Abend bekommen würde. *Du wirst Dir sicher denken können, daß ich jetzt an Weihnachten schrecklich viel zu tun habe. Aber trotzdem denke ich an Dich und hoffe, daß Du Dir das Fest durch meine Absage nicht verderben läßt.* Als ob ihm Weihnachten ohne sie je etwas bedeuten könnte! Der Brief war ein hastig hingeworfener, unausgegorener Gedankenwust: *Obwohl ich mich natürlich gefreut habe,*

Dich wiederzusehen, ist es, wie Du Dir denken kannst, mit Gerald durch Deinen Besuch nicht leichter geworden. Natürlich hatte sie sich gefreut? Was war unter diesen Umständen natürlich?

Am Nachmittag schenkte man in Wes' Abteilung die Laborgläser bis zur 500-Kubikzentimeter-Markierung voll mit siebzehn Jahre altem Scotch, spendiert von Mr. Lewissohn. Die Weihnachtsgratifikation war dieses Jahr großzügig ausgefallen (David hatte tausend Dollar bekommen), und alle waren zufrieden mit sich, mit Weihnachten, mit ihrer Arbeit und dem Chef. David blickte in Mr. Lewissohns kernig frisches, erfolgstrunkenes Gesicht und merkte, daß er heute nicht einmal die Kraft aufbrachte, ihn unsympathisch zu finden. Den Scotch schüttete er nach ein, zwei Schluck in Wes' bereitwillig hingehaltenes Glas.

»Hast du wirklich keine Lust, nach der Arbeit bei uns vorbeizuschauen?« fragte Wes ihn schon zum drittenmal. »Es kommen noch andere Gäste, wir wären also nicht mit Laura allein. Und sie macht Eierflip, aber du kannst auch Kaffee bekommen«, bestürmte Wes ihn.

Weil ihm keine Ausrede einfiel, sagte David bloß: »Nett von dir, aber heute geht's wirklich nicht.«

»Bist wohl schon auf dem Sprung zu deiner Mutter, wie?«

Die Betonung, die Wes auf »Mutter« legte, machte David hellhörig. »Nein, nein, ich fahre wahrscheinlich erst morgen. Heute abend steigt bei ihr draußen eine interne kleine Feier«, improvisierte David mit dem Mut der Verzweiflung.

»Deine Mutter ist doch in einem Pflegeheim?«

»Ja«, antwortete David. Er hatte festgestellt, daß es eine Autostunde von Froudsburg zwei Pflegeheime gab, bevor er seine Geschichte unter die Leute brachte.

»Sie wohnt also nicht in einem Privathaus?« fragte Wes.

»Nein«, sagte David bestimmt und wollte schon hinzusetzen: Was geht dich das eigentlich an?, traute sich dann aber doch nicht.

Wes nickte nur, und David überlegte, ob Effie etwa eine Andeutung gemacht oder Wes sogar erzählt hatte, daß seine Mutter tot war. »Effie hat nach dir gefragt«, sagte Wes. »Du hast ihr doch hoffentlich eine Weihnachtskarte geschickt.«

»Triffst du dich etwa weiter mit ihr?« fragte David heftiger als beabsichtigt.

»Ab und zu. Wann immer ich Lust habe.«

Nach diesem scharfen Wortwechsel wandten sich beide gleichzeitig ab, und jeder ging seiner Wege.

Sogar Mrs. McCartney spielte zur Feier des Tages die Gastgeberin in ihrem »Salon«, dessen düster unbewohnte Atmosphäre paradoxerweise gerade durch seine Schäbigkeit gemildert wurde: *Irgendwer* hatte schließlich einmal den Teppich abgetreten, seine Zigaretten auf dem Deckel der Mahagoni-Musiktruhe ausbrennen lassen und den Armvoll Rohrkolben gepflückt, die aussahen, als hätten die Mäuse daran geknabbert.

»Ach, David, sind Sie so lieb und tragen das zu Mrs. Beecham hinauf?« bat Mrs. McCartney im Ton christlicher Nächstenliebe und hielt ihm ein kleines Tablett hin, auf dem neben einer Tasse mit Fußbad ein kleines Stück englischen Kuchens lehnte. »Sarah ist nämlich mit einer zweiten Portion Eierflip zugange.«

Als David nicht gleich antwortete, wollte die verdutzte Mrs. McCartney schon zu einer weiteren Erklärung ansetzen, aber da sagte er: »Vielleicht kann ich ihr ja herunterhelfen«, machte kehrt und nahm auf der Treppe drei Stufen auf einmal.

Mrs. Beecham wehrte lachend ab und meinte, das könne sie nicht mal *im* Rollstuhl schaffen, selbst dann nicht, wenn zwei starke Männer sie trügen.

Doch David hob sie kurzerhand mitsamt dem Stuhl hoch, stieß die Tür mit dem Fuß auf, und indem Mrs. Beecham sich lachend mit der Rechten ans Geländer klammerte, schafften sie es ganz langsam die Treppe hinunter. Beifallsrufe empfingen ihn, als er sie in den Salon trug und behutsam aufs Sofa setzte. Den Rollstuhl hatte er in der Diele gelassen.

Als David sich wenig später von der Feier wegstahl und auf sein Zimmer ging, lag auf dem Bett ein in Seidenpapier gewickeltes Päckchen, an dem eine Karte in Form eines Weihnachtsmannes hing.

Auf dem weißen Rauschebart stand: »Dem lieben David, von Molly Beecham.«

Die krakelige Schrift, das an den Ecken so unbeholfen eingeschlagene Seidenpapier und die vergilbte, mit Glitzerfäden durchwebte Schleife weckten heftiges Mitleid in ihm, und als er das Päckchen in der Hand hielt (in dem natürlich nichts anderes sein konnte als die von ihr gestrickten neuen Socken), da überkam ihn eine Rührung, die fast als Weihnachtsstimmung hätte durchgehen können.

Nach einigem Überlegen zog er die unterste Schublade seines Schreibtischs auf und entnahm ihr eine runde

Schachtel aus abgewetztem, dunkelbraunem Leder. Zwischen Hemden- und ein paar einzelnen Manschettenknöpfen – Davids gute Manschettenknöpfe waren alle in seinem Haus – fand sich eine mit Staubperlen gefaßte Rubinbrosche. Da er kein Geschenkpapier hatte, wickelte David die Brosche in eines seiner weißen Taschentücher, faltete es so hübsch wie möglich zusammen, schnitt dann einen Streifen von einem Blatt Schreibmaschinenpapier ab und schrieb darauf: »Für Mrs. Beecham mit den besten Weihnachtswünschen von David.« Als er das Geschenk hochbrachte und auf den Tisch mit ihrem Nähzeug legte, schlich er auf Zehenspitzen, als wäre sie im Zimmer und schliefe. Die Brosche hatte seiner Mutter gehört, und obwohl David ihr nie besonders nahegestanden hatte, biß er jetzt die Zähne zusammen und drehte abrupt den Kopf weg, als er wieder zur Tür ging.

In seinem Haus schmückte er an diesem Abend bei den rituellen zwei Martini den Kaminsims mit Tannenzweigen, zwischen die als Farbtupfer ein paar Stechpalmen kamen, und auf dem Tisch, wo die beiden Gläser standen, baute er eine kleine Engelspyramide auf, zündete deren drei Kerzen an und stellte das Divertimento von Mozart ab, um der mit ganzen neun Noten ebenso schlichten wie abwechslungsreichen Melodie der Spieluhr zu lauschen. Seine wenigen Geschenke, die fast alle aus einem Paket stammten, das vor einigen Tagen aus Kalifornien gekommen war, hatte er neben dem Kamin aufgebaut. In Annabelles völliger Abwesenheit (während sie ihm im letzten Jahr ein Schlüsseletui aus Alligatorleder geschenkt hatte, war dieses Jahr kein Geschenk, ja nicht einmal eine Karte gekommen) fiel es ihm leichter, sich vorzustellen, daß sie bei ihm wäre, daß von den Geschenken aus Kalifornien ein paar auch für sie bestimmt waren, daß aber ihrer beider Geschenke füreinander in einem anderen Zimmer lagen, wo sie später gemeinsam Bescherung feiern würden.

Nach einem einfachen Abendessen am hübsch gedeckten Tisch streckte David sich auf dem Kaminvorleger vor dem verglühenden Feuer aus und verschränkte die Arme über der Brust. Ihr Gewicht war Annabelles Kopf, der dort ruhte, und trotz des starken Duftgemischs aus Feuerholz und Tannen spürte er noch ihr vertrautes Parfüm. Die Brillantnadel, die er ihr geschickt und die sie zumindest in der Hand gehalten hatte, ja die sie vielleicht eben jetzt wieder berührte, war ein Fundament, auf dem sich in den kommenden vier Tagen die schönsten Luftschlösser errichten ließen. Weltreisen würde er mit Annabelle planen, über die richtige Schule für ihre Kinder diskutieren (David stellte sich gern vor, sie hätten ein Mädchen von vier und einen Jungen von zwei Jahren), ein Stellenangebot in Brasilien oder Mexiko würden sie in Erwägung ziehen, über den besten Platz für ein Barbecue auf der rückwärtigen Terrasse beraten und darüber, ob sie sich im nächsten Sommer ein kleines Segelboot leisten könnten. In Davids Vorstellung war Annabelle stets praktischer als er, aber auch spontaner, weshalb sie so gut wie keinen seiner Vorschläge ablehnte. Er kleidete sie in Seide, in flauschige Wolle, Nerz und Hermelin. Sie saßen in einer Loge in der Met und hörten *Die Zauberflöte, Elektra, Wozzeck,* und wenn sie zusammen auf eine Party gingen, dann waren sie bei Verheirateten und Ledigen gleichermaßen beliebt, wurden aber auch immer ein bißchen beneidet. Da er seine Anzüge partout allein kaufen wollte, verlangte Annabelle manchmal, daß er den einen oder anderen zurückbrachte. Einige von seinen Krawatten gefielen ihr, andere weniger, und diese trug er selten oder gar nicht. Er dachte sich Lieblingsgerichte für sie aus und redete sich ein, daß sie Shrimps und Auberginen nicht mochte.

Das Haus war zum Träumen da, nicht zum Rackern, und solange er dort vor dem Kamin lag, wurden seine Träume auch nicht von der allerkleinsten Sorge überschattet, von keinem Mißerfolg, Argwohn oder Versäumnis (denn selbst die Zeit war hier aufgehoben). Einzig seine Musik beeinflußte und durchdrang sein Gemüt, Weihrauch gleich – Bachs mathematische Klarheit ebenso wie Brahms' erhabenes Zartgefühl.

Mrs. Beecham freute sich rührend über sein Geschenk. (»Das ist zu schön für eine häßliche alte Frau wie mich!«) Stundenlang schwelgte sie in Dankeshymnen, auf die David nichts zu antworten wußte, und als sie zum dritten Mal fragte, in welchem Geschäft er nur etwas so Schönes gefunden habe (sie wisse doch, wie bescheiden das Angebot in Froudsburg sei), verplapperte er sich und sagte, die Brosche habe seiner Mutter gehört.

»Aber sie machte sich nie viel daraus«, setzte er hastig hinzu, als Mrs. Beecham vor Staunen schier der Mund offenblieb. »Ich weiß nicht mal mehr, wie ich an die Brosche gekommen bin.«

»Ja, sollten wir sie ihr nicht lieber zurückgeben?« fragte Mrs. Beecham, und erst da merkte David, daß er von seiner Mutter in der Vergangenheit gesprochen hatte.

»Ach, wahrscheinlich ist sie darum bei mir gelandet. Weil Mutter sich nichts daraus macht.«

Da schaute Mrs. Beecham ihn liebevoll an, und trotz der grotesk vergrößerten Augen hinter den dicken runden Brillengläsern rührte sich etwas in Davids Herz, etwas, was ihn verlegen machte, denn er war solche Blicke nicht gewöhnt. Das kommt bloß von der Brille, schoß es ihm durch den Kopf, sie verklärt den Blick.

»Also gut, aber sie gehört weiterhin Ihnen, David.« Versonnen drehte Mrs. Beecham die kleine Brosche in den knochigen, kraftlosen Fingern. »Daß sie dieses Haus nicht mehr verlassen wird, versteht sich von selbst, und bevor ich sterbe, werde ich dafür sorgen, daß Sie sie zurückbekommen.«

David sperrte sich so sehr gegen diese Vorstellung, daß ihre Worte gar nicht zu ihm durchdrangen. Er hatte es danach sehr eilig, sich zu verabschieden.

An dem Schreibtisch in seinem Pensionszimmer schrieb David in der Woche zwischen Weihnachten und Neujahr zweimal an Annabelle, wobei der zweite Brief heftiger ausfiel und David sich darin abfälliger über Gerald äußerte als im ersten. Er verlangte, Annabelle solle ihm fairerweise einen richtigen und ernstgemeinten Brief schreiben, einen, bei dem er nicht das Gefühl hätte, Gerald schaue ihr über die Schulter und lese Wort für Wort mit. David grauste es vor Neujahr, obwohl er Silvester in seinem Haus verbringen und dort wahrscheinlich von dem übermütigen Autohupen und dem Gegröle der Betrunkenen verschont bleiben würde. Annabelle schrieb ihm einen sehr knapp gehaltenen Brief, der den seinen in keiner Weise beantwortete und am selben Tag eintraf wie das Eilpäckchen mit der Brillantnadel. Die beiliegende Karte klang bemüht freundlich und dankbar, aber sie wies sein Geschenk zurück. Die Begleitzeilen hätten genausogut von Gerald stammen können, und David vermißte darin die paar Worte, die er sonst in jedem von Annabelles Briefen gefunden hatte, Worte, die ihre wahren Gefühle verrieten. Und jetzt? Als ob sie zur Marionette dieses Kretins geworden wäre, dachte David erbittert.

Bestimmt würde sie ihm noch einmal schreiben. Schließlich hatte er ihr in seinem letzten Brief etliche präzise Fragen gestellt: Wie viele Stunden pro Tag konnte sie Klavier üben, hatte sie viele Freunde in Hartford, ging sie manchmal ins Theater, trank sie gern Espresso? Und endlich wiederum die Frage nach ihrem Buch über Mozart und Schubert, dessen Exposé sie ihm damals gezeigt hatte. David war ganz sicher, daß sie diese Fragen beantworten würde, vielleicht nach Neujahr, wenn sie wieder mehr Zeit hätte, und er glaubte auch, daß sie sich dann für die unterkühlten Zeilen, die seinem retournierten Weihnachtsgeschenk beilagen, entschuldigen und sie damit erklären würde, daß Gerald die Karte habe lesen wollen, um sich zu vergewissern, daß sie die Brosche auch wirklich zurückgab.

Am Neujahrsmorgen erwachte David aus unruhigem Schlaf. Er hatte von Annabelles Brief geträumt, und dieser Traum war auch im Wachen noch spukhaft präsent. Jedes Wort hatte er im Traum mitbekommen: Sie schrieb, sie liebe ihn, gab sich in seine Hand, bat ihn, sie von Gerald zu befreien, und versprach, alle seine Vorschläge anzunehmen.

Jetzt, im Erwachen, sah er auf einmal, welch gigantisches Blendwerk seine Träume waren, und erkannte fassungslos und benommen, daß er die ersten Stunden des neuen Jahres ganz allein in einem leeren Haus erlebte. David hielt das für ein böses Omen, denn noch nie hatte er in seinem Haus »schlecht geträumt«. Aber im Laufe des Vormittags kam er beim Messing- und Silberputzen darauf, daß man den Traum genauso gut optimistisch deuten konnte. Vielleicht war ja tatsächlich ein solcher Brief unterwegs. Wie dumm von ihm, sich entmutigen zu lassen, bloß weil er ihn noch nicht in Händen hielt. Und in dieser hoffnungsfrohen Stimmung blieb er die nächsten Tage, ja auch dann noch, als er schon wieder bei Mrs. McCartney und in der Fabrik war.

Zweimal traf David, als er nach der Arbeit gegen halb sechs in die Pension kam, auf Effie Brennan, die Mrs. Beecham besuchen wollte. Das erste Mal hatte sie eine blühende Geranie dabei, die gegen die Kälte in grünes Geschenkpapier eingewickelt war, das oben offenstand. Sie bat David, mit hinaufzukommen und Mrs. Beecham guten Tag zu sagen, aber David lehnte höflich ab, erkundigte sich ebenso höflich nach ihrem Befinden, eine Frage, die sie artig zurückgab, und das war alles.

Beim zweiten Mal stand Effie in der Diele und sah so konzentriert die Post auf dem Korbtisch durch, als hoffte sie, darunter etwas für sich zu finden, und als David die Haustür ins Schloß fallen ließ, fuhr sie herum und lächelte ihn an.

»Hallo, David. So ein Zufall. Da ist ein Päckchen für Sie.«

David nahm die Sendung entgegen, ein Buch, das er aus New York bestellt hatte. Sie redeten über Belangloses, das Wetter. Es sollte noch kälter werden. David fühlte sich in ihrer Gegenwart so schuldbewußt, als hätte er ihr ein schändliches Unrecht angetan, was daher kam, daß sie wußte – oder jedenfalls zu wissen glaubte –, daß seine Mutter tot war. Als er ihr gegenüberstand, war ihm das freilich ebensowenig klar wie die Tatsache, daß sie es ihm auf den Kopf zugesagt hatte. Er betrachtete ihre Frisur, die kurzen, aber üppigen Locken, die sich steif um die dunkelblaue Baskenmütze ringelten, stellte erneut fest, daß ihr Haar mit dem rötlichen Schimmer fast die gleiche Farbe hatte wie Annabelles, und erinnerte sich, daß auch Annabelle die Haare jetzt kurz trug, obwohl er sie sich immer noch lang dachte, so wie früher in La Jolla. Effies klarem, offenem Blick wagte er sich nicht zu stellen.

»Ihr Bild ist übrigens inzwischen fixiert«, sagte sie. »Wenn Sie es noch möchten, gehört es Ihnen. Aber ich bin nicht gekränkt, wenn Sie nein sagen.«

»Doch, doch, ich nehme es sehr gern.« David preßte den Handballen an den Pfosten des Treppengeländers.

»Dann kommen Sie doch mal einen Abend vorbei.«

»Gern, besten Dank.« Mit einem flüchtigen Lächeln ging er nach oben.

Effie folgte. David sperrte seine Zimmertür auf, trat ein und wollte eben hinter sich zumachen, als sie ihn beim Namen rief.

»Ich wollte noch etwas mit Ihnen bereden«, sagte sie ruhig. »Darf ich einen Moment hineinkommen?«

Mit einem Seufzer gab David den Eingang frei. Dann schloß er die Tür und versetzte sie beide ins Dunkel, bis er mit zwei großen Schritten den Raum durchquert und die Lampe auf seinem Schreibtisch angeknipst hatte.

»Oh!« hauchte Effie und sah sich um. »Ich wußte gar nicht, daß Sie so ein großes Zimmer haben. Und wie schön Mrs. Mac es in Ordnung hält!«

David, der gerade seinen Mantel aufknöpfte, nickte bloß. »Möchten Sie sich nicht setzen?«

»Nein, danke.« Ihre Augen waren wieder fest auf sein Gesicht geheftet. »David, es geht um den Abend bei mir. Ich wollte mich entschuldigen, weil ich Sie wegen Ihrer Mutter so gelöchert habe.«

»Keine Ursache«, gab er rasch zurück.

»Aber ich habe Sie so gelöchert, ob sie tot ist oder nicht. Dabei haben Sie gewiß Ihre Gründe – und Sie sagten ja auch, das mit der Akte wäre ein Irrtum. Jedenfalls geht es mich nichts an, und ich wollte mich entschuldigen, daß ich überhaupt davon angefangen habe. Wes habe ich übrigens kein Wort davon erzählt.«

»Und selbst wenn? Es ist alles in bester Ordnung«, erwiderte David mit dem Rücken zu ihr, da er gerade seinen Mantel aufhängte.

»Ich sage es nur, weil ich an dem Abend gemerkt habe, wie sehr es Sie verärgert hat.«

Schweigen.

»Aber falls Wes Ihnen in letzter Zeit verändert vorkommt, dann liegt es nicht daran«, setzte das Mädchen hinzu. »Er ist nur böse, weil Sie ihn nie besuchen kommen.« Und jetzt lächelte sie ihr strahlendes Lächeln.

David zuckte die Achseln. »Er erzählt mir pausenlos von Auseinandersetzungen zu Hause, und ich habe keine Lust, ein Haus zu betreten, wo Mann und Frau dauernd streiten. Ich bin kein Psychiater. Ich weiß nicht, wie man ihm helfen kann.«

»Ihm wäre schon geholfen, wenn Sie ihn besuchen würden. Ehrlich, David. Außerdem streiten sie nicht, wenn Besuch da ist, jedenfalls haben sie sich vor mir noch nie gezankt. Wes meint, seine Frau hätte mit ihren Wutanfällen viele ihrer Freunde vergrault, und vielleicht stimmt das ja auch, aber wenn Ihnen etwas an Wes liegt...«

David trat von einem Fuß auf den anderen.

»Er hängt doch so an Ihnen!« fuhr die mahnende Stimme fort. »Ich finde, Sie könnten ihm den Gefallen tun. Auch wenn Sie nichts für Frauen übrig haben – so ein Anstandsbesuch, das ist doch nicht, als ob Sie mit einer zusammenleben müßten.«

»Ich bring's einfach nicht über mich.« David konnte seinen Unmut nicht länger verbergen.

Ernüchtert sah Effie ihn an. »Ich versteh schon. Ihnen ist es ja fast unerträglich, daß ich hier im Zimmer bin, das sehe ich«, sagte sie und wandte sich zur Tür.

Er wollte sich entschuldigen, ihr das Gegenteil beteuern, aber die Worte blieben ihm im Hals stecken.

Sie drehte sich noch einmal um. »Welche Frau hat Ihnen nur so weh getan?«

»Gar keine.«

»O doch, da irre ich mich bestimmt nicht. Ich will gar nicht ihren Namen wissen, bloß – wie lange ist es her?«

»Nein, wirklich, mich hat niemand gekränkt«, antwortete er hastig. Und den Blick weiter finster zu Boden gerichtet, wie schon seit einigen Minuten, wollte er ihr die Tür öffnen. Doch als er die Hand nach der Klinke ausstreckte, sagte sie: »Sie sind noch so jung, David. Sie haben noch das ganze Leben vor sich. Es tut mir weh, Sie so unglücklich zu sehen.«

»Aber ich bin nicht unglücklich!« Er spürte den fast unwiderstehlichen Drang, die Tür aufzureißen und sie hinauszuschubsen. Weiber! Diese Weiber mit ihrem Spatzenhirn und Plappermaul, mit ihrem Bis-hierher-und-nicht-weiter, aber bitte, bitte doch bis hierher, und dann diese stumpfsinnige fixe Idee, das Glück der Menschheit hänge davon ab, einen Mann und eine Frau unter einem Dach zusammenzuführen!

»Auf Wiedersehen, David.«

»Auf Wiedersehen.« Als er die Tür zumachte, zitterte er vor ohnmächtiger Wut.

David riß sich die Krawatte ab und ließ sie mit lautem Peitschenknall durch die Luft sausen, ehe er sie in den Schrank hängte. Heute abend würde er das neue Buch über Tiefseebohrungen lesen und darüber sein verkorkstes Leben vergessen. Er öffnete das Päckchen, betrachtete voller Vorfreude den neuen Einband und legte das Buch aufs Bett. Vielleicht würde er Wes morgen einladen, bei ihm vorbeizukommen. Da war noch die halbe Flasche Scotch im Schrank. Wes zuliebe hatte er immer Whisky im Haus, obwohl Wes sich meist selbst etwas zu trinken mitbrachte.

Das neue Buch baute ihn wieder auf. David las es in einem Zug durch, und es war zwei Uhr morgens vorbei, als er es aus der Hand legte. Die Studie, eine Neuerscheinung, enthielt den Hinweis auf eine vier Monate später geplante zweite Reise des hier erstmals vorgestellten Forschungsteams der Dickson-Rand-Laboratorien zur Entnahme von Bodenproben aus dem Indischen Ozean und dem Chinesischen Meer. David fand die Ortsnamen romantisch verlockend, abenteuergeladen. Bei Dickson-Rand hatte er sich bewerben wollen, als er Annabelle kennenlernte. Es war ein verrückter Einfall, gewiß, aber vielleicht könnte er... Doch seine Planung geriet ins Stocken, als er vergeblich versuchte, sie mit Annabelle in Einklang zu bringen. *Wenn alles geregelt ist,* hatte er zunächst gedacht. Aber andererseits – warum sollte das nicht in vier Monaten zu bewerkstelligen sein? Und wenn es doch länger dauerte? David kehrte zu seinem ersten Entschluß zurück, zumindest an Dickson-Rand nach Troy zu schreiben, ihnen seinen Lebenslauf zu schicken und anzufragen, ob eine Stelle für ihn frei sei. Der Gedanke an seinen Lebenslauf mit der stolzen Zahl von Stipendien und Preisen nebst dem glänzenden Empfehlungsschreiben von Professor Henkert aus Oakley, Kalifornien, munterte ihn wieder etwas auf.

Am nächsten Morgen erwachte David zeitig und schrieb noch vor dem Frühstück an Dickson-Rand. Obwohl er nur drei Stunden geschlafen hatte, fühlte er sich so wohl wie seit langem nicht mehr. Beim Lunch erzählte er Wes von der Studie über Tiefseeforschung und erwähnte besonders die klimatischen Bedingungen für die Kernbohrungen, die Wes bestimmt interessierten. Und wirklich blitzte in Wes' Gesicht Interesse auf, das freilich gleich wieder erlosch, als Wes meinte, er beneide jeden, der eine solche Expedition mitmachen könne, aber für ihn sei das aussichtslos, da Laura bestimmt dagegen sei. Er machte Laura vor David zu einer Spinne, die ihn gefangenhielt und mit jedem Bein ein paar Fäden des Netzes umklammerte und die ständig auf ungewohnte Schwingungen lauerte, ja jedes Beben eines Lufthauchs als bedrohlich registrierte. Wenn Wes zur Arbeit ging, dann zog er einen dieser Fäden hinter sich her, und abends folgte er ihm zum Netz zurück.

»Hast du Lust, heute abend bei mir vorbeizukommen?« fragte David. »Ich habe noch Whisky im Schrank.«

Wes lächelte dankbar. »Gegen neun? Oder ein bißchen früher?«

»Komm ruhig eher. Und wenn du möchtest, leihe ich dir das Buch.«

An diesem Abend fand David zwei Briefe vor, einen von seiner Tante, wie er an der Handschrift auf dem Umschlag sah, der andere mit der Maschine getippt. Er drehte das Kuvert um und las:

G. J. Delaney
48 Talbert Street
Hartford, Conn.

David rannte hinauf in sein Zimmer und öffnete den Brief, in der panischen Angst, Annabelle sei etwas zugestoßen, sie liege sterbend im Krankenhaus, sei womöglich schon tot.

Lieber Mr. Kelsey,

ich sage es Ihnen zum letzten Mal: Lassen Sie uns in Ruhe! Ich habe die Nase voll von Ihren Briefen, dito meine Frau. Was Sie bisher geschrieben haben, würde schon für eine Verleumdungsklage reichen. Es gibt nämlich Gesetze gegen Leute wie Sie, die es darauf anlegen, fremde Ehen zu zerstören. Und Ihre Unverschämtheiten gegen mich sind so pervers, daß sie eher von einem Kriminellen stammen könnten als von einem angeblich großen Wissenschaftler.

Ich habe die beiden unverschämten Briefe gelesen, in denen Sie meine Frau um ein Treffen bitten. Aber da haben Sie total danebengelangt, Mr. Kelsey. Wenn meine Frau nur die geringste Lust hätte, sich mit Ihnen zu tref-

fen, hätte sie das doch längst getan. Sie teilt meine Ansicht, daß Sie praktisch reif für die Anstalt sind und daß Sie schleunigst aufhören sollen, uns zu belästigen, sonst... Wir wollen nichts mehr mit Ihnen zu tun haben. Und wenn Sie sich nicht daran halten, werde ich persönlich gegen Sie vorgehen, darauf können Sie sich verlassen.

Gerald J. Delaney

David wollte den Brief auf den Tisch legen, ließ ihn dann aber kraftlos zu Boden fallen. Als der Mantel aufgehängt und die Überschuhe ausgezogen waren, die er an der Fußmatte unten im Flur, so gut es ging, abgetreten hatte, stand sein Entschluß fest: Er würde dem kleinen Mistkerl gar nicht antworten. Annabelle mit seinen »Ansichten« in einen Topf zu werfen – lachhaft! Und gar mit »Verleumdungsklage« zu drohen. David fragte sich, ob Annabelle den Brief gelesen hatte. Wahrscheinlich konnte sie Gerald nicht daran hindern, ihn abzuschicken. Ich werde ihr noch heute schreiben, dachte er, gleich nach dem Abendessen und bevor Wes kommt. Wieder war er versucht, ihr mitzuteilen, daß er ein eigenes Haus habe, ein geräumiges, komfortables Haus, in dem sie sich jederzeit vor Gerald in Sicherheit bringen könne. Aber auch diesmal entschloß er sich, damit noch zu warten.

Doch dann begann er den Brief schon, bevor er zum Essen hinunterging, und als er einmal losgelegt hatte, schrieb er Annabelle auch, daß er ein Haus gekauft und für zwei Personen, genauer gesagt für sie beide, eingerichtet habe und daß sie dort nicht nur jederzeit willkommen sei, sondern daß es ihn, David, überglücklich machen würde, sie dort zu wissen. Wo das Haus lag, schrieb er nicht, denn das sollte Gerald natürlich nicht erfahren. Sein Ton war ruhig, aber beredt, er schrieb, er habe genug von Briefen, papiernen Beleidigungen und von Fragen, deren Beantwortung ständig durch diese tranige Nervensäge verhindert würde, diesen vertrottelten Eunuchen (bei der Wortwahl hatte David sich doch nicht ganz in der Gewalt), mit dem sie zusammenleben müsse. »...Wenn ich das nächste Mal nach Hartford komme, dann um Dich mitzunehmen, was ich schon beim letzten Mal hätte tun sollen...«

Als Wes Carmichael kam, brachte er Bier mit und eine Flasche Cognac. Und dann saß er auf der Kante von Davids rötlichbraunem Sessel, in einer Hand eine Bierdose, in der anderen ein Glas Scotch, und erklärte David, dies seien heute abend seine ersten Drinks, weil die Cocktails vor dem Essen bei ihm zu Hause gestrichen seien. Wie Schlakke, die er erst loswerden mußte, bevor sie über etwas Vernünftiges reden konnten, kollerten die Worte aus ihm heraus. Letzten Sonntag hatte er sich am Spülbecken in der Küche rasieren müssen, weil in dem Waschbecken im Bad lauter Kämme und Bürsten in Ammoniak weichten. Die Toilette durfte man wegen irgendeines Desinfektionsmittels nicht benutzen, und in der Wanne war Feinwäsche eingeweicht. Und jedesmal, wenn er das Schränkchen unter der Küchenspüle oder im Bad aufmachte, purzelten ihm Schrubber und Scheuermittel entgegen, Fleckentferner, verschiedenfarbige Schwämme, die alle nur separat benutzt werden durften, Einwegklobürsten, Stahlwolle, Herdputzmittel, Glasreiniger, Bohnerwachs und Möbelpolitur, Chlorax, Ammoniak und Silberpolitur. »Ich schwöre dir, wenn ich je von ihr loskomme und ein normales Leben anfangen will, gehe ich an dem erstbesten Bazillus ein, der mich erwischt.«

David, der nicht aufmerksam zuhörte, bekam nur hin und wieder einen Satz mit. Aber weil er wußte, daß er Wes damit eine Freude machen konnte, lachte er ein paarmal. Wes stimmte jedesmal wie erleichtert mit dröhnenden Lachsalven ein.

»Nimm dir mein Beispiel zu Herzen und heirate bloß nicht!« sagte Wes und schenkte sich Scotch nach. »Sag, gehst du wirklich mit auf diese Expedition, wenn das Labor dich nimmt?«

»Das kommt darauf an. Ich habe noch eine andere Stelle in Aussicht.«

»Wo denn? Du, wenn's in den Staaten ist – ich bin dabei!«

»Die Sache ist noch nicht spruchreif. Aber sobald…« David strich mit den Handflächen an der Kante seines Stuhls entlang. Ihm war plötzlich eingefallen, daß Annabelle seinen Brief morgen vielleicht noch gar nicht bekommen würde, da er ihn erst um Viertel nach acht eingeworfen hatte. Womöglich bekam sie ihn erst Samstag morgen, und wenn sie ihn dann anrufen oder ihm ein Telegramm schicken wollte, wäre er übers Wochenende nicht da. David beschloß, Samstag abend zwischen acht und neun bei Mrs. McCartney anzurufen und sich zu erkundigen, ob eine Nachricht für ihn gekommen sei.

Wes, der inzwischen die Abbildungen in Davids neuem Buch betrachtete, begann jetzt über die Topographie des

Meeresbodens zu reden, und David folgte ihm erleichtert in eine Welt objektiver und logischer Kategorien. Es war schon nach Mitternacht, als er Wes zum Wagen brachte. Inzwischen ging es ihm wieder gut, ja er fühlte sich richtig zufrieden und glücklich: Er war erst achtundzwanzig, Annabelle vierundzwanzig, und sie hatten die besten Jahre ihres Lebens noch vor sich.

Am nächsten Morgen lagen etliche Zentimeter Schnee, duftig und weich wie Wattewolken. David freute sich immer, wenn es schneite, auch wenn ihm der weiche Pulverschnee noch lieber war als der schwere, nasse. Aber ob Firn- oder Pappschnee, in jedem Fall verwandelte die weiße Pracht die bekannten Schauplätze, verbarg ihren Schmutz und verfremdete jene Ecken und Winkel, die sonst an alte Erinnerungen, an Enttäuschungen und die Eintönigkeit seines Alltags gemahnten. Mit dem Schnee lebten seine Hoffnungen auf, und so wurde es einer jener Freitage, an denen er sicher war, daß ihn auf dem Korbtisch in der Pension ein Brief von Annabelle erwarten würde, wenn er um halb sechs zurückkam. Aber auf dem Tisch lagen nur drei Briefe, und keiner davon war für ihn. Auf seinen Brief von gestern abend konnte ohnehin noch keine Antwort da sein.

In seinem Zimmer packte David ein paar Bücher und ein Fläschchen Tinte (die im Haus war ihm ausgegangen) in seinen Matschsack. In der Vorfreude auf das Wochenende pfiff er leise vor sich hin. Für heute nacht war erneut Schneefall angesagt, und so würde es draußen noch ruhiger sein als sonst, ja bis auf seine Musik und selbstverursachte Geräusche durfte er mit völliger Stille rechnen. Am Wochenende würde er alles noch einmal überdenken, und es war nicht ausgeschlossen, daß er schon diesen Sonntag nach Hartford fahren würde, zu der alles entscheidenden Unterredung mit Annabelle. Dann war bis Sonntag abend vielleicht schon alles geregelt, Annabelle wäre im Haus, hängte ihre Sachen auf, machte sich mit allem vertraut, schlang ihm die Arme um den Hals und küßte ihn. Das Schlafzimmer würde sie vielleicht nicht mit ihm teilen wollen, solange sie nicht verheiratet waren, dachte er weiter, und sein Pfeifen wurde lauter, bis ein glückliches Lächeln ihn am Pfeifen hinderte.

Spontan lief er zu Mrs. Beecham hinauf und klopfte an ihre Tür. Sie strickte an etwas Braunem – David erkundigte sich diesmal nicht, was es werden sollte –, ließ das Strickzeug aber während ihrer Unterhaltung im Schoß ruhen. Diesmal antwortete David ganz ohne Stocken auf ihre Fragen nach seiner Mutter, und dann redeten sie noch über den Schnee und über Mr. Harris, der sich den Fuß verstaucht hatte und seine Muskelkrämpfe nun eine ganze Weile nicht mit Stampfen und Trampeln würde bekämpfen können. David wärmte sich glücklich und dankbar an ihrer lieben Stimme, ihrem Lächeln und ihren guten Wünschen fürs Wochenende.

Er war kaum auf der Treppe, da rief Mrs. McCartney nach ihm. Er werde am Telefon verlangt.

David, der an Wes dachte, griff rasch nach dem Hörer. »Ja, hallo?«

»Dave, bist du's? Hier ist Annabelle.«

»Darling! Ist etwas passiert?«

»Nein, nein, mir geht's gut. Aber Gerald hat deinen Brief gelesen. Er hatte etwas vergessen, und als er es am

Nachmittag holen wollte, ist er zufällig mit dem Postboten zusammengetroffen. Ich kann nichts dafür, Dave, er hat den Brief an sich genommen und aufgemacht.«

»So eine Frechheit. Aber keine Sorge, ich mach mir nichts draus.«

»*Du* vielleicht nicht, aber kannst du meine Situation nicht verstehen, Dave? Er ist mein Mann.«

»Ob ich die Situation verstehe? Natürlich, und ich glaube, besser als du, Annabelle. Hat er dir meinen Brief überhaupt gegeben?«

»Ja, ich habe ihn gelesen.«

»Und?« rief er erwartungsvoll und legte hastig die hohle Hand über die Sprechmuschel, damit man ihn nicht über den ganzen Flur hörte.

»David, du schreibst da etwas von einem Haus... deshalb rufe ich an. Du verstehst anscheinend meine Briefe nicht. Ich kann niemals in dein Haus kommen, Dave, jedenfalls nicht so, wie du es dir wünschst.«

»Ich habe natürlich angenommen, daß du dich irgendwann scheiden läßt.«

»Dave, ich will mich nicht scheiden lassen. Kannst du das nicht begreifen?«

David befeuchtete die Lippen. »Hört er gerade mit?«

»Nein.«

»Nein? Sag, Annabelle, soll ich zu dir kommen? Jetzt gleich?«

»Nein, Dave, darum rufe ich an. Wie kann ich es dir nur erklären? Du darfst mir nicht mehr schreiben, Dave. Das bringt nur Ärger, und es wird von Mal zu Mal schlimmer. Gerald ist fuchsteufelswild, ganz im Ernst.«

»Gerald ist mir scheißegal!«

»Aber mir nicht. Ich lebe schließlich mit ihm. Nur weil du nicht einsehen willst…«

David stand da mit offenem Mund und starr geweiteten Augen. Er brachte kein einziges Wort heraus. Es war, als stünde er vor einem so großen und komplizierten Problem, daß es sich nicht auf einmal erfassen ließ.

»Dave, verzeih mir, daß ich es so direkt sage.«

»Es wird alles gut«, murmelte er. »Keine Sorge.«

»Wie bitte?«

Er hatte genuschelt, aber er konnte es nicht wiederholen. »Mach's gut, Annabelle.«

»Du auch, Dave.«

Als David zur Tür ging, stolperte er über seinen Matchsack. Er hob ihn auf, ging hinaus, setzte sich ins Auto und nahm mechanisch dieselbe Abkürzung wie an jedem Wochenende, wenn er zu seinem Haus fuhr. Aber diesmal hielt er nicht wie sonst an dem Feinkostgeschäft in Ballard, denn er brachte es nicht fertig, an morgen und ans Essen zu denken. Im Haus angekommen und mit so banalen Kleinigkeiten wie Auspacken und Umziehen beschäftigt, grübelte er noch verbissener als unterwegs, weil er meinte, daß hier, in dieser glücklichen Hälfte seiner Existenz, die Lösung zu finden sein müsse und die Antwort darauf, welchen Weg er einschlagen solle. Schließlich legte er eine Platte auf, setzte sich aufs Sofa und starrte mit verschränkten Armen ins Leere. Aber er blieb genauso ratlos wie gleich nach ihrem Anruf.

Erst nachdem er in seiner Zerstreutheit kurz nach Mitternacht zum zweiten Mal an diesem Abend geduscht hatte, entstand in seinem Kopf so etwas wie ein Gedanke: Annabelle mochte *glauben,* daß es ihr Ernst war mit dem, was sie sagte. Wie sonst war die beschwörende Aufrichtigkeit ihres Tons zu erklären? Annabelle würde niemals lügen. Daraus aber folgte, daß die SITUATION von ihm, David, noch mehr an Überredungskunst und Überzeugungskraft verlangte, und er glaubte nach wie vor felsenfest, Briefe seien das geeignete Mittel.

Heute abend fühlte er sich so erschöpft, als wäre er zu Fuß nach Hartford und zurück gelaufen oder als hätte jemand auf ihn eingedroschen, bis er nicht mehr stehen konnte, und sein Wunsch, ihr jetzt gleich einen Brief zu schreiben, war genauso schwach wie der Gedanke, der ihm eben gekommen und der vielleicht doch nicht unbedingt der richtige war. Vielleicht würde er morgen wieder klarer sehen.

Tief in der Nacht begann es erneut zu schneien, wie Millionen von lautlosen weißen Tränen.

II

Er schrieb auch am Samstag nicht an Annabelle, denn er erwog immer noch, am Sonntag nach Hartford zu fahren und sie zu holen. Briefe zur rechten Zeit und am rechten Ort hatten ihre Wirkung, aber ein Ersatz für die Tat waren sie nicht.

Am Sonntag stand er früh auf, schaufelte den Eingang frei und machte sich anschließend daran, ein Holzpaneel abzuschmirgeln und zu lackieren, das er bei sich eine Galionsfigur nannte, obwohl es in Wirklichkeit die Hälfte eines handgeschnitzten Frieses war, der im späten neunzehnten Jahrhundert zum Abschluß eines Portals gehört hatte. Auf der knapp einen Meter langen Tafel erkannte man zwischen Schnörkeln und Arabesken zwei Blumenmotive, aber kein menschliches Antlitz. Das Fries sah ziemlich unfertig aus; trotzdem nannte David es seine Galionsfigur, und gleich an dem Tag, als er es einem verdutzten Trödler für fünfzig Cents abgekauft hatte, sah er es im Geiste schon beige oder braun oder wie immer die ursprüngliche Holzfarbe gewesen sein mochte. Und er hatte sofort gedacht, daß es auch Annabelle gefallen würde, vielleicht als Lampenfuß, vielleicht auch nur als Objekt auf dem länglichen Tisch im Wohnzimmer, zweckfrei und schön. David arbeitete flink, aber ohne Hast und trug eben die erste Schellackschicht auf, als er hörte, wie draußen ein Auto zurückgeschaltet wurde. Er lief hinauf ins Wohnzimmer. Gleich beim ersten harschen Ton, der die Stille der unberührten Schneelandschaft durchbrach, war er zusammengezuckt, und jetzt pochte sein Herz wie verrückt. Ein rotbrauner Wagen, ein altes Modell, bog in seine Zufahrt ein, und David erkannte an der Farbe des Nummernschildes, daß er in Connecticut zugelassen war. Er versuchte, durch die Windschutzscheibe zu spähen, und als das Auto bis auf fünf Meter ans Haus herangekommen war, sah David, daß ein Mann am Steuer saß und daß er allein war. Seine Enttäuschung darüber war nichts gegen die Anspannung, die jäh von ihm Besitz ergriff. Er fühlte sich wie vor einem Boxkampf und hätte in dem Moment vielleicht ebenso feindselig reagiert, wenn irgendein Fremder gehalten hätte, um nach dem Weg zu fragen. Aber der Mann in dem braunen Wagen war Gerald Delaney.

Er stieg aus, ließ aber den Wagenschlag offen, musterte argwöhnisch das Haus und ging zur Tür, wo David ihn aus dem Blickfeld verlor. Gerald klopfte, und um nicht an einem Fenster gesehen zu werden, duckte sich David und schlich gebückt zur Haustür. Natürlich würde er nicht öffnen. Sollte Gerald doch denken, er hätte sich in der Adresse geirrt. David ballte die Fäuste, bis sie vor aufgestauter Energie brannten. Er war wütend, daß Gerald sein Haus gefunden hatte und wagte, bei ihm aufzukreuzen. Da klopfte er wieder, unwilliger.

»Kelsey? Machen Sie auf!« drohte Gerald mit seiner hohen Stimme. Gleich darauf knirschten Schritte durch den Schnee in Richtung Garage.

Geduckt schlich David an ein Seitenfenster. Seine Reifenspuren hatte der Schnee zugedeckt, aber Gerald stand jetzt auf Zehenspitzen am Garagentor und spähte durchs Oberlicht. Als wäre das Ergebnis unbefriedigend, gab er der Tür einen Ruck, stieß sie einen Spaltbreit auf und zwängte sich mitsamt einer kleinen Schneewehe hindurch. In der Garage stand Davids Wagen, der Schlüssel steckte, und auf dem Etui aus Alligatorleder, das Annabelle ihm geschenkt hatte, standen seine Initialen.

Entsetzt über die Vorstellung, Geralds dreckige Pfoten könnten dieses Kleinod berühren, riß David die Tür auf und schrie: »Verschwinden Sie da!«

Gerald kam aus der Garage. »Ach, da sind Sie ja. Was ist denn los? Trauen Sie sich nicht, die Tür aufzumachen?« Seine hohe Stimme war heiser.

David pflanzte sich breitbeinig in den Schnee und ballte wieder die Fäuste. »Verschwinden Sie, aber plötzlich!«

»Erst will ich mit Ihnen reden. Gehen wir rein.« Der stämmige Kerl schnaubte vor Wut wie ein bockiges Kind und näherte sich so selbstsicher, daß David der Verdacht kam, Gerald sei nicht mehr ganz nüchtern. »Na los, kommen Sie, sonst erkälten Sie sich noch«, sagte Gerald überheblich und griff nach Davids Arm.

David zuckte zurück, wehrte den anderen aber fast gleichzeitig mit einem Faustschlag ab. Gerald taumelte und wäre beinahe gestürzt.

»Großer Gott!« stöhnte er, krümmte sich vor Schmerz und umklammerte seinen Ellbogen. »Hören Sie, Kelsey, ich hab eine Pistole dabei! Nicht, daß ich das Ding benutzen will, es ist nur zu meinem Schutz, aber...«

Die letzten Worte gingen in Davids Gelächter unter.

Mit ängstlicher Miene, als fürchte er sich jetzt davor hineinzugehen, spähte Gerald nach der offenen Haustür. »Sie spinnen doch, Kelsey. Sie sind vollkommen verrückt.« Immer noch preßte er den Ellbogen gegen die Hüfte.

»Zum letzten Mal: Verschwinden Sie.« David, der nicht wollte, daß Gerald auch nur einen Blick in sein Haus warf, ging und schloß die Tür, entsicherte aber die Verriegelung, um sich nicht auszusperren.

Gerald blickte zu ihm auf. David sah nur wulstige Lippen und schlaff herabhängende Mundwinkel. »Und ich hab gesagt, daß ich mit Ihnen reden will. Jetzt weiß ich ja, wo Sie sich an den Wochenenden verkriechen. Hier wollten Sie auch meine Frau hinbringen, wie? Nun, ich hab genug von Ihnen, Kelsey, und Annabelle erst recht.«

»Na los, Gerald, warum schießen Sie nicht?« rief David unbekümmert. Er hakte die Daumen in die Gesäßtaschen seiner Jeans und bot sich Geralds alberner Waffe scheinbar ungerührt als Zielscheibe dar. In Wirklichkeit war er steif vor Kälte und zitterte am ganzen Körper.

Gerald schob die Rechte in die Manteltasche und ging auf David zu. Der paßte den richtigen Moment ab, kam eine Stufe herunter und trat Gerald in die Brust.

Der Schuß löste sich, als Gerald zu Boden ging, und man hätte die Detonation mit dem Aufschlag des Körpers auf die Steinplatten verwechseln können. Eigentlich war nur der Knall daran schuld, daß David Gerald hochriß und zum Wagen schubste, aber Gerald schlug gleich wieder hin und brüllte vor Angst oder Schmerz.

»*Rühr mich nicht an!*« kreischte Gerald außer sich. Im

nächsten Moment schwabbelten seine feisten Wangen wie Wackelpeter unter der Wucht von Davids Faust, die ihn seitlich am Kopf traf. Wie ein kleiner Junge, der den Tränen nahe ist, hielt er sich das Ohr, funkelte David an wie ein wutentbranntes Kind, zog seine Waffe und fauchte durch die zusammengebissenen Zähne: »Zurück, David!«

Aber David konnte sich den Spaß nicht verkneifen und landete wie in Zeitlupe einen Schlag auf Geralds weiches Kinn, sah sein Gesicht, diese starre Maske, ein Stück emporschweben, dann zurücksinken und hörte einen dumpfen Aufprall, der aber nicht von einem Schuß herrührte. Geralds Kopf war auf die Eingangsstufen geschlagen, und dort blieb er liegen.

David hob die Waffe auf, die in den Schnee geschlittert war, steckte sie Gerald wieder in die Manteltasche und richtete ihn auf. Gerald war bewußtlos. David, dem die Wut immer noch Kraft verlieh, schleifte ihn mit einer Hand zu seinem Auto, klemmte ihn hinter das Steuer, zwängte nacheinander die Beine hinterher und schlug die Wagentür zu. Er war schon auf dem Weg ins Haus, als ihm ein Einfall kam, den er in seiner Fürsorglichkeit sofort selbst lächerlich fand: Damit Gerald nicht erfror, bevor er das Bewußtsein wiedererlangte, könnte man den Motor anlassen – aber dann bestand die Gefahr einer Kohlenmonoxydvergiftung. Innerlich fluchend öffnete David noch einmal die Wagentür, kratzte eine Handvoll Schnee zusammen und rieb Gerald damit über das widerwärtige Gesicht.

»Wach auf, du Waschlappen!« sagte David. »Wach auf und scher dich weg von hier!«

Dann entdeckte er an Geralds linkem Ohr das Blut, das

aus einer Wunde am Hinterkopf ausgetreten war. David dachte zwar daran, die Schramme abzutasten, um festzustellen, wie tief sie war, konnte sich aber nicht überwinden, diesen runden Idiotenschädel zu berühren. Geralds nackte, unbehaarte Hände hingen schlaff im Schoß, ein lachhafter Anblick. Mit spitzen Fingern griff David nach einem Handgelenk, suchte den Puls und fand ihn nicht. Dafür fühlte der Arm sich unnatürlich teigig an. Vielleicht, schoß es David durch den Kopf, vielleicht ist er tot. Er richtete sich auf und starrte mit verschränkten Armen auf den lästigen Fettkloß, der sich allen Wiederbelebungsversuchen widersetzte.

»Gerald!«

David preßte die Hand unter Geralds fleischiges Kinn und tastete nach der Halsschlagader, deren Puls verläßlicher war. Er spürte absolut nichts, außer daß die Haut ihm ein bißchen kalt vorkam, zwar nicht so kalt wie die eigenen Hände, doch auch nicht annähernd so warm, wie ein Hals sich anfühlen sollte. David sah zur Straße hinüber, von der außer dem planen Fahrbahnverlauf und einer kurzen, schneebedeckten Leitplanke nichts zu sehen war. Weit und breit keine Menschenseele, kein Auto. Zur anderen Seite erstreckte sich in etwa hundert Meter Entfernung der stille Waldsaum. Sollte er Gerald ins nächste Krankenhaus bringen? Es war vielleicht zwanzig Meilen entfernt. David wußte es nicht genau. Oder zur Polizei? Er war ratlos.

Und dann, als er unter einem heftigen Kälteschauer erbebte, begriff er plötzlich, daß man ihm die Schuld geben würde. Wieder huschte das bittere Lächeln über sein Gesicht, und er schüttelte in stummer Verzweiflung den Kopf.

David ging ins Haus, setzte sich ins Wohnzimmer, rieb

seine Hände warm und blickte starr auf den verkleideten Heizkörper an der Wand gegenüber. Er konnte natürlich irgendwo, meilenweit entfernt, eine einsame Stelle suchen (so eine ließe sich bestimmt finden) und den Wagen samt Gerald entweder dort abstellen oder über eine Klippe stoßen. Er konnte behaupten, daß er Gerald nie gesehen hätte, zumindest heute nicht. Doch dann tauchte eine ebenso beängstigende wie naheliegende Frage auf: Wie hatte Gerald das Haus gefunden? Wer hatte ihm davon erzählt? Wer kannte es noch? Wes Carmichael?

Nur, wenn er ihm einmal heimlich gefolgt war. Aber wie sollte Gerald an Wes gekommen sein?

Mrs. McCartney? War es möglich, daß sie das Märchen von den Wochenendbesuchen bei seiner Mutter durchschaut hatte? Er konnte es sich nicht vorstellen.

David sprang rastlos auf. Aber dann fiel ihm noch etwas ein: In diesem Haus war er William Neumeister. Wie kam Gerald dazu, William Neumeister aufzusuchen? Eigentlich hatte er sich einen Pullover holen wollen, doch dann lief er an die Haustür, und obwohl Gerald sich offensichtlich nicht vom Fleck gerührt hatte, ging er noch einmal hinaus, warf diesmal aber nur einen Blick auf das bleiche Gesicht, das feiste, auf den Hemdkragen herabgesackte Kinn und den schweren Kopf, der mit seinem Gewicht den ganzen Oberkörper von der Lehne weg nach vorn zog. Es sah fast so aus, als wollte er gleich mit der Brust übers Lenkrad sinken und die Hupe auslösen, die dann nie mehr verstummen würde. David stupste seine Schulter. Der ganze Körper neigte sich steif zur Seite und verharrte in prekärer Balance auf der rechten Hinterbacke.

David schloß die Wagentür und zog sich eilig ins Haus zurück. Er überlegte hin und her, ob er irgendwohin fahren und die Polizei anrufen sollte – im Haus gab es kein Telefon – oder ob es besser wäre, Geralds Wagen mitsamt der Leiche aufs Revier zu schaffen. Schließlich entschied er sich für letzteres, weil er keine Polizei in seinem Haus oder auf dem Grundstück haben oder ihr Eindringen zumindest so lange wie möglich hinauszögern wollte. Irgendwann würden sie natürlich den Tatort inspizieren, um festzustellen, ob seine Geschichte hieb- und stichfest war. William Neumeisters Geschichte würde garantiert hieb- und stichfest sein.

David zog einen grauen Flanellanzug an, dazu schwarze Schuhe nebst Galoschen und einen dunkelblauen Mantel. Er setzte sich einen Hut auf. Dann holte er widerwillig die karierte Wolldecke, die oben in seinem Arbeitszimmer am Fußende des Sofas lag, und breitete sie über Gerald Delaney. Er ging zurück ins Haus: Beinahe hätte er Annabelles Fotos auf dem Kamin vergessen! Erst legte er sie mit dem Gesicht nach unten auf den Sims, aber dann versteckte er sie zwischen den Büchern in einem Regal. Er fuhr Geralds Wagen, mit dem zugedeckten Toten als unförmigem Höcker auf dem Beifahrersitz, über den Highway nordwärts zur nächsten Ortschaft, einer kleinen Stadt, die den vollmundigen Namen Beck's Brook trug und in der es einen Drugstore mit Telefonzelle gab. David bat die Vermittlung um den Standort der nächsten Polizeiwache und erfuhr, daß Beck's Brook selbst ein Revier unterhielt, und zwar Ecke Broadway und Horton Street.

»Soll ich Sie verbinden?« fragte die Telefonistin. »Handelt es sich um einen Notfall?«

»Nein, danke, ich gehe persönlich vorbei.«

Er hatte vorsorglich ein paar belanglose Briefe und eine Stromrechnung eingesteckt, die an William Neumeister adressiert waren, und dafür David Kelseys Brieftasche zu Hause gelassen.

12

David erzählte seine Geschichte freimütig und ungeschminkt. Seine offensichtliche Nervosität war mit dem Schock über das Vorgefallene leicht zu erklären. Der Mann – er gab vor, ihn nicht zu kennen, und überließ es der Polizei, Geralds Identität anhand seiner Papiere zu ermitteln – sei äußerst aggressiv bei ihm aufgetaucht, habe ihn als Parker oder so ähnlich angesprochen und schließlich eine Waffe gezogen.

»Meine Fingerabdrücke sind womöglich darauf«, setzte David hinzu. »Ich habe sie ihm wieder in die Tasche gesteckt.« Der Schuß hatte Geralds Mantel durchschlagen, ihn selbst aber nicht getroffen. Und David gab offen zu, daß der Stoß, mit dem er den Mann an der Eingangstreppe zu Fall gebracht habe, die Todesursache gewesen sei.

Sie fragten nach seinem Namen und baten ihn, sich auszuweisen, gaben sich aber einstweilen mit den Briefen zufrieden. Als Beruf nannte David »freischaffender Journalist«. Zufällig trug er an diesem Tag Manschettenknöpfe mit dem Initial N, die er sich irgendwann aus Jux gekauft hatte, und vielleicht fiel das dem Beamten auf, als David das Protokoll mit umständlich nach links geneigter Schrift als Wm. Neumeister unterzeichnete. Vielleicht aber auch nicht. Jedenfalls schien die Polizei sich weit mehr für den

Toten und dessen Motiv zu interessieren als für David. Das Revier war mit zwei Beamten besetzt, einem älteren, der zugleich der Ranghöhere war, und einem jüngeren, untersetzten Mann, der trotz seines Durchschnittsgesichts einen aufgeweckten Eindruck machte.

Und natürlich wollten sie das Haus sehen und den Tatort in Augenschein nehmen.

Auf der Rückfahrt konnte sich David, während er den Beamten den Weg erklärte, nur auf einen einzigen und noch dazu belanglosen Fehler besinnen: Er hatte nicht gewußt, ob heute Samstag oder Sonntag war. Es war Sonntag, mittlerweile Sonntag nachmittag, zehn nach vier.

Die Reifenspuren von Geralds Wagen waren im Schnee klar zu erkennen, und zwischen Auto und Haus war die Schneedecke zertrampelt. Das dunkle Erdreich schimmerte durch, als hätte ein erbitterter Ringkampf stattgefunden. Das Blut unter der ersten Stufe am Eingang leuchtete frisch und rot aus dem Schnee.

»Und Sie sind absolut sicher, daß Sie diesen Mann vorher noch nie gesehen haben?« fragte der ältere Beamte.

»So sicher, wie man nur sein kann.«

»Und Ihr Haus hat er überhaupt nicht betreten?«

»Nein.«

»Dürfen wir trotzdem mal einen Blick hineinwerfen?«

David nickte ernst und zog einen Schlüsselring aus der Tasche, an dem nur zwei Schlüssel hingen, einer für die Vorder- und der andere für die Hintertür. Er ließ die Beamten vorangehen. Das Wohnzimmer war aufgeräumt.

»Hübsch haben Sie es hier«, meinte der Ältere. »Aber kein Telefon, nicht wahr?«

»Nein.«

»Damit niemand Sie beim Schreiben stören kann, wie?«

»So ungefähr.«

Der jüngere Beamte öffnete die Haustür. Von drinnen waren die Fußspuren zur Garage besser zu erkennen, die durchgehende von Gerald, Davids, die nur bis zur Hälfte reichte, und dann die festgetrampelte Insel im Schnee gleich beim Haus, wo beide Spuren zusammenliefen. David erklärte, daß der Mann als erstes in seine Garage geschaut habe. Natürlich sei er, David, dann hinausgelaufen und habe ihn gefragt, was er hier zu suchen habe.

»Aha, dann haben Sie ihn also nicht hereingelassen?« fragte der ältere Polizist.

»Nein, das hab ich doch schon gesagt. Er hat zwar geklopft, aber ich war im Keller, und als ich an die Tür kam, stand er schon vor der Garage und guckte durchs Torfenster. Da bin ich raus, um zu fragen, was er will.« Irgendwie war das nicht mehr ganz die Geschichte, die er zuerst erzählt hatte, und der junge Beamte musterte ihn prüfend.

»Haben Sie nicht gesagt, der Streit hätte vor der Haustür angefangen?«

»Na ja, wir sind dann zum Haus zurück. Ich wollte ihn loswerden, schon weil ich den Eindruck hatte, daß er betrunken war. Aber er bestand darauf, mit reinzukommen und diesen Parker zu suchen. Und kurz vor dem Eingang hat er mich dann plötzlich mit der Waffe bedroht.«

Die beiden Beamten schienen nachzudenken, dann schüttelte der jüngere verwirrt den Kopf.

»Vielleicht hat er deshalb in die Garage geguckt, weil er wissen wollte, was Sie für ein Auto fahren. Vielleicht war er ein bezahlter Killer, der Sie umbringen sollte – Sie oder diesen Parker.«

Der ältere Beamte lächelte seinem jungen Kollegen nachsichtig zu. »Haben Sie Feinde, Mr. Neumeister?« Er sprach den Namen aus wie »Newmester«.

»Keine, die mich umbringen würden.«

»Tja, den Fall werden wir wohl von der anderen Seite her aufrollen müssen. Mal sehen, wen Delaney in Connecticut gekannt hat. Und Ihr Haus lassen wir bewachen, Mr. Newmester. Ab heute abend werde ich einen Streifenwagen vorne an der Straße postieren.«

David nickte. »Heute nacht wäre mir das sehr recht. Aber ab morgen ist es nicht mehr nötig. Ich verreise nämlich für ein paar Tage.«

»Wohin?«

»New York. Ich habe dort beruflich zu tun.«

»Sagen Sie uns dann bitte, wo wir Sie erreichen können?« Der junge Polizist zückte ein kleines Notizbuch.

»Ich werde im Hotel wohnen, aber ich weiß noch nicht, in welchem. Wenn Sie möchten, daß wir in Verbindung bleiben, ist es wohl einfacher, ich melde mich bei Ihnen.«

»Haben Sie nicht doch schon ein Hotel im Auge?«

»Normalerweise versuche ich es im Barclay«, sagte David ganz ruhig. Im Geiste sah er das Hotel Ecke Lexington Avenue so deutlich vor sich, als wäre er tatsächlich Stammgast im Barclay. Dabei hatte er es noch nie betreten.

»Würden Sie uns Montag gegen achtzehn Uhr anrufen? Morgen?« fragte der Ältere. »Hier ist unsere Nummer.« Er reichte David ein Kärtchen, das aussah wie die Visitenkarte eines Geschäftsmannes. »Beck's Brook Police Headquarters,

Broadway Ecke Horton Street, Beck's Brook, New York«
stand darauf, gefolgt von der Telefonnummer.

Als die Tür laut und vernehmlich hinter den beiden ins
Schloß fiel, war David nicht etwa froh, endlich allein zu
sein, sondern völlig aufgelöst und verwirrt. Plötzlich überfiel ihn heftiges Zittern, das jeden Nerv in seinem Körper
zum Flattern brachte.

Er nahm den Kopf in die Hände, setzte sich aufs Sofa und
versuchte, seine Fassung wiederzugewinnen. Was, wenn die
Polizei zurückkam und ihn in diesem Zustand vorfand?

David zwang sich, gerade zu sitzen, und langsam ließ
das Flattern nach. Morgen würde er wie immer zur Arbeit
gehen. Ich werde die Polizei am Abend von irgendeiner
Zelle in Froudsburg aus anrufen, dachte er. Bis dahin wissen sie bestimmt, ob sie mich noch einmal brauchen. Er
würde so tun, als riefe er aus dem Barclay in New York an.
Falls sie dann versuchten, ihn dort zurückzurufen, wäre es
zwar peinlich, als Lügner ertappt zu werden, aber eine kleine Schwindelei war noch kein Verbrechen.

David stand auf und knipste eine zweite Lampe an.
Annabelle würde es noch heute abend erfahren, vielleicht
schon in ein paar Minuten, ja womöglich eben jetzt, in diesem Augenblick. David sah den jungen Polizisten vor sich,
wie er Geralds Führerschein in der Hand hielt, sich von der
Vermittlung in Hartford mit der Nummer des Hauses in
der Talbert Street verbinden ließ, wo Annabelle sich meldete. »Sie sind die *Frau* von Gerald Delaney? Es tut mir
sehr leid, Madam, aber Ihr Mann…« Und er sah Annabelle
in Tränen ausbrechen, denn die Nachricht von seinem Tod
würde natürlich ein Schock für sie sein, egal ob sie ihn ge-

liebt hatte oder nicht. Ob ihr Verdacht sofort auf ihn fallen würde, weil sie wußte, daß Gerald auf dem Weg zu ihm gewesen war? Wenn ja, dann höchstens im ersten Augenblick, denn dann würde die Polizei ihr die Neumeister-Geschichte erzählen. *Gerald tot.* David konnte es noch gar nicht fassen. Er begriff nicht, was es für ihn bedeutete. Klar war ihm nur das eine: Annabelle durfte nie erfahren, daß David Kelsey Gerald den folgenschweren Stoß versetzt hatte. Sie würde niemals glauben, daß es ein Unfall gewesen war.

13

Als David am nächsten Morgen um Viertel vor acht aus dem Haus kam, stand der Streifenwagen noch an der Straße nach Ballard. Aber der Kühler zeigte nicht mehr in dieselbe Richtung wie gestern abend, und vielleicht war es überhaupt ein anderes Auto. David zwang sich, anzuhalten und ein paar Worte mit dem Beamten zu wechseln, und sowie er darauf zu sprechen kam, daß er für einige Tage nach New York fahren müsse, fühlte er sich ganz ruhig und unbefangen.

»Ja, hat mir der Sergeant schon gesagt«, antwortete der Mann und lächelte freundlich.

David fuhr nach Froudsburg und ging wie jeden Montag zuerst in der Pension vorbei, um die Sachen, die er bereits am Freitag getragen hatte, gegen frische Arbeitskleidung zu tauschen. Als er das Haus betrat, kam Sarah eben mit Mrs. Beechams Frühstückstablett die Treppe herunter.

»Morgen, Sarah!« sagte er.

»Guten Morgen, Mr. Kelsey!« Sie war noch ohne Lippenstift und hatte einen Pickel auf der rechten Wange. »Sagen Sie, hat der Mann Sie gefunden? Der Mann, der Sonntag hier war?« Die schwache Neugier in ihrem sonst so ausdruckslosen Gesicht ließ auf ungewohnte Aufregung schließen.

»Nein. Was denn für ein Mann?«

»Weiß ich auch nicht, aber er hat sich überall nach Ihnen erkundigt.« Sarah stieß die Tür zum Speisesaal gekonnt mit dem Ellbogen auf, hielt das Tablett eben so schräg, daß das Geschirr nicht herunterrutschte, und verschwand.

David ging in sein Zimmer hinauf. Vielleicht hatte Delaney seine Adresse ja nicht hier im Haus bekommen. Er schloß die Tür hinter sich und sah sich mit angehaltenem Atem im Zimmer um. Aber es schien alles unverändert. Obwohl es heute wieder kalt war, zog er Drillichhosen an und ein blaues Hemd und nahm das braune Tweedjackett aus dem Schrank, das in den vier Jahren, seit er es gekauft hatte, kein einziges Mal gereinigt oder gebügelt worden war. David rechnete damit, daß Mrs. McCartney ihn in der Diele abpassen würde, und tatsächlich drückte sie sich in der Nähe des Korbtischs herum.

»Ihr Freund hat Sie gestern also nicht gefunden, David?«

»Nein. Wer war's denn?«

»Seinen Namen hat er nicht genannt, oder wenn, dann habe ich ihn nicht mitbekommen. Aber Effie Brennan war zufällig hier, und sie hat ihm gesagt, wo Sie zu finden wären. Wir wußten ja nicht Bescheid, nicht wahr, und dieser Mensch war wirklich hartnäckig! Angeblich ging es um etwas ganz Wichtiges.«

David musterte sie scharf. »Hat er gesagt, um was es sich handelte?«

»Nein, bloß, daß er Sie finden müsse. Er wollte in einem fort wissen, wo Sie Ihr Haus haben, und ich habe ihm immer wieder erklärt, daß Sie an den Wochenenden Ihre Mutter im Sanatorium besuchen.« Mrs. McCartney lächelte, aber David meinte in ihren Augen Argwohn zu lesen.

Er runzelte die Stirn. »Ich habe niemanden getroffen…«

Hier brach Mrs. McCartney in schrilles Gelächter aus, das David vorkam wie das Lachen einer Irren. »Also unter uns gesagt, ich glaube, Effie hat dem Mann ein Märchen aufgetischt. War ja auch betrunken, der Mensch, jedenfalls hat er stark nach Whisky gerochen.«

Jetzt lachte auch David. »Ja, wahrscheinlich hat sie ihm was vorgeflunkert«, sagte er und ging zur Tür. Doch dann drehte er sich noch einmal um und fragte herausfordernd: »Wie sah er denn aus?«

»Also… nicht besonders groß. Um die Dreißig, schätze ich. Und irgendwie häßlich war er – mit wulstigen Lippen.«

David preßte die Hand auf den ovalen Türknauf, ohne ihn zu drehen. »Und wo, hat Effie gesagt, sei ich zu finden?«

»Irgendwo in einem Ort nicht weit von hier. Aber ich habe es nicht richtig mitbekommen, weil sie mit dem Mann auf die Straße hinaus ist. Sie ist so ein liebes Mädchen, nicht wahr, David?«

Er nickte. »Das ist sie«, sagte er matt.

Mittags lag in der Cafeteria bei Cheswick eine Lokalzeitung auf der Theke. David war allein. Um nicht mit Wes oder den anderen Kollegen zusammenzutreffen, mit denen er sonst manchmal zum Essen ging, hatte er heute erst sehr spät Mittag gemacht. Auf Seite vier wurde er fündig:

Ballard, N.Y., 19. Jan. – Gerald J. Delaney (31), Elektriker aus Hartford, Conn., erlag gestern einem schweren Unfall. Bei einer Schlägerei mit dem ortsansässigen William Neumeister (30) erlitt das Opfer eine tödliche Verletzung, als es mit dem Hinterkopf auf die Steinstufen eines Hauseingangs schlug.

Neumeister, ein freier Journalist, der behauptet, Delaney nie zuvor gesehen zu haben, gab zu Protokoll, Delaney sei gestern gegen 14 Uhr 30 vor seinem Haus an der County Road aufgetaucht, habe einen Namen gerufen, der wie »Parker« klang, und in der Folge ihn, Neumeister, erst verbal und später mit einer Waffe bedroht.

Es kam zu einer tätlichen Auseinandersetzung, in deren Verlauf Delaney niedergeschlagen wurde und beim Sturz auf eine Steintreppe eine Schädelfraktur erlitt. Neumeister brachte den Toten in dessen Wagen nach Beck's Brook auf das Polizeirevier und meldete den Unfall ordnungsgemäß.

Der Gerichtsmediziner Dr. Serge Oskin (Beck's Brook) bestätigte, Delaney habe zur Tatzeit unter Alkoholeinfluß gestanden. Allerdings war der festgestellte Promillegehalt so niedrig, daß er im Normalfall die Zurechnungsfähigkeit des Opfers nicht beeinträchtigt hätte.

Mr. Delaney hinterläßt Ehefrau Annabelle (24) und einen siebenwöchigen Sohn. Die Polizei erbittet dringend sachdienliche Hinweise, die zur Aufklärung von Delaneys mysteriösem Besuch bei Mr. Neumeister beitragen könnten.

David faltete die Zeitung wieder zusammen und legte sie an ihren Platz zurück. Durfte er nach diesem Artikel aufatmen? Daß die Polizei »dringend« nach einer Erklärung für Geralds Besuch bei Neumeister suchte, war gewiß nicht ermutigend. Würden sie womöglich auch David Kelsey vernehmen wollen? Annabelle würde ihnen bestimmt erzählen, daß ihr Mann David Kelsey habe aufsuchen wollen. Wahrscheinlich stand das nur deshalb nicht in der Zeitung, weil Annabelles Aussage bei Redaktionsschluß noch nicht vorlag.

David verließ die Cafeteria und gelangte über eine kleine Treppe in einen von grünen Spinden gesäumten Flur, an dessen Ende sich eine Telefonzelle befand. Beim Gedanken an eine in Tränen aufgelöste Annabelle konnte er sich nicht länger zurückhalten. Er glaubte, ihre Nummer auswendig zu kennen, doch da er sich nicht ganz sicher war, erkundigte er sich bei der Vermittlung in Hartford. Tatsächlich hätte er sich bei zwei Ziffern geirrt.

Eine Frauenstimme meldete sich, aber es war nicht Annabelle. Während er auf sie wartete, schwirrten Frauenstimmen durch die Leitung, aber David verstand weder, was gesprochen wurde, noch konnte er feststellen, ob die Unterhaltung aus Annabelles Wohnung kam oder aus der Telefonzentrale.

»Hallo?« sagte Annabelle.

»Annabelle, David hier! Wie geht es dir, Schatz?«

»Oh, Dave!« stieß sie hervor. »Keine Ahnung, aber wie es scheint, lebe ich noch.«

»Ich hatte gerade eine Zeitung in der Hand…«

»Dave, er war auf dem Weg zu dir. Ich wollte ihn aufhalten, aber … Sonntag morgen hat er dann gesagt, er geht mal rüber zu Ed Purdy, doch darauf bin ich nicht reingefallen. Daher hatte er die Pistole – von Ed –, genau wie den Whisky.«

»Ed hat ihm eine Pistole gegeben?« fragte David.

»Gerald wußte, wo Ed sie aufbewahrt, und hat sie sich genommen. Ed sagt, er hätte sich vier Drinks bestellt und alle auf einen Zug runtergekippt. Dabei ist er keinen Alkohol gewöhnt.«

»Soll das heißen, daß er mich erschießen wollte?«

»Das kann ich mir nicht vorstellen«, schluchzte Annabelle. »Er wollte dich bloß warnen, weiter nichts. Er hatte deinen Brief gelesen. Habe ich es dir nicht gesagt? Dieser Brief ist an allem schuld.«

Ihr anklagender Ton ließ ihn frösteln. »Es tut mir leid, Annabelle«, stammelte er zerknirscht. »Wirklich sehr, sehr leid.«

»Jetzt ist es zu spät. Gerald hat mich geliebt. Das hast du nie verstanden.«

»Doch, ich verstehe.«

»Aber erst jetzt. Darum hab ich dich ja angerufen, um es dir zu erklären. Und du hast nichts weiter dazu gesagt als: ›Ich habe das Recht, dir zu schreiben‹ oder irgend so was. Aber jetzt siehst du, was du angerichtet hast, oder? Dave? Bist du noch dran?« fragte sie mit kindlicher, tränenerstickter Stimme.

»Oh, Annabelle, ich bin hier, und ich liebe dich!«

»Ich muß jetzt Schluß machen, Dave.«

Und ehe er etwas darauf erwidern konnte, hatte sie aufgelegt.

An diesem Abend rief David seinen Makler, Joseph Willis, an und teilte ihm mit, er wolle das Haus verkaufen.

»Ich habe von diesem tragischen Unglück gestern gehört«, sagte Mr. Willis. »Das ist doch hoffentlich nicht der Grund…« Er stockte.

David erinnerte sich, daß Mr. Willis die Angewohnheit hatte, in halben Sätzen zu sprechen. Und ihn »Newmaster« zu nennen. »Nein, nein. Ich trage mich schon eine ganze Weile mit dem Gedanken. Ich werde nämlich für längere Zeit verreisen – ins Ausland –, und da hätte ich durch das Haus nur zusätzliche Kosten.«

»Aber Sie könnten es doch jederzeit vermieten. Einen Partner wie Sie verliert man ungern.«

»Danke, sehr freundlich, aber ich bin fest entschlossen zu verkaufen, selbst wenn ich dabei ein Verlustgeschäft mache. In etwa einer Woche kann ich das Haus räumen.«

»Verlieren werden Sie nichts dabei, Mr. Newmaster«, sagte Willis und lachte. »Ich habe zwei Interessenten an der Hand, die hier in der Gegend ein Haus in dieser Preislage suchen.«

»Gut. Je eher, desto besser, Mr. Willis. Ich hätte das Geld nämlich gern, bevor ich die Staaten verlasse.«

»Ich glaube, das läßt sich einrichten. Kann ich das Haus nach Belieben zeigen?«

»Jederzeit.« Sie verabredeten sich für den folgenden Samstagvormittag in Mr. Willis' Büro in Beck's Brook, um die Ablösung der Hypothek zu regeln. Mr. Willis glaubte zuversichtlich, den Verkauf bis dahin unter Dach und Fach zu haben, was für David bedeutete, daß die Bank ihm seine gesamte Einlage ausbezahlen würde.

David hoffte, daß der Makler recht behielt, denn er sah voraus, daß William Neumeister sich über kurz oder lang würde in Luft auflösen müssen, und in diesem Fall konnte er das Geld für das Haus nicht mehr kassieren. Er erinnerte sich an William Neumeisters Unterschrift, auf dem Hypothekenvertrag und beim Elektrizitätswerk und bei dem Propangaslieferanten, dieselbe Unterschrift, mit der er auch die Schecks von Neumeisters Girokonto für das Haus in Ballard ausgestellt hatte (falls er das Geld von Giro- und Sparkonto wiederhaben wollte, würde er persönlich in Beck's Brook auf die Bank gehen und die Konten auflösen müssen), und zum erstenmal kamen ihm Zweifel an William Neumeisters Glück. Annabelles Worte hatten ihm nicht nur Angst eingejagt, sondern auch bewirkt, daß er sich der Neumeister-Maskerade schämte. In Beck's Brook mußte er in Zukunft vorsichtig sein. Plötzlich graute ihm vor dem Gedanken, bei der Polizei noch einmal als William Neumeister auftreten zu müssen. Es war, als ob mit der Privatsphäre seines Hauses auch die Figur Neumeister zerstört wäre. David traute sich dieses Doppelspiel nicht mehr zu.

Das Haus ausgerechnet jetzt zum Verkauf anzubieten mochte Verdacht erregen. Trotzdem durfte er keinen Tag länger damit warten, für den Fall, daß Annabelle sehen wollte, wo Gerald gestorben war, und die Polizei ihn bat, ihr den Tathergang aus erster Hand zu schildern. Nein, das Haus zu behalten war undenkbar. Strenggenommen war es jetzt schon gefährlich für ihn, dorthin zurückzukehren; andererseits war ihm der Gedanke, seine Sachen von Fremden packen zu lassen, zuwider.

Doch Mr. Willis würde wahrscheinlich jemanden auf

seiner Kundenliste anrufen, einen, der noch nichts von dem Fall Delaney–Neumeister gehört hatte. Der einzige, der wußte, daß er sein Haus einen Tag nach Geralds Tod zum Verkauf anbot, war Mr. Willis, und der schätzte ihn als Hausbewohner ebenso hoch wie Mrs. McCartney.

Am Montag abend brachte der *Froudsburg Herald* neben einem Foto von seinem Haus, auf dem man die Eingangstreppe sah, gegen die Gerald gestürzt war, ein unscharfes kleines Paßbild von einem häßlichen, grinsenden Gerald Delaney. Und Effie hatte Gerald den Weg zu seinem Haus beschrieben. Dieses Rätsel versetzte David in panische Angst. Wenn sie bereits so viel über ihn wußte, dann würde sie bestimmt auch herauszufinden suchen, warum er das Haus unter dem Namen Neumeister bewohnte. Und höchstwahrscheinlich würde sie, sei es, um sich dafür zu rächen, daß er sie zurückgewiesen hatte, sei es aus Rechtsempfinden, der Polizei erzählen, daß Neumeister und Kelsey ein und dieselbe Person waren – eine Möglichkeit, der David sich noch gar nicht zu stellen wagte.

Sollte er Effie anrufen – so wie es für einen Unschuldigen normal wäre – und sie fragen, ob der Mann, mit dem sie am Sonntag gesprochen hatte, ihr gesagt habe, wer er sei und was er wolle? Und wenn Effie sich nach dem Haus auf dem Zeitungsfoto erkundigte? Konnte er leugnen, daß er der Eigentümer war? Und was sollte er tun, wenn Effie in dem Mann, der heute abend in der Zeitung abgebildet war, den wiedererkannte, der sich in der Pension nach David Kelsey erkundigt hatte?

Es gab nur einen Ausweg, nämlich alles abzustreiten.

Inzwischen war es nach acht. David, der den Anruf bei

der Polizei in Beck's Brook um sechs und anschließend den bei Mr. Willis glücklich hinter sich gebracht hatte, graute es vor einem weiteren Telefonat. Er legte die Zeitung auf die Anrichte zurück. Er war der letzte im Speisesaal.

Sarah, die mit dem Abräumen fast fertig war, kam mit einem Tablett vorbei und grüßte lustlos. »'n Abend, Mr. Kelsey, wie geht's?«

David holte sich seinen Mantel von oben, notierte aus dem Büchlein neben Mrs. McCartneys Telefon in der Diele Effies Nummer und ging dann bis zu einer schäbigen Apotheke kurz vor der Main Street, die eine Telefonzelle hatte. Er rief noch einmal bei Mr. Willis an und bat ihn dringend, bis nach dem nächsten Wochenende kein Verkaufsschild an Haus oder Grundstück anzubringen. Den Anruf bei Effie Brennan, den er sich eigentlich vorgenommen hatte, schaffte er nicht mehr.

Als er durch den Schneematsch zur Pension zurückstapfte, überlegte David, wie er den restlichen Abend durchstehen sollte, ja er fragte sich, wie er die vier- oder fünfhundert Abende zuvor durchgestanden hatte, seit er bei Mrs. McCartney wohnte. Es war, als ob die Polizei auch in sein elendes Pensionszimmer eingedrungen wäre. Sein Neumeister-Leben hatte sich in den Kelsey-Part von Montag bis Freitag gedrängt und, ähnlich einer unverträglichen chemischen Mischung, eine Explosion ausgelöst. Unter der Woche dachte David nicht an sein Wochenendleben. Jetzt hatte man ihm diese Wochenendexistenz zerstört. *Schmatz-schmatz-schmatz* machten seine Schuhe im Schneesulz auf dem Gehweg.

Und Annabelle war böse auf ihn. Sie hatte alles falsch verstanden, deshalb war sie böse und verabscheute ihn, der in seiner Verzweiflung nicht wußte, wie er die Dinge wieder ins Lot bringen sollte. An erster Stelle stand sie – Annabelle. David beschloß, noch an diesem Abend einen Brief zu entwerfen, einen beschwichtigenden, mitfühlenden Brief, der Annabelles Feindseligkeit mildern und ihm selbst helfen würde, Klarheit in seine Gedanken zu bringen. Mit diesem Plan im Kopf schien ihm der Abend gleich erträglicher.

Sobald er in seinem Zimmer Licht machte, sah er den Zettel auf dem Bett, der nur eine Telefonnachricht sein konnte:

Anruf von Miss Brennan um 20 Uhr 30. Bittet um Rückruf. FR 6-7739.

Nein, er würde sie nicht anrufen. Er könnte durchaus den ganzen Abend fort gewesen und erst so spät nach Hause gekommen sein, daß es zu spät zum Telefonieren war. Aber er wußte auch, daß sie dann heute abend noch einmal anrufen oder versuchen würde, ihn morgen in der Fabrik zu erreichen. Und irgendwann mußte er sich stellen. David holte tief Luft und machte sich noch einmal auf den Weg zu der Apotheke mit der Telefonzelle.

»Oh, hallo David!« Effies freundliche Stimme klang aufgeregt. »Haben Sie schon die Abendzeitung gesehen?«

»Wieso?«

»Weil der Mann, der ums Leben kam, Sie wissen schon… das ist derselbe, der gestern in der Pension nach Ihnen gefragt hat. Sein Bild ist in der Zeitung. Überzeugen Sie sich selbst, Dave. Gerald Delaney. Sie kennen ihn, nicht wahr?«

Davids Herz tat nur einen winzigen Sprung. »Nein, kenne ich nicht.«

»Ach, nein? Aber er hat Sie gekannt. Und deshalb dachte ich, der Fall würde Sie brennend interessieren.«

»Nein, das heißt, er interessiert mich insofern, als dieser Mensch vorgab, mit mir bekannt zu sein.« Davids Blick fiel auf einen Mann in mittleren Jahren, der nur einen Meter von der Zelle entfernt ein Regal mit Taschenbüchern inspizierte. Er bildete sich ein, der Mann würde ihn belauschen, wüßte, daß er log, ja wäre womöglich ein Kriminalbeamter, der ihn, sowie er die Zelle verließ, festnehmen würde. »Mrs. McCartney meint, der Mann sei betrunken gewesen«, ergänzte David mit trockenem Mund.

»Nein, betrunken war er nicht, aber er hatte einiges intus, das stimmt.«

David spürte, daß sie auf der Hut war, ihn aus der Reserve locken wollte. »Und wo haben Sie ihn hingeschickt? Mrs. McCartney glaubt, Sie hätten einfach einen Ort erfunden.«

»Na ja, ich habe ihm gesagt… Ach, David, könnten Sie nicht zu mir kommen? Jetzt gleich?«

Er zögerte. »Das geht schlecht, Effie. Ich muß heute abend noch arbeiten.«

»Schauen Sie in die Zeitung, David. Da ist das Haus abgebildet. Es gehört William Neumeister.« Sie sprach den Namen genauso aus wie die Polizei in Beck's Brook: ›Newmester‹. »Sie kennen ihn, nicht wahr?«

»Nein«, sagte David.

»Nein? William Newmester aus Ballard?«

»Nein«, wiederholte David, und seine Ungeduld war nicht gespielt.

»Aber ich habe Sie selbst mal dort gesehen, David. Sie haben Ihren Wagen in die Garage gefahren.«

»Ich?«

»Sehen Sie sich das Foto in der Zeitung an. William Newmester. Vielleicht spreche ich ja den Namen falsch aus, aber bei dem Haus bin ich mir ganz sicher. Es ist gleich das erste rechts an der County Road, das mit dem großen Schornstein.«

»Bestimmt haben Sie mich mit jemandem verwechselt.«

»Aber David, ich werde doch Ihren Wagen kennen!«

David blieb stur. »Ich kann mich nicht entsinnen, daß ich jemals in Ballard gewesen wäre.«

Darauf sagte sie nichts mehr.

»Aber ich werde trotzdem einen Blick in die Abendzeitung werfen, Effie.«

»Und wenn Sie den Mann erkennen, sagen Sie mir dann Bescheid? Rufen Sie mich zurück, ja? Ich bin irgendwie neugierig.«

»Klar, Effie.« David ließ den Hörer auf die Gabel fallen. Die letzten Sekunden hatten ihn ausgelaugt.

Wahrscheinlich hatte sie das Haus mit Wes zusammen ausspioniert. Effie kannte seines Wissens sonst niemanden, der ein Auto hatte. Aber selbst wenn Wes nicht dabeigewesen war, würde sie ihm spätestens jetzt alles erzählen. Schon weil kein Mensch eine so aufregende und rätselhafte Geschichte für sich behalten kann, in der eine Leiche vorkommt, mit der man kurz vor ihrem Tod noch gesprochen

hat, dachte David und erinnerte sich wieder, wie mißtrauisch Wes ihn neulich gefragt hatte: »Lebt sie wirklich in einem Pflegeheim, deine Mutter? Nicht in einem Privathaus?«

Er fürchtete sich davor, Wes morgen im Werk zu begegnen. Und womöglich rief er sogar heute abend noch an, genau wie Effie.

David ging zurück in die Pension. Den Brief an Annabelle brachte er nicht einmal im Kopf zustande.

14

Wes jedoch verhielt sich am nächsten Tag wie üblich. David traf ihn morgens um zehn zufällig auf dem Gang, und Wes erzählte ihm einen langatmigen Witz über eine alte Jungfer und einen Einbrecher. David rang sich ein Lachen ab, Wes klopfte ihm auf die Schulter und ging weiter.

David faßte wieder Mut. Vielleicht würde Effie ihm seine Lüge ja doch abkaufen. Am Ende war Wes gar nicht dabeigewesen, als sie ihm nach Ballard folgte, und was konnte sie allein schon ausrichten, wenn er dabei blieb, daß sie ihn verwechselt haben müsse? Außerdem würde er das Haus dieses Wochenende räumen.

Abends erinnerten ihn die vertikal übereinanderstehenden Zeiger seiner Armbanduhr daran, daß er sich bei der Polizei in Beck's Brook hätte melden müssen – doch dann fiel ihm ein, daß er das bereits gestern abend um sechs erledigt hatte. »Okay, dann bis zum nächsten Mal«, hatte der Beamte am Telefon gesagt, aber offengelassen, wann sie im Barclay anrufen würden oder ob er sich wieder bei ihnen melden solle. Vielleicht wollten sie gar nicht, daß er noch einmal anrief. Vielleicht war seine Besorgnis übertrieben. David fiel ein, daß er bei dem Gespräch mit der Polizei rein zufällig nicht erwähnt hatte, von wo aus er anrief.

Aber angenommen, sie erkundigten sich just in diesem Augenblick im Barclay in New York und erfuhren, daß William Neumeister nicht dort abgestiegen war, ja noch nie in dem Hotel gewohnt hatte?

David spielte kurz mit dem Gedanken, nach New York zu fahren und sich für eine Nacht als William Neumeister im Barclay ein Zimmer zu nehmen. Zumindest wäre sein Aufenthalt dann schwarz auf weiß nachprüfbar. Oder sollte er einfach noch einmal von sich aus bei der Polizei in Beck's Brook anrufen? Sich kooperativ stellen? Er zog den Mantel an und verließ das Haus.

Wieder telefonierte er von der Apotheke bei der Main Street aus. Die Stimme am anderen Ende klang jung.

»Hallo«, sagte David. »Hier ist noch mal William Neumeister.«

»Oh-h, Mr. Newmester... Ja, also bei uns gibt's nichts Neues, denke ich. Sind Sie noch in New York?«

»Ja, ganz recht. Und ich bleibe auch noch bis... na, auf jeden Fall übers Wochenende«, sagte David, und genau wie am Vorabend dämpfte er die Stimme, weil er sich zu erinnern glaubte, vor den Beamten am Sonntag leise genuschelt zu haben, um einen ruhigen und gelassenen Eindruck zu machen.

»Alles klar«, sagte die junge Stimme. »Danke für den Anruf.« Und in den letzten Worten schwang sogar ein Lächeln mit.

David ging zurück zur Pension, aß zu Abend und nahm sich anschließend ein Buch vor, das er aus der Werksbibliothek entliehen hatte, entschied sich dann aber für seinen gewohnten Spaziergang. Wahrscheinlich war Gerald heute beerdigt worden, und er hatte den ganzen Tag das Bedürfnis gehabt, an Annabelle zu schreiben. Schon bevor er das Buch aufschlug, hatte er an diesen Brief gedacht, und als er das Haus verließ, beschäftigte er sich wieder damit. Ihm kamen nur Beileidsfloskeln in den Sinn, die er angewidert verwarf. *Ich wünsche mir nichts sehnlicher, als Dich bei mir zu haben.* Im Grunde war das alles, was er ihr sagen wollte.

Es war elf Uhr, als er zehn Zeilen zustande gebracht hatte, mit denen er halbwegs zufrieden war. Von seiner Sehnsucht stand nichts in dem Brief; er war einfach teilnahmsvoll.

Tags darauf, am Mittwoch, verkündeten die Lautsprecher kurz nach der Mittagspause im ganzen Betrieb, daß David Kelsey am Telefon verlangt werde. Da David wußte, daß seine Sekretärin den Nachmittag über bei Mr. Lewissohn war, nahm er den Anruf in seinem Büro entgegen. Er hatte die gräßliche Vorahnung, die Polizei von Beck's Brook sei ihm auf den Fersen. Entweder hatte Annabelle ihnen gesagt, daß Gerald ihn am Sonntag aufsuchen wollte, oder sie hatten Effie gefragt, warum sie Gerald ausgerechnet nach Ballard geschickt habe, und sie hatte ihnen verraten, daß sie ihm, David, einmal dorthin gefolgt war. »*Sie* sind David Kelsey?« würde der stämmige junge Polizist mit dem aufgeweckten Gesicht sagen. »Aber am Sonntag haben Sie uns doch erzählt, Sie heißen William Neumeister.«

Die Stimme am anderen Ende klang tiefer und älter: »Mr. Kelsey? Hier Sergeant Terry, Beck's Brook. Dürften wir Ihnen ein paar Fragen stellen?«

»Ja, bitte.«

»Sie … äh … Sie kennen doch eine Mrs. Annabelle Delaney aus Hartford, nicht wahr?«

»Ja.«

»Und ist Ihnen auch bekannt, daß ihr Ehemann Sie letzten Sonntag aufsuchen wollte?«

»Man hat es mir erzählt.«

»Wo waren Sie am Sonntag, Mr. Kelsey?«

»Ich habe meine Mutter besucht – in einem Sanatorium.«

»Und wo, bitte?«

»In Hazelwood, fünf Meilen nördlich von Newburgh.« Hazelwood war eins der beiden Pflegeheime, die etwa eine Autostunde von Froudsburg entfernt lagen.

»Newburgh«, wiederholte der Sergeant, und es klang, als würde er mitschreiben. »Ich nehme an«, fragte er in harmlosem Ton, »Sie wissen aus der Zeitung, daß Mr. Delaney tot ist?«

»Ja – und ich habe Mrs. Delaney angerufen, als ich davon erfuhr.«

»Kennen Sie William Newmester?« fragte der Sergeant erwartungsvoll.

»Nein, tut mir leid.«

»Aber Sie kennen Miss Elfrida Brennan.«

»Ja, flüchtig.«

»Können Sie sich vorstellen, warum sie Delaney nach Ballard ins Haus von diesem Newmester geschickt hat?«

»Also, ich habe mit ihr telefoniert, und da sagte sie, sie hätte einfach eine Adresse erfunden, um Gerald abzuwimmeln. Er soll etwas angetrunken gewesen sein.«

»Ja. Mr. Kelsey, halten Sie es für denkbar, daß Miss Brennan nicht die Wahrheit sagt? Ich frage Sie das streng vertraulich, Sie können also ganz offen sein.«

»Nein, ich kann mir nicht vorstellen, daß sie lügt. Wie kommen Sie darauf?«

»Nun, die Sache ist die, daß wir versuchen, diesen Newmester ausfindig zu machen. Mrs. Delaney möchte ihn gern sprechen. Sie möchte von ihm persönlich erfahren, was passiert ist. Aber Newmester ist in New York und kommt erst nächste Woche zurück.« Unfaßbar, wie gleichgültig die Stimme klang.

»Oh«, sagte David.

»Wir glauben zwar nicht, daß Newmester Grund hat, sich zu verstecken, können es aber nicht ausschließen. Er ist nicht in dem Hotel, das er uns angegeben hat, und wir dachten, daß Miss Brennan vielleicht mit ihm bekannt ist und ihn deckt.«

»Tut mir leid, dazu kann ich Ihnen nichts sagen.«

»Hmhm. Und wann haben Sie Mr. Delaney zuletzt gesehen, Mr. Kelsey?« fragte die träge Stimme weiter.

»Das war vor drei oder vier Wochen, als ich in Hartford zu tun hatte.«

»Ist er Ihnen damals aggressiv vorgekommen?«

David holte tief Luft. »Ehrlich gesagt habe ich Delaney nie sonderlich beachtet. Ich bin mit seiner Frau befreundet.«

»Nur befreundet, Mr. Kelsey?«

»Ja«, antwortete David und dachte, daß das nicht gelogen war, weil auch Freundschaft dazugehörte. »Hat sie Ihnen etwas anderes erzählt?«

»Nein, nein«, sagte der Sergeant schleppend, und es klang so, als gäbe er sich damit zufrieden. »Könnte es sein, daß Delaney eifersüchtig war?«

»Ich wüßte nicht, weshalb. Aber das fragen Sie besser seine Frau.«

»Hmhm. Sie sagt, ihr Mann war jähzornig.«

»Hören Sie, Sergeant, ich habe Delaney nur ein einziges Mal im Leben gesehen, und das war vor drei oder vier Wochen in Hartford.«

»Verstehe. Besten Dank auch, Mr. Kelsey. Ach, eins noch: Würden Sie uns die Telefonnummer Ihrer Wirtin geben?«

David gab die Nummer durch, aber als er aufgelegt hatte, fühlte er sich geschlagen: Die Polizei würde Annabelle wahrscheinlich erzählen, daß er am Wochenende seine Mutter besucht hatte. Und Annabelle wußte, daß seine Mutter tot war. Abgesehen davon wollte Annabelle mit William Neumeister sprechen.

Abends paßte Mrs. McCartney ihn in der Diele ab und überfiel ihn mit einem Wortschwall. Die Beck's Brooker Polizei hatte angerufen und ihr eine Menge Fragen gestellt, aber sie habe ihm, wie sie David wortreich beteuerte, ein erstklassiges »Zeugnis« ausgestellt. Und auch Mrs. Starkie, die dabeistand, habe alles, was Mrs. McCartney der Polizei erzählte, bestätigen können. Genau wie Mr. Muldaven, der ebenfalls zugegen war, als der Anruf von der Polizei kam. Beide, Mrs. Starkie und Mr. Muldaven, hatten sich inzwischen in der Diele eingefunden.

»Ich habe ihnen gesagt, so einen feinen jungen Menschen wie unseren Mr. Kelsey können Sie mit der Lupe suchen«, erklärte Mrs. McCartney mit Nachdruck.

David lauerte gespannt auf Annabelles Namen, doch er fiel nicht. Die Polizei hatte sich nur für seine Lebensgewohnheiten interessiert und dafür, wo er am letzten Wochenende war, und Mrs. McCartney hatte ihnen gesagt, daß er in den zwei Jahren, die sie ihn kannte, *jedes* Wochenende bei seiner Mutter verbrachte.

»Wer ist eigentlich dieser Newmester?« fragte Mrs. McCartney.

»Keine Ahnung«, antwortete David.

»Nehmen Sie sich es nicht so zu Herzen, David«, warf Mrs. Starkie ein.

»Danke.« Nie hätte er gedacht, daß ausgerechnet Mrs. Starkie, die er kaum grüßte, wenn sie sich über den Weg liefen, so für ihn eintreten würde. Man bedrängte ihn weiter mit neugierigen Fragen, aber David sagte nur: »Wenn Sie mich jetzt bitte entschuldigen würden, ich möchte gern nach oben gehen.«

»Aber das verstehen wir doch, mein lieber Junge!« Mrs. McCartney tätschelte seinen Arm. »Gehen Sie nur, und keine Bange, es wird sich schon alles aufklären.«

Es war eine Wohltat, die Treppe hinaufzusteigen und ihre Stimmen hinter sich zu lassen, eine Wohltat, die Tür zu schließen, den Riegel vorzuschieben und wieder normal zu atmen! Aber schon kehrten auch die Fragen zurück: Warum hatte die Polizei Gerald nicht erwähnt? Warum hatten sie Mrs. McCartney nicht gesagt, daß David ihn kannte? Ob sie sich das absichtlich aufsparten? Und wenn ja, wofür?

Hatte Annabelle ihnen wirklich nichts von seiner Liebe zu ihr erzählt? Vielleicht würde ihn ausgerechnet die Waffe retten, die Gerald bei sich gehabt hatte. Ein Betrunkener, der sinnlos mit einer Pistole herumfuchtelte, war schlimm genug, aber wenn herauskam, daß Gerald eifersüchtig auf den Liebhaber seiner Frau gewesen war, dann konnte man ihm womöglich einen Mordversuch unterstellen.

David saß bei Tisch wieder mit Mr. Harris und Mr. Muldaven zusammen, und die beiden fragten ihn nun schon zum fünften oder sechsten Mal an diesem Abend, ob er sicher sei, daß er diesen Gerald Delaney nicht doch von irgendwoher gekannt habe. Aber als David ihnen, all seine Selbstbeherrschung aufbietend, ein ruhiges »Absolut sicher« zur Antwort gab, nahmen die beiden den Vorfall so objektiv unter die Lupe, daß David wieder aufatmete. Was sie und die übrigen Hausbewohner vor allem beschäftigte, war, daß Gerald Delaney sich am Sonntag morgen so cholerisch aufgeführt und daß er eine Waffe dabeigehabt hatte, mit der er augenscheinlich auf David Kelsey schießen wollte. Und was alle verblüffte, war die Gelassenheit, mit der David reagierte. Inzwischen überlegte er sich, was er sagen sollte, falls Mrs. McCartney und ihre Pensionsgäste – sei es durch die Polizei von Beck's Brook oder sonstwie – je herausfänden, daß er Gerald Delaney *doch* gekannt hatte. Dann würde er einfach behaupten, die Polizei habe ihn dringend gebeten, mit niemandem über die Situation zu sprechen. Die SITUATION. Ja, auf die ging alles zurück. David brachte Mrs. McCartneys zerkochtes Huhn und den matschigen Reis nicht herunter. Statt dessen aß er einige Scheiben fades Weißbrot mit einer Portion Butter, und die beiden älteren Männer an seinem Tisch, die sich sonst immer so auf ihr Kleckschen Butter freuten und es bis auf den letzten Rest von dem kleinen Pappquadrat herunterkratzten, auf dem es serviert wurde, drängten ihm heute ihre Ration so nachdrücklich auf, als habe er sich nach allem, was er durchgemacht hatte, eine kleine Belohnung verdient.

Aus Angst, einer der Hausbewohner oder womöglich Mrs. McCartney könne am Abend noch bei ihm eindringen, um ihm weitere Fragen zu stellen, holte er gleich nach dem Essen seinen Mantel und verließ die Pension. Er erwog, zwei Stunden im Kino totzuschlagen, doch das lief aufs gleiche hinaus, wie sich mit Alkohol zu betäuben, und er wollte einen klaren Kopf behalten. Also beschloß er, genau eine Stunde spazierenzugehen, dann in die Pension zurückzukehren und zu lesen, bis er müde wurde, schlimmstenfalls die ganze Nacht hindurch.

»Dave!« Wes winkte ihm aus einem Wagen auf der anderen Straßenseite, und David ging hinüber.

»Dave, ich möchte mit dir reden. Was meinst du, können wir zu dir gehen?«

David zögerte, aber es wollte ihm keine Ausrede einfallen. »Gehen wir lieber ins Michael's.«

»Na schön.«

David stieg ein, Wes sagte nichts weiter, und das unbehagliche Schweigen dauerte an, bis Michael's Tavern in Sicht kam. Da fragte Wes auf einmal, und seine Stimme klang so vergnügt wie immer: »Die löchern dich wohl in der Pension mit Fragen. Wegen dieser Delaney-Sache.«

In der schummrig beleuchteten Bar war um diese Zeit kaum etwas los. Wes dirigierte David nach hinten in eine Nische, grüßte im Vorbeigehen Adolf, den Barkeeper, und bestellte zwei Scotch mit Wasser.

»Wenn du nicht magst, trink ich deinen mit«, sagte er zu David.

Abermals herrschte Schweigen, bis Adolf die Drinks auf einem Tablett serviert hatte und wieder gegangen war.

»Effie hat mich heute abend angerufen.« Wes hielt den Blick auf den Tisch gesenkt. »Sieht so aus, als hätte die Polizei *sie* angerufen und…« Er hielt ein zweites Streichholz an seine Zigarette, die nicht richtig brennen wollte. »Also die Polizei wollte mit ihr reden, weil sie diesen Delaney zu dem Haus in Ballard geschickt hat, du weißt schon.«

»Ja.«

»Aber du warst nicht dort.«

Es war halb Frage, halb Feststellung. »Nein.« David runzelte leicht die Stirn.

»Aber du kennst dieses Haus, oder?«

»Nein.«

Wes stutzte und lächelte ungläubig. »Und dieser New-mester, der dort wohnt, kennst du den?«

»Nein, auch nicht.«

Wes rieb sich mit den Fingerspitzen die sommersprossige Stirn. »Tja, Effie und ich, wir haben dich zufällig mal in diesem Haus gesehen, Dave. Nur darum hab ich gefragt.«

»Wann soll das gewesen sein?«

»Erinnerst du dich noch an den Freitag, als ich nach Hause zurück bin und vorher noch auf einen Drink bei Effie vorbeiwollte? Ich weiß selber nicht, wie es kam, aber ich habe zu Effie gesagt: ›Komm, laß uns heute abend mal Dave nachfahren und sehen, was er wirklich am Wochenende treibt.‹ Ich wollte nicht schnüffeln, Dave, ich hatte bloß Lust, irgendwas Verrücktes anzustellen. Also habe ich

Effie ins Auto gepackt, wir haben dich abgepaßt, wie du über die Main Street nach Norden gefahren bist, und sind dir gefolgt, das ist alles. Was du tust, geht mich nichts an, und ich mache mir auch keine Gedanken mehr darüber. An dem Abend dachte ich bloß: Aha, seine Mutter lebt also in einem Privathaus, nicht im Heim, oder so ähnlich. Oder vielleicht war das ja auch ein Pflegeheim da in Ballard, keine Ahnung.«

David blickte ihn an und sah, daß Wes weder der Tod von Delaney zu schaffen machte noch der Umstand, daß das Haus in Ballard nicht wie ein Sanatorium aussah. Ihn bedrückte vielmehr der Verdacht, die ganze Geschichte mit Davids schwerkranker Mutter könne ein Märchen sein.

»Wie gesagt, ich habe mir weiter keine Gedanken darum gemacht, Dave. Bis Effie jetzt diese Sache mit dem Mann passiert ist. Sie glaubt, das Haus, in dem dieser Delaney getötet wurde, sei dasselbe, zu dem wir dir nachgefahren sind. Nun hat sie mich angerufen, weil sie wissen wollte, wie ich das sehe, und ich finde, sie hat recht. Auf dem Foto in der Zeitung ist ein Teil von dem großen Schornstein zu erkennen. Außerdem hat Effie dem Kerl ja den Weg beschrieben.«

Einfach eiskalt weiterlügen, dachte David. »Ich habe Effie schon gesagt, daß ich dieses Haus nicht kenne«, sagte er. »Wenn sie meint, sie hätte mich dorthin fahren sehen, dann irrt sie sich.«

»Nein, Dave. Vielleicht hast du an dem Tag bloß was dort abgegeben, aber wir haben gesehen, wie du ausgestiegen bist und das Garagentor geöffnet hast. *Du*«, wiederholte Wes grinsend und zeigte mit dem Finger auf ihn. »Wir waren zwar noch ein Stück von der Einfahrt weg, aber doch nahe genug, um dich erkennen zu können.«

»Aber ich wüßte niemanden, den ich dort in der Gegend kenne.« David wurde von Wes' Zigarettenqualm langsam übel.

Wes sah ihn nur an, ungläubig, aber immer noch lächelnd. Dann nahm er achselzuckend wieder einen Zug. »Ich will meine Nase nicht in Dinge stecken, die mich nichts angehen, Dave, ehrlich nicht. Entschuldige, daß ich davon angefangen habe – du nimmst es mir doch nicht übel, oder?« Seine braunen, goldgesprenkelten Augen sahen David fast flehend an.

»Aber natürlich nicht!« rief David großmütig. »Es war ein Irrtum, das ist alles.« Geradezu aberwitzig gelassen schaute er Wes kühn in die Augen und fragte: »Hat Effie das auch der Polizei erzählt, daß sie mich an diesem Haus gesehen hätte?«

»Nein, wo denkst du hin.« Wes, der seinen ersten Scotch fast ausgetrunken hatte, lachte in sich hinein. »Die Kleine ist gut, sie hat ihnen weisgemacht, sie wüßte nicht mal, ob da ein Haus steht oder nicht. Sie hätte das bloß erfunden, um diesen Betrunkenen von Mrs. Macs Haus wegzulotsen. Weißt du, sie bildet sich ein, du hättest da draußen ein Mädchen, aber sie ist so verrückt nach dir, daß sie zum größten Opfer bereit ist.«

Davids aufgesetztes Lächeln verwandelte sich in ein Lächeln der Erleichterung. Was für ein Glück! Er selbst hätte Effie nicht besser instruieren können. »So eine wirre Geschichte habe ich noch nie gehört.«

Wes musterte David so verschmitzt, als versuchte er sich

vorzustellen, daß er tatsächlich seine Wochenenden mit einem Mädchen verbrachte, und das womöglich schon solange er und Wes sich kannten. »Wirr ist das richtige Wort dafür«, versetzte er spöttisch und griff nach dem zweiten Glas. »Manches paßt auch für mich nicht zusammen.«

David schwieg.

»Warum gehst du nicht mal bei Effie vorbei und holst dir dein Bild ab?«

»Weiß ich selbst nicht«, sagte David ruhig.

Wes lachte. Dann beugte er sich vertraulich vor. »Erzähl doch mal, woher du diesen Delaney gekannt hast.«

David blickte ihn an. Zum ersten Mal war er sicher, daß Wes und folglich auch Effie nichts von Annabelle wußten. »Ich kannte ihn nicht«, sagte er.

Wes runzelte die Stirn. »Du erwartest doch nicht, daß ich dir das glaube, Dave!«

»Was du glaubst oder nicht, ist deine Sache.«

»Schon gut, werd nicht gleich sauer. Wenn einer die Privatsphäre der anderen respektieren sollte, dann ich, und das tue ich. Das bißchen, was ich weiß, werde ich für mich behalten, Dave.« Trotzdem wartete er immer noch darauf, etwas über Delaney zu erfahren.

»Ich begreife nicht, wie man so neugierig sein kann«, sagte David gereizt. »Herrgott, ich wäre nicht so.«

»So ist der Mensch«, sagte Wes aufgeräumt. »Vergiß nicht, daß der Kerl hinter dir her war. Er hatte eine Pistole. Vielleicht ist dir diese Kleinigkeit entfallen.«

»Nein, ich weiß«, sagte David gelangweilt.

»Ihr seid nicht zufällig beide mit demselben Mädchen gegangen, oder? Das ist meine letzte Frage, Dave.«

»Blödsinn.«

Wes wollte wissen, ob David noch ein paar Minuten erübrigen könne, bestellte sich dann einen dritten Drink und wechselte taktvoll das Thema. Was hielt Dave vom jüngsten Satellitenstart in Florida? Später, als er David heimfuhr, erkundigte sich Wes, ob er wisse, daß sein Name heute abend in der Zeitung stehe. David wußte es nicht. Kein Wunder, meinte Wes, es sei auch nur eine ganz kleine Meldung. Delaneys Frau hatte zu Protokoll gegeben, daß ihr Mann an seinem Todestag zu David Kelsey gewollt habe – was die Polizei genausogut in der Pension hätte erfahren können, dachte David. Daß Gerald eifersüchtig auf David Kelsey war, weil dieser seine Frau liebte, hatte Annabelle der Polizei anscheinend immer noch nicht erzählt. Jedenfalls hoffte David das, nicht nur im eigenen Interesse, sondern weil Annabelle, wenn sie sein Geheimnis hütete, seine Liebe wohl doch ernst nahm und anerkannte. Auf die Idee, die Abendzeitung zu lesen, war er gar nicht gekommen; aus Angst, wie er sich jetzt eingestand.

»Ich muß schleunigst heim zu Frauchen«, sagte Wes, als er David absetzte. »Wir haben nämlich noch nicht gegessen. Ich habe ihr etwas von dringenden Geschäften erzählt, und sie denkt jetzt, ich wäre bei Effie. Das setzt wieder was!« Wes, dem der Whisky Mut gemacht hatte, grinste und winkte mit dem Arm.

In seinem Zimmer zog David den Mantel aus und warf sich bäuchlings aufs Bett. Einen Arm schob er unter den Kopf, den anderen legte er um eine imaginäre Annabelle. Er preßte den Mund gegen ihre Wangen und Lippen und entschwebte in jenes stille Heiligtum, jenes sich rasch steigernde Bewußtsein ihrer Gegenwart, das in einem stechenden Schmerz gipfelte und das er durch Konzentration zu verlängern suchte. Wohl fiel ihm auf, daß er zum erstenmal mit Annabelle in diesem häßlichen Zimmer zusammen war. Doch plötzlich fand er selbst den strengen Geruch der staubigen Tagesdecke lustig, ja angenehm, weil er sie mit ihr teilte.

15

Am Freitag war David bis spätabends damit beschäftigt, in seinem Haus einen Schrank- sowie Reisekoffer zu packen und das Geschirr in Zeitungspapier einzuschlagen, damit es kistenfertig war, wenn Samstag nachmittag die Speditionsfirma zum Abtransport kam. Am Samstag war er wieder früh auf den Beinen, um die Lampen abzumontieren und die Betten auseinanderzunehmen, bevor er um elf zu Mr. Willis mußte. Mittlerweile bereute er es, sich mit Willis in Beck's Brook verabredet zu haben, denn er hatte keine Lust, dort einem der beiden Polizeibeamten in die Arme zu laufen. Er war schon im Begriff, von der nächsten Telefonzelle aus Mr. Willis anzurufen und ihn zu sich nach Hause zu bestellen, als er draußen einen Wagen hörte. David lief ans Fenster. Das Auto hielt nur etwa zehn Meter vor seiner Einfahrt, aber weil die Sonne auf die Windschutzscheibe schien, konnte er den Fahrer nicht erkennen. Dann öffnete sich die Tür, und Effie Brennan stieg aus.

»Herrgott!« David fuhr zurück und rieb sich mit der flachen Hand über die Stirn. Hastig lief er nach oben und ging in dem halbleeren Schlafzimmer auf und ab, bemüht, nicht auf das dringliche, metallische Poch-poch-poch des Türklopfers zu achten.

Doch Effie hämmerte in einem fort weiter, bis David

ihr am liebsten von oben zugeschrien hätte, sie solle verschwinden.

»David?« Ihre Stimme drang nur schwach in das verschlossene Haus. »Ich bin's, Effie. Darf ich reinkommen?«

Poch-poch-poch.

Dann willkommene Stille.

Aber sie war nur an die Hintertür gegangen, und schon begann das Klopfen und Rütteln aufs neue. »David? Sind Sie im Keller? Hier ist Effie.«

Und dann flog er mit einemmal die Treppe hinunter, als gälte es, am Hintereingang ein Feuer zu löschen, riß die Tür auf und herrschte sie an: »Was wollen Sie hier?«

Sie trug flache Schuhe, aber bei seinen barschen Worten schien sie buchstäblich den Halt zu verlieren. Jedenfalls stolperte sie, und als sie das Gleichgewicht wiedererlangte, hatte sie Tränen in den Augen. »Ach, David, ich wollte bloß kurz mit Ihnen reden. *Bitte.* Sie können mir vertrauen, David. Oder sind Sie nicht allein?«

»Doch.«

»Eine Freundin hat mir ihren Wagen geliehen, und da dachte ich, ich komme einfach mal vorbei und sage guten Tag. Ich bleibe auch nicht lange, David.« Und schon war sie an ihm vorbei ins Haus gehuscht.

David, dem ihr Parfüm in die Nase stieg, runzelte die Stirn.

Effie drehte sich nach ihm um, immer noch furchtsam, die Augen vor Schreck geweitet, als wollte sie im nächsten Moment durch die offene Tür Reißaus nehmen, was David sich sehnlichst erhoffte. »Das *ist* doch Ihr Haus, oder?«

David war vor Wut und Scham so verwirrt, daß er kein

Wort herausbrachte. Die Hände in den Gesäßtaschen seiner Bluejeans, ging er auf die Tür zum Nebenraum zu.

Effie folgte ihm. »David, bitte seien Sie mir nicht böse. Ich habe der Polizei alles so gesagt, wie Sie's wollten. Daß ich das mit dem Haus nur erfunden hätte. Kein Wort davon, daß Sie ... daß es Ihr Haus ist.«

Er schwieg.

»Falls Sie deswegen böse sind, meine ich. Oder ist es etwas anderes?«

»Warum gehen Sie nicht, Effie?« David drehte sich zu ihr um. »Ich bin nicht in der Verfassung für eine Aussprache.« Leider versagte ihm mitten im Satz die Stimme, und er merkte selbst, wie er zitterte.

Mit widerlich penetranter Neugier durchquerte sie die Küche und schaute ins unaufgeräumte Wohnzimmer. David hätte sie durchs Fenster werfen können, so begierig war er, sie loszuwerden. »Sie ziehen aus«, stellte sie fest, und David brach in irres Lachen aus. Er warf den Kopf zurück, wippte in seinen Turnschuhen auf und ab, und sie starrte ihn an wie ein Gespenst.

»Ja, heute wird umgezogen«, rief er vergnügt.

Sie ließ ihn nicht aus den Augen, aber wieder sah es so aus, als lauerte sie nur auf den rechten Augenblick zur Flucht, und David fragte sich, was an ihm und seinem milden, närrischen Lächeln so furchterregend sein mochte. »Wer ist William Newmester?« fragte sie.

»Ein Freund von mir, ein sehr, sehr guter Freund«, sagte David rasch.

»Wohnt er hier?«

»Aber sicher.« Bitterer Zorn stieg in ihm hoch.

»Sie haben Wes erzählt, daß Sie ihn gar nicht kennen.«

»Mit Wes wollte ich nicht darüber reden.«

»Und Sie verbringen jedes Wochenende mit Newmester?«

»Ja, der gute alte Bill!« Er lächelte flüchtig.

»Waren Sie letzten Sonntag hier – als dieser Mann kam?«

»Da war ich zufällig außer Haus.«

Effie nickte und sah sich beklommen um. Sie hatte eine große braune Handtasche dabei, an deren Verschluß sie nervös herumspielte. »Haben Sie auch ein Mädchen hier, David?« fragte sie schüchtern.

Er konnte sie nur anstarren.

»Nicht böse sein, bitte. Ich weiß nicht, warum Sie so wütend sind, wo ich mir doch solche Mühe gebe, alles richtig zu machen. Sogar die Polizei habe ich belogen, nur um Ihnen zu helfen.« Langsam faßte sie wieder Mut, und jetzt lächelte sie sogar, auch wenn ihre Augen ihn weiter wachsam belauerten. »Was immer Sie hier machen, ich weiß, daß Sie es geheimhalten wollen. Sie schulden mir keine Erklärung, ich weiß. Wenn ich Sie trotzdem nach einer Frau gefragt habe, dann weil… *Mir* liegt nämlich viel an Ihnen, verstehen Sie, und wenn Sie jemand anderen haben…« Sie stockte.

»Ich habe Ihnen doch gesagt, ich bin verlobt.«

»Schon, aber die Geschichte glaube ich nicht. Wes hat zwar auch davon erzählt, aber das reimt sich einfach nicht zusammen.« Die Art, wie sie sprach, erinnerte ihn an Annabelles Briefe, und das machte ihn nur noch wütender.

»Aber wenn Sie hier jemanden haben, dann ist es etwas anderes.« Sie biß sich auf die Unterlippe. Dann sagte sie ohne Umschweife: »Ich liebe dich, David.«

»Raus!«

Effie fuhr zusammen. Sie machte einen Schritt rückwärts, blieb aber gleich wieder stehen. »Sie haben keinen Grund, mich anzuschreien«, schluchzte sie und breitete traurig die Arme aus. »Wenn Sie heute packen müssen, dann helfe ich Ihnen sogar dabei.«

Es war der Tropfen, der das Faß zum Überlaufen bringt. David ging auf sie zu, und sie wich jammernd Schritt für Schritt vor ihm zurück. Sie brüllten sich jetzt gegenseitig an, und Effie hob fortwährend die Arme wie eine Aufziehpuppe oder als wollte sie sich vor einem Schlag schützen. Ja, das war der berühmte letzte Tropfen, daß diese kleine Tippse in sein Haus eindrang, ihm eine Liebeserklärung machte und anbot, seine Sachen zu packen, die nur für Annabelles Augen bestimmt waren; daß sie zerstören wollte, was er für Annabelle geschaffen hatte, die Zimmer und die Bilder und die Musik, die Annabelle nicht ein einziges Mal gehört hatte, und jedes verdammte Ding, das anzufassen ihm gestern abend und heute morgen so weh getan hatte, weil alles nur für Annabelle gedacht war, und nun hatte sie das Haus nicht ein einziges Mal gesehen.

»Ich glaube, Sie sind wahnsinnig!« stieß Effie hervor, und die Augen quollen ihr fast aus dem Kopf. Sie prallte gegen die Haustür, obwohl er sie nicht einmal angerührt hatte.

»Da sind Sie nicht die erste, die das sagt!« brüllte er zurück.

Ihr Atem ging stoßweise. Sie tastete blind nach dem Türknauf, starrte ihn aber immer noch mit schreckgeweiteten Augen an, als hätte er versucht, sie umzubringen, und sie wäre eben um Haaresbreite dem Tod entgangen. Kurz entschlossen griff David nach dem Türknauf und öffnete ihr. Da schoß sie an ihm vorbei nach draußen und rannte in wilder Hast zu ihrem Wagen. David sah ihr nach und spürte, wie sein Körper unter jedem dumpfen, langsamen Herzschlag erzitterte. Der Motor hustete und streikte zweimal, bevor er ansprang, und kaum daß der Wagen im Rückwärtsgang losfuhr, hatte sie den Motor schon wieder abgewürgt. David sah noch, wie sie sich fieberhaft mühte, ihn wieder in Gang zu bekommen, dann schloß er die Tür.

Minutenlang starrte er auf einen schon zusammengerollten Teppich nieder und war auf einmal so unheimlich müde, daß er gar nicht mehr über das nachdenken konnte, was gerade passiert war. Nur soviel war ihm bewußt, daß er sich völlig im Recht fühlte. Doch als er die durch Effies Erscheinen unterbrochene Arbeit wiederaufnahm, fiel ihm ein, daß er ja Mr. Willis hatte anrufen wollen. Jetzt war es dafür schon ein bißchen spät, aber David hätte es trotzdem versucht, wäre ihm nicht klargeworden, daß er auch Mr. Willis nicht in seinem Haus haben wollte. Also wusch er sich unter der Dusche den Angstschweiß ab, zog frische Sachen an und fuhr nach Beck's Brook.

Er begegnete keinem der beiden Polizisten, und Mr. Willis empfing ihn triumphierend mit der Nachricht, ein gewisser Gregory Peabody habe das Haus besichtigt und wolle es kaufen, ja die Anzahlung werde bereits am Montag eingehen. Er erkundigte sich, ob David vielleicht in Zukunft wieder an einem Haus in der Gegend interessiert sei, und der war so benommen vor Glück über den raschen Verkauf, daß er bejahte und sagte, er wolle seine Möbel nur etwa ein Jahr einlagern. Doch als Mr. Willis ihm daraufhin gleich Karten und Fotos von anderen Häusern vorlegte, wurde ihm klar, daß er niemals wieder auch nur in der Nähe von Ballard oder Froudsburg oder Beck's Brook würde leben wollen.

»Ich kann mich im Augenblick wirklich nicht damit befassen«, sagte David. »Ich habe zuviel anderes im Kopf.«

Die Männer von der Spedition kamen am Nachmittag und brachten ein Dutzend großer Kisten zum Einlagern seiner Bücher und des Geschirrs mit. Montag morgen würden sie in Davids Abwesenheit wiederkommen und Kisten, Möbel sowie sämtlichen Hausrat abtransportieren und unter dem Namen David Kelsey einlagern. Er wußte wohl, daß das riskant war, sah aber keine Alternative – zumindest keine ehrenhafte. Zwar hätte er seine Sachen vermutlich in Mrs. McCartneys oder Mrs. Beechams Namen unterstellen können, und falls eines Tages alles über ihm zusammenbrach, wäre ihm ohnehin nicht mehr an seinen Kleidern oder Möbeln gelegen, aber sich hinter ihren Namen zu verstecken kam ihm erbärmlich vor. Und bei einem erfundenen Namen wäre es schwierig gewesen, sich beim Abholen der Sachen auszuweisen. Also beschloß er, das Risiko einzugehen, und wenn die Polizei oder auch die Lagerverwaltung dahinterkamen, daß Neumeister sein Eigentum unter dem Namen Kelsey deponiert hatte, dann war das eben Pech. Keiner seiner Koffer trug Initialen. David behielt einen guten Anzug und ein weißes Hemd, nahm aber aus dem Haus nichts weiter mit als die beiden Fotos von Annabelle und ihre wenigen Briefe sowie ein paar Papiere aus seinem Schreibtisch, darunter die Versicherungspolice, in der Mrs. Annabelle Stanton Kelsey als Begünstigte angegeben war.

Eine Weile saß er auf dem schon mit Zeitungspapier abgedeckten Sofa. Im Haus herrschte eine lähmende Stille, wie nach einer Bombenexplosion. Aus dieser Stille lösten sich die Worte, die er Effie entgegengeschleudert hatte, und hallten wie ein unerträgliches Echo in seinem Kopf wider. Hatte er wirklich gesagt: »Ich verabscheue Sie! Hauen Sie ab, oder ich werfe Sie hinaus!«? Auf jeden Fall hatte er Neumeister als guten Freund bezeichnet, während er Wes gegenüber behauptet hatte, noch nie von ihm gehört zu haben. Was würde Wes daraus schließen? Und was Effie? David erhob sich mit dem Gedanken, noch einmal mit Effie zu reden, sie zu bitten… Aber dann sah er wieder ihr angstverzerrtes Gesicht vor sich und begriff, daß er sich das Mädchen zum Feind gemacht hatte. Sie würde bestimmt mit Wes reden; wahrscheinlich sogar auf der Stelle.

Hol's der Teufel, dachte er. Er sorgte sich schon wieder um ganz falsche Dinge. Annabelle war das einzige, worum es sich zu sorgen lohnte.

Was die Bekanntschaft mit Neumeister anging, würde er Wes, falls dieser ihn darauf ansprach, gestehen, daß er ihn ein bißchen beschwindelt habe, daß er in Wirklichkeit mit Neumeister befreundet sei, dem auch das Haus in Ballard gehöre, aber daß die Polizei ihn gebeten habe, all dies wegen Neumeisters unglücklicher Verstrickung in Delaneys Unfall geheimzuhalten. Mit einem bitteren Lächeln nahm David eine Zigarette aus einer silbernen Dose, die noch unverpackt neben anderem Nippes auf dem Boden stand, und zündete sie an. William Neumeister rauchte an den

Wochenenden hin und wieder eine Zigarette, und diese hier war ein Abschiedsgruß an ihn. Der Tabak war trocken und bröselig. Obwohl sie ihm nicht schmeckte, rauchte David die Zigarette zu Ende.

Der Türklopfer schlug an, und er ging ganz ruhig öffnen. Draußen stand der junge Polizist aus Beck's Brook.

»Tag, Mr. Newmester! Was denn, Sie ziehen aus?«

»Ja. Ich will mir ein bißchen die Welt ansehen. Möchten sie hineinkommen?«

»Danke«, sagte der Beamte und trat ein. »Mir fiel auf, daß hier allerhand Betrieb ist, und da dachte ich, ich sehe mal nach dem Rechten.«

»Alles in Ordnung«, sagte David.

Der junge Polizist schob die Mütze in den Nacken. »Sie sind überhaupt nicht im Barclay gewesen, oder?«

»Nein. Die erste Nacht war nichts frei, für die zweite wurde mir ein Zimmer versprochen, aber dann…« David deutete mit einer Handbewegung an, es lohne sich nicht, über solche Lappalien zu reden.

»Wir haben Sie Donnerstag im Barclay zu erreichen versucht, weil Mrs. Delaney hier war.«

»Hier?«

»Sie hat uns besucht. Sie wollte sehen, wo ihr Mann gestorben ist. Und sie hätte gern mit Ihnen gesprochen, verstehen Sie? Also haben wir Sie im Barclay ausrufen lassen. Wir dachten, vielleicht würden Sie ja herkommen und mit ihr reden, sie war nämlich bereit, ein paar Stunden zu warten. Aber als wir Sie nicht erreichen konnten, haben wir Mrs. Delaney auf dem Grundstück herumgeführt, und dann ist sie wieder gefahren. Sie hatte noch eine Dame dabei. Sehr hübsche Frau, Mrs. Delaney.« Er lächelte David so versonnen an, als hätte er ihr Bild immer noch vor Augen.

David sah aus dem Fenster. Annabelle auf seinem Grund und Boden. Es war unglaublich. So lange hatte er gehofft, sie hierherzubringen, und dann war sie gekommen, als er nicht da war, und ohne sein Wissen wieder fortgegangen.

»Ziehen Sie weg?« fragte der junge Polizist.

»Ja. Ich will mir die Welt ansehen. Das Haus wird verkauft.«

»Was soll's denn kosten?«

»Genausoviel, wie ich dafür bezahlt habe – zwanzigtausend. Es gehören siebeneinhalb Morgen Land dazu.« David runzelte die Stirn. Seine Neugier war einfach nicht zu bändigen. »Ist Mrs. Delaney lange geblieben?«

»Nein, bloß zehn Minuten etwa. Daß sie herkommen wollte, braucht Sie nicht zu wundern, so sind die Leute nun mal. Wollen mit eigenen Augen sehen, wo es passiert ist, und sind begierig auf jede Einzelheit, die man ihnen erzählen kann. Anders ist das nur bei den Alten, die wollen nicht hören, wie so ein Autowrack nach einem Verkehrsunfall aussieht oder so.«

David nickte. Ob Annabelle weiter auf einem Gespräch mit William Neumeister bestand? »Was meinen Sie, ob ich sie anrufen sollte?« fragte er.

»Das liegt bei Ihnen. Ich an Ihrer Stelle würde es machen. Sicher könnten Sie ihr auch am Telefon sagen, was sie wissen möchte.« Der Polizist ging zur Tür. »Die Nummer können Sie bei uns auf dem Revier bekommen. Oder Sie lassen sie sich von der Vermittlung geben: Hartford, Mrs. Gerald Delaney.«

»War sie sehr unglücklich?«

»Na ja, ziemlich verweint, aber sie hat sich tapfer gehalten. Eine feine Frau, das sah man gleich. Und ihr Baby ist gerade mal acht Wochen alt, mein Gott! Ich glaube, ihr Vorname ist Anna. Irgendwas mit Anna.«

16

Am Montag abend fuhr David nach Hartford. Er war um Viertel vor sechs aufgebrochen, und als er um halb neun ankam, empfing ihn ein scheußliches Gemisch aus Regen und Graupel. Eigentlich hatte er gleich bei ihr klingeln wollen, ohne sich vorher anzumelden, doch jetzt erschien es ihm unhöflich, nicht wenigstens anzurufen, und so hielt er an dem Drugstore, von dem er schon einmal telefoniert hatte, wählte auswendig ihre Nummer und hatte auch gleich Annabelle am Apparat. Er sei hier, in Hartford, sagte David.

»Können wir uns sehen, Schatz? Hast du Zeit?«

»Ja... Möchtest du herkommen?«

Er ließ den Wagen stehen, stürzte so blindlings über die Straße, daß er fast in ein Auto gelaufen wäre, bog in eine dunkle Gasse ein und hielt das Gesicht in den Nieselregen, der ihm auf einmal herrlich erfrischend schien.

Als er ihr Haus erreichte, kam gerade jemand heraus, und David schlüpfte rasch hinein, ehe die Tür wieder ins Schloß fallen konnte. Er rannte die Treppe hinauf und klopfte.

»Dave?« rief Annabelle.

»Ja.«

Ein Riegel wurde zurückgeschoben, die Tür ging auf,

und Annabelle sah ihn verwundert an. »Das ging aber schnell.«

Er zog sie an sich und preßte die Lippen an ihre Wange. Sie wand sich in seinen Armen, aber erst als sie die Hand gegen seine Schulter stemmte, begriff er, was sie wollte, ließ sie augenblicklich los und verschlang sie nur noch mit den Augen. Sie war sehr blaß, blutleer bis in die Lippen. Nur ihre Augen schienen unverändert und sahen ihn traurig an, als ob sie ihm erzählen wollten, was sich mit Worten nicht ausdrücken ließ. David suchte und fand in diesen Augen Liebe, Bedauern, Vergebung, Hoffen und Zärtlichkeit. Ihm war, als hörte er sie sagen, daß sie sehnsüchtig auf ihn gewartet habe, daß sie ihn brauche und schon befürchtet habe, er werde nicht kommen. David legte ihr die Hände auf die Schultern und beugte sich wieder über sie, um sie zu küssen.

»Du hast eben so rasch aufgelegt«, sagte sie und wich zurück, »daß ich dir gar nicht mehr sagen konnte, daß gleich Besuch kommt.«

»Wer?«

»Eine Freundin. Mrs. Barber. Sie wird in ein paar Minuten hier sein.«

»Oh. Aber dann haben wir wenigstens diese paar Minuten. Ich habe dir soviel zu sagen, Annabelle. Werden wir denn nie richtig *Zeit* haben?« Er fuhr sich mit der Hand durchs feuchte Haar.

»Zieh den Mantel aus, Dave.« Das klang schon viel freundlicher, und David strahlte über das ganze Gesicht.

Annabelle saß verkrampft auf der Sofakante, die Hände im Schoß.

David setzte sich neben sie, aber nicht zu nahe. »Es tut mir so leid für dich«, sagte er und sah, wie ihre Augen sich mit Tränen füllten.

»Es ist ein einziger Irrtum. Ich kann es immer noch nicht glauben. Ich denke: Jetzt kommt Gerald zur Tür herein – aber nein. Eben war er noch da – und jetzt gibt es ihn nicht mehr.« Ungeduldig wischte sie sich eine Träne fort.

Was sie sprach (Worte, die ihn emotional kaum berührten), klang abgedroschen – als ob Annabelle sich verpflichtet glaubte, Tradition und Klischee Genüge zu tun. David blickte von ihr hinüber zum Fernseher mit dem Foto vom grauhaarigen Niemand darauf. »Ich möchte, daß du mit mir kommst, Annabelle«, sagte er unvermittelt und griff nach ihrer Hand, die unter seiner Berührung starr wurde. »Mein Haus wird verkauft, aber ich möchte ein anderes kaufen, eines, das dir gefällt und das wir zusammen aussuchen. Wir können überallhin ziehen, je nachdem, wo ich arbeite, und das könnte überall sein, fast überall. Allerdings würde ich am liebsten zu Dickson-Rand nach Troy gehen. Ich möchte ein völlig neues Leben anfangen. Laß uns beide noch einmal von vorn beginnen, zusammen. Bist du –«

Doch Annabelle fiel ihm ins Wort. »Nein!« rief sie laut. »Also wirklich, Dave, bist du gekommen, um vernünftig mit mir zu reden, oder was?«

Sein Blick fiel auf ihre geschlossene Faust, die matt und träge auf ihrem Schenkel ruhte, und auf den schlichten goldenen Trauring. »Verzeih, ich wollte nicht so mit der Tür ins Haus fallen, aber wir haben immer so wenig Zeit – oder vielmehr gar keine. Bitte verzeih mir, Darling.« Und er knirschte mit den Zähnen, weil er an ihrem verhärmten Gesicht ablesen konnte, daß sie fast verrückt war vor Erschöpfung und Sorgen, den kleinlichen Delaney-Sorgen, von denen er sie so gern befreit hätte.

»Auf einen solchen Gefühlsausbruch kann ich dir einfach nicht antworten, Dave. Du redest ja, als ob ich kein Kind hätte, keine Verpflichtung Gerald gegenüber…«

David merkte erst jetzt, daß sie zum gemusterten Baumwollrock ein weißes Herrenhemd trug, und dachte sich voll Unbehagen, ja Ekel, daß es vermutlich eins von Geralds Hemden war. »Ich weiß ja, daß so etwas seine Zeit braucht.«

»Zeit? Allerdings, eine lange, lange Zeit. Mein Leben ist aus den Fugen, und du kommst mir mit deinen verrückten Ideen. Ich bin jetzt in erster Linie meinem Kind verpflichtet.«

»Wir nehmen sie mit«, sagte David hastig. »Das ist doch selbstverständlich, Darling. Ich spreche von der Zukunft, und an die mußt du auch denken, oder?«

»Es ist ein Junge, falls du das vergessen hast.« Annabelle zog ein Kleenex aus der Hemdtasche und putzte sich die Nase.

Ein Junge, natürlich. David hatte sich, wenn er überhaupt einen Gedanken an das Kind verschwendete, immer einen kleinen Gerald vorgestellt. Er erkundigte sich, ob sie in der Wohnung bleiben wolle, und sie sagte ja, wahrscheinlich, schon wegen des Mietvertrags, und außerdem habe sie Freunde im Viertel, die gelegentlich das Baby hüten könnten, denn früher oder später werde sie sich eine Arbeit suchen müssen.

»Das brauchst du nicht, ich habe Geld genug.«

»Ich kann dein Geld nicht annehmen.«

»Wozu hab ich es denn, wenn nicht für dich?«

Wieder entzog sie ihm ihre Hand, und er dachte schon, sie würde vom Sofa aufstehen. »Dave, wo war eigentlich dein Haus?«

»Oh… fast eine Autostunde von Froudsburg entfernt.«

»In Ballard?«

»Nein. Praktisch in der entgegengesetzten Richtung von Ballard. Das mit Ballard hat sich das Mädchen in der Pension ausgedacht, Annabelle. Sie hatte keine Ahnung, wo das Haus steht.«

»Wieso nicht? Ihr seid doch befreundet, oder?«

»Ich wollte nicht, daß irgend jemand von dem Haus erfährt, Annabelle. Es sollte nur für uns sein, verstehst du?«

»Wie heißt denn die nächste Ortschaft?«

Er seufzte. »Ruarksville – das Haus liegt etwa eine Meile außerhalb von Ruarksville, und von dort sind es gut neunzig Meilen bis Ballard!«

»Du hast überall erzählt, daß du deine Mutter besuchst. Warum hast du gelogen, Dave?«

»Weil das der einfachste Weg war. Ich wollte ungestört sein, mir keine Hausgäste aufladen. Es gab ja nicht mal ein…« Beinahe wäre ihm herausgerutscht, daß er kein Telefon hatte. »Ach, Annabelle, es war ein schönes Haus, und ich habe mir so gewünscht, daß du es dir anschauen kommst. Wie oft habe ich mir vorgestellt, daß du mit mir zusammen dort bist, und ich habe alles so eingerichtet, wie ich dachte, daß du es gern hast. Das Schlafzimmer und das Wohnzimmer, die Bilder an den Wänden – sogar beim Kochen habe ich immer an dich gedacht.« Er lächelte. »Ich wünschte, ich hätte ein paar Fotos von dem Haus, damit du dir wenigstens ein Bild machen könntest.« Und das meinte er ehrlich, bis ihm einfiel, daß sie das Haus dann von außen erkannt hätte.

Annabelle nickte, aber ihre Augen gingen ins Leere und sahen ihn nicht. »Kennst du William Neumeister?« fragte sie. Sie sprach den Namen deutsch aus.

»Nein.«

»Und in deiner Pension? Kennt ihn da jemand?«

»Nein. Soviel ich weiß, nicht.«

»Ich wollte so gern mit ihm sprechen. Er war verreist. Ich bin letzten Donnerstag an seinem Haus gewesen. Ich wußte, daß er nicht da war, aber ich dachte, vielleicht könnte mir jemand sagen, wo er sich aufhält. Die Polizei zum Beispiel. Ich wollte ihn fragen, was wirklich passiert ist.«

David zuckte die Achseln, und wieder fiel sein Blick auf das selbstgefällige Konterfei auf dem Fernseher. »Aber das hat er doch alles schon der Polizei erzählt, oder?«

»Ich begreife einfach nicht, wieso Gerald und dieser Neumeister dermaßen aneinandergeraten sind, daß Gerald eine Waffe zog. Das ergibt keinen Sinn. Ich weiß, er hatte ein bißchen was getrunken, aber…«

Ja, es klang unsinnig, David wußte das längst, aber jetzt mußte es einen Sinn ergeben. »Vielleicht dachte er ja, ich hielte mich in dem Haus versteckt. Womöglich hatte er mehr getrunken, als du annimmst.«

»Aber viel war es nicht, das hat auch der Arzt festgestellt. Gerald hatte vier Drinks bei Ed Purdy, und ich kann mir nicht vorstellen, daß er unterwegs angehalten und noch mehr getrunken hat.«

»Vier Drinks, das reicht doch. Du weißt nicht, wie groß sie waren.« David spürte selbst, wie seine Verzweiflung sich Bahn brach, ihn unvorsichtig machte. »Es war ein Unfall, Annabelle. Er ist gestürzt und mit dem Kopf auf einer Steinstufe aufgeschlagen. Es lag so viel Schnee an dem Tag, da hätte jeder ausrutschen können.«

»Aber dieser Mann hat ihn geschubst! Darum wollte ich ja mit Neumeister reden…« Und wieder verzerrten sich ihr Gesicht, ihre Stimme unter einer Flut von Tränen, den nutzlosen Tränen, die David nicht mit ansehen konnte und gegen die er machtlos war.

»Du kannst es diesem Neumeister nicht verübeln, daß er sich gegen einen bewaffneten Mann zur Wehr setzt.«

Annabelle hob den Kopf. »Also gut, angenommen, es war ein Unfall, der sich nicht mehr aufklären läßt. Aber warum Gerald dich aufsuchen wollte, ist doch sonnenklar. Jeder Mann an seiner Stelle hätte es genauso gemacht, wenn ein anderer seiner Frau solche Briefe schreibt. Und ich habe dich weiß Gott nicht ermuntert, Dave. Im Gegenteil, immer wieder habe ich dich gebeten, damit aufzuhören.«

»Ich weiß.«

»Aber was hast du getan? Alles nur noch schlimmer gemacht. Auf die Spitze getrieben hast du's mit deinen verrückten Drohungen, du würdest herkommen und mich mitnehmen. Wenn ein Fremder diese Briefe in die Hand bekäme, er würde glatt sagen, du gehörst in eine Anstalt.«

Er sprang auf. »Ach? Meine Briefe sind vollkommen vernünftig, jeder einzelne von ihnen, und das weißt du. Ich liebe dich, warum sollte ich dir nicht schreiben?«

»Weil ich verheiratet bin!« rief sie dazwischen.

»Ich habe weder dich noch Gerald je angerührt, aber du redest, als ob ich ein gemeingefährlicher Irrer wäre. Was ist das für eine Welt, in der ein Mann seine Sache nicht einmal schriftlich vertreten darf?«

»Aber man schreibt einer verheirateten Frau nicht solche Briefe. Das ist dermaßen peinlich, ich konnte es noch nicht mal der Polizei erzählen.«

Es klingelte.

»Peinlich«, wiederholte David fassungslos.

»Ja, und dann kommst du noch daher und faselst von deinem ›Recht‹. Hattest du etwa auch das Recht, meinen Mann zu töten?« Sie stand auf, kreidebleich im Gesicht, und David sah ihr an, daß sie sich mit ihrem Zorn im Recht glaubte.

»Ich ihn töten, so ein Quatsch!« sagte er und wandte sich ab.

»Aber darauf läuft es doch hinaus«, sagte Annabelle trotzig und verließ das Zimmer. David hörte den elektrischen Türöffner, und dann kamen schlurfende Schritte die Treppe herauf.

»Es hat keinen Sinn, daß du noch länger bleibst, Dave«, sagte Annabelle.

»Was soll das heißen?« Er trat auf sie zu, hielt inne, weil er wußte, daß sie seine Berührung nicht dulden würde, und packte sie dann vor lauter Verzweiflung an den Schultern. »Annabelle, ich liebe dich von ganzem Herzen, und ich will dich glücklich machen. Ohne dich könnte ich genauso gut tot sein. Gib mir eine Chance.«

Es klopfte. Annabelle funkelte ihn an, als ob es ihr vor Zorn die Sprache verschlagen hätte, und David fuhr verwirrt und gekränkt zurück.

»Ich warte unten, egal wie lange es dauert«, sagte er.

»Du bildest dir doch nicht ein, daß du hier übernachten kannst?« Damit öffnete sie die Tür, und herein trat eine der grauhaarigen, molligen Frauen um die Fünfzig, die für David den Typ »Nachbarin« oder womöglich gar »gute Nachbarin« verkörperten, also eine unansehnliche, langweilige Person. »Guten Abend«, sagte David und verbeugte sich leicht, nachdem Annabelle die Vorstellung übernommen hatte. Doch im gleichen Moment erlosch das Lächeln der Frau, und ihr Mund legte sich in häßliche kleine Falten.

»Ist… ist er das?« fragte sie Annabelle.

Annabelle nickte. »Ja. Wir mußten uns aussprechen. Aber Dave wollte gerade gehen.«

»Nein, das wollte ich nicht«, widersprach David leise, aber bestimmt. »Es sei denn, ich störe.« Die Frau starrte ihn an wie ein Monster aus dem Kuriositätenkabinett. Ihr Mund stand leicht offen; man hätte sie für eine Figur auf einem Schnappschuß halten können, eine beliebige Person aus der Zuschauermenge bei einer Parade.

»Ich glaube nicht, daß unser Gespräch schon beendet ist, Annabelle«, setzte David hinzu.

»Dave, ich danke dir für alles, aber ich wüßte nicht, was wir heute abend noch zu bereden hätten.«

Benommen starrte er auf Annabelles braune Slipper, ihre schlanken, bloßen Fesseln, vor denen er hätte niederknien und sie küssen mögen, wenn nur diese Person nicht gewesen wäre. David schmeckte Blut im Mund. Er hatte sich wieder einmal in die Backe gebissen. Annabelle sah ihn hochmütig an, beinahe so, als wolle sie vor dieser dummen Alten eine Vorstellung geben. »Wann kann ich dich wiedersehen?«

»Dave, bitte...«

»Annabelle, was ist nur los mit dir!« schrie er und griff in dieser letzten Minute verzweifelt nach ihren beiden Händen wie nach dem sprichwörtlichen letzten Strohhalm. Sie wich zurück, und plötzlich fiel die fremde Frau wutschnaubend über ihn her und krallte sich so verbissen an seinen Arm, daß er sich nur mit Gewalt losreißen konnte. Ratlos blinzelnd stand er Annabelle gegenüber, während die Alte wild gestikulierend herumzeterte.

»Haben Sie nicht schon genug angerichtet, Sie... Sie Dreckskerl! Ein Dreckskerl, jawohl, das sind Sie!« wiederholte sie selbstgerecht und nickte bekräftigend.

»Ich liebe diese Frau, und das kann jeder wissen!« brüllte David zurück.

Die Frau stampfte mit dem Fuß auf, warf den Kopf zurück und keifte aufs neue los. David überhörte ihre Beschimpfungen und wandte sich wieder Annabelle zu, doch sie wich ihm aus und öffnete gleichzeitig die Tür.

»Bitte, geh jetzt, Dave, bitte«, sagte Annabelle müde.

Er sah sie noch einmal lange an und lächelte, glücklich über die Sanftmut in ihrer Stimme. »Ich denke an dich – immerzu«, flüsterte er und ging.

Den ganzen Weg zurück zum Wagen zermarterte er sich das Hirn mit Vorwürfen, weil er die Beherrschung verloren hatte. Nicht einmal diese idiotische Nachbarin konnte das rechtfertigen. Er hätte um Annabelles willen ruhig bleiben müssen, eine Säule der Kraft, mitfühlend, geduldig, alles, was er nicht gewesen war.

O Gott, was hatte er nicht alles wiedergutzumachen!

17

27. *Januar 1959*

Meine geliebte Annabelle,

ein neuer Tag bricht an, während ich diese Zeilen schreibe. Ich bin stundenlang in der Stadt herumgeirrt. Ich wünschte so sehr, daß ich ein Dichter wäre, damit ich die rechten Worte fände, Dir zu sagen, was dieser Tag für mich bedeutet. Es ist ein neuer Anfang.

Wenn Du unser gemeinsames Leben nur auch so sehen, wenn Du mir glauben könntest, wie sehr ich Dich liebe. Ich sehe ein, daß es egoistisch wäre, jetzt von mir zu sprechen. Ich liebe Dich sogar für Deine Treue zu Gerald, ich achte Deine Trauer, aber nur aus Respekt vor Dir. Ansonsten bete ich zu allen höheren Mächten, daß Deine Treue und Deine Liebe eines Tages mir gehören mögen. Woran kann ich meine Liebe zu Dir messen? Glaub mir, ich bin übervoll davon. Sie ist wie ein Gewicht in mir, das sich manchmal greifen läßt und dann wieder nicht. Aber ich könnte Dich unmöglich noch mehr lieben, und ich kann mir nicht vorstellen, daß einer, der so fühlt wie ich, kein bißchen darauf hoffen darf, daß seine Liebe erwidert wird. Ich bin fest davon überzeugt, liebste Annabelle, daß Du mich eines Tages verstehen und mich wieder so anlächeln wirst wie damals.

Was die Gegenwart betrifft – besonders den gestrigen Abend –, mache ich mir die bittersten Vorwürfe, weil ich die Beherrschung verloren und diese Frau angeschrien habe. Das war unverzeihlich. Ich wollte nur Deine Tränen trocknen und Dich trösten. Ich wünsche mir nichts weiter, als Dich glücklich zu machen. Wenn Du das ganz verstündest, dann wäre ich der glücklichste Mann auf Erden.

Die Arbeit hier hat mir nie Freude gemacht. Ich habe vor, mir in den nächsten Wochen oder Monaten (je nachdem, wie lange es dauert) eine Stelle in einem Forschungslabor zu suchen. Dann möchte ich Dich bei mir haben. Diesmal will ich ein Haus kaufen, das Du ausgesucht hast. Was hältst Du davon, für eine Weile nach La Jolla zurückzugehen? Ich stelle mir vor, daß es Dir guttun und Dir helfen würde, wieder zu Dir selbst zu finden. Falls Du Dich dazu entschließt, sei gewiß, daß ich in Gedanken Tag und Nacht und immerzu bei Dir sein werde. Ich liebe Dich, solange ich lebe.

Dave

David schlich sich aus dem Haus und warf den Brief zwei Straßen weiter in den Briefkasten. Es war sieben Uhr morgens. Während die Stadt auf dem Hinweg noch blaß und fahl wie ein Schwarzweißfoto gewesen war, glühten, als er zurückkam, die Ziegel einer Hausmauer auf der anderen Straßenseite dunkelrot im Widerschein der aufgehenden Sonne. Sogar die winterwelken Hecken schimmerten grün. David ging mit geschärften Sinnen durch den Morgen und fühlte sich seltsam glücklich. Er vertraute darauf, daß sein

Brief die Scharte des letzten Abends auswetzen, daß er Annabelle aufmuntern, ja ihr alles in einem neuen Licht zeigen werde. *Einem* Brief würde das bestimmt einmal gelingen. Vielleicht mußte er dazu noch hundert- oder gar zweihundertmal schreiben, doch nicht die Menge oder die gebündelte Kraft seiner Briefe würden Annabelle die Augen öffnen, sondern ein einzelner, ganz bestimmter Satz, vielleicht sogar einer, der ihm selbst nicht besonders wichtig vorkam. Er pfiff vor sich hin, als er auf die Haustür zuging. Am Donnerstag, einen Tag nachdem Annabelle den Brief bekommen hatte, würde er sie von der Fabrik aus anrufen und für Samstag zum Lunch einladen. Er würde mit ihr in ein Restaurant auf dem Land fahren. Annabelle sollte Bäume sehen und Gras, sollte Weite atmen! Draußen wäre es vermutlich nicht so schön wie im Frühling oder Sommer, aber verglichen mit der elenden Straße, in der sie wohnte, war bestimmt jedes Zipfelchen Natur eine Augenweide.

Mrs. McCartney war in der Diele, als David hereinkam. »Ach, David, gerade habe ich bei Ihnen geklopft. Effie Brennan hat vorhin angerufen. Sie sollen zurückrufen. Effie sagt, es ist wichtig.«

»Mach ich. Danke, Mrs. McCartney.«

»Ihre Nummer haben Sie, oder?«

»Nein.«

»Sie steht in dem blauen Notizbuch neben dem Telefon«, sagte Mrs. McCartney lächelnd. Aus ihrem Blick sprach lebhafte Neugier.

David wollte nicht von der Pension aus anrufen. Er wartete, bis Mrs. McCartney im Speisesaal war, und verließ dann wieder das Haus. Falls Effie der Polizei von Beck's Brook erzählt hatte, daß sie David Kelsey in Neumeisters Haus überrascht habe, dann war das nicht zu ändern. Es wäre unangenehm und peinlich, aber mehr nicht. Und selbst wenn er zugeben mußte, daß es David Kelsey war, der mit Gerald Delaney gestritten und ihn schließlich niedergeschlagen hatte, na und? Machte ihn das zum Mörder? War es nicht verständlich, daß er seine Identität bislang mit Rücksicht auf die SITUATION geheimgehalten hatte?

Während er Effies Nummer wählte, überlegte David sogar, ob es nicht möglich wäre, sich auf einen Schlag alles von der Seele zu reden und danach vor Annabelle besser dazustehen als jetzt? Bis zu diesem Augenblick war er immer vor dem Gedanken an ein Geständnis zurückgeschreckt, aber an diesem Morgen schien alles möglich.

»Hallo, Effie. David Kelsey hier.«

»Dave – hallo«, antwortete sie atemlos. »Entschuldigen Sie, daß ich so früh angerufen habe. Geht's Ihnen gut?«

»Ja, sicher. Wieso?«

»Ich habe mir Sorgen gemacht«, sagte sie rasch.

»Weswegen?«

»Wegen der ganzen Geschichte. Wo waren Sie denn, als ich angerufen habe?«

»Beim Briefkasten.« David erwog, sich für seinen Wutausbruch vom letzten Samstag zu entschuldigen. Aber inzwischen schien ihm der Vorfall ganz unwichtig, und es kümmerte ihn nicht mehr, ob er sich Effie Brennan zum Feind gemacht hatte oder nicht.

»Dave, ich hätte am Samstag nicht einfach so reinplatzen dürfen. Ich bitte nochmals um Entschuldigung.«

»Schon gut«, sagte David und wunderte sich über ihre zittrige Stimme.

»Dave, egal, was passiert, Sie sollen wissen, daß ich auf Ihrer Seite bin. Das heißt...«

»Ja?«

»Ich kann mir so vieles nicht erklären. Ich wünschte, ich hätte nie mit Gerald Delaney gesprochen. Aber Sie sollen wissen, Dave, daß ich alles so weitersagen werde, wie Sie es mir erzählt haben. Ich will es sogar selber glauben. Sind Sie jetzt zufrieden?«

»Wem denn weitersagen? Hören Sie, Effie, von mir aus können Sie jedem erzählen, was Sie wollen. Ich habe nichts zu verbergen.«

»Nein? Da bin ich anderer Meinung, Dave.«

»Wieso?«

»Ach, ich hab bloß so ein komisches Gefühl. Vorahnungen, verstehen Sie?«

Aber gerade in dem Moment hatte David keinen Sinn für komische Gefühle.

»Ich habe immer noch die Zeichnung von Ihnen, aber ich habe sie gut versteckt. Dave, sind Sie noch da?«

»Ja.«

»Kann ich Sie heute abend anrufen? Bitte. Mir liegt viel daran, Dave.«

»Warum?«

»Sagen Sie einfach ja. Wäre es Ihnen gegen sechs recht?«

»Meinetwegen, Effie«, sagte er, um sie loszuwerden.

»Danke. Bis dann, Dave.«

David legte auf, und schon im nächsten Moment dachte er nicht mehr an Effie Brennan oder ihre angeblichen Vorahnungen. Aber in der Fabrik ertappte er sich an diesem Tag ein paarmal bei der Frage, ob Wes schon wußte, daß Effie ihn am Samstag in dem Haus in Ballard überrascht hatte. Er sah Wes erst spät am Nachmittag und nur kurz, als er aus der Toilette kam, aber sein Lächeln und die Art, wie er ihm zuwinkte, überzeugten David, daß alles beim alten war.

Punkt sechs klingelte in Mrs. McCartneys Diele das Telefon. Effie wollte ihn sehen. Was sie ihm zu sagen habe, lasse sich nicht am Telefon besprechen. David versuchte es auf den nächsten Abend zu verschieben, hätte es am liebsten auf den Sankt-Nimmerleins-Tag verschoben, aber nicht etwa, weil er Angst vor ihr hatte, sondern weil ihn jedes atemlose Wesen, jede Frau mit tränenerstickter Stimme in die Flucht trieb.

»Es ist wichtig, Dave. Bitte. Nur dieses eine Mal.«

Also gab er nach und sagte, er werde um acht bei ihr sein. Doch sie wollte nicht, daß er zu ihr in die Wohnung kam, sondern schlug den Drugstore in der Main Street vor.

»Da gibt's Nischen«, sagte Effie.

David kam etwas zu spät. Effie saß hinten in einer Nische an einem rosa beschichteten Resopaltisch und hatte eine Tasse schwarzen Kaffee vor sich. Sie begrüßte ihn mit einem verhuschten Lächeln. Selbst als David sich hingesetzt hatte, wirkte sie immer noch so ängstlich und verkrampft, als müsse sie sich vor seinem Jähzorn in acht nehmen, ja als befürchte sie, er könne unvermutet zuschlagen.

»Effie, es tut mir leid, daß ich Sie am Samstag angeschrien habe.«

Sie nickte, aber wie in Trance und als ob es ihr gar nicht

bewußt wäre. »Schon gut, ich will's vergessen. Und ich vergesse auch, daß ich je in diesem Haus gewesen bin, Dave. Das ist es doch, was Sie wollen, oder?«

»Ja, schon.«

Eine Kellnerin kam, und er bestellte Kaffee.

»Ich hab heute mit Annabelle gesprochen«, sagte Effie.

»*Was* haben Sie?« David starrte sie an, sie nickte wieder, aber er konnte es nicht glauben. »Sie war hier? In Froudsburg?«

»Nein, ich war drüben in Beck's Brook. Die dortige Polizei hat mich morgens um sieben angerufen, und in der Mittagspause haben sie mich abgeholt und hinübergefahren. Sie haben mich noch einmal gefragt, ob ich mit Newmester bekannt bin oder weiß, wo er sich aufhält, und ich glaube, sie hatten sogar den Verdacht, daß ich Annabelle kenne, aber dann haben sie gesehen, daß das nicht stimmt. Annabelle wollte mit Newmester reden. Sie war schon das zweite Mal da. Aber er ist einfach wie vom Erdboden verschluckt.« Effie stockte und sah ihn aus wachsamen, bekümmerten Augen an. »Die Polizei hat ihn beschrieben.«

David verschränkte die Arme über seinem schuldbewußten Herzen. »Aha, sie haben ihn beschrieben.«

»Einsfünfundsiebzig groß, schlank, aber kräftig. Alter etwa dreißig, Haare schwarz. Ihre Haare sind braun, aber… Sie sind es, nicht wahr?«

»Ja«, sagte David ruhig. »Na und?«

Die Rüschen an ihrer rosa Bluse hoben und senkten sich mit jedem Atemzug. »Annabelle möchte mit ihm reden, mit diesem Newmester. Die Polizei sucht ihn auch, oder vielmehr den Mann, der diesen Decknamen benutzt hat, denn von einem freien Journalisten namens Newmester fehlt jede, aber auch jede Spur. Ich bin bei meiner Aussage geblieben, Dave, daß ich das Haus in Ballard bloß erfunden und daß es zufällig einem gewissen Newmester gehört hätte. Die Polizei hat nicht mal Ihren Namen genannt, und Annabelle hat Sie vor denen auch nicht erwähnt. Das sollten Sie nur wissen, Dave«, sagte sie ernsthaft, aber er starrte bloß düster auf die Tischplatte. Effie zündete sich eine Zigarette an. »Annabelle hat erst später von Ihnen gesprochen. Ich habe sie auf ein Sandwich eingeladen.«

David zuckte zusammen. Annabelle und Effie gemeinsam beim Essen.

»Und was haben Sie ihr erzählt?« fragte er.

»Nichts. Ich schwöre es Ihnen. Sie weiß natürlich, daß wir uns kennen – und ich habe ihr gesagt, daß ich Sie liebe. Das tue ich immer noch, Dave. Und dann hat sie mir erzählt, daß sie Ihre große Liebe ist. Das heißt, ich habe es irgendwie geahnt, gleich als ich sie sah. Da habe ich sie gefragt, und sie hat es zugegeben.« Effies Stimme war immer leiser geworden, so daß David Mühe hatte, sie zu verstehen. Aber er hatte alles gehört.

»Das geht außer mir keinen was an.«

»Nein? Ich bin froh, daß ich es weiß«, sagte Effie, und wieder zitterte ihre Stimme. »Sie ist bestimmt eine wundervolle Frau, Dave … und jetzt ist sie frei.«

»Ich habe keine Lust, mit Ihnen über sie zu sprechen«, sagte er hastig.

»Warum denn so böse? Ach, ich weiß schon. Sie werden sie nie bekommen, Dave.« Effie schüttelte den Kopf. »Niemals.«

»Was haben Sie ihr erzählt?«

»Nichts – außer daß ich dich liebe.«

Das brachte ihn auf die Palme. »Warum sagst du so was? Daß ich sie nie kriegen werde?«

Mit weitgeöffneten Augen beugte sie sich zu ihm über den Tisch. »Weil eine Frau nicht plötzlich auf die Idee kommt, jemanden zu heiraten, der mutmaßlich ihren Mann umgebracht hat. Noch dazu, wenn sie den Betreffenden sowieso nie geliebt hat.«

Da war er, dieser häßliche, ordinäre Satz aus dem Mund dieser Tippse, dieses Ladenmädchens. »Das ist nicht wahr.«

»Sie hat gesagt, wenn deine Briefe nicht gewesen wären, dann würde ihr Mann heute noch leben. Das waren ihre Worte, Dave. Sie ahnt wohl nicht, daß du es warst, der ihn gestoßen hat. Hast du ihn bloß so geschubst, Dave, oder wolltest du ihn tatsächlich...?«

»Ich habe ihn niedergeschlagen.« David spürte, wie seine Kräfte schwanden, und legte resigniert den Kopf auf die Arme.

»Was willst du jetzt machen, Dave?« fragte sie unter Tränen.

Er hob den Kopf. »Halt die Klappe.« David sagte es leise, aber er beugte sich dabei über den Tisch und schlug mit der Faust sachte auf die Platte. »Halt die Klappe und laß Annabelle aus dem Spiel.«

»Du willst die Wahrheit nicht hören. Das verstehe ich. Aber du kommst damit nicht durch, Dave.«

»Ach nein.« Er sagte das, als wären ihre Worte eine Herausforderung an seine Beharrlichkeit, ja an seinen Charakter.

»Nein. Du machst dich nur verrückt.«

»Von Irrsinn habe ich in letzter Zeit genug gehört. Komm du mir nicht auch noch damit.«

»Schön, du hast also genug. Man kann einfach nicht mit dir reden. Aber was willst du machen, wenn die Polizei Annabelle erzählt, daß es gar keinen William Newmester gibt? Oder meinst du nicht, daß sie das früher oder später rauskriegen? Und vielleicht werden sie, um jeden Zweifel auszuschließen, auch David Kelsey befragen.«

»Warum?« fragte David versöhnlicher. »Was glaubst du denn, wie lange sie wegen so eines Unfalls noch ermitteln können?«

»War es denn ein Unfall?«

»Ja.«

»Gut, aber Annabelle will mit dem reden, der ihren Mann gestoßen hat. Und früher oder später wird sie erfahren, wer er wirklich ist. Nicht von mir, aber irgendwie wird sie dahinterkommen.« Effies Augen waren blind vor Tränen.

David hatte noch immer die Hand zur Faust geballt. »Sicher, du könntest ein paar Andeutungen machen, ohne daß einer weiß, daß sie von dir kommen, oder?«

»Dave, sei nicht ungerecht. Nie im Leben würde ich so etwas tun!«

»Nur zu. Ich kann es verkraften. Und Annabelle auch. Annabelle und ich, wir würden es verkraften. Versuch's doch, wenn du es nicht glaubst. Und was würdest du sagen, wenn ich ihnen zuvorkomme? Vielleicht erzähle ich es ihnen ja selbst. Ich erkläre ihnen Punkt für Punkt, was an dem Tag passiert ist. Das habe ich sogar schon getan. Die Polizei weiß verdammt gut, daß es ein Unfall war. Aber bitte, ich kann ihnen auch noch sagen, daß David Kelsey der ist, der Gerald gestoßen hat.«

»Angenommen, die glauben nicht, daß es ein Unfall war? In ihren Augen hattest du doch ein Motiv, ihn umzubringen.«

»Gerald hat mich mit einer Pistole bedroht.«

»Sie werden dir trotzdem ein Motiv unterstellen.«

David hielt es für unter seiner Würde, ihr zu antworten. Als er sie ansah, stand in seinen Augen blanker Haß. Sie wollte ihm eine Falle stellen, ihn erpressen, ihn in ihre Gewalt bekommen, indem sie ihm erst Angst einjagte und dann versprechen würde, sein Geheimnis zu hüten.

Sie starrte ihn aus weitaufgerissenen Augen an, und es sah aus, als suche sie unter tausend Worten nach dem einen, das ihn überzeugen könnte. »Du sagst, du liebst Annabelle. Aber sie hat Gerald geliebt. Du... du willst das nicht nur verdrängen, sondern bringst nicht einmal die Teilnahme für sie auf, die sie jetzt so nötig braucht. Andererseits – ich glaube nicht, daß sie sich von dir trösten ließe, Dave.«

»Hör endlich auf damit, ja?« stieß David leise hervor. Er saß jetzt hart an der Kante seiner Bank, als wolle er jeden Moment aufspringen und gehen.

»Weiter fällt dir nichts ein? Das ist genau wie dieses Haus, in dem du dich hinter einem anderen Namen versteckst. Du versuchst dauernd, die Wirklichkeit auszusperren.«

»Verschon mich mit diesem pseudowissenschaftlichen Käse!« David warf einen Vierteldollar auf den Tisch. Im Aufstehen stieß er an seine Tasse, und der Kaffee schwappte in die Untertasse.

»Wo willst du hin?«

»Nach Beck's Brook, zur Polizei«, sagte er. »Wenn du mich entschuldigst.«

»David!«

Ohne sich umzusehen, lief er eilig zur Pension zurück, wo sein Wagen stand. Aber bevor er einen Block weit gekommen war, sah David ein, daß er es nie über sich bringen würde, der Polizei zu gestehen, daß William Neumeister und David Kelsey ein und derselbe waren. Und zwar nicht, weil er ihre Fragen nicht ertragen hätte oder fürchtete, daß Annabelle am Ende doch nicht glauben würde, daß es ein Unfall gewesen war, sondern einfach, weil er William Neumeister nicht verraten wollte, sein besseres Ich, das nie versagt und das mit Annabelle in dem hübschen Haus in Ballard gewohnt hatte, den Neumeister, dessen Existenz David Kelseys graue Werktage fast zwei Jahre lang erträglich gemacht hatte. Was für ein glücklicher Zufall, daß er an jenem Nachmittag auf dem Revier einen Hut getragen hatte, so daß die Beamten seine Haarfarbe nicht genau erkennen konnten. Außerdem hatten sie ihn um einige Zentimeter zu klein geschätzt. Oder hatte er sich vor Angst zusammengekrümmt?

Die Polizei würde Neumeister heute abend nicht kriegen. Vielleicht kriegte sie ihn überhaupt nicht, denn es war sehr schwer, jemanden zu finden, der gar nicht existierte. Und bei diesem Gedanken lachte David in sich hinein. Dann machte er kurz entschlossen kehrt und lief zurück zum Drugstore. Er traf Effie an der Tür.

»Ich gehe doch nicht zur Polizei«, sagte David.

»Das überrascht mich nicht. Aber was willst du tun?«

»Ich lasse es einfach darauf ankommen.«

Am Donnerstag morgen rief er Annabelle an. Sie war nicht zu Hause. Bis Viertel vor fünf ging niemand ans Telefon, und dann meldete sich statt ihrer eine fremde Frauenstimme. David, der annahm, es sei die alte Hexe, die ihn bei seinem letzten Besuch wie eine Furie am Ärmel gezerrt hatte, weigerte sich, seinen Namen zu nennen, und fragte nur, wann Annabelle zurück sein würde. Um sechs, um sieben, um acht? Die Frau meinte, sie komme gegen sechs.

David telefonierte um sechs aus der schmuddeligen Apotheke zwischen seiner Pension und der Main Street.

»Ja«, sagte Annabelles ruhige Stimme. »Ich würde mich sehr gern am Samstag mit dir treffen, Dave.«

»Dann komme ich gegen zwölf. Oder wäre es dir früher lieber?«

»Zwölf paßt mir gut.«

Zwölf paßt gut. Zwölf ist Glückseligkeit! Um zwölf beginnt eine neue Zeitrechnung! Obwohl es noch gar nicht richtig dunkel war, prallte David auf dem Heimweg gegen den verwachsenen Baum, dem er auf seinen Nachtspaziergängen so oft im letzten Moment ausgewichen war. Er schlug sich die Stirn auf, was ziemlich weh tat, aber selbst das nahm er als gutes Omen, als Zeichen für eine große Veränderung, einfach weil er nach zwei Jahren zum erstenmal gegen diesen Baum gerannt war.

Beim Abendessen unterhielt er sich mit Mr. Harris und Mr. Muldaven und gab sogar zwei Witze aus Wes Carmichaels jüngstem Repertoire zum besten.

18

A m Samstag war ein Mädchen in der Wohnung, das Annabelle als ihren Babysitter vorstellte. Der Kleine saß in einem geräumigen Laufstall im Wohnzimmer und nuckelte, an ein Kissen gelehnt, an seiner Flasche. Dabei rutschte ihm der Sauger dauernd aus dem Mund, aber Annabelle schob ihn jedesmal geduldig wieder hinein. Ihre Bewegungen waren ruhig und geschmeidig wie immer, und David, der mit dem Mantel über dem Arm mitten im Zimmer stand, ließ sie keine Sekunde aus den Augen.

»Dave«, sagte sie und drehte sich in der Schlafzimmertür um, »möchtest du vielleicht einen Drink, bevor wir gehen? Ich könnte dir einen Bourbon anbieten.«

»Nein, danke«, antwortete er lächelnd.

Sie wirkte gut gelaunt, fast so, wie er sie aus der schönsten Zeit in La Jolla in Erinnerung hatte. Ihr Kleid hatte sogar Schleifchen am Saum der kurzen Ärmel, genau wie das, in dem er sie damals zum erstenmal gesehen hatte. Davids Hoffnungen stiegen.

»Willst du dich nicht setzen, Dave? Ich muß noch rasch einiges erledigen. Tut mir leid, daß ich uns aufhalte, aber du bist so ü-überpünktlich.« Sie dehnte den Vokal, wie sie es seinerzeit in La Jolla bei bestimmten Worten zu tun pflegte, wenn sie glücklich war. Sie verschwand, kam wieder, beugte sich über den Laufstall, kitzelte das Baby an der Brust, und als sie den grünen Tuchmantel vom Sessel nahm, sprang David auf, um ihr hineinzuhelfen. Dabei fiel ihm der eigene Mantel aus Versehen herunter, aber er ließ ihn liegen, bis Annabelle den ihren anhatte.

»Nenn mir dein Lieblingsrestaurant irgendwo hier auf dem Land«, bat David, als sie zu seinem Wagen gingen.

»Du wirst es nicht glauben, aber ich kenne überhaupt kein Lokal außerhalb der Stadt.«

David kannte vier. Er hatte Straßenkarten zu Rate gezogen und sogar einen alten *Duncan-Hines*-Führer, der bei Mrs. McCartney im Speisesaal im Bücherregal stand, aber am verlockendsten schien ihm ein Restaurant, dessen Anzeige er heute morgen in einer Hartforder Zeitung gesehen hatte: King George's Inn, Old Mail Road (Ausfahrt Highway 21A), gegründet 1889, Weine und Spirituosen, vorzügliche Küche, ruhige Lage mit Blick auf einen Fluß, dessen Namen er nicht behalten hatte.

»Ich habe gekündigt«, sagte David.

»Wirklich? Wann denn?«

»Letzte Woche. Ich bleibe der Firma allerdings noch drei Wochen erhalten. Der zwanzigste Februar ist mein letzter Arbeitstag.«

»Und was machst du dann?«

»Ich versuche bei Dickson-Rand in Troy unterzukommen. Beworben habe ich mich schon. Wenn alles klappt, werde ich mich in ein paar Tagen dort vorstellen.« Als sie die Stadt hinter sich ließen, musterte David im Vorbeifahren die Häuser am Weg. Er suchte nach einem, das für sich stand, behaglich wirkte und wenn möglich aus Naturstein erbaut war. Wenn er so eins fand, wollte er sie fragen: »Was hältst du von einem Haus wie dem da?«

»Und du hattest keine Angst, deine Stellung aufzugeben, bevor du eine neue gefunden hast?«

»Kein bißchen. Außerdem hätte ich es bei Cheswick sowieso nicht länger ausgehalten. Wenn es mit Dickson-Rand klappt, werde ich nicht mehr soviel verdienen, es sei denn, ich kann nebenher als Gutachter arbeiten, aber Geld ist nicht alles. Reden wir nicht mehr davon. Du hast ein anderes Parfüm. Nimmst du kein Kashmir mehr?«

»Kashmir. Das weißt du noch?«

»Ich hätte dir welches mitbringen können.« Es klang wie eine bittere Selbstanklage. »Vor einem Jahr habe ich mal eine Flasche gekauft, aber sie später weggeworfen.« Er sah sie so verlegen an wie ein kleiner Junge, der einen dummen Streich beichtet, und doch hätte er ihr zu gern in allen Einzelheiten erzählt, was es mit diesem Parfüm auf sich hatte.

Annabelle schien über seine letzten Worte nachzudenken, sagte aber nichts dazu. Das Schweigen war so furchtbar, ja so qualvoll und peinlich, daß David sich mit aller Kraft am Lenkrad festklammerte. Dann fuhr er kurz entschlossen an den Straßenrand und hielt an. Er hatte ein Flimmern in der Brust, und hinter seinen Augen brannten Tränen.

»Annabelle, falls ich heute etwas Falsches sage, dann verzeih mir bitte. Der Tag heute soll schön werden, und ich wünsche mir so sehr, daß er dir gefällt. Ja? Verzeih mir.«

Sie sah ihn fast erschrocken an. »Aber du hast doch gar nichts Falsches gesagt. Laß uns weiterfahren, Dave.«

Hin- und hergerissen zwischen dem Wunsch, sich ihr verständlich zu machen, und dem Verlangen, einfach ihre Hand zu nehmen und zu küssen, sah er sie nur hilflos an und hielt weiter das Steuer umklammert. Dann richtete er grimmig den Blick geradeaus und trat aufs Gaspedal.

Das Restaurant wurde seinen Erwartungen nicht gerecht, aber Annabelle sagte: »Ach, ist das schön. Und ich wußte nicht einmal, daß es dieses Lokal überhaupt gibt!«

David widmete sich mit großer Aufmerksamkeit der Karte, fragte den Kellner, was er empfehlen würde, die Seezunge oder das *Bœuf Bourguignon* – die Wahl fiel auf Seezunge –, und dazu bestellte er einen 49er Beaune, von dem er wußte, daß es ein ausgezeichneter Jahrgang war. Als Vorspeise schlug er die Consommé vor, aber Annabelle wollte lieber einen Krabbencocktail.

»Krabbencocktail?« wiederholte er erstaunt. Dann fiel ihm ein, daß er sich ihre Abneigung gegen Shrimps ja bloß ausgedacht hatte. »Ich dachte nur, wenn es als Hauptgericht schon Seezunge gibt…«

Annabelle lachte. »Ich wußte gar nicht, daß du so ein Gourmet geworden bist.«

»Magst du auch Auberginen?« fragte er.

»Es geht. Wolltest du welche bestellen?«

»Nein«, sagte er lächelnd. »Ich möchte bloß wissen, was du gerne ißt. Was magst du denn überhaupt nicht?«

»Ach, da gibt's kaum was. Höchstens Nierchen. Ja, und Bries.«

»Ich kenne ein Gericht mit Nierchen und Rindfleisch, das dir sicher auch schmecken würde«, sagte er. »Ich hab es schon zwei-, dreimal für mich allein ausprobiert.«

»Kochen kannst du also auch! Hast du in deinem Haus oft gekocht?«

»Oh, ja.« Der Kellner goß ihm einen Schluck ein, David probierte und nickte zustimmend.

Annabelles graublaue Augen, die ruhig in die seinen blickten, waren jetzt so sanft wie wolken- oder rauchumflort. Genauso stellte David sie sich immer vor, wie auf dem größeren seiner beiden Fotos, das ihm das liebste war. Er zog aus diesen Augen eine ganz besondere Kraft. »Bist du eigentlich oft mit Effie zusammen?« fragte Annabelle, und der Zauber war gebrochen.

»Fast nie.« Davids Blick blieb an ihrem Trauring haften.

»Sie hat mir gesagt, daß sie dich liebt.«

»Ja, das habe ich gehört.« David trank einen Schluck Wasser.

»Ich hab den Eindruck, du bist nicht besonders nett zu ihr.«

»Warum sollte ich? Ich bin weder nett zu ihr noch unnett. Ich habe so gut wie keinen Kontakt zu ihr«, sagte er ungehalten.

»Sie ist ein liebes Mädchen. Und du müßtest dich leicht in sie hineinversetzen können – da ist jemand in dich verliebt, und du läßt sie einfach links liegen.«

Die saloppe Wendung reizte ihn ebenso wie das Thema. »Sie ist absoluter Durchschnitt. Sie soll sich gefälligst jemand suchen, der zu ihr paßt. Du glaubst doch nicht im Ernst, daß ich mir etwas aus ihr mache?«

»Ich habe bloß gesagt, daß sie ein nettes Mädchen ist. Deswegen brauchst du doch nicht gleich böse zu werden, oder?«

Der Kellner servierte die Vorspeise, und David sah Annabelle stumm und hilflos an. Als sie wieder allein waren, sagte er: »Können wir bitte das Thema wechseln? Und dieses hinter uns lassen?«

»Also gut. Aber beantworte mir noch eine Frage, ja?«

»Sicher.«

»Ist es wirklich wahr, daß Effie diesen William Neumeister nicht kennt?«

»Soviel ich weiß, ja.«

»Und du glaubst, sie hat Gerald ganz zufällig zu seinem Haus geschickt?«

»Ich kenne ihre Freunde nicht«, sagte David ungeduldig und gereizt. »Aber wenn sie sagt, es war Zufall, dann wird es wohl stimmen.«

»Weißt du, ich habe mich schon oft gefragt, ob sie Neumeister vielleicht aus irgendeinem Grund zu decken versucht.« Annabelle spießte einen von den Shrimps auf die Gabel und tunkte ihn in die rote Sauce.

»Das glaube ich nicht. Ich halte sie für grundehrlich«, erklärte er mühsam. Die Beiläufigkeit, mit der Annabelle ihre Shrimps aß, setzte ihm fast ebenso zu wie das heikle Gesprächsthema.

»Sagst du mir auch die Wahrheit, David?«

»Ja«, beteuerte er. »Außerdem weißt du doch längst, daß ich diesen Neumeister auch nicht kenne.«

Wieder Schweigen. David probierte seine Consommé, die nach gar nichts schmeckte.

»Hältst du es nicht für merkwürdig, daß die Polizei ihn nirgends findet? Man möchte meinen, er versteckt sich irgendwo. Ich werde das Gefühl nicht los, daß es eine Verbindung zwischen ihm und Effie gibt oder vielleicht sogar zwischen ihm und Gerald.«

»Hat Gerald denn je seinen Namen erwähnt?«

»Nein, ganz sicher nicht. Daran würde ich mich bestimmt erinnern.«

»Hatte Gerald bei irgend jemandem Schulden?«

»Bei der Bank, aber es war nur ein kleiner Betrag«, antwortete sie, und David hörte den gekränkten Stolz aus ihrer Stimme heraus.

»Also gut… du wunderst dich, warum Neumeister der Polizei aus dem Weg geht. Aber ich habe noch keinen Aufruf in der Zeitung gesehen, keinen Hinweis, daß er überhaupt polizeilich gesucht wird. Vielleicht ist er ja auf Reisen und deshalb nicht erreichbar. Du meinst, er versteckt sich… Immerhin hatte er den Mumm, Geralds Leiche aufs Revier zu bringen. Ein Mann, der mit einer Pistole bedroht wird, hat wohl das Recht, sich auf jede nur erdenkliche Weise zu verteidigen, oder nicht? Zumal wenn er selbst unbewaffnet ist?«

»Gerald war kein bösartiger Mensch. Warum nimmst du Neumeister in Schutz?«

»Ich will niemanden in Schutz nehmen. Ich erinnere dich lediglich daran, daß Gerald bewaffnet und außerdem nicht ganz bei Sinnen war. Was hättest du da von einem Mann erwartet?« David merkte plötzlich selbst, wie aggressiv er klang, und es tat ihm leid. Er sah wieder die Szene vor sich, als sein Fuß Geralds Brust getroffen hatte, und auch, wie Gerald auf dem Beifahrersitz seines Wagens kalt und steif zur Seite gekippt war. Seine Lippen zuckten nervös, und er griff nach einer Zigarette.

»Seit wann rauchst du denn?«

»Hin und wieder mal eine, und normalerweise bloß am Wochenende.« Sein Gesicht entspannte sich. »Es tut mir leid, daß ich eben so heftig…«

»Nachher tut es dir immer leid.«

Sie nahm Gerald, dieses nichtswürdige Ekel, immer noch in Schutz. Der Mensch stand wie eine Schranke zwischen ihnen, ein lächerlich unförmiges Hindernis, das David leicht hätte mit einer abfälligen Bemerkung niederreißen können, wenn Annabelle nicht derart besessen an ihrer vermeintlichen Treuepflicht festgehalten hätte. Sie war wie Titania aus dem *Sommernachtstraum,* die sich blindlings in einen Esel verliebt.

»Was ist denn dabei so lustig«, sagte Annabelle.

Sein Lächeln erlosch. »Darling, es tut mir leid.«

»Was habe ich davon? Wahrscheinlich tut es dir jetzt auch leid, daß deine Briefe Gerald dazu getrieben haben, eine Aussprache mit dir zu suchen…«

»Eine Aussprache? Mit vorgehaltener Pistole?«

»Fest steht, daß nichts passiert wäre, wenn du die Briefe nicht geschrieben hättest.« Und mit tränenerstickter Stimme setzte sie hinzu: »Dann wäre Gerald jetzt noch bei uns!«

Was für eine schaurige Vorstellung, dachte David. »Es tut mir leid, daß meine Briefe schuld sind.«

»Nein, es tut dir nicht leid. Das hast du mir selbst gesagt. Versuch nicht, mir etwas vorzumachen. Auf gewisse Weise bist du direkt herzlos, Dave. Es ist, als würdest du einzig und allein in deiner Vorstellung leben, und wüßtest gar nicht, was in anderen Menschen um dich herum vorgeht!«

Der Vorwurf kam ihm entsetzlich bekannt vor. Vielleicht

hatte er ihn schon einmal von seiner Tante gehört, vielleicht von Wes. Aus Annabelles Mund waren ihm die Worte ein Rätsel, und sie weckten seinen Zorn, für den er sich gleich wieder schämte. »Das stimmt so nicht ganz«, sagte er ruhig.

»Doch. Ich weiß es, seit du mir von deinem Haus erzählt hast und wie du dir vorstellst, ich wäre mit dir dort und so weiter.« Sie stockte mit einem seltsamen Kiekser in der Stimme, der David aufblicken ließ. »Das soll normal sein? Ein Haus einzurichten für eine Frau, die schon mit einem anderen verheiratet ist?«

»Annabelle, hör zu, wenn ich mir Sachen ausgedacht habe… über uns, dann, um überhaupt weiterleben zu können. Natürlich habe ich nicht ernsthaft geglaubt, daß du mit mir in diesem Haus lebst. Aber manche Menschen flüchten sich in den Alkohol, andere in ich-weiß-nicht-was, und ich habe es eben auf diese Art versucht.«

Sie sah ihn unverwandt an, und er konnte ihr am Gesicht ablesen, daß sie es immer noch nicht verstand. Absurderweise wirkte sie sogar ein bißchen verängstigt. David, der verkrampft auf der Stuhlkante saß, ertappte sich dabei, wie er aus schierer Gewohnheit versuchte, sich jede zarte Rundung ihres länglich-ovalen Gesichts von der Schläfe bis zum Kinn einzuprägen, um später die Erinnerung daran mitnehmen zu können.

»Ich will dir keine Vorwürfe machen, Dave«, sagte sie langsam und eindringlich. »Ich mache mir Gedanken um dich, und ich wünsche dir, daß du glücklich wirst und ein normales Leben führst.«

David stöhnte. »Ich liebe dich, das allein macht mich glücklich.«

»Aber wie soll denn das gehen? Da bildest du dir schon wieder etwas ein. Dabei könntest du ein wirklich nettes Mädchen wie Effie Brennan haben, die dich sehr liebhat, aber du guckst sie nicht einmal an. Warum versuchst du es nicht wenigstens?«

»Aber mir liegt nichts an ihr.«

»Versuch es wenigstens. Mir zuliebe, Dave. Wenn ich dich darum bitte.«

»Du verstehst mich anscheinend überhaupt nicht!« David fuhr sich mit der Hand über die Stirn, sah in ihre verwirrten, fast zornigen Augen und wußte, daß die seinen jetzt die gleichen Gefühle spiegelten. »Annabelle, so kann es nicht weitergehen«, sagte er beschwörend. »Ich ertrage das nicht mehr. Sieh mal, wenn ich mit dir zusammen bin, dann ist es, als wären alle Poren weit, weit geöffnet, und wenn du mich dann nicht verstehst und Unmögliches von mir verlangst... Annabelle, du ahnst ja nicht, wie du mich quälst.« Er redete und redete, konnte selbst dann nicht aufhören, als sie etwas einwerfen wollte, und meinte, solange er seine Stimme dämpfte, könne das, was er sagte oder wie er es sagte, nicht zu schlimm oder abwegig sein. Der Kellner starrte ihn an, aber zum Teufel mit dem Kellner. Und selbst wenn er sich in der Grammatik verheddterte, waren die Worte doch alle da, sämtliche Worte der englischen Sprache, die ihr klarmachen konnten, was sie ihm bedeutete. Ein wiederholter Einwurf ihrerseits ließ ihn innehalten. »Meine Arbeit? Was hat die Arbeit damit zu tun?«

»Das weiß ich nicht. Ich habe nur gesagt, *vielleicht*«, antwortete sie stirnrunzelnd und mit sorgenvollem Blick. »Vielleicht bist du überfordert...«

»Im Gegenteil, ich bin unterfordert. Ich wollte, man würde mich mehr fordern. – Warum probierst du nicht mal den Wein?«

Annabelle hob ihr Glas. Lächelnd prostete er ihr zu. »Das habe ich schon tausendmal so mit dir gemacht.«

Sie trank, aber ohne sein Lächeln zu erwidern.

David versuchte sich zu erinnern, was sie vorhin gesagt hatte. Über die Verstärkung seines Kummers. »Ich habe keinen Kummer«, sagte er. »Bekümmern könnte mich nur eines, nämlich wenn du sagen würdest, daß du mich nicht mehr sehen willst. Ich glaube, das würde mich umbringen.«

»Aber so etwas sage ich doch nicht, Dave«, versetzte sie ganz leise, den Blick auf den Tisch gesenkt.

Da fand er sein Lächeln wieder. Mit der Linken tastete er in der Jackentasche nach dem Etui mit der Brillantnadel, die Annabelle ihm zurückgeschickt hatte. Im rechten Moment würde er sie ihr noch einmal überreichen, und diesmal war kein Gerald da, der sie zwingen konnte, das Geschenk abzulehnen.

Annabelle sagte, sie müsse unbedingt um Viertel nach drei zurück sein, und es war zwölf Minuten nach drei, als David in ihre Straße einbog.

»Annabelle«, sagte er selig, »willst du mich heiraten?«

Sie lachte, und es klang überrascht.

»Du kannst kaum behaupten, daß mein Antrag unerwartet kommt.«

»Ach, Dave, ich weiß doch gar nicht, wie es mit meinem Leben weitergeht.«

»Laß uns gemeinsam darüber nachdenken. Wann kann ich dich wiedersehen? Ich kann abends rüberkommen und dich zum Dinner ausführen, wann immer du willst.« David tastete in seiner Manteltasche nach dem Schmuckschächtelchen und war nahe daran, es herauszuziehen.

»Ich weiß nicht, Dave.« Und plötzlich langte sie fast ängstlich nach dem Türgriff.

»Na, dann denk nach: Montag? Dienstag? Morgen? Morgen ist Sonntag.«

»Ich... ich fahre nach La Jolla.«

»Wann? Und für wie lange?«

»Das weiß ich noch nicht. Aber ich wollte am Dienstag fliegen.« Sie öffnete die Tür und stieg aus.

David folgte ihr und stellte sie auf dem Bürgersteig. »Du schreibst mir doch, nicht wahr? Damit ich weiß, wie lange du fortbleibst?« Wenn es für mehrere Monate ist, dachte er, dann reise ich ihr nach.

»Sicher, Dave, ich werde dir schreiben.« Dann bedankte sie sich für das Essen, mit Floskeln, die ihm weh taten und auf die er mit einem Lächeln antwortete.

»Ich rufe dich morgen an«, sagte er. »Du hast mir noch nicht gesagt, wann wir uns wiedersehen.«

»Die Zeit ist knapp, Dave, wenn ich am Dienstag abreise. Vielleicht fahre ich ja schon am Montag.«

»Laß uns doch morgen abend noch einmal zusammen essen.«

»Es geht wirklich nicht, Dave. Ich habe noch soviel zu erledigen. Wiedersehen, Dave!«

Er sah ihr nach, als sie zur Haustür lief, und dachte an das Kästchen in seiner Tasche – neu verpackt und mit neuem Begleitkärtchen –, aber es würde zu lange dauern, sie hätte nicht die Zeit, es anzuschauen, nicht einmal, es rasch einzustecken, bevor sie nach oben mußte. Trotzdem pfiff David vor sich hin, als er zu seinem Wagen zurückging. Er fühlte sich reich beschenkt, und doch zögerte er den Moment noch hinaus, da er anfangen würde, die dreieinviertel Stunden ihres Zusammenseins auszuloten und im Geiste noch einmal zu durchleben. Nach jeder Trennung von ihr war er wie betäubt, auch wenn es ihm noch minutenlang so schien, als hätte sie ihn gar nicht verlassen. Aber dann mußte er irgendwann mit jemandem reden oder über ein praktisches Problem nachdenken, und das Gefühl ihrer Gegenwart verblaßte langsam.

Am Sonntag rief er sie an und erfuhr, daß sie schon am Montag nach La Jolla aufbrechen und daß eine Freundin sich um die Weitervermietung der Wohnung kümmern würde. Sie war offenbar in Eile, und es schien kein guter Zeitpunkt, ihr zu sagen, daß er, sobald seine letzten drei Wochen bei Cheswick um waren, vielleicht nachkommen würde. Zuvor mußte er noch seinen Nachfolger einarbeiten. Der Mann war intelligent, aber gewöhnlich, hatte Frau und drei Kinder und war in erster Linie auf das Gehalt aus. Wie geschaffen für den Job.

Am Montag kam die Antwort von Dickson-Rand. Man war an David interessiert und lud ihn in fünf Tagen zum Vorstellungsgespräch ein.

19

Neun Tage später erhielt David einen Brief von seiner Tante Edie. Sie schrieb, Annabelle sei nicht in La Jolla, und ihre Eltern wüßten nichts davon, daß sie vorhätte zu kommen. David sank mit dem Brief aufs Bett, und fürs erste breiteten seine Gedanken den schützenden Schleier der Skepsis über die Kränkung: Annabelles Mutter oder einer ihrer miesen Brüder hatte vielleicht aus purer Bosheit behauptet, daß sie nicht da war. Als er aufstand, war ihm schwindlig, wie von einem Schlag in die Magengrube. Er dachte an all die Tage, an denen er sie hätte sprechen, ja sogar sehen können, als sie tatsächlich in Hartford war, während er sie dreitausend Meilen weit fort glaubte. Bei dem Gedanken, sie in Hartford anzurufen, bekam er weiche Knie. War sie zu Hause, bedeutete das, daß sie ihm ausweichen wollte. Die drei Briefe, die er ihr nach La Jolla geschrieben hatte, fielen ihm ein, und er fragte sich, ob ihre Familie die geöffnet oder soviel Anstand besessen hatte, sie nach Hartford weiterzuleiten.

David zog den Mantel an und ging nach unten. Mrs. McCartney, die eben die Diele in Richtung Speisesaal durchquerte, nickte ihm zu, aber ihr Lächeln wirkte verkrampft. Mr. Muldaven, der rechts neben der Treppe seine Zimmertür aufsperrte, beugte sich stumm übers Schlüsselloch. Hol sie doch alle der Teufel, dachte David, noch neun Tage, und ich bin hier weg! Vorgestern hatte die Polizei in der Pension eine kleine Bombe hochgehen lassen: Sie riefen Mrs. McCartney an und ließen sich bestätigen, daß David Kelsey noch bei ihr wohne, aber statt sich damit zufriedenzugeben, unterhielten sich die Beamten ausführlich mit ihr, und dabei kam heraus, daß David Kelseys Mutter vor vierzehn Jahren gestorben war. Bezeugt hatte das ein alter Freund Davids aus seinem Heimatort in Kalifornien; der Name des Freundes wurde nicht erwähnt. Und während Mrs. McCartney diese Sensation gierig verschlang und unermüdlich wiederkäute, behauptete sie David gegenüber scheinheilig, es könne sich nur um eine dumme Verleumdung handeln. Auch der Polizei habe sie erklärt, daß seine Mutter noch lebe und daß er sie in den zwei Jahren, die er unter ihrem Dach wohne, jedes Wochenende besucht habe, aber man habe ihr nicht geglaubt. David hatte sich das alles unten in der Diele angehört, so getan, als käme die Behauptung der Polizei für ihn genauso überraschend wie für sie, und war bei der erstbesten Gelegenheit auf sein Zimmer geflohen, wo er seine Fassung wiederzufinden hoffte. Zum Glück hatte Mrs. McCartney nichts davon gesagt, daß die Polizei zurückrufen oder ihn vorladen wollte. Dem Klatsch in der Pension würde er dadurch begegnen, daß er an der Geschichte von seiner kranken Mutter festhielt. Doch als er wenig später in den Speisesaal hinunterwollte, pochte es mehrmals hintereinander leicht und rasch an seine Tür, unverkennbar Mrs. McCartneys Klopfen, und er dachte: Sie hat vergessen, mir zu bestellen, daß die Polizei mich sprechen will. Da bekam er es mit der Angst.

»Wenn Ihre Mutter noch lebt, haben sie mich gefragt, wo steckt sie dann? Und darauf konnte ich nicht antworten, denn das haben Sie mir, glaub ich, nie gesagt.« Mrs. McCartneys neugieriger Blick heftete sich auf Davids Augen. »In dem Sanatorium in Newburgh ist sie nämlich nicht, und wenn, dann unter einem anderen Namen. Aber *Sie* kennt dort kein Mensch.«

In dem Moment spürte er, daß er die Lüge nicht würde aufrechterhalten können, selbst wenn sein Leben davon abhinge. Denn weder fiel ihm ein anderes Sanatorium ein, noch konnte er sich auf die Krankheit seiner Mutter besinnen, und also gestand er – in der ersten Sekunde war noch das Bekenntnis eines lächerlichen Kavaliersdelikts geplant, aber schon in der nächsten brach ihm der Schweiß aus, und er schlotterte wie ein Verbrecher –, gestand, daß seine Mutter tatsächlich tot war und daß er übers Wochenende nach New York fuhr, einfach um aus Froudsburg herauszukommen und für zwei Tage allein sein zu können. Die Geschichte mit der kranken Mutter habe er nur erfunden, um sich an den Wochenenden vor gesellschaftlichen Verpflichtungen zu drücken; später dann sei er aus der Flunkerei nicht mehr herausgekommen, habe sie sogar weiter ausschmücken müssen. Und zum Schluß hatte er sich bei Mrs. McCartney entschuldigt. Die hatte gelächelt und verständnisvoll genickt, aber als sie sich abwandte, trug sie den Kopf höher als sonst und war wie eine stolze Fregatte mit ihrer mutmaßlich hochexplosiven Fracht hinausgesegelt.

David nahm allen Mut zusammen, verließ die Pension und rief von der Apotheke aus die Polizei in Beck's Brook an. Ruhig und sachlich wiederholte er die Geschichte, die er eben Mrs. McCartney aufgetischt hatte. Er sprach flüssig und ohne Stocken, entschuldigte sich für die Unwahrheiten in seiner ersten Aussage und beteuerte, sich nichts dabei gedacht zu haben. In New York wohne er entweder bei Freunden oder im Hotel, und manchmal bliebe er gar nicht über Nacht. Der einzige Grund für seine Ausflüge sei der Wunsch, ab und zu aus Froudsburg herauszukommen, wo es ihm nicht gefalle. Sergeant Terry, der den Anruf entgegennahm, war sehr verständnisvoll, und das Märchen von der kranken Mutter schien ihn sogar zu amüsieren.

»Solange Sie mit dieser Masche nicht heimlich Bigamie treiben, Mr. Kelsey«, meinte der Sergeant.

»Ich bin Junggeselle.«

»Und an dem Sonntag, als Delaney ums Leben kam, da waren Sie auch in New York?«

»Ja, Sir.«

»In welchem Hotel?«

»Ich bin nicht über Nacht geblieben. War nur im Museum und im Kino, dann bin ich wieder nach Froudsburg zurückgefahren.«

»Und waren Sie in Begleitung? Haben Sie in New York Bekannte getroffen?«

»Nein, ich war allein.«

»Hmm… Es ist nämlich so: Wir haben Mrs. Delaney erklärt, daß Sie erklärt hätten, bei Ihrer Mutter gewesen zu sein. Und da hat sie uns gesagt, Ihre Mutter sei tot.«

»Ja.« David wußte nun, wie es gewesen war. Angestrengt umklammerte er den Hörer und wartete darauf, daß der Sergeant ergänzte, Mrs. Delaney habe weiter ausgesagt, er,

David, pflege die Wochenenden im eigenen Haus zu verbringen.

»Haben Sie sich an so einem New-York-Wochenende auch einmal mit Mrs. Delaney getroffen?«

»Nein!«

»Haben Sie es schon mal versucht? Sie um ein Treffen in New York gebeten?«

»Nein«, antwortete David so ruhig, daß es unwahr klang. »Worauf wollen Sie hinaus, Sergeant?«

»Sind Sie mal in Mrs. Delaney verliebt gewesen?«

»Was spielt das für eine Rolle?«

»Mr. Kelsey« (leises Lachen), »das wäre die einzig plausible Erklärung. Lieben Sie sie noch immer?«

David zögerte, aber nicht aus Angst, sondern weil er seine Liebe abschirmen und für sich behalten wollte.

»Na, kommen Sie, Mr. Kelsey, hatte Mr. Delaney deshalb eine Pistole dabei, als er zu Ihnen wollte?«

»Kann sein.«

»Bestimmt war es so. Sagen Sie, haben Sie ihn jemals bedroht, Mr. Kelsey?«

»Natürlich nicht!«

»Sind Sie sicher?«

»Fragen Sie seine Frau, wenn Sie mir nicht glauben. Ich habe nur ein einziges Mal mit Delaney gesprochen, und da war sie dabei.«

»Verstehe. Na… ein Glück, daß er Sie an dem Sonntag nicht gefunden hat.«

»Das denke ich auch.«

»Gut, Mr. Kelsey. Vielleicht werden wir uns noch das eine oder andere von Mrs. Delaney bestätigen lassen.«

»Was ich nur begrüßen würde«, sagte David mit Nachdruck. Aber als er danach aus der Zelle trat, wäre ein Bein fast unter ihm weggesackt.

Das war am Montag gewesen, und da hatte er noch gedacht: Annabelle ist in La Jolla, und die Polizei wird sich kaum die Mühe machen, bis Kalifornien zu telefonieren, nur um meine Angaben zu überprüfen. Er hatte mit etlichen Wochen Gnadenfrist gerechnet.

Doch als er jetzt mit dem Brief seiner Tante in der Tasche durch die dämmrigen Straßen von Froudsburg ging, da war ihm, als hinge sein Leben davon ab, ob Annabelle in Hartford war oder nicht, und das hatte durchaus nichts mit seinem Anruf bei Sergeant Terry zu tun. Ihm ging es einzig darum, herauszufinden, ob Annabelle ihn belogen hatte, um ihn abzuwimmeln. Aber auch nachdem er schon eine halbe Stunde ziellos umhergelaufen war, brachte er immer noch nicht den Mut auf, sie anzurufen. Die öden Sätze aus dem Brief der Tante bedrückten und ärgerten ihn: *Warum gibst du das Mädchen nicht auf, Davy? ... Ihre Eltern sagen, sie kommt ganz auf ihre Großmutter Soundso, die nie wieder geheiratet hat, obwohl sie erst zweiundzwanzig war, als ihr Mann starb. ... Diese Familie ist nicht gut genug für dich, Davy...* Er streifte weiter durch die düsteren Straßen, ja schlug die finstersten ein, als erhoffe er sich von den schweren Schatten den nötigen Halt, um in die Telefonzelle in der Apotheke zurückzukehren und anzurufen.

In einer schwach erleuchteten Wäscherei hing eine Wanduhr. Zehn nach sieben. Zehn nach vier in Kalifornien. Was war los? Warum wich sie ihm aus? War *sie* diejenige, die ein Spiel spielte, und würde sie ihm eines Tages unter Lachen und Weinen in die Arme sinken und ihm schwören, daß sie ihn von Anfang an geliebt hatte? David hauchte in seine kalten Hände, schlug den Mantelkragen hoch und schob die Hände wieder in die Taschen. Alle Männer, die ihm begegneten, trugen Lebensmitteltüten und gingen heim zu ihren Frauen. Ob er ein Haus finden würde, das ihm gefiel und auch in zumutbarer Entfernung von Dickson-Rand lag? Diesmal würde er sieben Tage die Woche darin wohnen – kein zweigeteiltes Leben, keine Schizophrenie mehr und kein Versteckspiel vor der halben Welt. Und vielleicht wollte Annabelle ja in drei oder auch in sechs Monaten mit ihm zusammenziehen. Er konnte nicht verlangen, daß sie ihn jetzt schon heiratete, wo ihr Mann noch nicht einmal einen Monat tot war. David fühlte sich mit einemmal so ruhig und vernünftig, daß die Vorstellung, sie könne sich melden, wenn er in Hartford anrief, weniger schrecklich war.

Einen Block weiter ragte vor Michael's Tavern ein Bell-Telefon-Schild über die Straße. Die Zelle befand sich hinten im Lokal, direkt unter einem Fernseher, der bei Davids letztem Besuch noch nicht dagewesen war. Ein Western mit rauchenden Colts und donnernden Hufen flimmerte über den Schirm. David blieb unschlüssig hinter der Schwelle stehen. Adolf grüßte ihn, er nickte zurück und lief dann forsch auf die Telefonzelle zu, entschlossen, es mit dem lauten Treiben auf dem Bildschirm aufzunehmen. War das vollkommene Ideal nicht ohnehin eine Schimäre? Annabelle würde mithin nicht das rosa oder himmelblaue Negligé tragen, in dem er sie sich so gern vorstellte, dafür aber höchstwahrscheinlich ein sabberndes Baby auf dem Schoß halten.

»Dave!« rief eine überraschte Stimme. »Wie schön, dich zu sehen!« Wes saß mit einer braun gesträhnten Blondine in einer Nische. »Komm, setz dich, Dave. Das ist Helen.«

David, der diese im ersten Augenblick (unsinnigerweise) für Laura gehalten hatte, hätte am liebsten Reißaus genommen. Statt dessen stammelte er nervös: »Guten Abend, Helen« und wußte nicht, wie er sich von Wes losmachen sollte, der sein linkes Handgelenk umklammert hielt.

»Helen, das ist mein hochbegabter Kollege, ein Mann, der garantiert eines Tages den Nobelpreis kriegt: Mr. David Kelsey, noch Chefingenieur bei Cheswick Fabrics, aber leider schon auf dem Sprung in ruhmreichere Gefilde. – Setz dich endlich, Davy.«

Helen kicherte, die grellgeschminkten Lippen öffneten sich, und ihre Rechte schob sich über den Tisch, Wes entgegen, mit dem sie vorhin Händchen gehalten hatte.

»Ich muß telefonieren«, sagte David.

»Tu das, und ich bestell dir inzwischen einen Drink. Na komm, gib dir 'n Stoß, mein Junge.« Und damit zerrte er kräftig an Davids Handgelenk.

Der versuchte sich lächelnd zu befreien, aber Wes hielt ihn mit der Hartnäckigkeit eines Betrunkenen gepackt. »Nichts da. Nur dieser Anruf«, sagte David.

»Was 'n hübsches Kerlchen«, sagte Helen, die genauso betrunken war wie Wes.

»Rufst die Kleine an, was?« fragte Wes augenzwinkernd.

David riß sich mit einem Ruck los, der jedoch so heftig war, daß Wes zu Boden stürzte. David half ihm sofort wieder hoch, aber Wes schwankte einen Moment zwischen Verwunderung und Zorn, ehe er unsicher lächelte.

»Menschenskind!« Helen rückte ostentativ von David ab.

»Du bist ganz schön fertig mit den Nerven, Davy! Ich habe bloß gesagt, setz dich her und trink einen mit. Und – du rufst doch dein Mädchen an, oder? Heiratet sie dich? Wünschen tät ich's dir.«

David stand stumm und reglos da. Aber er wußte ohnehin nicht, was er antworten sollte. Am besten gar nichts. Also wandte er sich wortlos ab und ging in die Telefonzelle.

Er wählte eben die Nummer der Vermittlung, als die Tür aufgerissen wurde.

»Tu's nicht, Dave. Du machst einen Fehler«, stammelte Wes. »Ganz ehrlich, ich hab mit Effie gesprochen, und sie sagt...«

»Laß mich in Ruhe, Wes.« David wollte die Tür wieder schließen, aber Wes hielt die Klinke umklammert, und die Tür bewegte sich kaum. Da sprang David auf, unterdrückte mühsam den Wunsch, mit beiden Fäusten zuzuschlagen, und brachte statt dessen den auf ihn einredenden Wes zu dessen Nische zurück. Helen lächelte ihnen aus blicklosen Augen entgegen. Kaum, daß Wes wieder Platz genommen hatte, ging David in die Zelle zurück.

Die Telefonistin sagte: »Hallo... welchen Anschluß wünschen Sie?«, und David gab ihr die Nummer.

Ein Summen und Knacken in der Leitung, dann klingelte es und klingelte. David saß wie versteinert da, starrte auf seine Reservemünzen, einen Vierteldollar und ein Zehncentstück, auf dem Brettchen unter dem Apparat, und wartete auf die Stimme, die das Läuten in Hartford beenden würde. Elfmal klingelte es, David zählte gegen seinen Willen mit. Dann sagte eine Stimme: »Hallo?«

»Annabelle, ich bin's, Dave. Du bist also da?«

»Ja, Dave. Ich… also meine Reise nach La Jolla, die…«

»Schon gut! Ich bin froh, daß du nicht so weit weg bist! Wie geht's dir? Annabelle, ich hab dir dreimal nach La Jolla geschrieben, hast du die Briefe bekommen?«

»Ja, hab ich. Warte, ich muß erst mal verschnaufen… Bin gerade die Treppe heraufgerannt… Du bleibst aber nicht mehr lange in Froudsburg, oder?«

»Noch ganze neun Tage. Annabelle, ich fahre nächstes Wochenende nach Troy. Ich will mich dort nach einem Haus umsehen, und ich möchte so gern, daß du mitkommst. Wenigstens den Samstag. Ich könnte dich Samstag abend zurückbringen, wenn dir das lieber ist.«

Sie antwortete nicht, und darum fuhr er fort: »Ich möchte dir auch das Labor zeigen, Annabelle. Es liegt traumhaft. Ich war vor ein paar Tagen zu einem Vorstellungsgespräch dort, und sie haben mich genommen. Das habe ich dir schon geschrieben.«

»Dave, ich kann hier unmöglich weg.«

»Dann laß mich wenigstens auf dem Weg nach Troy bei dir vorbeikommen, ja?«

Sie machte Ausflüchte. Er unterbrach sie, fing an zu betteln. Vielleicht auf dem Rückweg, wenn er ihr sagen konnte, ob er ein Haus gefunden hatte? Ein Viertelstündchen, Hauptsache, er dürfe kurz vorbeischauen. Er habe auch ein kleines Geschenk für sie, sagte er, verriet aber nicht, was es war. Im nächsten Augenblick bereute er, überhaupt davon gesprochen zu haben, weil es sich für Annabelle womöglich so anhörte, als glaube er, sie ködern zu müssen. Endlich gab er für dieses Wochenende die Hoffnung auf und bat sie statt dessen, ihm irgendeinen Tag, irgendeinen Abend zu nennen, an dem sie sich treffen könnten.

»Ich weiß wirklich nicht.«

Und obwohl es merkwürdig schien, daß sie nicht *wußte*, wann sie Zeit hatte, war David über die Angst in ihrer Stimme weit mehr beunruhigt. »Annabelle, bist du nicht allein?«

»Nein, es ist jemand bei mir.« Schweigen. Aber er glaubte nicht so recht, daß Besuch da war, weil sie doch zuvor gesagt hatte, sie sei eben erst die Treppe hochgerannt.

»Dave, ich hoffe, du findest ein Haus, das dir gefällt. Ich drück dir die Daumen. Aber jetzt muß ich wirklich gehen, das Baby schreit.«

Er preßte den Hörer ans Ohr und suchte fieberhaft nach Worten. »Leg nicht einfach auf. Darf ich dich morgen wieder anrufen?«

»Meinetwegen, Dave. Ich weiß nur nicht, wann ich zu Hause bin. Ich muß einkaufen gehen... und morgen abend bin ich nicht da.«

Und was machte sie morgen abend? Er hätte es gern gewußt, nur um sie in Gedanken begleiten zu können. »Also gut, dann rufe ich dich am Samstag an. Sobald ich ein Haus gefunden habe. Oder ist dir das nicht recht?«

Sie hatte nichts dagegen. Und dann verabschiedeten sie sich mit jenen entsetzlichen Floskeln, die Stimmen ein Ende setzen. Als er aufgelegt hatte, blieb David noch einen

Moment stehen, um sich zu beruhigen, für den Fall, daß es draußen noch einmal zu einem Zusammenstoß mit Wes käme.

Wes hatte eine Hand auf den Oberschenkel gestützt, ein Ellbogen ragte über die Tischkante, und er nickte, als hätte er alles mit angehört. »Na? Heiratet sie dich? Darfst du sie sogar besuchen?«

Helen stieß ein hohles Lachen aus.

Wohl weil er mit gar nichts kontern konnte, türmte sich Davids Frust wie eine schwarze Wolke vor ihm auf. Wes griff nach seiner Hand, aber David fuhr zurück. »Rühr mich nicht an!«

Brüsk wandte er sich zum Ausgang und stieß die Tür mit der Handkante auf.

In der Pension fand er eine Nachricht von Effie Brennan vor, die um seinen Rückruf bat. David knüllte den Zettel zusammen und warf ihn in den Papierkorb.

20

Auch wenn vielleicht der Verdacht bestand, er habe ein Mädchen in New York, gelang es Effie Brennan, Mrs. McCartney binnen vierundzwanzig Stunden davon zu überzeugen, daß Davids heimliche Liebe weit droben in Neuengland wohne. Ja, Effie meinte sogar, sie gehe in Maine aufs College und David sei »so verliebt in sie, daß er für keine andere mehr Augen hat«. Zeugin Miss Brennan persönlich, dachte David, Miss Brennan, die, obwohl attraktiv und willfährig, David Kelsey nicht einmal eine Kinoeinladung wert ist. Effie rief erneut an, wiederholte ihm, was sie Mrs. McCartney erzählt hatte, und wollte wissen, ob es so gut gewesen sei. Offenbar hatte Mrs. McCartney versucht, sie auszuhorchen, und gefragt, ob Effie wisse, was David an den Wochenenden in New York unternehme.

»Doch, doch, das hast du sehr gut gemacht«, sagte David, und zum erstenmal war er Effie wirklich dankbar, dankbar dafür, daß sie Annabelle den Leuten in der Pension nicht preisgegeben hatte.

Worunter David am meisten litt, ja was ihn richtiggehend quälte, war, daß Mrs. Beecham jetzt wußte, daß er keine Mutter mehr hatte und daß niemand die ihr zugedachten Bettjäckchen, die Topfpflanzen, gehäkelten Spitzendeckchen und das Briefpapier vorletzte Weihnachten bekommen hatte. David, der seit seinem vierzehnten Lebensjahr nur noch selten weinte, hatte Tränen in den Augen, als er sie um Verzeihung bat und es ihr zu erklären versuchte. Daß er dabei auch noch vor ihr auf die Knie sank, machte ihn in seinen Augen vollends lächerlich, doch Mrs. Beecham war die einzige in der Pension, an der ihm etwas lag, und das hatte er ihr zeigen wollen. Sie sagte kaum etwas, sah ihn nur ratlos und enttäuscht an. Andererseits, dachte David belustigt, andererseits hatte seine nicht existente Mutter Mrs. Beecham auch allerhand hübsche Geschenke gemacht.

Das Gerücht von einem Mädchen hatte die Einstellung der Hausbewohner zu ihm auffallend verändert. David wußte, was sie dachten: Nicht, daß er etwas besonders Schlimmes oder Unrechtes getan hätte, nur daß er ein genauso schwacher Mensch sei wie alle anderen auch, ein Mann, der eine Frau liebte, die er aus irgendeinem Grund bislang nicht heiraten konnte und die er offenbar nicht einmal besonders häufig sah, kurz gesagt, ein ganz gewöhnlicher Mensch und kein geschlechtsloser Heiliger. Jetzt flackerten die Blicke der anderen, wenn sie ihn ansahen. Sie benahmen sich wie Kinder, denen man ihren Märchenglauben geraubt hat.

Am Samstag morgen brachte die Zehnuhrpost einen Brief von Annabelle. David hoffte schon, sie hätte es sich anders überlegt und wollte doch mit ihm auf Haussuche gehen, aber davon stand überhaupt nichts in dem Brief. Er las ihn im Stehen, unten in der Diele, und obwohl er ganz allein war, überkam ihn dabei eine Scham, als ob man ihn in aller Öffentlichkeit geohrfeigt hätte. Er stopfte das Kuvert in die Tasche und lief hinaus zu seinem Wagen. David hatte sich auf der Karte eine bestimmte Route herausgesucht und konzentrierte sich die ersten paar Minuten der Fahrt auf die Streckenführung. Dann, auf der eintönigen Schnellstraße in Richtung Norden, war auch der Brief wieder da und setzte ihm zu. Annabelle schrieb, er solle sie doch gerade jetzt, wo sie mit dem Kind alle Hände voll zu tun habe und es auch wegen der Wohnung viel zu regeln gebe, nicht so bedrängen. Eigentlich hatte sie es noch schlimmer formuliert, aber er ertrug es nicht, sich den direkten Wortlaut zu wiederholen. Über weitere Nachforschungen der Polizei schrieb sie nichts, doch David erklärte sich ihren unterkühlten Ton damit, daß sie noch einmal vernommen worden war und womöglich von seinem Haus, ja sogar von seinen Briefen gesprochen hatte: Annabelle war nicht die Frau, die so etwas schriftlich mitteilte. Aber wäre die Polizei nicht sofort zu ihm gekommen, wenn sie ihnen wirklich alles das gesagt hätte? War es nicht wahrscheinlicher, daß Annabelle, schon um Gerald nicht als potentiellen Mörder bloßzustellen, die Briefe verheimlichte oder zumindest ihre Bedeutung herunterspielte? David wußte es einfach nicht. Aber er nahm sich ganz fest vor, sein Benehmen Annabelle gegenüber zu ändern, weniger aufdringlich und dafür rücksichtsvoller und geduldiger zu sein. Sein Geschenk, die handgewebte Stola, die er in einem Laden an der Main Street entdeckt hatte, wie auch die Brillantnadel würde er ihr per Post schicken, und in Troy wollte er sich nach Partituren umsehen, Mozart und Schubert und Chopin und andere, die ihr gefallen könnten.

Noch besser als das schönste der fünf Häuser, die er am

Samstag besichtigte, gefiel ihm eines, das er am Sonntag nachmittag entdeckte, ein zweistöckiger rot-weißer Ziegelbau, den Wind und Wetter aufgerauht hatten, mit je einem Kamin aus grauem Naturstein an den Giebelseiten. Der Makler, der ihn herumführte, versicherte, die Paneele der Fußböden und der Wandtäfelung in einigen Räumen seien fünfzehn Zentimeter dick – und das bei einem Durchmesser von fünfundzwanzig Zentimetern. Zwei der Zimmer im Obergeschoß hatten schräge Wände und tiefe Fensterlaibungen. Bis zu den Dickson-Rand-Laboratorien waren es zwanzig Autominuten, das nächste Anwesen lag eine Viertelmeile entfernt und außer Sicht. Da das Haus bis vor zwei Monaten bewohnt gewesen war, befand sich alles in tadellosem Zustand; der Kaufpreis betrug offiziell 18 000 Dollar, doch der Makler ließ durchblicken, daß man ihn auf 15 000 drücken könnte.

»Dann schließen Sie für fünfzehntausend ab«, sagte David. »Ich nehme es.«

»Einfach so?« fragte der Mann. »Wollen Sie's nicht noch einmal überschlafen?«

David schüttelte lächelnd den Kopf; er war glücklich. Zwanzig Minuten zuvor war er noch niedergeschlagen gewesen, weil er meinte, er müsse sich mit etwas zufriedengeben, wovon er nicht restlos überzeugt war. Wenn der Makler nicht Büro und Wohnung unter einem Dach gehabt hätte, so daß er auch am Sonntag erreichbar war, hätte er dieses Haus vielleicht nie gefunden. David sagte, er könne die Anzahlung sofort leisten und den Scheck noch am selben Abend zur Post zu bringen.

Dann machte er sich auf den Weg zurück nach Süden,

unschlüssig, ob er Annabelle anrufen, sie in Hartford besuchen oder lieber erst dort einziehen sollte, bevor er ihr davon erzählte. Und dabei sah er es im Geiste ständig vor sich, mit dem Wald auf der einen und dem leidlich gepflegten Rasen auf der anderen Seite, etwas Handfestes, ein Heim, eine Zuflucht. Warum sollte es Annabelle *nicht* gefallen? Er selbst fand nicht das geringste daran auszusetzen. Breite Treppen, große Wandschränke, hohe Räume. Dreißig Jahre war das Haus alt, und ein Snob hätte vielleicht diverse architektonische Stilbrüche bemängelt, aber dafür war es schlicht, wirkte eher amerikanisch als britisch und war weder zu stattlich noch zu bescheiden.

David entschied sich für den Anruf. Er wollte vergnügt sein, aber nicht zu vergnügt, nichts übertreiben. Vor allem durfte er nicht so tun, als würden sie das Haus gemeinsam bewohnen, die Möglichkeit aber auch nicht ausschließen. Nach dem Anruf würde er das beste Restaurant an der Strecke aufsuchen und ganz groß zu Abend essen – mit ein oder zwei Martini zum Auftakt, einen davon für Annabelle.

Gegen fünf hielt er an einer Tankstelle und ging, während sein Wagen aufgetankt wurde, zum Telefonieren in den Kassenraum. Aber obwohl er darauf bestand, daß die Vermittlung über zwanzigmal läuten ließ, nahm niemand ab.

Als er es um neun von Froudsburg aus wieder versuchte und sie immer noch nicht daheim war, gab David es auf. Er war ohnehin zu dem Schluß gekommen, daß er vielleicht doch lieber schreiben sollte.

In dem Brief an Annabelle schilderte er das neue Haus in allen Einzelheiten und tippte dann gut gelaunt noch einen zweiten an seine Tante.

... Ich verstehe wirklich nicht, wie man bei Euch drüben so schwarzsehen kann! Annabelle und ich, wir telefonieren oft miteinander und treffen uns auch. Natürlich ist sie wegen Gerald ein bißchen gedrückt, aber normale Menschen überwinden ihre Trauer mit der Zeit. Die Großmutter, von der Du schreibst, muß schon arg gestört gewesen sein, wenn sie ein Leben lang getrauert hat. ... Ich ziehe in ein wunderschönes Haus, das ich heute gekauft habe, eine Okkasion, wie man so sagt. All das, weil ich endlich die Stelle wechsle. Künftig setze ich gewissermaßen mein Studium fort, nur daß ich diesmal dafür bezahlt werde. Ich gehe zu den Dickson-Rand-Laboratorien. Das sind die, die Kaliforniens Erdbeben melden, noch bevor die Kalifornier sie überhaupt mitgekriegt haben. Mein direkter Vorgesetzter dort wird ein gewisser Dr. Wilbur Osbourne sein. Der Name sagt Dir vielleicht nichts, aber er ist ein weltbekannter Geophysiker und, wie ich höre, auch ein rechter Exzentriker. Aber da ich angeblich ebenfalls einer bin, kommen wir vielleicht ganz gut miteinander aus...

Anschließend schrieb er an die Spedition Red Arrow in Poughkeepsie und bat, den auf den Namen David Kelsey eingelagerten Hausrat an die nachstehende Adresse außerhalb von Troy zu schicken. Er legte die Kartenskizze bei, die der Makler ihm gegeben hatte. In der Hoffnung, es sei das letzte Mal, unterzeichnete er mit William Neumeister.

Er wartete bis Mittwoch mittag, zweieinhalb schier endlos lange Tage, bevor er Annabelle wieder anrief. Sie klang ganz fröhlich, gratulierte ihm, daß er so rasch ein Haus gefunden habe, aber als er mit ihr verabreden wollte, wann sie mit ihm hinfahren und es anschauen könnte – und dafür standen ab nächsten Samstag acht herrliche Tage zur Auswahl, weil Dickson-Rand ihm eine ganze Woche Urlaub für den Umzug genehmigt hatte –, da wich Annabelle ihm aus und vertröstete ihn. Sie sprach sogar von einer möglichen Reise nach La Jolla.

»Ich wollte schon vor drei Wochen fahren, Dave, aber dann wurde der Kleine krank und kriegte Fieber, und da schien es mir zu riskant. Ich hab dir nichts davon erzählt, weil ich weiß, daß du für Babys kein Interesse hast. Und außerdem wollte ich doch gar zu gern noch mit Mr. Neumeister sprechen.«

»Und, hast du?«

»Er ist nach wie vor nicht erreichbar. Dem Makler, der sein Haus verkaufen soll, hat er angeblich erzählt, er wolle auf Reisen gehen. Aber die Staaten hat er nicht verlassen, das hat die Polizei beim Paßamt, oder wie das heißt, in Beck's Brook nachgeprüft. Jetzt versuchen sie's mit den Referenzen, die er dem Makler gegeben hat. Dabei wird hoffentlich was herauskommen.«

Davids Schuldbewußtsein machte ihn reizbar. »Haben sie etwa einen Aufruf in die Zeitungen gesetzt? Das würde vielleicht weiterhelfen.«

»Soviel ich weiß, nein. Wahrscheinlich ist es dafür nicht wichtig genug – außer für mich.«

»Aber Annabelle, was denkst du, könnte er dir erzählen, was er nicht bereits der Polizei gesagt hat?«

Sie gab keine Antwort. »Letzte Woche hat mich Sergeant Terry angerufen, Dave. Der in Beck's Brook.«

»Ja? Weswegen?«

»Hauptsächlich deinetwegen. Er fragte, ob zwischen uns etwas wäre. Ich habe das verneint. Ich kann mir nicht vorstellen, daß es auch nur im geringsten weiterhilft, wenn… Ich meine, ich hab der Polizei gesagt, daß Gerald sehr eifersüchtig war, in deinem Fall aber keinen Grund dazu hatte, weil alles, was mal zwischen uns *war*, lange, lange vorbei ist. Im Prinzip stimmt das ja auch, und ich dachte, es sei besser für alle, für Gerald, für dich *und* für mich. Meinst du nicht auch?«

»Doch«, murmelte David.

»Ich habe auch gesagt, daß Gerald getrunken hatte – aber das wußten sie schon. Von deinen Briefen hab ich nichts erzählt. Das hätte alles nur noch komplizierter gemacht und die Situation unnötig dramatisiert.«

Die SITUATION, immer wieder die SITUATION! »Meinst du, sie haben dir geglaubt?« fragte er.

»Warum sollten sie mir nicht glauben?«

»Stimmt, warum nicht.«

»Dave, jetzt reg dich doch *darüber* nicht auf. Es ist lächerlich.«

»Ich rege mich nicht auf.« Aber er war wütend.

»Die Polizei sagt, du hättest ihnen erzählt, daß du an dem Sonntag in New York warst. Ist das wahr, Dave?«

»Ja, das stimmt.«

»Aber du hast auch gesagt, daß du jedes Wochenende in New York verbringen würdest, und das stimmt nicht, oder? Warst du nicht meistens in deinem Haus?«

»Doch«, sagte David, dem sich jede Frage wie ein Nagel ins Fleisch bohrte.

»Warum hast du dann gelogen? Warum lügst du dauernd, Dave?«

»Das war *dein* Haus. Und jetzt ist es weg. Ich will nicht mehr darüber reden. Mit niemandem. Ich habe inzwischen ein neues Haus und ich… Samstag werden meine Sachen geliefert, erst mal wird also ein Durcheinander herrschen, aber ich wünschte mir so sehr, du könntest es dir ansehen, Schatz, auch wenn es dann noch nicht eingerichtet ist. Ich hab sogar einen Stutzflügel, das weißt du noch gar nicht, oder? Einen Steinway.«

»Wirklich? Spielst du neuerdings Klavier, Dave?«

»Höchstens den Flohwalzer und ab und zu ein paar Akkorde, damit der Flügel nicht einrostet. Ich habe ihn für dich gekauft, Annabelle.«

Schweigen.

Mit zugeschnürter Kehle fuhr er fort: »Und du sollst auch meinen Arbeitsplatz kennenlernen. Mit dem Auto sind es nur zwanzig Minuten vom Haus zum Labor. Ach, Annabelle, du mußt einfach dieses Wochenende mit mir hinauskommen!« Er wartete. »Sag, Annabelle, stellst du dir uns je zusammen vor? Kannst du dir vorstellen, daß wir eines Tages…«

»Manchmal schon.«

Wegen des Wochenendes versprach sie ihm eine Postkarte, und David trat freudestrahlend aus der Telefonzelle. Etwa fünf Minuten hielt seine optimistische Stimmung vor, dann schob sich abermals das Neumeister-Problem in den Vordergrund. Man überprüfte also Neumeisters Referenzen. Würde er denn nie mit diesem Menschen fertig sein? David wünschte sich nichts sehnlicher, als ihn zu vergessen wie ein dummes Spiel oder einen bösen Traum, eine Marotte, deren er sich nun schämte. Aber jetzt überprüfte man Neumeisters Referenzen, bloß weil Annabelle es sich in den Kopf gesetzt hatte, mit dem Mann persönlich zu sprechen! Die Leumundszeugen würden sie auch nicht finden – weder John Atherley (oder hatte er Asherley geheißen?) noch Richard Patterson. David begann laut zu pfeifen. Wie ein Kind, das sich fürchtet, im Dunkeln über den Friedhof zu gehen, dachte er.

Am Freitag verabschiedete er sich bei Cheswick von zwanzig, dreißig Leuten, von denen ihm einige ein bißchen neidisch vorkamen, wohl weil sie insgeheim wünschten oder hofften, es ihm gleichzutun. Dem einen oder anderen war allerdings auch zu Ohren gekommen, daß David ein seltsames Märchen von einer kranken Mutter in Umlauf gebracht hatte. Es war unausweichlich. Nachdem Mr. Lewissohns Sekretärin auf Bitten der Polizei Davids Personalakte überprüft hatte, erzählte sie ein paar Kollegen von der polizeilichen Anfrage, und so hörten schließlich auch diejenigen davon, die außer Wes Carmichael ihn noch am Wochenende zu sich nach Hause eingeladen und wegen seiner Mutter einen Korb bekommen hatten, und die rechneten jetzt natürlich zwei und zwei zusammen. Wes' lächelnde Fassade und seine Kalauer täuschten David nicht darüber hinweg, daß er sich Sorgen machte, weil nun alles aufgeflogen war.

»Hör zu, Dave«, sagte Wes in Davids Büro, »du hast dich nicht vielleicht einmal mit Delaneys Frau getroffen? Ich meine, in dem Haus.«

»In welchem Haus?«

»Dem von Newmester!« Auch Wes sprach den Namen so aus, daß David im ersten Moment dachte, es müsse jemand anders gemeint sein.

»Ich hab dir doch gesagt, ich kenne den Mann nicht«, versetzte David unwirsch.

»Schon gut, Dave, war ja nur so ein Gedanke. Wir sind dicke Freunde, und du würdest es mir doch sagen, oder? Angenommen, es stimmt und ich wüßte davon… Also, es geht mich ja nichts an«, wehrte Wes ab, als er Davids finstere Miene sah. »Tut mir leid, daß ich davon angefangen habe.«

»Ich kenne Delaneys Frau nicht, und ich kenne Delaney nicht!« rief David mit überschnappender Stimme.

»Wo warst du dann an den Wochenenden, Dave?«

»Darüber möchte ich nicht reden, kapiert?… Meistens bin ich nach New York gefahren, aber eigentlich ist es meine Sache, wie ich mein Wochenende verbringe.«

»Okay, Dave, okay.« Es klang beschwichtigend, trotzdem war Wes verärgert.

David wußte, daß auch er gereizt reagiert hatte, doch es kümmerte ihn nicht.

»Komm, gehen wir zurück zu den anderen«, sagte Wes.

In der Pension fand eine weitere Abschiedsfeier statt. Mrs. McCartney richtete ihm ein Festessen aus, zu dem der ganze Speisesaal eingeladen war. Es gab Truthahn mit allem, was dazugehört, und vorneweg sogar Portwein aus dicken Stielgläsern. Alle erkundigten sich nach seiner neuen Stellung. David, der geduldig erklärte, wie und zu welchem Zweck aus dem Erdreich und speziell vom Meeresboden Grundproben entnommen würden, wunderte sich im stillen darüber, daß von einem Dutzend oder mehr Menschen nur einer oder zwei überhaupt schon einmal etwas von Bodenproben gehört hatten. Als er zusammen mit Mr. Muldaven aus dem Speisesaal kam, saß Effie Brennan draußen in der Diele.

Sie stand auf und lächelte ihm entgegen. »Endlich erwische ich dich, Dave.«

»Hallo! Warum bist du nicht in den Speisesaal gekommen?«

»Ach, ich wußte doch, daß heute dein Abschiedsessen war, und ich gehöre hier ja nicht mehr dazu. Aber ich hatte gehofft, daß du mich noch einmal besuchen kommst, bevor du fährst, Dave«, sagte sie und blickte fast flehend zu ihm auf.

David wußte, daß er ihr viel verdankte, trotzdem widerstrebte ihm im Moment nichts so sehr wie die Vorstellung, mit in ihre Wohnung zu gehen. »Ich wollte gerade hinauf zu Mrs. Beecham«, sagte er. »Ich hab's ihr versprochen.«

»Gut, dann warte ich solange«, versetzte Effie lächelnd. Ihre kleine Stupsnase glänzte an der Spitze rosig vor Kälte. »Sie wird doch sicher bald schlafen gehen, nicht? Also beeil dich.«

»Effie, ich hab noch allerhand zu tun. Ich habe noch nicht gepackt.«

»Es ist aber wichtig, Dave, glaub mir.« Sie trat näher und sagte plötzlich ganz ernst und eindringlich: »Ich muß dich sprechen.«

Eher hätte er sich von einer Bulldogge befreien können, die schon sein Handgelenk zwischen den Fängen hatte. »Na schön. Laß mich Mrs. Beecham Bescheid sagen.«

David, der überhaupt nicht mit Mrs. Beecham verabredet war, sah erleichtert, daß Effie sich schon zur Haustür wandte, von wo aus man den Flur im ersten Stock nicht einsehen konnte. Er schlich in sein Zimmer und vertrödelte dort ein paar Minuten, bevor er seinen Mantel nahm und zurück nach unten ging.

21

Wieder durch die Tür mit dem Schild, auf dem Dr. Nadel für seine SCHMERZLOSE ZAHNBEHANDLUNG warb. David stand zum zweitenmal in Effies Wohnung, die ihm heute kleiner und vollgestopfter vorkam. Auf dem Couchtisch prangte eine Torte mit rosa- und orangefarbenem Zuckerguß und einem großen *D* aus schwarzer Schokolade obendrauf.

»Die ist für dich«, sagte Effie, während sie ihren Mantel in den Flurschrank hängte. »Habe ich selbst gebacken. Wes kommt vielleicht noch vorbei. Ziemlich sicher sogar. Etwa in einer halben Stunde.« Ihre Stimme klang schrill, fast hysterisch vor Nervosität. Nervosität, die ansteckend wirkte. David breitete hilflos die Arme aus und sagte: »Schön, dann können wir zusammen Kaffee trinken und Torte essen.«

»Wes will bestimmt weder Kaffee *noch* Kuchen. Nein, für ihn ist Whisky da. Und du... für dich hab ich eine Flasche Sauternes.«

Großer Gott, dachte David, schämte sich aber gleich dafür, daß er so undankbar war, und sagte lächelnd: »Ich fühle mich geehrt.«

»Setz dich, Dave.«

Er wartete, bis sie auf einem Sessel Platz genommen hatte, dann setzte er sich aufs Sofa.

»Dave, bevor Wes kommt, wollte ich dir sagen, daß Annabelle mich heute angerufen hat.«

»Warum?«

»Ja, warum nicht? Einfach so, aus Freundlichkeit.«

»Aber warum ruft sie dich an?« Was ihn wurmte, war, daß Annabelle sie angerufen hatte und nicht ihn.

»Also ich finde es schön – erstaunlich geradezu –, wenn eine Frau, deren Mann ich zu dem Haus geschickt habe, in dem er ums Leben kam, es trotzdem fertigbringt, nett zu mir zu sein.«

»Schon gut.« David wandte sich ab.

»Was ich sagen wollte, ist, daß die Polizei von Beck's Brook die Suche nach Newmester *nicht* einstellt.«

»Ach? Und wie wollen sie ihn finden?«

»Annabelle sagt, sie nehmen sich sämtliche Newmester vor. Nur war bislang kein Journalist darunter und auch niemand um die Dreißig, auf den die Beschreibung paßt.«

David lächelte unwillkürlich. »Aber irgendwo muß doch ein William Neumeister stecken, auf den ihre Beschreibung paßt.«

»Du bist ganz schön sorglos, Dave.«

»Okay, Effie, danke, daß du's mir gesagt hast. Ich wünschte, du würdest aufhören, mich ständig erschrecken zu wollen. Ich habe nämlich keine Angst.« Damit stand er auf.

»Ich glaube, doch. Du würdest Annabelle verlieren, wenn sie Bescheid wüßte. Sie würde dich nicht mehr sehen wollen, das weiß ich genau.«

Schon wieder wollte sie ihn erpressen! »Da bin ich mir nicht so sicher.«

»O doch! Und von mir erwartest du, daß ich dich decke. Du findest es sogar ganz selbstverständlich, daß ich das tue.« Ihre Stimme zitterte vor hysterischem, ihm unerklärlichem Schluchzen. »Und ich habe dich ja auch beschützt – vor der Polizei und auch vor Wes.«

Verunsichert sah David sie an. »Ich habe dir gesagt, was in dem Haus passiert ist, war ein Unfall. Und wenn ich mir unter anderem Namen ein Haus kaufen will, wen geht das etwas an?«

»Ich versuche sogar, Annabelle dazu zu bringen, daß sie aufhört, weiter nach diesem Newmester zu suchen«, rief sie dazwischen. »Aber wenn die Polizei jetzt stutzig wird, kann ich auch nichts machen. Annabelle glaubt, daß Newmester ihren Mann bei diesem Streit zu töten versuchte. Vielleicht in Notwehr, aber daß er es versucht und auch getan hat und daß er sich deshalb versteckt hält, vielleicht einen anderen Namen angenommen hat.«

David lachte.

Effie kniff die Augen zusammen. »Du hast Glück.«

»Wenn einer Glück hat, dann Neumeister. Aber es gibt keinen Neumeister mehr, er ist weg, ganz weg.«

»Annabelle hat mir erzählt, sie überprüften die Referenzen, die du seinerzeit bei dem Hauskauf in Ballard angegeben hast. Und hieb- und stichfest sind die nicht, oder?«

David zuckte die Achseln. »Wenn sie gründlich suchen, nein.«

»Hast du schon mal daran gedacht, dir ein richtiges Alibi zu verschaffen? Eine richtige Adresse oder jemanden, der bestätigen könnte, mit dir an den Wochenenden zusammen gewesen zu sein?«

»Du?« fragte David lächelnd.

Sie stand auf, trat ans Fenster und schaute hinaus in die Dunkelheit. Es war so still, daß David den Wecker im Schlafzimmer ticken hörte. Eine nervöse Heiterkeit überkam ihn, gegen die er zunächst nicht ankonnte. Ein Witz fiel ihm ein, und er mußte die Zähne zusammenbeißen, um nicht damit herauszuplatzen. »Tut mir leid, Effie.«

»Laß … Komm, wir machen den Wein auf.«

Er erhob sich und begleitete sie in die Küche. Ständig kamen ihre Hände sich in die Quere. Da ihm offenbar nichts anderes übrigblieb, entschloß sich David, auch das spaßig zu finden.

»Du freust dich offenbar sehr auf deinen neuen Job. Ich habe dich noch nie so gut gelaunt gesehen.«

»Ich glaube, von jetzt an werde ich immer so sein.« Im hellen Küchenlicht entdeckte David an Effies Schläfen ein paar graue Haare, die er irgendwie beruhigend fand.

Ein Glas Wein ließ sie sich einschenken, bestand aber im übrigen darauf, daß die ganze Flasche für ihn sei. Es war ein wirklich guter Tropfen, echter französischer Sauternes, und David war gerührt.

»Wes hat mir erzählt, daß du schon ein Haus gefunden hast«, sagte sie. »Wo ist es denn?«

»Ich wüßte nicht, wie ich dir's beschreiben soll. In der Nähe der Dickson-Rand-Laboratorien, und die liegen in der Nähe von Troy.«

»Aber du hast doch bestimmt eine Adresse? Falls ich dir mal schreiben möchte?«

»C/o Dickson-Rand, Troy, New York.«

»Ach Dave, du wirst mir fehlen«, sagte sie gefühlvoll.

Dann wollte sie die Torte anschneiden, aber es war kein Messer da, und sie holte eins aus der Küche, legte es unbeholfen auf die Kuchenplatte und setzte sich wieder hin.

»Das ist eins von diesen albernen Tortenmessern, die es gegen Einsendung von vier Packungsdeckeln plus fünfzig Cents gibt«, sagte sie. »Ich sollte wirklich langsam anfangen, für ein Silberbesteck zu sparen.«

Ihre Augen wirkten plötzlich stumpf – staubtrocken, was ihn aufs neue erheiterte. Sie legte eine Platte auf, versprach, den Ton leise zu stellen, und fragte, ob er etwas gegen französische Musik habe. David besaß zufällig die gleiche Platte, aber das verriet er ihr nicht. Er erinnerte sich, wie er in ein Musikgeschäft gegangen war, um etwas ganz anderes zu kaufen, dabei zufällig das französische Stück gehört, den Klavierpart schön gefunden und gedacht hatte, das könnte Annabelle gefallen. Effie setzte sich wieder hin und griff nach einer Zigarette.

»Wirst du dich oft mit Annabelle treffen, wenn du in Troy bist? Von dort ist es nicht so weit nach Hartford wie von Froudsburg aus, oder?«

»Ungefähr gleich weit, aber wir werden uns bestimmt oft sehen«, sagte David. »Außerdem wird sie bald aus Hartford wegziehen.«

»So? Wohin?«

»Das steht noch nicht fest.«

»Bist du … Liebst du sie immer noch?«

»Natürlich«, antwortete David. Aber Effies wehmütiges, fast tragisches Lächeln wischte die Zuversicht von seinem Gesicht, und er wandte sich ab. Dann goß er sein Glas zum zweitenmal halb voll. Effie hatte das ihre kaum angerührt.

»Wann wirst du's wissen, Dave?«

»Was denn?«

»Ob sie dich heiraten wird.«

»Das weiß ich jetzt schon. Sie wird. Vielleicht nicht gleich nächsten Monat, aber…«

»Darum frage ich dich ja, wann du's weißt.«

»Das Wann spielt, finde ich, gar keine große Rolle«, versetzte er rasch, und in dem Moment klingelte es.

Effie drückte in der Küche auf den Summer. Schlagartig war ihre Nervosität – die so unangenehm gegen Annabelles ruhige Gelassenheit abstach – wieder da. Sie wolle Wes lieber gleich einen Drink zurechtmachen, meinte sie und hantierte klappernd mit der Eisschale.

Wes trat breit grinsend ein, tippte Effie unters Kinn und griff nach dem Scotch mit Soda, kaum daß er den Mantel ausgezogen hatte.

»Ich habe nicht geglaubt, daß du heut kommst, Dave«, sagte Wes schon zum zweitenmal. »Bravo, Eff.«

»Aber es war ein Kinderspiel«, sagte Effie. »Er ist ganz brav mitgekommen.«

Bin ich nicht, dachte David. Effie hatte ihn reingelegt. Er war nur mitgegangen, weil sie ihm angeblich etwas furchtbar Wichtiges zu sagen hatte. Die leidige Neumeister-Geschichte – dabei hatte sie ihm nichts erzählt, was er nicht schon wußte oder sich leicht selber hätte zusammenreimen können.

David, der spürte, daß Wes' gute Laune nur aufgesetzt war, besann sich darauf, daß Wes ihn schon seit Wochen nicht mehr in der Pension besucht hatte. Beschämt erinnerte er sich an den Wortwechsel heute in der Fabrik und auch an den Vorfall in Michael's Tavern. Es tat ihm leid, daß er Wes in der Kneipe geschlagen hatte, und er machte sich Vorwürfe, weil er um ein Haar aus Froudsburg weggegangen wäre, ohne sich wieder mit ihm zu vertragen. Wes und Effie waren schon beim zweiten Drink, und weil sie ihn bedrängten und weil er kein Spielverderber sein wollte, ließ er sich auch einen Scotch mit Wasser geben. Er hatte schon mehr als eine halbe Flasche Wein getrunken. David beobachtete Wes' Gesicht, seinen Mund, der eine Albernheit nach der anderen von sich gab, die Effie in regelmäßigen Abständen mit lautem Kichern begleitete. Verstohlen tastete er unter der Manschette nach seiner Armbanduhr, und als Wes unter dröhnendem Gelächter einen Witz zu Ende brachte, stand er auf, nahm die Uhr ab und sagte: »Hier, für dich, Wes.«

Wes sah ihn überrascht an. »Was soll das heißen?«

»Ich schenke sie dir. Sie gefällt dir doch, oder?« David wußte, daß sie ihm gefiel, denn Wes hatte die Uhr oft genug bei ihm bewundert.

Zögernd streckte Wes die Hand aus. »Du, das ist ein teures Stück.«

»David«, warf Effie vorwurfsvoll ein, »so eine wunderschöne Uhr!«

»Darum will ich sie ihm ja schenken.« David breitete die Arme aus und ließ sie wieder sinken. »Was ist schon groß dabei? Kauf ich mir eben eine neue.«

»Eine Vacheron Constantin? Von dem neuen Gehalt?« fragte Wes. »Eff, dem ist der Alkohol zu Kopf gestiegen.«

»Unsinn, ich möchte sie dir wirklich gern schenken«, sagte David. »Ich bin sie leid, aber dir gefällt sie. Außerdem geht sie wie eine Eins, und so ein großer Sekundenzeiger ist auch sehr praktisch.«

»Nein, Dave.«

»Jetzt nimm sie schon! Ich verstehe gar nicht, warum du deswegen so ein Theater machst!« brüllte David. Aber als er Effies erschrockenes Gesicht sah, lächelte er.

Nach kurzem Schweigen sagte Wes feierlich: »Ja, dann vielen Dank, David. Aber falls du sie irgendwann zurückhaben möchtest…«

»Ich will das Ding nie wiedersehen, und ich kaufe mir eine neue.« David amüsierte sich über ihre verdutzten Gesichter, die ratlosen Blicke, die sie tauschten. »Na los, bind sie um«, sagte er zu Wes.

»Zwei Armbanduhren«, sagte Wes andächtig, als er sich das Krokolederband ums Handgelenk schnallte. »Ich wollte schon immer so reich sein, daß ich zwei Armbanduhren gleichzeitig tragen könnte.«

Mit einem traurigen, ernüchterten Lachen setzte David sich wieder hin.

Wes räusperte sich und trank einen großen Schluck. »Hör mal, Dave, wenn heute abend schon die Abschiedsgeschenke fällig sind, warum nimmst du dann nicht das Porträt, das Effie von dir gezeichnet hat? Sie hat es sogar extra rahmen lassen.«

Effie schrak zusammen. David beobachtete sie neugierig. »Oh, es tut mir leid, aber die Zeichnung… die habe ich zerrissen.«

»Wirklich?« Wes runzelte die Stirn. »Du hast sie zerrissen, Eff?«

»Ja.«

»Aber warum?« fragte Wes.

Doch Effie sprang auf und verschwand ohne eine Antwort in der Küche.

David, der direkt dankbar war, daß sie die Zeichnung vernichtet hatte und er sich nun nicht mehr verpflichtet zu fühlen brauchte, sie aufzuhängen, ging ihr nach. Eigentlich hatte er fragen wollen, ob er ihr etwas helfen könne, aber sie stand untätig da. »Etwas dagegen, wenn ich mir noch einen Drink mache?« fragte er, schon auf die freudige Überraschung gefaßt, mit der die Leute normalerweise reagierten, wenn er einmal einen Drink annahm oder gar von sich aus um einen bat, aber Effie schaute noch bekümmerter als vorher.

»Vielleicht solltest du lieber nichts mehr trinken, Dave«, sagte sie.

»Was? Ich wette, ich könnte die ganze Flasche austrinken, ohne daß man mir etwas anmerkt. Locker könnte ich das, ohne jede Wirkung.«

Wes war eben hereingekommen und hatte den letzten Satz noch mitgehört. »Man soll es nicht beschreien.«

»Was ist, wollen wir wetten?« fragte David.

»Nein, nein, laß nur!« Wes sah Effie an, als hätten sie ein Geheimnis miteinander.

»Wenn keiner etwas dagegen hat, dann genehmige ich mir noch einen«, sagte David. Den Blick fest auf Effie gerichtet, griff er nach der Flasche und goß ein reichliches, aber seines Erachtens noch vertretbares Quantum – drei Finger hoch etwa – in sein Glas. Er setzte die Flasche ab und schob sie Wes hin, dessen Glas leer war, bevor er sich zwei Eiswürfel nahm und sein Glas am Hahn über der Spüle mit etwas

Wasser auffüllte. Wes und Effie beobachteten ihn so gebannt, als hätten sie noch nie gesehen, wie jemand einen Drink mixt.

Feierlich schenkte Wes sich jetzt das Glas halb voll, warf Eis hinein und gab pro forma einen Spritzer Soda hinzu. David lächelte ihn an, aber Wes reagierte nicht darauf, sondern ging zurück ins Wohnzimmer.

Effie stellte sich dicht neben ihn und flüsterte hastig: »Sei mir nicht böse, Dave, wegen meiner Bemerkung über die Zeichnung. Sie ist nicht zerrissen, und wenn du magst, kannst du sie haben. Ich habe lediglich mit dem Gedanken gespielt, sie zu vernichten, das ist alles.«

Ihre krausen Einfälle interessierten ihn nicht. »Schon kapiert«, sagte er höflich.

»Ich dachte mir, falls die Polizei von Beck's Brook je hier reinschneien sollte und das Bild sieht... Darum habe ich's auch nicht aufgehängt. Es liegt zuunterst in einer Schublade. Denn die Polizei würde darauf Mr. Newmester erkennen, nicht wahr, Dave?«

»Meinst du?« David lächelte skeptisch. »Ja. Aber was wäre schon dabei? Es ist längst passé. Warum regst du dich so auf?«

Effie wirkte immer noch aufgeregt und verstört. Doch dann sagte sie: »Okay, Dave, hoffentlich *ist* es auch passé.« Und dazu nickte sie ein paarmal, wie es ihre Art war, bevor auch sie ins Wohnzimmer zurückging.

David hob das Glas, schloß die Augen und nahm drei große Schlucke. Neumeister. Seit Tagen hatte er nicht mehr an ihn gedacht. Doch hier saß die liebe kleine Effie und hütete sein kostbares Geheimnis. Neumeister, der gelassen und siegesgewiß die stürmische See bezwang wie ein stolzes Schiff, das mit vollen Segeln durch die Wogen pflügt, dieser Neumeister hatte sein Ziel erreicht. Er war nie besiegt worden. Wirklich schade, daß Annabelle Neumeister nie kennengelernt hatte – obwohl er doch in gewissem Sinne mit ihr zusammenlebte. Aber mit all dem hatte er abgeschlossen, seit er zu der Einsicht gelangt war, daß Annabelle es nie verwinden würde, wenn herauskam, daß er selbst William Neumeister war. Dann würde sie sich endgültig weigern, an Geralds Unfalltod zu glauben. Sei's drum, Neumeister war inzwischen so spurlos verschwunden, daß er genausogut hätte tot und begraben sein können. David schwankte ein wenig, als er einem im Weg stehenden Küchenschränkchen auswich, aber er gab sich Mühe, gerade zu gehen, sobald er das Wohnzimmer betrat.

Bei seinem Anblick unterbrachen Wes und Effie ihre gedämpfte Unterhaltung. Effie legte eine neue Platte auf, und sie und Wes fingen an zu tanzen, aber Wes fand die Musik zu langsam. Allmählich merkte man ihm an, daß er ziemlich viel getrunken hatte. Als er sich nachschenken ging, wollte er Davids leeres Glas mit in die Küche nehmen, aber David hielt es fest und sagte, er habe genug.

»Laß ihn, wenn er nicht will, Wes«, rief Effie.

»Eben hat er noch damit geprahlt, daß er die ganze Flasche schaffen könnte!« Wes hatte sein gutmütiges Lächeln wiedergefunden.

David überließ ihm sein Glas.

Die folgenden ein bis anderthalb Stunden bekam David nur verschwommen mit, und er wunderte sich, daß so ein bißchen Alkohol eine derart durchschlagende Wirkung haben konnte, auch wenn davon nur sein Sehvermögen betroffen schien. Wes hingegen hatte völlig die Kontrolle über sich verloren. Während er tolpatschig mit Effie tanzte, fuchtelte er hin und wieder wild in der Luft herum und gab verrückte Erklärungen von sich wie: »Ich bin ja so froh, daß du Daves Bild zerrissen hast, ehrlich, Eff. Du machst Fortschritte. Vorbei die Zeiten, als die keusche kleine Maid zu Hause Trübsal blies, während ihr Schatz einem… einem Phantom nachrennt!«

David hörte gar nicht hin, sondern fixierte einen Punkt an der Zimmerdecke, drückte den Kopf an die Sofalehne und lauschte dem Klavierpart auf der Schallplatte.

Dann rief Effie auf einmal unter Tränen: »Nicht doch, Wes!«, und David sah, wie sie in grotesker Verzweiflung darüber, daß sie offenbar die Kontrolle über den Abend und ihre Gäste verloren hatte, die Hände rang. Wes aber stolperte mit einem hinterhältigen Grinsen auf David zu und zeigte mit dem Finger auf ihn.

»Ist es nicht so, Davy?« fragte er.

»Nimm dich in acht, Wes. Und laß David in Ruhe«, fuhr Effie dazwischen.

»Ich hab sowieso nicht hingehört«, gab David gelassen zurück.

»Ich habe gesagt, du machst dir nichts aus Mädchen, die du haben kannst, sondern du willst eine, die dich nicht will. Neurotisch ist das«, wiederholte Wes vergnügt. Er hatte die Hände in die Taschen gesteckt und wiegte sich auf den Fersen. »Ich sag das nur in deinem Interesse und weil ich dir einen guten Rat geben möchte. *Wer* sie ist, geht mich nichts an.«

»Dave, ich habe ihm nichts erzählt, ehrlich. Laß dich ja nicht…« Effie machte einen Satz, um ein Glas auf dem Couchtisch zu retten, aber sie war nicht schnell genug, und Wes warf es um – sein eigenes, das leer war.

David musterte ihn gelassen. »Du hast offenbar keine Ahnung, wovon du redest, und darum wäre ich dir dankbar, wenn…«

Aber Wes war nicht zu bremsen und brabbelte weiter seine öden, halb scherzhaften Ratschläge. *Dieses Mädchen* – ohne einen Namen zu nennen. Dieses Mädchen, das erst noch Examen machen mußte. Machte es ihn so verrückt, daß er sich an den Wochenenden betrinken mußte? Oder tröstete er sich mit einer anderen? David griff nach einer Zigarette, legte sie, ohne sie anzustecken, wieder auf den Couchtisch. Äußerlich bewahrte er Haltung, doch ihm war, als würden die Worte auf seine Schultern und den gesenkten Kopf niederprasseln und haftenbleiben. Auch Effie flehte Wes an, doch endlich aufzuhören.

David hatte die Hände vors Gesicht geschlagen und sagte dumpf: »Das verstehst du nicht.« Aber Wes lachte nur.

»Effie hat mir gestanden«, schob Wes wie zur Erläuterung nach, »daß du ihr leid tust. Sie meint, es wäre hoffnungslos.«

»Hoffnungslos habe ich nicht gesagt«, plärrte Effie dazwischen.

David stand auf. »Ich tue dir also leid?« fragte er lächelnd.

»Wohl hast du's gesagt!« beharrte Wes. »Warum gibst du's nicht zu?«

Jetzt zündete David sich die Zigarette doch an. Daß Effie seinen Fall hoffnungslos fand, war nicht verwunderlich. Hoffnungslos verliebt war er und hatte darum nie etwas für eine Effie Brennan übrig gehabt. »Ich werde das Mädchen heiraten, und damit basta«, fiel er Wes ins Wort. »Diskussionen über mein Privatleben sind mir zwar peinlich, aber da du schon mal davon angefangen hast ...«

»Oh, ich wollte dich nicht in Verlegenheit bringen, Dave. Aber es interessiert mich nun mal, und Effie auch. Ja, es interessiert uns beide, einfach weil wir dich gern haben – und bei Effie ist es mehr als das.« Damit gab er David einen leichten, freundschaftlichen Schulterklaps.

»Ich dulde aber nicht, daß über meine zukünftige Frau getratscht wird. Ihr werdet sie hoffentlich mal kennenlernen, und zwar unter meinem, unter unserem Dach. Wir werden in wenigen Monaten heiraten, vielleicht sogar noch früher, und wer was anderes erzählt, der redet einfach Stuß.« Heftig drückte David die Zigarette im Aschenbecher aus. Seine Brust bebte bei jedem Herzschlag, und es flimmerte ihm vor den Augen. »Ich habe nie daran gezweifelt, daß wir eines Tages heiraten werden«, fuhr er gegen seinen Willen fort. Jetzt war er es, der sich nicht mehr bremsen konnte. Er machte einen Schritt auf Wes zu, der zurückwich und ihn abzulenken versuchte, was David ebenso ignorierte wie Wes' Entschuldigungen, ja er redete und redete, als ob die schmächtige Gestalt im braunen Anzug ihm und Annabelle im Weg stünde, als ob Wes ein Hindernis wäre, das um jeden Preis mit Worten vernichtet und beseitigt werden müßte. Und plötzlich sah er zu, wie sein Arm zum Schlag ausholte und wie Wes sich duckte und zurücksprang, obwohl seine Faust ihn auf die Entfernung ohnehin nicht hätte treffen können und David ihn auch gar nicht wirklich schlagen wollte. Mit einemmal verstummte er.

Wes, der ihn halb verdutzt, halb zornig anstarrte, torkelte ein wenig und wandte sich ab. Effie klammerte sich an Davids Arm und sprach auf ihn ein. Er wollte ihr erklären, daß überhaupt kein Grund zur Aufregung bestehe, aber ihm war, als hielte irgend etwas ihn mit eisernem Griff gepackt, und er brachte auch kein Wort heraus. Sein Körper war verkrampft, und es schüttelte ihn.

»Untersteh dich ja nicht, in meiner Gegenwart noch einmal so über sie zu reden!« Davids Stimme bebte vor Wut. Er leerte sein Glas auf einen Zug und erwiderte trotzig Wes' finsteren Blick.

»Jungs, Jungs«, murmelte Effie mit dem zaghaften Anflug eines Lächelns. »Ich glaube, ich mache mal Kaffee.« Damit verschwand sie in der Küche.

David, der mit irgendeiner – verbalen oder tätlichen – Retourkutsche rechnete, ließ Wes nicht aus den Augen.

»Was denkst du denn, was für ein Gefühl das ist, wenn einer plötzlich auf einen losgeht?« fragte Wes bitter.

»Komm, trinken wir einen Kaffee«, antwortete David lächelnd.

Aber so leicht war Wes nicht zu besänftigen. »Eins sage ich dir«, flüsterte er, »selbst wenn du dieses Mädchen kriegen solltest – du könntest nichts mit ihr anfangen, so wie du beieinander bist... Vielleicht merkst du's selber gar nicht, aber du bist völlig verkorkst, mein Freund.«

David traute zuerst seinen Ohren nicht, doch als ihm klar wurde, worauf Wes anspielte, traf ihn das wie ein elektrischer Schlag. »Du dreckiger Lügner!« stieß er zwischen den Zähnen hervor und steuerte an Wes vorbei zur Garderobe. Er verstand nicht, was Effie ihm nachrief, hörte nur ihr und Wes' schrilles Gejammer, das ihm ins Hirn schnitt wie ein Rasiermesser. »Danke und gute Nacht, Effie!« rief er hastig, während er in seinen Mantel schlüpfte und die Wohnungstür aufmachte.

Der Knall, mit dem sie hinter ihm zuschlug, hatte etwas wunderbar Endgültiges. So eine Gemeinheit! Wie konnte man nur so dumm sein! So vulgär! So verlogen!

»Nimm deine Uhr zurück, Dave!« rief Wes ihm von oben nach.

David ließ auch die Haustür ins Schloß krachen.

22

Davids Wut, die tagelang anhielt und regelrechte Hitzewallungen erzeugte, raubte ihm den Schlaf. Und obwohl er sie, während er sich nachts schlaflos im Bett wälzte, wegzuargumentieren suchte und Wes' Bemerkung so lange zerlegte, bis sie ihn emotional nicht mehr treffen konnte, bedeutungslos wurde, blieb er doch machtlos gegen die Wurzel seines Zorns. Er konzentrierte schließlich all seine Energie auf die Einrichtung des Hauses, und die zweite Nacht nach dem Umzug arbeitete er durch bis zum Morgengrauen. Aber der Wortwechsel bei Effie wollte ihm einfach nicht aus dem Kopf. Glück habe er, hatte sie gesagt. Er konnte das in bezug auf David Kelsey nicht nachvollziehen. Falls einer Glück hatte, dann Neumeister. Effie ängstigte sich, weil man immer noch nach William Neumeister suchte, aber den würde sein Glück schon nicht so schnell verlassen. David empfand Effies Besorgnis direkt als Herausforderung. Am liebsten hätte er die Polizei in Beck's Brook angerufen und sie ausführlich über Neumeisters Tun und Treiben seit seinem angeblichen Verschwinden unterrichtet. Oregon, Washington, Texas, Kalifornien – gar nicht auszudenken, in wie viele Staaten Neumeisters weitverzweigte journalistische Aufgaben ihn geführt haben mochten. David lächelte unwillkürlich und griff spontan zum Telefon, aber kaum hatte er den Hörer abgenommen, da fiel ihm ein, daß die Polizei von Beck's Brook ihn höchstwahrscheinlich bitten würde, vorbeizukommen.

Seelenruhig zog er den grauen Oxfordanzug an, den er an jenem denkwürdigen Sonntagnachmittag als William Neumeister getragen hatte. Die Manschettenknöpfe mit dem Initial N hatte er zwar weggeworfen, als er das Haus in Ballard räumte, aber den Hut besaß er noch, ja sogar an die Krawatte, die er damals getragen hatte, erinnerte er sich, auch wenn er diesmal eine andere umband. Er nahm den Führerschein aus der Brieftasche, für den Fall, daß sie ihn bitten sollten, sich damit auszuweisen, und zerbrach sich den Kopf darüber, wie er sich als Neumeister legitimieren könnte. Jede Rechnung, alle Quittungen auf den Namen Neumeister hatte er vernichtet. Ich muß mich eben durchlavieren, dachte David. Entweder es gelang ihm mit diesem Auftritt, jeden Verdacht zu zerstreuen, oder er war geliefert, und eben jetzt fühlte er sich in der Stimmung für ein solches Vabanquespiel. Aber wer weiß, ob diese Stimmung anhielt; also wartete er besser nicht bis morgen oder übermorgen, um irgendein Dokument aufzutreiben, das Neumeisters Unterschrift trug.

Nein, er würde sich durchmogeln – und nicht vergessen, sich ein bißchen kleiner zu machen.

Beck's Brook lag ungefähr neunzig Meilen südlich, und David traf Sonntag nachmittag um Viertel nach vier dort ein. Auf dem Revier hatte nur ein einziger Beamter Dienst, einer, den er noch nie gesehen hatte und dem er erst umständlich erklären mußte, wer er sei. Ein gutes Zeichen.

Schließlich rief der Polizist bei Sergeant Terry an. David hoffte, daß er ihn nicht erreichen würde, aber der Sergeant war zu Hause.

»Er kommt gleich herüber. Möchte gern selbst mit Ihnen reden«, sagte der Polizist.

David dankte ihm und setzte sich. Eine arrogante Anwandlung, die er spürte, seit er sich zu diesem Abenteuer entschlossen hatte, verstärkte sich zusehends, aber er kämpfte sie nieder, denn hier kam es darauf an, seriös zu wirken, vielleicht auch ein bißchen bedrückt, vor allem aber kooperativ.

David wartete etwa eine Viertelstunde, bis der Sergeant kam. »Ja, Mr. Newmester! Bin ich froh, *Sie* wiederzusehen«, sagte er und trat schweren, bedächtigen Schrittes auf David zu.

»Guten Tag, Sergeant!« David war aufgestanden. »Wissen Sie, ich war zufällig in der Gegend, und da fiel mir ein, daß ich immer noch nicht dazu gekommen bin, Mrs.... also diese Frau in Hartford anzurufen. Ihre Adresse habe ich leider nicht. Delaney hieß sie, nicht wahr? Aber der Vorname ist mir entfallen.«

»Mrs. *Gerald* Delaney«, antwortete der Sergeant. »Wo waren Sie?«

»In Kalifornien«, sagte David. »Wieso?«

»Weil Mrs. Delaney Sie sprechen wollte und wir Sie überall gesucht haben.«

»Oh, davon hatte ich keine Ahnung. Was ist passiert?«

»Gar nichts. Mrs. Delaney wollte sich bloß mit Ihnen unterhalten, Sie kennenlernen und von Ihnen hören, was an dem bewußten Tag geschehen ist.« Die Stimme des Sergeants klang ein bißchen vorwurfsvoll. »Ich weiß zwar nicht, für welche Zeitungen Sie arbeiten, aber aus dem Staat New York sind keine dabei.«

»Doch, doch, ein paar schon«, sagte David mit dem Anflug eines Lächelns. »Aber da ich im wesentlichen Wissenschaftsredakteure mit Material für ihre Artikel beliefere, erscheint selten etwas unter meinem Namen.«

»Verstehe«, sagte der Sergeant. Seine Skepsis – oder Verärgerung – war immer noch spürbar. »Mrs. Delaney möchte Sie jedenfalls sprechen.« Er trat hinter den Schreibtisch, an dem der andere Polizist saß und sie beide über den Rand seiner Zeitung hinweg beobachtete, zog eine Schublade auf, entnahm einem Ordner ein Blatt Papier und übertrug davon etwas auf einen Zettel, den er David in die Hand drückte.

»Danke«, sagte David. Es waren Annabelles Adresse und Telefonnummer.

»Und wo wohnen Sie jetzt, Mr. Newmester?«

»Im Augenblick habe ich keinen festen Wohnsitz. Eine Zeitlang werde ich noch in New York zu tun haben, und in etwa einem Monat möchte ich ins Ausland«, antwortete David, dem eben eingefallen war, was er Mr. Willis über seine angeblichen Reisepläne erzählt hatte.

»Ja, das hat uns schon Ihr Makler gesagt. Übrigens, können Sie sich vorstellen, daß wir nicht mal die zwei Herren ausfindig machen konnten, die Sie Willis als Referenz angegeben hatten? Patterson und… wie hieß doch gleich der andere?«

»John Atherley«, erwiderte David prompt. Denn plötzlich war er ganz sicher, daß der Name Atherley lautete und nicht Asherley. »Haben Sie's auch in Südamerika versucht?« fragte er, einer verwegenen Eingebung folgend.

»Nein«, antwortete der Sergeant, ohne die Miene zu verziehen.

»John hat mir vor zwei Monaten geschrieben. Die beiden sind in Cali, in Westkolumbien, mit der Umstrukturierung eines Bergbaukonzerns beschäftigt. Sie sind nämlich Industrieberater.«

»Ach.«

»Aber um was geht's? Was wollten Sie denn von den beiden?«

»Wir dachten, die Herren könnten uns sagen, wo wir *Sie* finden.«

»Mann! Wenn ich gewußt hätte, daß Sie sich soviel Mühe machen … Aber eine Suchanzeige haben Sie nicht aufgegeben, oder? Ich bin nämlich ein gründlicher Zeitungsleser.«

»Nein, nein, wir haben nichts in die Zeitung gesetzt.« Der Sergeant schüttelte langsam den grauen Kopf und musterte David skeptisch. »Wir dachten halt, vielleicht wissen Ihre Bürgen, wo Sie stecken. Doch als wir sie nicht fanden, dachten wir, an der Geschichte könnte etwas faul sein.«

David lächelte erstaunt. »Es tut mir wirklich leid, daß Sie solche Unannehmlichkeiten hatten, Sergeant. Wahrscheinlich ist es meine Schuld, weil ich nicht gleich an dem Tag, als Ihr Kollege mich darum bat, bei Mrs. Delaney angerufen habe. Bloß steckte ich da mitten im Umzug. Ehrlich gesagt, war ich nicht gerade erpicht auf dieses Gespräch, und darum habe ich's vor mir hergeschoben, bis ich's vergessen hatte. Wissen Sie, ich hatte Angst, sie könnte hysterisch reagieren oder womöglich mir die Schuld geben. Tut sie das?« setzte er besorgt hinzu.

»Nein, ich glaube nicht«, sagte der Sergeant. »Mrs. Delaney ist ein ziemlich ausgeglichener Mensch. Sie wollte nur aus erster Hand erfahren, was passiert ist.«

»Und das soll sie auch«, versetzte David schicksalsergeben. Er sah, wie der Sergeant nach dem Telefon auf dem Schreibtisch griff. Wenn er mich jetzt auffordert, sofort mit ihr zu reden, dachte er, dann werde ich sagen, ich hätte eine dringende Verabredung.

Sergeant Terry wandte sich jedoch nach ihm um und fragte: »Sind Sie deshalb so plötzlich weggezogen? Wegen der Delaney-Sache?«

»Nein«, sagte David, »obwohl ich zugeben muß, daß die Geschichte mich ein bißchen mitgenommen hat. Vielleicht bin ich etwas früher weg als geplant, aber ich hatte sowieso vor, für ein, zwei Jahre im Ausland zu recherchieren. Darum habe ich das Haus verkauft.«

Der Sergeant nickte, und dann fragte er, ohne ihn aus den Augen zu lassen: »Möchten Sie gleich mit Mrs. Delaney telefonieren?«

David wollte eben einwenden, daß er vielleicht doch lieber persönlich mit ihr reden würde, da hielt der Sergeant schon den Hörer in der Hand. Der Aktendeckel mit Annabelles Personalien lag noch aufgeschlagen auf dem Schreibtisch, und Sergeant Terry gab der Vermittlung die Nummer durch. Während er auf die Verbindung wartete, sagte David so beiläufig wie möglich: »Oder vielleicht fragen Sie sie, wann ich bei ihr vorbeikommen könnte. Morgen und übermorgen habe ich praktisch keine Termine.«

Der Sergeant antwortete nicht. Er runzelte so angestrengt die Stirn, als horche er auf irgend etwas. Die Sekunden verstrichen. War sie nicht zu Hause? Oder hatte die Vermittlung noch gar nicht durchgestellt? Sergeant Terry wartete geduldig. David sackte in seinem Stuhl zusammen. Sein verspannter Schultergürtel schmerzte, als er sich zu Terry hindrehte, der offenbar wieder mit der Vermittlung sprach: »Habe verstanden. Besten Dank auch.« Er legte auf und sagte: »Sie ist nicht da.«

»Ich ruf sie morgen an«, sagte er mit einem Seufzer. »Bestimmt kann ich's einrichten, bei ihr vorbeizuschauen.«

»Tun Sie das. Und lassen Sie uns doch bitte eine Adresse da, unter der Sie zu erreichen sind oder wo man zumindest weiß, wo Sie sich aufhalten. Nur für den Fall, daß Sie wieder vergessen, sich bei Mrs. Delaney zu melden.«

David lächelte. »Ich bin wirklich gar nicht so schwer zu finden, wie Sie glauben, Sergeant. Aber bitte: Heute nacht bin ich voraussichtlich im Hotel Wellington in New York, Ecke Fifty-fifth Street und Seventh Avenue. Im übrigen sitzt in der Zentrale der *New York Times* ein gewisser Mr. Jason McLain, der in neunzig Prozent der Fälle weiß, wo ich zu erreichen bin. Möchten Sie sich das notieren?«

Sergeant Terry notierte es sich. »Mr. Newmester, wir haben nichts gegen Sie, und wenn's nach uns geht, dann soll das auch so bleiben. Aber wir werden uns vergewissern, ob Sie sich bei Mrs. Delaney gemeldet haben, und wenn nicht... Okay, das ist alles, was wir von Ihnen wollen, und alles, was sie von Ihnen will.«

»Verstehe«, sagte David, der Mühe hatte, seinen aufsteigenden Zorn zu unterdrücken. Aber schließlich hatte er es fast geschafft. Der Sergeant brachte ihn noch zur Tür, und David achtete darauf, daß Terry sich als erster verabschiedete.

»Ich rufe Mrs. Delaney morgen früh an und sage ihr, daß Sie bei uns waren«, sagte der Sergeant. »Wiedersehen, Mr. Newmester.«

»Auf Wiedersehen, Sergeant.« David winkte flüchtig, und als er losfuhr, nahm er die Richtung nach New York, auch wenn Terry ihm vielleicht gar nicht hinterhersah. Immerhin war es ratsam, das Auto gegen ein anderes Fabrikat in anderer Farbe einzutauschen, für den Fall, daß der Sergeant sich seinen Wagen gemerkt und David Kelsey weiter mit der Polizei von Beck's Brook zu tun hatte. Für das, was er heute erreicht hatte, konnte man so eine kleine Unannehmlichkeit wie einen Autowechsel schon in Kauf nehmen. Sergeant Terry hatte ohne Zweifel ein bißchen mißtrauisch gewirkt, aber es war sicher nichts Ernstes, denn sonst hätte man ihn wesentlich gründlicher verhört oder sogar dabehalten. Neumeister würde Annabelle einen Brief schreiben, statt sie zu besuchen, und David war sicher, daß sein Brief sie zufriedenstellen würde. Annabelle war leider nur deshalb an Neumeister interessiert, weil sie von ihm etwas über *Gerald* erfahren wollte. Zunächst wollte er den Brief zu Hause schreiben, doch das war unsinnig, wenn er anschließend nach New York fahren mußte, um ihn aufzugeben. Also blieb er einfach auf dem Highway nach New York. Er konnte sich im Hotel – im Wellington – eine Schreibmaschine leihen, und er würde sich als William Neumeister eintragen, in der Hoffnung, daß die Polizei von Beck's Brook sich im Hotel nach ihm erkundigte.

Sonst konnte immer noch er bei ihnen anrufen. David begann zu pfeifen. Falls bei ihr die Post nachmittags kam, hatte Annabelle den Brief vielleicht schon am Montag, wahrscheinlich aber erst Dienstag. Und falls die Polizei Ärger machen sollte, weil er sich nicht am Montag bei ihr gemeldet hatte, dann würde er sagen, er sei Montag nicht dazu gekommen, in Hartford vorbeizufahren, und habe ihr alles ausführlich in einem Brief erklärt.

Er kam um Mitternacht in New York an, stellte seinen Wagen in einer Garage gleich bei der Eighth Avenue unter und ging von dort zu Fuß zum Hotel Wellington. Kein Gepäck, gab er an, er werde nur eine Nacht bleiben, und er erkundigte sich, ob er für ungefähr eine Stunde eine Schreibmaschine ausborgen könne. Als man ihm die Maschine aufs Zimmer brachte, setzte er sich sofort hin und schrieb den Brief, solange er noch dazu aufgelegt war. Sein schlechtes Gewissen Annabelle gegenüber beruhigte er mit dem Argument, daß es nur zur Hälfte ein Täuschungsmanöver sei. Ohne Pause tippte er zwei Bogen Hotelbriefpapier voll, so daß am Schluß kaum Platz für Neumeisters nach links geneigte Unterschrift blieb. David frankierte das Kuvert mit Marken aus seiner Brieftasche, versah es mit dem Vermerk LUFTPOST und warf es bei der Rezeption in den Briefkasten.

Auf einmal war er sehr müde. Mit dem Taschentuch tupfte er sich den Schweiß von der Stirn. Lügen, dachte er. Seit vier Uhr nachmittags hatte er ununterbrochen gelogen, und es war ihm erstaunlich leichtgefallen. Aber als er jetzt mitten im Zimmer stand, fühlte er sich etwas benommen, ihm war, als entdecke er zum erstenmal einen kriminellen Zug an sich, von dem er bisher gar nichts gewußt hatte. Unsinn! dachte er und begann sich auszuziehen. Es war eine Notlüge gewesen. Sonst hätte Annabelle oder die Polizei gelogen und ihn über kurz oder lang fälschlicherweise des Mordes an Gerald beschuldigt. Waren seine Lügen da nicht das kleinere Übel? Und der Schwächeanfall eben rührte daher, daß er nicht zu Abend gegessen hatte. Die Lust daran, mit der Polizei von Beck's Brook Katz und Maus zu spielen, war ihm indes gründlich vergangen. Aber Annabelle würde ihnen bestimmt von dem Brief auf dem Papier des Wellington erzählen, und damit würden sie sich zufriedengeben. Er sank ins Bett.

Am Montag morgen frühstückte er im Hotel, bezahlte die Rechnung und ging. Erst kaufte er ein paar Schallplatten, und am frühen Nachmittag ging er in einen italienischen Film. Er spielte schon mit dem Gedanken, sich gleich hier in Manhattan nach einem neuen Wagen umzusehen, konnte sich jedoch nicht dazu aufraffen und dachte, er könnte es wagen, damit bis Troy zu warten. Also fuhr er erst mal heim. Am Dienstag morgen kaufte er in Troy ein himmelblaues Dodge-Kabrio. Es war zwei Jahre alt, ein Jahr jünger als sein schwarzer zweitüriger Chrysler. Der Wagen würde kommenden Montag geliefert werden. David stellte sich vor, daß Annabelle Himmelblau vielleicht gefallen würde, aber sicher war er nicht. Den Rest des Tages widmete er sich wieder Haus und Einrichtung, und am Abend, als ihm das neue Heim zu Dreiviertel vorzeigbar schien, rief er Annabelle an.

Ein Mann war am Apparat, und David verlangte nach Annabelle.

»Wer spricht, bitte?«

»David Kelsey.«

Es dauerte einen Moment, dann sagte Annabelles Stimme: »Hallo, Dave!« Sie klang so froh und herzlich, als freute sie sich über seinen Anruf.

»Hallo, Schatz. Ich… ich ruf an, um dir meine neue Telefonnummer zu geben.« Daß ein Mann bei ihr in der Wohnung war, brachte ihn aus dem Konzept. »Hast du was zum Schreiben?«

»Ja gleich, warte. Dave, heute hab ich von Mr. Neumeister gehört.«

»Tatsächlich?« Im ersten Moment war er allen Ernstes überrascht. »Hast du ihn getroffen?« fragte er vorsichtig weiter.

»Nein, aber er hat mir geschrieben. Einen sehr netten Brief. Ich geb ihn dir mal zum Lesen. Er scheint ein wirklich netter Mensch zu sein und – ach, ich kann dir gar nicht sagen, wie erleichtert ich bin.«

»Was schreibt er?«

»Er hat mir nur erklärt, was wirklich passiert ist. Mehr wollte ich auch nicht wissen. Er ist gerade aus Kalifornien zurück.«

»Aha. Und hast du etwas Neues erfahren?«

»Sicher. Na ja, vielleicht auch nicht, aber ich war froh, es von ihm selbst zu hören. Am Sonntag ist er in Beck's Brook auf dem Revier gewesen. Er wußte nicht einmal, daß wir nach ihm suchen.«

»Ich habe dir doch gesagt, du sollst eine Suchmeldung in die Zeitung setzen. Dann hätte er sich womöglich schon früher gerührt.« David hielt inne; sein eben noch so lockerer Redefluß war plötzlich ins Stocken geraten. »Holst du dir was zum Schreiben?« bat er. Als sie wieder an den Apparat kam, gab er ihr seine private Telefonnummer nebst Adresse durch und die von Dickson-Rand. Der Mann, der bei ihr war, redete unhöflicherweise dazwischen, während sie mitzuschreiben versuchte, aber was er sagte, konnte David nicht verstehen. »Ich wollte fragen, ob du mich nicht bald einmal besuchen kommst? Diese Woche habe ich noch frei und am Wochenende auch. Ich könnte morgen herüberkommen und dich abholen.«

»Du redest ja, als ob ich bloß ein paar Straßen weiter wohnen würde.«

»Aber es ist doch wirklich keine Entfernung.«

Sie konnte es jedoch diese Woche nicht einrichten, und was das Wochenende betraf, so war sie nicht sicher. Am Samstag mußte sie auf jeden Fall irgendwas nähen, und Sonntag hatte sie Gäste zum Abendessen. David hatte das ungute Gefühl, dieses Wochenende würde ein Reinfall werden.

»Aber danach bekomme ich nicht so schnell wieder frei, Annabelle, und...« David brach ab, denn er wußte, daß es sinnlos war. »Okay, dann eben nächste Woche. Soll ich dich anrufen, oder gibst du mir Bescheid? Per R-Gespräch. Tag und Nacht.«

»Ich werde es mir merken«, sagte sie, und in ihrer Stimme schwang ein Lächeln mit. »Und dir wünsche ich viel Glück und Erfolg mit deiner neuen Stelle.«

Er lachte über ihre Förmlichkeit, aber die Aussicht auf das Abschiedswort, das jetzt kommen würde, ließ ihn erstarren.

»Danke für den Anruf, Dave. Auf Wiedersehen.«

»Auf Wiedersehen.« David blieb noch ein paar Minuten neben dem Telefon sitzen und starrte auf eine große, glänzende Avocado, die obenauf in einem Früchtekorb lag. In ein, zwei Tagen würde sie ausgereift sein; er hatte sie Annabelle zum Lunch servieren wollen.

An dem Abend trank er zwei Martini vor dem Essen, und bei Tisch vertrieb er sich die Zeit mit einer Broschüre über Kernstrahlung, verfaßt von einem Dickson-Rand-Forscher. Beinahe erlag er der Versuchung, auch in diesem Haus den Namen William Neumeister zu benutzen. Neumeister war soviel vergnügter als David Kelsey. Er hatte auch allen Grund dazu. Annabelle hatte gemeint, er sei anscheinend sehr nett, und David ahnte, daß es schwer werden würde, sich sie hier mit ihm in dem neuen Haus vorzustellen, wenn er bloß David Kelsey war. Es wäre nicht nötig gewesen, das Haus unter dem Namen Neumeister zu kaufen, und das hatte er ja auch nicht getan. Es genügt, dachte er, wenn ich hier allein für mich so tue, als wäre ich William Neumeister, Neumeister, dem nie etwas mißglückt ist... David rief sich zur Ordnung. Er hatte sich doch vorgenommen, mit dem albernen Spiel aufzuhören, und diesem Entschluß würde er treu bleiben. Es war bloß eine Krücke gewesen, wie nur Schwächlinge sie benutzten; nicht besser als Wes' Trinkerei, womit er seine Probleme mit Laura verdrängte.

Der Montag war Davids erster Arbeitstag. Seine Aufgaben im mineralogischen Labor, das Format der Kollegen, die Atmosphäre, alles entsprach seinen Erwartungen. Das weitläufige, gepflegte Gelände versetzte ihn schon morgens, wenn er vom Parkplatz über die Plattenwege zum geophysikalischen Institut ging, in gute Laune. Unweit vom Verwaltungsgebäude standen ein paar hohe Blaufichten; es gab eine Sonnenuhr, die auch als Vogelbad diente, aber jetzt zugefroren war; einen Tennisplatz, eine Loggia mit einem Weinstock und hier und da Steinbänke, auf denen man bei schönem Wetter sitzen und sich mit den Kollegen unterhalten konnte. Dr. Wilbur Osbourne, Davids Vorgesetzter, war klein und gebückt, ein umgänglicher Mann mit Schalk in den Augen und auf den ersten Blick alles andere als ein Exzentriker. Doch bevor Davids erste Woche um war, schloß sich Dr. Osbourne in seinem Büro ein und weigerte sich, irgend jemanden zu empfangen oder auch nur Anrufe entgegenzunehmen. Sogar das Wochenende verbrachte er im Büro und schlief dort auf seinem Ledersofa. Das alles, weil er ein Problem durchdenken wollte. Es gab noch andere Sonderlinge. So erzählte man David, ein junger Ingenieur in seiner Abteilung sei dermaßen in den Regen verliebt, daß er sich barhäuptig und mit emporgewandtem Gesicht in jeden Schauer stellte. Ein anderer Mitarbeiter brachte tagtäglich seine graue Perserkatze mit ins Büro, und ein gewisser Dr. Gregory Kipp legte die zweieinhalb Meilen zwischen seinem Haus und dem Arbeitsplatz bei jeder Witterung zu Fuß zurück.

Wie David hatten die meisten Angestellten kein eigenes Büro, sondern pendelten ständig in hohen, langgestreckten Hallen zwischen Geißlerschen Röhren, Gesteinstrennanlage, Massenspektrometer und anderen Geräten zur Werkstoffanalyse. Fünf oder sechs Physikstudenten von der Syracuse-Universität in Utica machten hier ihr Praktikum fürs Examen. David hatte die Aufgabe, routinemäßig die Gesteinstrennanlage und die Spektrographen zu überprüfen, den Staub, den die Maschinen produzierten, zu sammeln und das physikalische Gewicht zu vermerken. Außerdem sollte er mit Dr. Osbourne an zwei, drei Projekten zusammenarbeiten, die man im Anschluß an die letzte Fahrt der *Darwin*, des betriebseigenen Forschungsschiffs, entwickelt hatte. David hätte sich kein altruistischeres Betätigungsfeld wünschen können: In den Dickson-Rand-Laboratorien gingen pro Jahr Hunderte von Gesteins- und Bodenproben ein, die, für Privatpersonen ebenso wie für Handelsfirmen, kostenlos analysiert wurden: kein Vergleich mit den Praktiken bei Cheswick Fabrics, Inc.

Effie Brennan schickte David zum Einzug eine graue Leinentischdecke, passende Servietten in einem dunkleren Grauton und vier Bambussets. »Viel Glück im neuen Heim« stand auf der beiliegenden Karte. Es war eine wirklich schöne Leinengarnitur, die sogar Davids Ansprüchen gerecht wurde, von denen er annahm, daß sie auch für Annabelle galten.

In Davids zweiter Woche im neuen Haus hatte Annabelle immer noch keine Zeit, ihn zu besuchen. David war nervös und traurig. Er hatte zweimal bei ihr angerufen, immer erst abends. Das erste Mal war niemand da, und beim zweitenmal hatte er Annabelle gerade noch erwischt, aber sie war irgendwo verabredet und schrecklich in Eile und sagte nur, daß es diese Woche überhaupt nicht gehe und am nächsten Wochenende auch nicht.

Heute war der siebte März, ein Samstag, und David war bei Dr. Osbourne zum Abendessen eingeladen. Der Chef hatte ihn schon letzten Samstag eingeladen, aber da hatte

David noch auf ein Treffen mit Annabelle gehofft und deshalb abgelehnt. Und als Osbourne seine Einladung wiederholte, hatte David verlegen geantwortet, er würde nicht vor Donnerstag abend wissen, ob er kommen könne; diesen Zeitpunkt hatte er willkürlich für eine letztmögliche Verabredung mit Annabelle festgesetzt.

»Oho! Ich wußte gar nicht, daß Sie so gefragt sind«, hatte Dr. Osbourne gut gelaunt erklärt.

Nach kurzem Zögern fiel Davids Wahl für den Abend bei den Osbournes auf Drillichhose, Slipper und Tweedjackett. Bei Dickson-Rand nahm niemand Anstoß an legerer Kleidung. Unterwegs richtete er sich nach der Kartenskizze, die Dr. Osbourne ihm auf ein Stück Millimeterpapier gezeichnet hatte und die ihn zu einem gediegenen, zweistöckigen Haus mit weitläufiger Grünfläche führte. In der Diele flammte Licht auf, und Dr. Osbourne kam und begrüßte ihn mit Handschlag. Ein farbiges Hausmädchen nahm ihm den Mantel ab, und dann gingen sie in ein ebenso solide wie altmodisch eingerichtetes Wohnzimmer, wo im Kamin das Feuer brannte und Mrs. Osbourne, eine mollige Frau mit krausem grauen Haar, mit einer Silberschüssel auf dem Sofa saß und Nüsse knackte.

»Hallo-o, David!« rief sie in einem Ton, als kennten sie sich schon immer. »Verzeihen Sie, daß ich nicht aufstehe, doch wenn ich's mir hier erst mal bequem gemacht habe … Meine Güte, sind Sie aber groß, was? Wilbur hat mich schon darauf vorbereitet. Was möchten Sie trinken?« Und klack – die Schale einer Walnuß zersprang im silbernen Nußknacker.

David mochte Mrs. Osbourne auf den ersten Blick und

verlor gleich jede Befangenheit. Sie und ihr Mann wunderten sich nicht darüber, daß er keinen Drink wollte, und nötigten ihn nicht. Während Dr. Osbourne seinen Bourbon und seine Frau ihren Sherry trank, setzte er sich auf ein Kniekissen am Kamin. Mrs. Osbourne konnte nicht begreifen, wie es bei diesem Wetter in Baumwollkleidung auszuhalten sei.

»Der Junge hat eben intellektuelles Feuer«, sagte Dr. Osbourne.

»Ach was«, sagte seine Frau.

Das Essen war nahrhaft, und jedes Gericht wurde in schweren Silberterrinen aufgetragen. Das Ehepaar erzählte einen Witz, der sich um die Initialen von Mrs. Osbournes Mädchennamen auf dem Geschirr drehte, aber David hörte kaum zu. Für seine Frau rekapitulierte Dr. Osbourne Davids Glanzleistungen an der Universität in Kalifornien und seine Auszeichnungen vom Labor in Oakley, und David, dem solche Elogen sonst peinlich waren, fühlte sich heute nur geschmeichelt, in Mrs. Osbourne eine so wohlinformierte Zuhörerin zu haben, und mit Genugtuung hörte er, wie hoch Dr. Osbourne ihn schätzte und fand, das Labor habe mit ihm einen Glückstreffer gelandet.

»Ich wünschte, ich könnte bis an mein Lebensende bleiben!« sagte David.

»Wilbur hat mir erzählt, daß Sie sich schon ein Haus gekauft haben«, sagte Mrs. Osbourne. »Wo liegt es denn?«

David nannte die Adresse und setzte hinzu, der frühere Besitzer sei ein gewisser Twilling gewesen.

»Twilling? Sie haben das Haus der Twillings gekauft? Wilbur, warum hast du mir das nicht gesagt?«

»Weil ich's nicht wußte, meine Liebe.«

»Na, so was! Ich kenne das Haus sehr gut. Mrs. Twilling und ich sind nämlich befreundet, und ich hab sie oft besucht. Wilbur mag zwar Mr. Twilling nicht besonders, aber das tut nichts zur Sache«, befand sie lächelnd.

»Der Mann ist ein Trottel«, sagte Dr. Osbourne, während er David und sich Wein nachschenkte. »Und meine Devise lautet: Laß dich weder mit Trotteln ein noch mit deren Frauen. Das Leben ist zu kurz.«

»Aber um auf das Haus zurückzukommen«, warf seine Frau ein, »das ist wirklich reizend, nicht? Und über Platzmangel können Sie dort weiß Gott auch nicht klagen. Aber werden Sie sich nicht einsam fühlen, so ganz allein in dem großen Haus?«

»Warum sollte er sich einsam fühlen?« fragte Dr. Osbourne. »Außerdem ist er ja vielleicht schon zum Ehestand verurteilt. Das war's doch, was du rauskriegen wolltest, oder?« Während des Essens schweiften Dr. Osbournes Blicke ständig über alle Gegenstände auf dem Tisch, als suche er nach etwas, was nicht vorhanden war. Das Salz hatte David ihm schon vor einer ganzen Weile gereicht.

»Na ja, ich hoffe doch, daß David mal ans Heiraten denkt… *eines schönen Tages*«, versetzte Mrs. Osbourne.

David richtete sich auf. »Daran denke ich jetzt schon. Das Datum steht zwar noch nicht fest – aber bestimmt noch vor Jahresende. Nein, vor Ende dieses Sommers«, verbesserte er sich zuversichtlich.

»Ja, dann herzlichen Glückwunsch, David! Wer ist sie, und wo wohnt sie?« fragte Mrs. Osbourne.

David zögerte. War er am Ende schon zu weit gegangen?

Aber die beiden sahen ihn so erwartungsvoll an, daß er nicht mehr zurückkonnte. »Sie heißt Annabelle und lebt zur Zeit in Connecticut.« Kaum daß es heraus war, fühlte er sich besser, ja richtiggehend glücklich. Endlich war er sich seiner Sache wieder sicher. Die Osbournes waren seine Freunde, und sogleich hatte er den Wunsch, Annabelle Mrs. Osbourne vorzustellen. Er gestand ihr auch ohne Umschweife, wie sehr ihn das freuen würde, und setzte lächelnd hinzu: »Sie wird Ihnen gefallen.«

»So ein Unfug!« brummte Dr. Osbourne. »Ausgerechnet, wenn Sie heiraten wollen, geben Sie einen gutdotierten Job für einen sehr viel schlechter bezahlten auf?«

»Schon, aber ich habe Ihnen in meinen Briefen doch die Gründe dafür dargelegt, Sir. Die Arbeit in der Fabrik hat mir nie gefallen.«

»Warum haben Sie sie dann angenommen?«

»Weil ich damals dachte, Geld wäre mir wichtig… um heiraten zu können.« David spürte, wie seine Wangen brannten, auch wenn er nicht wußte, ob aus Verlegenheit oder Ärger.

»Dasselbe Mädchen?«

»Ja, Sir.«

»Aber Sie waren doch fast zwei Jahre bei Cheswick. Warum zögert denn das Mädel so lange? Kann sie sich etwa nicht entscheiden?«

»Wilbur!« mahnte seine Frau. »Verschone doch den armen David mit solch delikaten Fragen.«

Unterdessen war der Nachtisch aufgetragen worden: Eis, garniert mit den Walnüssen, die Mrs. Osbourne vorhin im Wohnzimmer ausgelöst hatte.

»Nein, nein, fragen Sie nur, das macht mir nichts aus«, versicherte David.

»Interessiert das Mädel sich für Ihre Arbeit?« wollte Dr. Osbourne wissen.

»Na ja…«

»Gut!«

Mrs. Osbourne lenkte das Gespräch auf ein anderes Thema, und Davids Wangen hörten auf zu glühen. Aber Dr. Osbourne war verstummt, und David ahnte, daß er weiter der unbeantworteten Frage – der SITUATION – nachgrübelte. Osbournes erstklassiger, in abstraktem Denken geschulter Verstand war dabei, die wenigen Fakten, über die er verfügte, zusammenzusetzen und daraus die Wahrheit über David Kelsey abzuleiten. David geriet in Panik. Er stellte sich vor, Osbourne würde plötzlich aufspringen und ihn anschreien: »*Mann Gottes!* Sie wollen mir doch nicht erzählen, daß Sie beschränkt genug waren, sich über zwei Jahre lang mit einer so absolut hoffnungslosen SITUATION herumzuquälen?« Aus Dr. Osbournes Mund hätte er ein solches Urteil nicht ertragen. Es hätte ihn am Boden zerstört. Doch nein, dachte er wütend, das Wort »hoffnungslos« kam nur in den idiotischen Reden von Effie Brennan oder Wes Carmichael vor.

»Ist es Ihnen zu warm, David?« unterbrach sich Mrs. Osbourne mitten im Satz. »Möchten Sie lieber wieder nach nebenan?«

»Nein, nein. Ich fühle mich ganz wohl, danke. Mir ist nur gerade eingefallen, daß ich Ihrem Gatten eine Frage noch nicht beantwortet habe, und ich möchte nicht, daß er denkt, ich weiche ihm aus. Die Frage war, warum wir zögern – Annabelle und ich. Nun, sie hatte Probleme in ihrer Familie... Einen Todesfall... oder zwei... Und da mußten wir die Hochzeit natürlich jedesmal verschieben. Aber sonst steckt nichts dahinter, Sir.«

Darauf folgte lähmendes Schweigen. Dr. Osbourne starrte ihn mit seinen furchterregend klugen – und ungläubigen – Augen an.

Wieder versuchte Mrs. Osbourne, das Grauen höflich und verständnisvoll zu überbrücken, und wieder wollte das Grauen nicht weichen. Es war schlimmer. David hätte gern gewußt, ob Dr. Osbourne ihn einfach nur für exzentrisch oder tatsächlich für verrückt hielt.

Zu Kaffee und Brandy ging man zurück ins Wohnzimmer. David, der sich beinahe auf den Sealyham-Terrier der Osbournes gesetzt hätte, lavierte sich ohne weitere Blamage durch die folgende Dreiviertelstunde, fühlte sich jedoch steif und unnatürlich befangen, was ihm wohl auch anzumerken war. Die zwei kleinen Brandys, die er trank, halfen überhaupt nichts. Als man sich in der Diele verabschiedete, forderte Mrs. Osbourne ihn auf, doch ja wiederzukommen. Aber David hatte das Gefühl, daß sie danach absichtlich rasch verschwand, damit ihr Mann noch Gelegenheit hatte, mit David unter vier Augen zu sprechen.

Dr. Osbourne warf den Kopf zurück, wie er es oft vor einer bedeutsamen Äußerung zu tun pflegte, dann sagte er: »Entschuldigen Sie, daß ich Ihnen in einer Privatsache so zugesetzt habe, David. Aber es geht mir dabei eigentlich um Ihre Arbeitseinstellung, verstehen Sie? Persönliche Probleme können einen arg aus der Bahn werfen, und sie beeinträchtigen die Kreativität. Aber das brauche ich Ihnen wohl nicht eigens zu sagen, oder?«

»Nein, Sir, gewiß nicht. Aber meiner Ansicht nach habe ich kein Problem. Und selbst wenn ich eins hätte, kann ich das, denke ich, vom Beruflichen trennen. Ganz bestimmt sogar, glauben Sie mir! Für mich sind das zwei verschiedene Welten. Und das habe ich schon mein Leben lang so gehalten.«

Dr. Osbourne nickte ohne rechte Überzeugung.

Auf dem Heimweg fuhr David langsam, denn er folgte im Geist Dr. Osbournes Kartenskizze rückwärts, bis er auf eine ihm bekannte Straße kam. Er gelangte zu dem Schluß, daß der Abend gar nicht so ungut verlaufen sei. Gewisse Formulierungen, die er beziehungsweise Dr. Osbourne gebraucht hatten, huschten ihm durch den Kopf. Na bitte, was war daran so schlimm? Nein, die Blamage hatte er sich bloß eingebildet, wie er überhaupt dazu neigte, die eigene Unsicherheit zu übertreiben, und dachte, sie müsse jedem auffallen, während sie in Wahrheit für andere unsichtbar in ihm drinsteckte. Zu dieser Überzeugung gelangt, fühlte er sich gleich viel besser. David fuhr den Wagen in die Garage und betrat sein warmes, gemütliches Haus. Er hatte die Stehlampe im Wohnzimmer brennen lassen, deren Lichtschein direkt auf das Telefon auf dem Tisch neben dem Sofa fiel. Ob Annabelle im Laufe des Abends versucht hatte, ihn anzurufen?

Der auf das Telefon gerichtete Lichtkegel schien dafür zu sprechen. David warf einen Blick auf seine Armbanduhr. Zehn Minuten vor elf. Noch einmal würde sie es wahrscheinlich nicht versuchen. Aber angenommen, er hatte tatsächlich einen Anruf verpaßt? Ihr Wunsch, mit ihm zu telefonieren, war nicht so stark, daß sie es, wenn es beim erstenmal nicht klappte, noch einmal probieren würde. David wußte das. Aber woher kam dieses sichere Gefühl, daß sie es ausgerechnet heute abend versucht hatte? Da sie ihn hier noch kein einziges Mal angerufen hatte, ergab das keinen Sinn. Zwanzigmal schon hatte er sich eingebildet, er höre das Telefon klingeln, hatte sich fast den Hals gebrochen, wenn er vom Schlafzimmer aus die Treppe hinunterraste oder von draußen ins Haus gestürzt kam, nur um in dem Moment, als er den Hörer abnehmen wollte, festzustellen, daß es gar nicht läutete.

David ging zu Bett, aber die Brandys und der Kaffee ließen ihn nicht einschlafen. Er war so hellwach, daß er sich noch stundenlang herumwälzen würde. Außerdem quälte ihn das Gefühl, mit Annabelle sei irgend etwas nicht in Ordnung – sie hätte einen Unfall gehabt oder wäre krank –, und er hätte sie zu gern angerufen, aber wenn ihr nun gar nichts fehlte und er sie ganz umsonst wecken und verärgern würde? Was, wenn sie ihn wegen solch böser Vorahnungen für leicht verrückt hielt? David schwor sich, heute abend um jeden Preis standhaft zu bleiben und nicht zu telefonieren.

Er zog einen Bademantel über, ging ins Wohnzimmer und adressierte ein Kuvert an Mrs. Beecham bei Mrs. McCartney. Dann schrieb er ihr einen langen Brief, in dem er von seiner neuen Stelle erzählte und von dem neuen Haus, von den Fenstern in Küche, Wohn- und Schlafzimmer, die nach Osten hinausgingen, was den Zierpflanzen so zuträglich war. Und er versprach, ihr demnächst eine Elatiorbegonie mitzubringen, die er gerade gekauft hatte, denn eine solche besaß sie seiner Erinnerung nach noch nicht. David verspürte plötzlich den Wunsch, ja das Bedürfnis, Mrs. Beecham zu besuchen und sich mit ihr auszusprechen, wußte aber gleichzeitig, daß dieses Verlangen wohl kaum vorhalten würde. Er überlegte sogar (was er in seinem Brief nicht erwähnte), sie für einen Tag hierher zu sich einzuladen. Er könnte sie morgens abholen und abends wieder zurückbringen. Schließlich hatte er ein neues Leben begonnen. Als David Kelsey, der nichts zu verbergen hatte. David klebte den Brief zu, frankierte ihn und legte ihn auf den Garderobentisch draußen in der Diele.

Plötzlich fühlte er sich unendlich viel wohler, ja fast heiter. Und weil er dachte, es würde ihm beim Einschlafen helfen, holte er sich ein Bier aus dem Kühlschrank. Als er mit dem Bier und einem Buch wieder im Bett lag, kam ihm eine Idee: Er würde Annabelle zehn Tage lang nicht mehr anrufen. Er hatte sie zu sehr bedrängt – nur weil er ihr so gern das Haus zeigen wollte und weil sie jetzt frei war –, und das hatte Annabelle nie gemocht. Sollte sie ruhig ein bißchen zappeln, danach würde sie richtig froh sein, endlich wieder seine Stimme zu hören.

Im Hinüberdämmern sah er Annabelle vor sich, wie sie im Wohnzimmer in Hartford stand und, mit irgendwelchen alltäglichen Verrichtungen beschäftigt, anmutig hin und her ging, und es traf ihn wie ein Stich ins Herz.

Genau zehn Tage später, an einem Dienstag, rief er abends um sieben bei ihr an. Eine Kinderstimme meldete sich und sagte: »Hallo?«

»Hallo! Könnte ich bitte Annabelle sprechen?«

»Die ist ausgegangen, mit Grant.«

»Was?«

»*Grant*. Barber«, fügte das Kind, offenbar ein Mädchen, hinzu. »Sie sind ins Kino, und Annabelle hat gesagt, es wird spät.«

»Was heißt spät? Wieviel Uhr?«

Aber die Kleine hatte schon aufgelegt.

David blieb enttäuscht auf dem Sofa neben dem Telefon sitzen. Grant. Er dachte an Ulysses S. Grant, an sein bärtiges Gesicht, die Feldmütze und die Zigarre, dachte an einen Panzer, der auf einem primitiven Sattelschlepper transportiert wird. Er stand auf. Barber, Barbier – war das Grants Beruf oder sein Nachname? David zuckte die Achseln. Hatte Annabelle je den Namen Barber erwähnt? Doch, er meinte sich zu erinnern, nur wußte er nicht, wann und in welchem Zusammenhang. Dann würde er es eben morgen abend noch mal versuchen. Nur noch einen Tag warten.

23

Am Abend darauf war Annabelle zu Hause. David, der seine Rolle gut einstudiert hatte, schlug einen unbeschwert fröhlichen Ton an. Er lud sie für Samstag zum Lunch in sein neues Haus ein und erbot sich, sie abzuholen und auch wieder heimzubringen.

»Ich glaube nur nicht, daß ich so lange wegbleiben kann, Dave.« Annabelle seufzte.

»Gut, dann kürzen wir's ab und lassen den Lunch weg?« schlug er, schon halb verzagt, vor. Darauf folgte ein so langes Schweigen, daß er schließlich verzweifelt ausrief: »Hallo? Hallo, Vermittlung, ich fürchte, wir sind unterbrochen worden.«

»Nein, nein, ich bin noch dran.«

Doch David hatte die Fassung verloren, all seine guten Vorsätze waren dahin. »Annabelle«, flehte er, »ich bitte dich, wir haben uns schon wochenlang nicht mehr gesehen. So sag doch ja, nur für ein paar Stunden.« Er schämte sich in Grund und Boden für sein Gewinsel. »Aber wenn's durchaus nicht geht…«

»Okay, Dave. Sagen wir gegen drei?«

»Du meinst, ich darf dich um drei abholen? Und dann fahren wir zu mir?«

Nein, so hatte sie es nicht gemeint. Für die Fahrt zu ihm

reiche ihre Zeit nicht, meinte sie, und schützte das Baby vor. Statt dessen machte sie den Vorschlag, in Hartford irgendwohin zu gehen. David gab sich geschlagen: »Wir gehen, wohin du willst, Annabelle. Ich hol dich um drei ab.«

»Lieber wär's mir etwas früher. Ginge es schon um zwei?«

Nach dem Telefonat hielt David es nicht mehr für unmöglich, sie doch noch zum Mitkommen zu überreden. Nicht ausgeschlossen, daß sie Samstag abend hier zusammen essen würden. Falls sie einen Babysitter brauchte, ließ sich das ja telefonisch arrangieren. Oder sollte er noch einmal anrufen und ihr vorschlagen, das Baby mitzubringen? Nein, das ließ er lieber bleiben.

Die Hände in den Taschen, streifte er eine ganze Weile durchs Haus, ging zweimal nach oben, spazierte von Zimmer zu Zimmer und versuchte, alles mit Annabelles Augen zu sehen. Beinahe hätte er vorhin am Telefon den Flügel erwähnt. Daß er einen hatte, wußte sie. Von materiellen Dingen ließ Annabelle sich ohnehin nicht verführen (aber hatte ein Flügel denn nur materiellen Wert?). Trotzdem war schon der bloße Gedanke an so eine Taktik verwerflich. Er hatte ihr in letzter Zeit nicht mehr geschrieben. Ob ein Brief vielleicht etwas bewirkt hätte?

»Zur Hölle damit!« fluchte David plötzlich und lief hinunter, um sich ein Bier zu holen. Bier, so meinte er, sei beruhigend und außerdem nahrhaft. Er litt seit neuestem unter Appetitlosigkeit, und abgenommen hatte er auch.

Das Telefon klingelte, und er stürzte an den Apparat.

»Fünfundsiebzig Cents, bitte«, hörte er die Telefonistin sagen und rief aufgeregt dazwischen: »Sagen Sie ihr, sie soll's als R-Gespräch laufen lassen!« Doch seine Stimme wurde vom Klirren der Münzen übertönt.

»Annabelle?«

»Dave? Ich bin's, Wes.«

»Oh! Hallo, Wes.«

»Wollte bloß mal hören, wie's dir geht. Bin hier mit Eff und noch 'n paar Leuten in der Kneipe. Also sag, wie geht's dir?«

»Danke, gut. Und dir?«

»Sehr gut. Ach, übrigens: Michael's Tavern läßt grüßen! Warum hast du dich die ganze Zeit nicht gemeldet?«

»Weiß ich selber nicht.«

»Du klingst heute abend ja richtig geknickt. Soll ich dir Eff mal geben?«

Fast hätte er nein gesagt, verkniff es sich aber.

»Hallo, Dave. Wie geht's dir?« fragte Effie.

»Danke, bestens. Vielen Dank für dein Einzugsgeschenk, Effie. Ich hätte dir schreiben sollen. Es ist sehr hübsch. Die Sets hab ich jeden Tag in Gebrauch.«

»Aber du hast dich doch schon bedankt«, sagte sie lachend. »Mit einer sehr lieben Karte. Hast du das vergessen?«

»Muß ich wohl. Entschuldige.« David fuhr sich mit der Zunge über die Lippen.

»Ist Annabelle schon bei dir gewesen?«

»Aber klar«, rief er so laut, daß es ihm selber in den Ohren dröhnte. »Sie hat mich schon ein paarmal besucht. Das Haus gefällt ihr. Hat sie dir das nicht erzählt?« fragte er höflich, wenngleich ihm der Gedanke, die beiden könnten miteinander gesprochen haben, zuwider war.

»Nein. Ihr versteht euch also wieder besser. Das freut mich.«

»Oh, glänzend!«

»Willst du Wes noch mal haben?« (mit zittriger Stimme)

»Warte, hier ist er schon.«

»Hoppla, wer ist denn diese Annabelle oder Plurabelle oder wie immer sie heißt?«

»Ach… das ist bloß mein Auto«, sagte David.

»Ha, ha, ha! Ehrlich, Dave, ist *es* das Mädchen, das bewußte?«

»Nein, ist es nicht.«

»Zier dich nicht so!«

»Gibst du mir Effie noch mal?«

Aber Wes schien ihn gar nicht gehört zu haben. Er fragte David nach seiner Arbeit, und dann sagte er auf einmal, Effie würde ihn gern besuchen kommen. »Mit mir, vorausgesetzt…« Wes stockte, und David hörte ihn durchs Telefon atmen. »Dave, ich wollte mich entschuldigen wegen dem Abend. Wir hatten wohl beide ganz schön geladen. Ich ganz bestimmt.«

»Schon gut, Wes. Laß es uns einfach vergessen, okay?« Im Moment hatte David nur eine verschwommene Erinnerung an den Abend, und die Freundschaft mit Wes war ihm wichtiger. »Komm mich doch mal besuchen, Wes. Ich müßte dir allerdings eine Karte zeichnen, damit du herfindest. Ich schicke sie dir.«

»Machst du das, Dave? Am besten gleich, damit du's nicht vergißt?«

»Versprochen.«

»Und wenn ich komme, darf ich dann auch Effie mitbringen? Kannst es ehrlich sagen«, setzte Wes leise hinzu. »Sie hört gerade nicht mit.«

»Ach, wenn sie dabei wäre, wär's nicht dasselbe«, meinte David. »Vielleicht später mal, aber…«

Wes sagte, er habe schon verstanden und er werde allein kommen, worauf David antwortete, wenn es an einem Samstag ginge, dann könnte er auch bei ihm übernachten. Wes schien hoch erfreut.

»Effie brauchst du ja nicht unbedingt was zu sagen… wenn du das erste Mal kommst«, meinte David noch.

Hinterher war ihm ganz mulmig, und er war sich nicht einmal sicher, ob das Telefonat wirklich stattgefunden hatte. Jedenfalls schien es unfaßbar, ja unverzeihlich, daß er Wes gegenüber Annabelles Namen erwähnt hatte, und sei es nur aus Versehen. Und Wes hatte ihn sogar noch wiederholt. Ihn schauderte bei dem Gedanken, Effie könnte schwach werden und Wes verraten, daß Annabelle Delaney seine große Liebe sei. Oder durfte er sich auf sie verlassen? Aber würde Wes nicht auch von allein darauf kommen, daß Mrs. Gerald Delaney mit Vornamen Annabelle hieß? David bekam es mit der Angst. Er versuchte sich vorzustellen, Wes säße hier mit ihm im Wohnzimmer, und auch das war beängstigend.

Aber warum, David Kelsey? Was war daran schon Schlimmes oder gar Gefährliches? Warum hatte er sich überhaupt die Hürde gesetzt, Annabelle müsse sein erster Besuch sein, die erste Person, die nach ihm den Fuß über die Schwelle setzte? Außerdem war es immer noch möglich, daß Annabelle vor Wes kam. Am Samstag war er mit ihr verabredet.

Als ihm der Samstag einfiel, fühlte er sich gleich besser, fast schon euphorisch.

David setzte sich hin und zeichnete die versprochene Wegskizze für Wes. Er hatte noch ein paar Zeilen beifügen wollen, doch nun fiel ihm nichts ein, oder vielleicht war er auch nicht zum Schreiben aufgelegt.

Am Samstag ging die Fahrt nach Hartford so zügig vonstatten, daß er schließlich eine ganze Stunde in der Stadt totzuschlagen hatte. Er stellte den Wagen an einer Parkuhr ab, bummelte eine Geschäftsstraße entlang und sah sich vor allem die Auslagen der Juweliere an. Dabei fiel ihm ein, daß er sich noch nie Gedanken darüber gemacht hatte, was für einen Trauring er Annabelle einmal schenken wollte. Zur Zeit trug sie noch einen massiven, schlichten Goldreif mit konvexem Schliff, eins jener gängigen Modelle, die man für Davids Geschmack inzwischen viel zu häufig sah. Ihm gefielen die ganz schmalen, mit blauen oder weißen Diamantsplittern besetzten Silberringe besser.

Als er Punkt zwei an dem Backsteinblock vorfuhr, in dem sie wohnte, erwartete Annabelle ihn schon unter der Tür. Sie winkte, kam auf das Auto zu, und David sprang aus dem Wagen und lief ihr entgegen.

»Hallo, Schatz! Da sind wir ja beide auf die Minute genau!« Er nahm ihren Arm und hauchte ihr einen Kuß auf die Wange – was nicht einstudiert war, und er genierte sich ein bißchen, weil er sich an ihrem Arm festhalten mußte, um nicht das Gleichgewicht zu verlieren. Wirklich bestürzend fand er freilich, daß sie vor ihm zurückwich. Annabelle trug einen schwarzen Tuchmantel, den er noch nicht kannte, und eine schwarze Baskenmütze.

»Jetzt weiß ich endlich, wie deine Augen aussehen«, sagte David. »Wie Saphirsterne.«

Sie lächelte mit abgewandtem Gesicht. »Ist das dein Auto?« fragte sie erstaunt.

»Ja. Ein neues… Ich meine, ein anderes. Ich hab mich entschlossen, den alten Wagen gegen ein Kabrio einzutauschen.« Er hielt ihr die Tür auf.

»Ich möchte – lieber nirgendwo hinfahren, Dave. Soviel Zeit hab ich nämlich nicht. Gleich um die Ecke hat ein neues Restaurant aufgemacht, ein Chinese.«

»Laß uns trotzdem ein Stückchen fahren«, versetzte er lächelnd. »Ich möchte, daß du den Wagen kennenlernst.«

Annabelle schüttelte den Kopf. Sie war seltsam verkrampft.

Widerwillig schloß er die Autotür, die er aber noch ein zweites Mal und mit voller Wucht zuknallen mußte, damit sie einrastete. »Also gut, laufen wir.« Er wußte jetzt, daß sie definitiv nicht mit zu ihm nach Hause kommen würde.

Der Golden Dragon, wie das chinesische Restaurant hieß, war ein kleines, knallig bunt dekoriertes Lokal, das aber wenigstens ruhig zu sein schien. Sie setzten sich in eine der halbrunden Nischen. David hoffte, daß sie noch nicht gegessen hatte, doch als er sie fragte, bejahte sie.

»Aber du sicher nicht«, sagte sie. »Also iß doch was.«

David hatte Hunger, bestellte aber trotzdem nur zweimal Tee. Er hätte es traurig gefunden, ohne sie zu essen. Er sah, daß sie den Ehering nicht mehr trug, und überlegte, was das wohl zu bedeuten habe. »Vielleicht möchtest du ja noch einen Drink zum Tee… jetzt gleich oder lieber später?«

»Nein, danke, Dave. Ich liebe diesen chinesischen Tee.«
Geduldig, ohne ihn anzusehen, wartete sie, bis der Tee kam.

Wir sind nicht zum erstenmal hier, dachte er, oder vielmehr sind sie alle gleich, diese Mittagessen, denen ich so zuversichtlich entgegenfieberte, und dann... Es war wie eine unsinnige Schachpartie, bei der er, kaum daß er einen Zug vorankam, gleich wieder auf seine alte Position zurückmußte. Er zog einen Umschlag aus der Brusttasche. »Ich wollte dir ein paar Aufnahmen vom Haus zeigen.« Er hatte die Fotos nur für den Fall mitgebracht, daß sie nicht mit zu ihm hinauskommen könnte, und sich deswegen schon einen Defätisten gescholten, aber jetzt fand er die Bilder doch besser als gar nichts. Es waren auch zwei Innenaufnahmen darunter, von denen eine den offenen Flügel zeigte.

»Wirklich sensationell!« sagte Annabelle fast ehrfürchtig, und David lachte.

»Es ist für dich. Darum muß es schön sein«, sagte er. »Aber *wann* kommst du endlich einmal mit und schaust es dir wenigstens an?« Ihre Hand, die jetzt keinen Ehering mehr trug, lag nur wenige Zentimeter von der seinen auf der rotgepolsterten Sitzbank. David griff behutsam und doch sehnsüchtig danach, und aus seiner Brust kam ein Seufzer, der ihm einen Augenblick alle Kraft rauben wollte.

»David, ich finde, ich sollte es überhaupt nicht sehen.« Und bevor er etwas einwenden konnte, fuhr sie hastig fort: »Ich weiß nicht, wie ich es dir sonst sagen soll. Aber egal, wie ich's ausdrücke, kränken wird es dich bestimmt...«

»Ja aber...«, stammelte er und ließ ihre Hand los, weil sie es so wollte.

»Was ich sagen will, ist, daß es für dich noch schwerer wird, wenn ich mir das Haus anschaue. Ich weiß, es ist wunderschön. Du hast eine Menge Geld hineingesteckt...«

Er stöhnte. »Ich hatte so gehofft, du würdest es mögen. Und daß du mich magst – mich *liebst*. Und ich glaube, das würdest du auch, wenn du mir nur eine Chance geben wolltest. Das tust du nämlich nicht, Annabelle. Du hast fast nie Zeit für mich. Aber wenn man nie zusammen ist, wie soll man da wissen, ob... Ich meine, schau uns doch an, wie wir hier sitzen, als ob wir beide einen Stock verschluckt hätten«, sagte er lachend. »Muß das sein? Hättest du mich nicht schon längst mal am Wochenende, an vielen Wochenenden, besuchen können, meinetwegen auch mit dem Baby?«

»Es ist aber nicht üblich, daß eine Frau die Wochenenden bei einem Junggesellen verbringt«, sagte sie lächelnd.

»*Blödsinn!*« Doch als er sah, daß sein Ton sie schockiert hatte, setzte er hinzu: »Außerdem hätte ja das Baby als Anstandswauwau dienen können. Ja, das wird es! Was meinst du?«

Sie schüttelte den Kopf und schob mit dem Zeigefinger eine Haarsträhne zurück, die sich gelöst hatte, als sie die Mütze abnahm. Dann senkte sie den Kopf über ihre halbleere Tasse und ließ sie auf der Untertasse tanzen. »Möchtest du den Brief von Mr. Neumeister lesen?«

»Klar.«

Sie zog ihn aus der Tasche und gab ihn ihm.

David entfaltete den Brief rasch, aber durchaus interessiert, fast so, als würde er ihn nicht kennen. Sein Blick blieb flüchtig auf den beiden Tippfehlern haften, die er absichtlich gemacht und dann mit Bleistift ausgebessert hatte – *er* konnte recht gut maschineschreiben. »Ein schöner Brief«, sagte er, als er zu Ende gelesen hatte.

»Ich war mächtig froh darüber. Ich werde ihn aufheben.«

David sah Tränen in ihren Augen schimmern, als sie den Brief in ihre Handtasche zurücksteckte. »Ich freue mich für dich, daß du ihn bekommen hast«, sagte er liebevoll. »Aber nun weiß ich immer noch nicht, wann du mal kommst und dir das Haus anschaust.«

»Ach, Dave, du machst es mir wirklich schwer.«

»Großer Gott, aber bestimmt nicht mit Absicht. Was wolltest du mir denn sagen? Komm, ich helf dir.«

»Also, ich finde, du solltest dich von mir lösen – gefühlsmäßig und überhaupt. Du hast doch mal gesagt… na ja, vielleicht nicht so direkt… jedenfalls meintest du, jetzt, wo Gerald tot ist, ergäbe sich vielleicht eine neue Perspektive.« Sie starrte immer noch in den Tee, und ihre Augen füllten sich mit Tränen. Eine kullerte ihr über die Wange, und David zückte sein Taschentuch.

»Hier, Schatz, nimm.«

Doch sie holte ein Kleenex aus ihrer Handtasche. »Es hat sich aber nichts geändert, Dave.«

»Du liebst Gerald immer noch?« Die Frage fiel ihm leicht, weil er nie an diese Liebe geglaubt hatte. »Aber du wirst doch nicht dein Leben lang Witwe bleiben wollen, oder?«

»Nein«, antwortete sie sachlich und steckte das feuchte Kleenex in ihre Tasche zurück.

»Ja, und wie lange werde ich warten müssen?«

»Das meine ich doch. Ich fürchte, es wird nie was werden … mit uns. Es ist nur so schwer, dir das klarzumachen, weil du's einfach nicht begreifen willst. Ich verstehe es ja auch nicht.«

Tränen in ihren schönen Augen. Sie schien sich ärger zu quälen als er. David legte den Arm um sie, zog auch wieder sein Taschentuch. »Schatz, ich ertrag es nicht, dich –«

»Bitte, Dave!« Sie schubste ihn weg.

Und er hatte ihr doch nur die Tränen trocknen wollen, wie man einem weinenden Kind die Augen wischt. »Ich glaube, du verstehst *mich* nicht, Annabelle. Du verstehst nicht, was ich für dich empfinde. Meine Gefühle für dich sind so tief, die werden nicht vergehen.«

Sie sagte nichts. Aber die Tränen flossen weiter, und jetzt benutzte sie sein Taschentuch.

»Soll ich dich lieber nach Hause bringen? Vielleicht möchtest du dich ein Weilchen hinlegen, und wir treffen uns dann heute abend noch mal?« fragte er, der in seiner Verzweiflung nicht wußte, was er tun sollte.

»Heute abend kann ich nicht. Dave, hast du verstanden, was ich dir erklären wollte?«

Er nickte stumm.

»Daß es sinnlos ist, mich weiter anzurufen? Daß wir uns nicht als Freunde treffen können, weil es von deiner Seite etwas anderes ist«, fuhr sie hastig fort, »und daß ich weiß, was du die ganze Zeit durchgemacht hast. Es muß ein Alptraum sein. Ich bin nicht herzlos, Dave.«

»Herzlos, du! Aber es wäre mir nie eingefallen …« Er stockte. So erschrocken, als wäre er plötzlich gegen eine Mauer geprallt. Seine Lider flatterten.

»Ja, ich glaube, du hast verstanden.« Sie sagte es ganz sanft, aber das machte die Worte nicht weniger furchtbar.

David versuchte zu lächeln. Er schenkte sich Tee nach und ihr auch.

»Deine Tante aus La Jolla hat mir geschrieben, Dave. Sie macht sich Sorgen um dich.«

»Tante Edie? Was hat sie dir verdammt noch mal zu schreiben?«

»Es ging um dich… um dein Verhältnis zu mir. Ich hab ihr geantwortet.«

»Was hast du ihr geschrieben?« fragte er finster.

»Das gleiche, was ich auch dir gesagt habe. Daß ich dich verstehe, und daß es mir sehr leid tut. Aber daß ich's trotzdem nicht ändern kann. Dave, ich werde vielleicht eines Tages wieder heiraten, aber nicht dich. Kann sein, daß mit mir was nicht stimmt, ich weiß es nicht, aber so ist es nun mal.«

»Denkst du an… an jemand Bestimmten?«

»Ich glaube schon, ja.«

»Grant?«

»Woher weißt du das?«

»Wer ist dieser Kerl?« fragte David noch finsterer.

»Er wohnt in Hartford. Er ist Buchhalter. Der Sohn von meinen Nachbarn. Ich kenne ihn schon länger«, setzte sie wie entschuldigend hinzu.

»Meinst du etwa den Sohn von der Alten, die mich in deiner Wohnung angefallen hat? Diese Barber?«

»Sie hat dich nicht…«

»Ein Buchhalter!« David lächelte dünn.

»Ich habe nur gesagt, daß ich mit ihm ausgehe.« Annabelle wurde rot.

»O nein! Du hast gesagt, daß du daran denkst, ihn zu heiraten.«

»Na, und wenn, was ist dabei?« Sie hatte die Hände auf die Tischkante gestemmt, als ob sie jeden Moment aufspringen und davonlaufen wollte.

David schwankte zwischen Belustigung und dem Gefühl drohender Gefahr. »Warum, Annabelle?« fragte er ruhig. »Weil du oft mit ihm zusammen warst? So gib mir doch auch eine Chance! Willst du dich etwa wieder in einem tristen Alltag verkriechen? Kannst du... Gönnst du dir kein besseres Leben?«

»Er mag den Kleinen, und er ist ein sehr lieber Mensch«, sagte Annabelle rasch. »Es tut mir leid, daß ich davon angefangen habe, Dave.«

»Mir auch.« Er lehnte sich zurück. »Ich kenne dich so gut«, sagte er mit einem leisen Lachen. »Woran liegt es bloß, daß es umgekehrt nicht genauso ist?«

Statt zu antworten, blickte sie sich um, als suche sie den Kellner.

»Annabelle, was hältst du davon, ein Weilchen in Troy zu wohnen? Mit dem Baby natürlich. Ich könnte dir dort eine Wohnung mieten und...«

»Hör auf, Dave!«

Immer noch überwog seine Belustigung den Ärger. Er konnte sich Mrs. Barbers Sohn ganz gut vorstellen, und er konnte nicht glauben, daß Annabelle zweimal den gleichen Fehler machen würde.

»Und noch etwas, Dave«, sagte sie und klappte die Handtasche auf. »Das hier... das kann ich einfach nicht annehmen.« Damit zog sie das cremefarbene Schächtelchen heraus, in dem er ihr vor ein paar Wochen die Brillantnadel geschickt hatte.

»Laß nur, die verdirbt ja nicht.«

»Nimm sie zurück. Bitte.«

Zögernd streckte er die Hand aus, und dann fiel ihm aus irgendeinem Grund der Steinway ein, den er plötzlich *en miniature*, in der Größe des cremefarbenen Schächtelchens, vor sich sah. »Es bleibt alles beim alten«, sagte er.

»Nein, bei mir nicht.«

»Doch, auch bei dir.«

»Dave, wär's dir recht, wenn wir jetzt gehen?«

»Mir ist alles recht, was du willst«, sagte er. »Bedienung!«

Draußen wurde ihm plötzlich übel. Die frische Luft kühlte seine Stirn, er atmete ein paarmal tief durch, und gleich war das Unwohlsein wieder verflogen. Annabelle sagte nichts weiter und hatte es sehr eilig. David wollte locker sein, ihr beweisen, daß er sich nichts aus dem mache, was sie ihm vorhin eröffnet hatte, und tatsächlich fühlte er sich ganz gelassen, nur änderte das leider nichts daran, daß er im Begriff war, sie nach Hause zu bringen in ihre Wohnung, wo sie für ihn unerreichbar sein würde. Und auf einmal hatte er nicht mehr den Mut, sie zu fragen, wann er sie anrufen oder wiedersehen dürfe.

»Hat Effie dich schon in deinem neuen Haus besucht?«

»Nein.«

»Willst du sie nicht einladen?«

»Darauf bin ich weiß Gott noch nicht gekommen.« Seine Handflächen schwitzten. Ich sollte mir irgendwo einen Hamburger kaufen, bevor ich heimfahre, dachte er. Denn ihm war flau im Magen.

Als er sich von Annabelle verabschiedet hatte, fuhr er zu einer Bar und bestellte einen doppelten Martini (zwei auf einmal), trank ihn aus und übergab sich anschließend in der Herrentoilette. Bevor er ging, bat er den Barkeeper noch um ein Glas Wasser und lächelte seinem bleichen Konterfei im Spiegel hinter dem Tresen zu. Grant Barber. David war bereit, sich der Herausforderung zu stellen, um so mehr, als sie derart lächerlich war und der Rivale eine richtige Witzfigur.

24

Mittwoch, 25. März 1959

Liebe Annabelle,

ich habe mit diesem Brief absichtlich ziemlich lange gewartet (auch wenn manch einem vier Tage vielleicht nicht lang vorkommen – alles eine Frage der Einstellung). Jedesmal wenn ich Dich sehe, bin ich zuversichtlicher, was uns betrifft, und falls es letztens den Anschein hatte, als hätte ich etwas gegen Mr. Barber, so war das nur eine momentane Reaktion. Und ich flehe Dich an, Schatz, schiebe ihn nicht wie einen Keil zwischen uns. Wenn Du mehr Zeit brauchst, so sollst Du sie haben – ich gebe Dir so viel, wie Du nur willst. Von so einem jämmerlichen Strohmann lasse ich mich nicht abschrecken. Wenn meine Anrufe Dir lästig fallen, dann warte ich eben, bis Du mich anrufst (Tyler 5-0934). Selbstverständlich per R-Gespräch, oder schreib mir ein paar Zeilen.

Das Wetter wird besser, das Baby wird größer: Findest Du nicht auch, daß wir allen Grund zur Freude haben?

Das Haus läuft nicht weg, und im Sommer wird es hier sogar noch viel schöner sein. Die Abfahrt der Darwin (das Forschungsschiff von Dickson-Rand) ist auf Mitte Juli verschoben worden, weil sich die Lieferung ei-

niger wichtiger Meßinstrumente verzögert. Die Expedition wird mindestens zwei Monate dauern, und voraussichtlich nehme ich daran teil. Du brauchst also keine Angst zu haben, daß ich Dich dränge, Schatz. Auch wenn ich mir nichts Schöneres denken könnte, als daß wir noch vor Juli heiraten. Nachdem man uns Forschern hier im Labor einen Privilegiertenstatus einräumt, spräche bestimmt nichts dagegen, daß Du mitkommst. Die Fahrt geht ins Chinesische Meer und in den Indischen Ozean – würde Dir das gefallen? Ein Kollege (auch noch relativ jung) hat bereits die Erlaubnis, seine Frau mitzunehmen.

Bitte, bitte, Schatz, ruf mich an. Ein Anruf von Dir würde mir das ganze Wochenende verschönern. Am Samstag kommt Wes, Wes Carmichael, ein Freund und Kollege von Cheswick, ich glaube, ich habe Dir schon von ihm erzählt. Du siehst, ich führe kein Einsiedlerleben. Einmal habe ich auch schon die Osbournes zum Abendessen hier gehabt, und sie waren sehr beeindruckt von meinen Kochkünsten. Meinst Du nicht, es wird Zeit, daß auch Du sie mal testest?

In Liebe, Schatz,
ewig Dein Dave

Wenn er den Brief morgen früh einwarf, hatte sie ihn Samstag, vielleicht sogar schon Freitag, und er rechnete fast damit, daß sie ihn am Wochenende anrufen würde, wenn sie wußte, daß Wes zu Besuch war.

Das Telefon klingelte am nächsten Abend, als David unter der Dusche stand; er sprang heraus, schnappte sich ein

Handtuch und rannte nach unten. Er hatte darauf gelauert, daß es läutete, hatte sich sogar angewöhnt, die Türen zum Schlafzimmer und zum Bad immer offenzulassen, um nur ja das Telefon nicht zu überhören.

Wes rief an, um ihm zu sagen, daß er Samstag nicht kommen könne. Er klang richtig verbittert.

»Was ist passiert?« fragte David.

»Laura! Sie machte mir wegen Effie die Hölle heiß.«

»Ist es dafür nicht ein bißchen zu spät?«

»Das ist gar nicht witzig, Dave! Ich könnte meine Stelle verlieren, und vielleicht wird Effie auch gefeuert. Und alles bloß, weil ich bei ihr in der Wohnung umgekippt bin und dann dort gepennt habe. Die Frau von Effies Hausverwalter hat's meiner Frau gesteckt. Keine Ahnung, wie sie herausgekriegt hat, wer ich bin. Ein Hoch auf das Kleinstadtleben!«

»Und, will sie jetzt endlich die Scheidung?« fragte David. Wenn es darauf ankam, dachte er, würde Wes derjenige sein, der sich nicht scheiden lassen wollte.

»Schön wär's! Nein, sie will uns bloß beide vor der ganzen Stadt blamieren. Effie und mich. Aber Effie hält sich wunderbar.«

»Ja, die liebe Effie!«

»Ich wünschte, wir könnten uns sehen. Du hast die richtige Einstellung. Ein bigottes Volk ist das hier.«

»Dann komm doch her, Wes.«

»Geht nicht, ich muß Laura beruhigen. Zum Glück hatte Effie den Schneid, sie anzurufen und ihr zu sagen, was passiert ist. Ich bin auf dem Sofa eingepennt, Punktum. Aber ich habe Angst um meinen Job, Dave.«

»Wer hat es Lewissohn erzählt?«

»Laura!« rief Wes. »Wenn das kein Hammer ist – die eigene Frau! Setzt ihre Existenz aufs Spiel, nur damit...« Lachend brach er ab.

»Komm trotzdem, Wes. Am Wochenende kannst du sowieso nichts erreichen.«

»Nein, ich muß morgen zu Lewissohn. Kleine Aussprache. Herrgott, man könnte meinen, wir leben noch im neunzehnten Jahrhundert. Dabei hab ich nicht einmal geschmust mit ihr. Genausogut hätte ich die Nacht mit meiner Schwester verbringen können.«

David sagte, falls er es sich noch anders überlege, könne er ruhig kommen, der Kühlschrank sei voll. Und wenn's dieses Wochenende wirklich nicht klappen sollte, dann vielleicht am nächsten. »Wenn du tatsächlich rausfliegst, könntest du vielleicht bei Dickson-Rand unterkommen«, ergänzte David in plötzlichem Überschwang. »Soll ich schon einmal vorfühlen?«

Die Vermittlung schaltete sich ein, und Wes mußte ein paar Münzen nachwerfen.

»Ich warte erst mal ab, wie die Geschichte hier ausgeht. Im übrigen kostet mich Laura mehr, als ich bei euch verdienen würde.«

»Stimmt nicht. Alles eine Frage der Einstellung.«

»Du bist so gut aufgelegt? Wie läuft es denn mit Annabelle?«

David spürte nur ein dumpfes Pochen, wie eine verzögerte Reaktion.

»Dave? Diese Annabelle, das ist doch Delaneys Frau, stimmt's?«

David brachte keinen Ton heraus.

»He, was ist los, Dave? Ich habe mich bloß gefragt… Du kennst sie doch, oder?«

»Nein«, sagte David, obwohl er wußte, daß das unsinnig war und daß Wes ihm nicht glauben würde.

Es blieb lange still.

»Dave, von mir hast du nichts zu befürchten! Aber ich habe es schon an jenem Abend spitzgekriegt. Sag, ist sie dein Mädchen? Und diesen Newmester, den kennst du auch, stimmt's?«

»Nein, ich kenne ihn nicht.«

Wieder Schweigen. Es mußte doch eine Erklärung geben, die Wes' Verdacht zerstreuen würde! Aber David wollte nichts einfallen. Und wenn ihm etwas eingefallen wäre, hätte er vielleicht trotzdem nichts gesagt, dachte er.

»Also gut, Dave«, versetzte Wes leise, und David hörte aus seinen Worten Enttäuschung heraus, Ärger und Skepsis. »Effie –«

»Effie weiß von gar nichts!« fiel David ihm ins Wort.

»Wie du meinst, Dave… Und ich ruf dich noch an wegen übernächstem Wochenende.« Aber jetzt klang es so, als hätte er keine Lust mehr zu kommen.

Und als David den Hörer auflegte, wollte er Wes auch nicht mehr sehen. Effie hatte ihm offenbar eine Menge erzählt. Und selbst wenn das nicht der Fall war: Wes hatte ihn in Neumeisters Haus gehen sehen. Da brauchte Effie ihm nur noch ein paar Fragen zu beantworten, und schon war er über alles im Bilde. Und Wes war nicht zu trauen, überlegte David. Wenn der ein paar Drinks intus hatte – aber vielleicht waren die nicht einmal nötig –, würde er

Annabelle anrufen und ihr sagen, daß David Kelsey und Neumeister ein und derselbe waren.

Im nächsten Moment schlug das Pendel in die andere Richtung aus: Nein, so etwas würde Wes nie fertigbringen. Was konnte der auch gegen ihn haben, was ihn zu so einem Schritt veranlassen würde?

Andererseits wäre es vielleicht denkbar, daß Wes und Effie die Köpfe zusammensteckten und zu dem Schluß kamen, es gäbe nur eine Möglichkeit, seine »hoffnungslose« Werbung zu beenden, nämlich Annabelle die Augen zu öffnen.

»Verdammt, verdammt, verdammt! Ich könnte sie alle beide!« stöhnte David. Er trocknete sich fertig ab und zog sich an.

Beim Abendessen brachte er kaum einen Bissen hinunter. Vielleicht riefen die beiden Annabelle heute abend an. Annabelle würde sich umgehend bei ihm melden, oder nein, wahrscheinlich würde sie eher die Polizei verständigen. Und die Polizei von Beck's Brook wäre bestimmt sehr interessiert an der Geschichte.

Andererseits würde Wes jetzt, wo er wegen Effie in Teufels Küche war, wohl kaum den Abend mit ihr verbringen. Wes war ein trauriger Wicht, daß er beim ersten Gegenangriff seiner Frau gleich klein beigab und zu Kreuze kriechen wollte. Daß er Lauras wegen auf ein großes Gehalt angewiesen sei, hatte er sicher auch bloß gesagt, weil er seine Ehe nicht aufs Spiel setzen mochte.

David verzichtete an diesem Abend auf den Kaffee, denn er rechnete ohnehin damit, daß er heute nacht schlecht schlafen würde. Gegen neun – er versuchte gerade zu lesen

– kam ihm die Idee, Effie anzurufen und herauszufinden, wieviel sie Wes erzählt hatte, aber sein Stolz hielt ihn zurück. Vorsichtshalber würde er davon ausgehen, daß sie ihn inzwischen in alles eingeweiht hatte.

Das Telefon läutete den ganzen Abend nicht mehr, obwohl David um Viertel vor elf einmal aus dem Bad stürzte und nach unten rannte, weil er meinte, er hätte es klingeln hören. Die Toilettenspülung rauschte so eigenartig, wenn der Wassertank sich wieder auffüllte, und David hatte sich nicht zum erstenmal davon täuschen lassen.

Am nächsten Morgen hatte er das Gefühl, die ganze Nacht wach gelegen zu haben, obwohl er irgendwann eine Art Traum oder vielmehr einen Alptraum gehabt hatte. Er handelte von Schildkröten, kleinen Schildkröten, die in einem dämmrigen Zimmer über den Fliesenboden krochen oder sich vielmehr wie eine Flut ergossen. Sie zogen diagonal durch den Raum, und David, der ebenfalls das Zimmer durchqueren mußte, nahm sich sehr in acht, um nur ja auf keine draufzutreten. In einer Ecke des Zimmers stand sein Bett aus der Pension, und unter den dünnen Decken sah er die Silhouette eines zierlichen Körpers. Und als er die Decke zurückschlug, lag da ein wunderschönes junges Mädchen, ganz nackt, ein Mädchen, in dem er Joan erkannte, in die er mit siebzehn oder achtzehn verliebt gewesen war. »Ich liebe dich immer noch, Dave. Ich glaube, ich werde dich immer lieben«, sagte sie. David antwortete ruhig und zuversichtlich: »So ist das mit der Liebe.« (Dabei hatte Joan sich nie etwas aus ihm gemacht, und das Komische an dem Traum war, daß er mittendrin das Gefühl hatte, er hätte früher schon von Joan geträumt, womit der

Traum nun scheinbar zur Wirklichkeit wurde.) Es folgten eine Reihe hübscher Bilder: eine große weiße Blüte, die sich, als er sie von unten anfaßte, auftat wie ein Spinnennetz oder ein Käfig. David pries ihre Schönheit, konnte aber die drei oder vier anderen Personen, die noch im Raum waren (zwei Frauen und ein Mann), nicht dazu bringen, sich für die Blüte zu interessieren. Er spähte in den weißen Käfig und sah ein paar kleine, dunkle insektenartige Viecher darin herumkrabbeln. Dann erkannte er, daß es die Schildkröten waren. Eine, die größte unter ihnen, war verletzt. Es sah aus, als wäre jemand auf ihren Rücken getreten. Der Panzer war zerdrückt, und darunter quoll Blut hervor. Von quälendem Mitleid gepackt, sann David auf eine Möglichkeit, das Tierchen von seinen Schmerzen zu erlösen, verzweifelt rief er die anderen im Raum um Hilfe an, dann versuchte er, das Blut in den Panzer zurückzudrängen und diesen wieder zurechtzubiegen. »Sie verstehen sich ganz gut auf das, was hier zu tun ist«, raunzte ihn der andere Mann an. Dann begann die Schildkröte, stumm und gräßlich zu würgen, und erbrach, wie es aussah, den eigenen Magen. Auf einmal war der Panzer leer. David, der das alles mit angesehen hatte, war davon so erschöpft, daß er den Mann bat, den Panzer fortzuschaffen und zu begraben. Er selbst trug, mehr aus wissenschaftlichem Interesse denn aus schnöder Neugier, das Erbrochene unter den Wasserhahn, wo er es gründlich abspülte, um es besser erkennen zu können. Es bestand aus drei Teilen: der erste in Form eines Schildkrötenkopfes, der nächste dick und rosig wie Lungengewebe, und endlich eine Taille, an der abermals ein dicker Wulst hing. Und jetzt zuckte dieses Gebilde, als wolle es sich ihm entwinden, und David erkannte entsetzt, daß er statt eines leblosen Organs die ganze Schildkröte oder vielmehr alles von ihr, was unter den Panzer gehörte – gewissermaßen die Seele des Tierchens –, in seinen beiden Händen hielt. Er erwachte schweißgebadet und außer Atem, und als er sich den Traum mit all seinem Grauen noch einmal ins Gedächtnis rief, pochte sein Herz rasch und immer rascher. Er stand auf und zog sich an.

Das Wochenende schleppte sich dahin, und als der Sonntagnachmittag kam, war David niedergeschlagen und hatte das beklemmende Gefühl, daß eigentlich etwas passieren müßte, was aber ausblieb. Sein Haus kam ihm vor wie eine fertig aufgebaute Bühne ohne Schauspieler und ohne Vorstellung. Und er konnte nichts weiter tun als warten. Annabelle hatte bestimmt am Samstag seinen Brief bekommen, diesen heiteren Brief mit der Bitte um einen Anruf. Der Sonntag war fast vorüber. Ob sie den ganzen Tag mit Grant Barber verbrachte? Und wie mochte es Wes am Freitag ergangen sein? Ob er es geschafft hatte, seinen Job zu behalten? Jedesmal, wenn ihm einfiel, daß Wes über Annabelle Bescheid wußte, spürte er im Kopf so etwas wie eine kleine Explosion. Das war etwas viel Ernsteres als dieser Grant Barber, der doch nur ein Niemand war oder ein möglicher Fehlgriff.

Zum erstenmal machte David im neuen Haus die Erfahrung, daß er zu verstört war, um sich auf ein Buch zu konzentrieren. Dabei hatte ihn Dr. Osbourne eigens gebeten, diese Abhandlung (sie bestand hauptsächlich aus Tabellen und Diagrammen zur Kohlenstoffdatierung) über das Wochenende zu lesen. David nahm auch vier oder fünf Anläufe, aber nach ein paar Minuten schweiften seine Gedanken zu Annabelle ab: Annabelle erfuhr, just in diesem Augenblick, die Wahrheit über William Neumeister. Von Wes; er war betrunken. Oder Effie klärte sie in ihrer fürsorglichen Art auf. »Ich dachte, Sie *sollten* es wissen, Annabelle.« Wieder einmal verfluchte David Effie.

Um halb neun rief er Effie an. Der Zorn hatte seinen Stolz besiegt. Hätte Effie vor ihm gestanden und zugegeben, daß sie Annabelle verraten hatte, wer Neumeister war, David wäre imstande gewesen, sie zu schlagen. Es klingelte mindestens zehnmal, und er wollte schon auflegen, als Effie sich meldete – sie war ganz außer Atem.

»Hallo, David Kelsey hier.«

»Dave! Ach, wie nett! Puuh! Bin ich jetzt gerannt. Aber mir war schon unten so, als ob das mein Telefon wäre. – Wie geht es dir, Dave?«

»Danke, gut. Und dir?«

»Soweit ganz okay. Wes hat dir ja erzählt, was wir für einen Ärger am Hals haben, oder?« fragte sie mit einem albernen, unbefangenen Lachen.

»Ja, zum Teil. Wird er seinen Job behalten?«

»Gott sei Dank, ja, und ich meinen auch. Mein Chef hat sich gar nicht groß angestellt. Er hat zum Glück Humor. Ich sehe auch gar nicht ein, was so welterschütternd daran ist, wenn ein Mann einmal umkippt und die Nacht auf einem fremden Wohnzimmersofa verbringt. Aber in die Bredouille gebracht hat den armen Wes allein seine Frau.«

»Ganz meine Meinung«, sagte David nervös. »Aber deswegen rufe ich eigentlich nicht an. Ich wollte dich fragen, was du ihm über Annabelle erzählt hast.«

»Nichts, Dave!« stieß sie überrascht hervor. »Gar nichts. Hatte ich dir doch versprochen, oder?«

»Ja, schon, aber auf einmal kennt Wes ihren Namen und weiß auch, wer sie ist.«

»Ihren Namen hat er von dir an dem Abend am Telefon. Hat er mir jedenfalls erzählt. Ich war auch ganz erschrokken, Dave. Du hast damals wohl einen Anruf von ihr erwartet?«

»Und du hast sicher gleich gesagt: ›Ja, ja, das ist sein Mädchen.‹ Was hast du ihm noch erzählt?«

»Gar nichts, Dave, ehrlich. Wes ist von selber draufgekommen. Er hat gesagt: ›Annabelle – heißt so nicht die Frau von Delaney?‹, und ich tat so, als ob ich's nicht wüßte, aber Wes hatte den Namen in der Zeitung gelesen und ließ sich nichts vormachen. Ehrlich, Dave, ich habe ihm nicht einmal erzählt, daß ich mich mit Annabelle getroffen habe, aber er erinnerte sich, daß ich irgendwann eine Begegnung mit dem Mädchen erwähnte, das du … in das du verliebt bist. Und damals hab ich wohl gesagt, ich glaubte nicht, daß … na ja, daß sie dich jemals heiraten wird. Inzwischen weiß Wes vermutlich auch, daß Annabelle diese Frau ist. Aber nicht von mir, Dave! Was ihn draufgebracht hat, das war deine Frage an dem Abend …«

»Schon gut, schon gut.«

»Sei nicht böse, Dave.«

»Aber nein, natürlich nicht.«

»Ich habe ihm nämlich wirklich nichts verraten. Wes hat bloß gesagt: ›Also darum hatte Delaney es auf Dave abgesehen.‹ Und er meinte, Newmester müsse ein guter Freund von dir sein, weil … Also Wes denkt, daß Newmester sich damals mit Gerald Delaney geprügelt hat, weil er dich beschützen wollte. Wes glaubt, du wärst an dem Tag bei Newmester im Haus gewesen, und Newmester... Davon, daß *du* den Namen Newmester benutzt hast, hat Wes keine Ahnung, und ich werde es ihm bestimmt nicht verraten, Dave.«

»Danke«, sagte David, ein wenig erleichtert, aber immer noch voll Zorn auf Effie, einfach weil sie soviel wußte, lauter Dinge, die sie durch ihre Schnüffelei herausgebracht hatte.

Nach dem Telefonat nahm er noch einmal die Studie zur Radiokarbonmethode in Angriff und fand endlich Interesse daran. Zwar überflog er vieles und widmete sich nur den Kapiteln gründlich, die Dr. Osbourne im Inhaltsverzeichnis mit einem sauberen kleinen Häkchen versehen hatte, aber er las doch fast zwei Stunden an einem Stück, bis er müde wurde. Als ihm Effie und Wes wieder einfielen, schienen sie ihm meilenweit entrückt, als hätten sie kaum etwas mit ihm zu schaffen. Wenn Wes nicht wußte, wer Neumeister wirklich war, dann konnte er es Annabelle auch nicht erzählen. Und Effie würde ihn nicht verraten. Auf sie konnte er sich anscheinend verlassen. William Neumeister – der gute alte Bill – hatte es wieder einmal geschafft. Bloß schade, daß David Kelsey nicht auch so ein Siegertyp war wie er.

Als David nach oben ging und ins Schlafzimmer kam, spielten ihm seine Augen einen seltsamen Streich: Er meinte Annabelle auf dem Bett liegen zu sehen, mit dem Gesicht nach unten, die Arme um das Kissen geschlungen. Er hatte eine Lampe im Zimmer brennen lassen. Aber als er blinzelnd ein zweites Mal aufs Bett starrte, da war es unberührt und tadellos glattgestrichen. Hatte er nur seine Augen überanstrengt, oder gaukelte sein überreiztes Gehirn ihm Trugbilder vor? Materie oder Geist? Allein das war schon eine metaphysische Frage.

Eine ganze Woche verstrich, ohne daß ein Anruf von Annabelle gekommen wäre. David war an einem Abend bei Kenneth Laing, einem fünfunddreißigjährigen Physiker aus seiner Abteilung, zum Essen eingeladen, die anderen Abende verbrachte er daheim. Und jeden Abend war er versucht, Annabelle anzurufen, besonders an dem Tag, als er von den Laings zurückkam: Konnte er Annabelle nicht einfach sagen, das Telefon habe geläutet, als er das Haus betrat, und er wolle bloß wissen, ob *sie* drangewesen sei? Aber er wußte, wie jämmerlich Annabelle einen solchen Vorwand finden würde. Sie selbst rief kaum je an. In diesem Haus hatte sie ihn noch kein einziges Mal angerufen. Würde es vielleicht auch nie tun. Der Gedanke ließ ihn vom Sessel hochschnellen, und er schleuderte das Buch, in dem er gelesen hatte, gegen die Kopfkissen. Was er sich vorgaukelte, war sinnlos, ebenso sinnlos wie die Spielchen, die er mit sich selber trieb, wenn er etwa den Atem anhielt und wettete – gegen wen eigentlich? –, daß das Telefon klingeln würde, bevor er wieder Luft holen mußte. Und sinnlos war es auch, *jedesmal,* wenn er die Toilettenspülung zog, gleich hinunter ans Telefon zu rennen. Andererseits, wenn er nur noch jedes zweite Mal hinunterlief, wie sollte er dann wissen, wann es jeweils angezeigt war?

Was würde ein anderer an seiner Stelle tun? William Neumeister zum Beispiel? Der würde ganz einfach nach

Hartford fahren, ihre Sachen packen und sie aus dieser Wohnung herausholen, dachte David. Und ein anderer, irgendein x-beliebiger Mann, was täte der wohl? David unterbrach seine Wanderung durch das Zimmer, lief hinunter zum Telefon und rief sie an.

Die Stimme einer Frau mittleren Alters meldete sich.

»Könnte ich Annabelle sprechen?«

»Sie ist nicht da. Wer spricht?«

David, der plötzlich wußte, wer die Frau am anderen Ende war, verspürte einen ohnmächtigen Zorn. »Ein Freund«, sagte er gehässig. »Wissen Sie, wann sie zurück ist? Ich ruf später noch einmal an.«

»Ja, also, die zwei sind im Kino. Und wahrscheinlich gehen sie hinterher noch einen Kaffee trinken und ein Häppchen essen...« Sie kicherte boshaft und voll Genugtuung.

»Ach, wie reizend. Annabelle und Grant vermutlich.«

»Genau«, antwortete die ordinäre Stimme selbstgefällig. »Und jetzt hören Sie mir mal zu...«

»Nein, Mrs. Barber, Sie hören mir zu! Ich empfehle Ihnen dringend, Ihrem Sohn zu raten, er soll die Finger von Annabelle lassen, verstanden? Es gibt ein paar Leute, von denen ich nicht möchte, daß sie mit ihnen verkehrt, und er gehört dazu.«

»Sind Sie etwa dieser David? Habe ich mir doch gleich gedacht! Na, Sie haben vielleicht Nerven! Telefoniert diesem lieben Mädel hinterher und will hier Stunk machen! Als ob Sie nicht schon genug angerichtet hätten. Aber ich werde die Polizei verständigen, das sage ich Ihnen, ich –«

»Halten Sie doch Ihre blöde Klappe! Ich bitte Sie ja bloß, Annabelle einen Zettel hinzulegen, damit –«

Aber Mrs. Barber hatte bereits aufgelegt.

David knallte den Hörer auf die Gabel. »Saubande!« knurrte er. Doch dann warf er den Kopf in den Nacken und lachte über die Vorstellung, daß Mrs. Barber seinetwegen die Polizei anrief. Ausgiebig und herzhaft lachte er, denn sein Wutausbruch hatte ihn erleichtert und mit Genugtuung erfüllt. Was für ein Spaß, welche Befriedigung, eine alte Hexe wie diese Mrs. Barber mit »Halten Sie Ihre blöde Klappe!« in die Schranken zu weisen. David fragte sich, wie viele Leute wohl schon den Mut aufgebracht hatten, es ihr ins Gesicht zu sagen. Viele bestimmt nicht, und auf keinen Fall genug. Sonst könnte sie nicht mit so einer unglaublichen, ja ekelhaften Überheblichkeit auftreten. Aber sie war halt der Typ Frau, die sich jeden verdammten Muttertag noch dazu gratuliert, mit ihrem Trottel von Sohn das eigene Ebenbild in die Welt gesetzt zu haben. Wahrscheinlich drängte diese vulgäre Person sich bei jedem Festessen ans Kopfende der Tafel und lobte vor allen anderen ihre eigene fette Küche. Es muß fabelhaft sein, dachte David, eine so hohe, unerschütterliche Meinung von sich zu haben und sich einzubilden, daß alles, was man tut, besitzt, denkt, ja vielleicht sogar fühlt, das Beste und Schönste von der Welt ist!

»Großer *Gott*!« stieß er völlig entnervt hervor; fast war er wieder genauso wütend wie vorhin am Telefon.

Ob er einfach hinfahren sollte, nach Hartford? Mit etwas Glück konnte er bis Mitternacht dort sein. Aber um Mitternacht lag Annabelle wahrscheinlich schon im Bett und würde böse werden, wenn er so spät noch hereinplatzte. Unsinn! dachte David. Was hatte er, was hatte irgend jemand je mit dieser Passivität, diesem Zaudern erreicht?

Keine zehn Minuten später war er unterwegs.

Kurz nach der Grenze zu Connecticut hielt ihn ein Verkehrspolizist wegen überhöhter Geschwindigkeit an, aber obwohl David sich nicht die Mühe machte, Reue zu heucheln, kam er mit einer Verwarnung davon. Danach waren die Straßen frei, und um zehn vor zwölf hielt er vor Annabelles Haus. Ein Fenster im zweiten Stock, das er für das ihre hielt, war schwach erleuchtet. Allerdings war er nie in ihrem Schlafzimmer gewesen und mutmaßte bloß, daß es ein Fenster zur Straße hatte. Zuversichtlich drückte er auf die Klingel.

Nachdem er ziemlich lange gewartet hatte, läutete er noch einmal, und jetzt schnarrte der elektrische Türöffner.

»Wer ist da, bitte?« rief Annabelles Stimme von oben.

»David!« antwortete er und nahm immer zwei Stufen auf einmal. »Bist du allein?«

»Nein. Nein, ich bin nicht allein.«

»Gut.« Er lächelte sie an und hätte ihre Hand ergriffen, aber sie wich vor ihm zurück. »Grant ist also noch da?«

»Ja. Dave, muß das sein? Können wir uns nicht hier draußen unterhalten? Was ist los?«

»Ich will dich mitnehmen, das ist los. Und diesem Grant die Leviten lesen.« David ging auf die Wohnungstür zu, die nur angelehnt war.

Dort stand Grant Barber. Er war fast so groß wie David, aber kräftiger gebaut. Er hatte ein dümmliches, ausdrucksloses Gesicht, schwarze Haare und trug einen Bürstenschnitt.

»Ganz recht, ich bin David. Guten Abend«, sagte David und ging an dem anderen vorbei ins Zimmer.

»Wenn Sie wieder gekommen sind, um Ärger zu machen, Mr. Kelsey«, rief Mrs. Barber mit wild rollenden Augen, »dann rufe ich die Polizei!« Und tatsächlich ging sie, ohne David aus den Augen zu lassen, ans Telefon.

David stemmte die Hände in die Hüften. »Wofür halten Sie mich, Mrs. Barber? Ich bin nicht bewaffnet!« Hier versagte ihm die Stimme, und er wandte sich brüsk nach Grant um. »Mr. Barber, das war heute abend Ihr letztes Rendezvous mit Annabelle, und darum hoffe ich, es hat Ihnen Spaß gemacht.«

»Was soll das heißen? Ich glaube, Sie gehen jetzt lieber, Mr. Kelsey. Das ist Annabelles Wohnung, und Annabelle will Sie hier nicht haben.«

»Tja, ich mag Sie auch nicht. Aber ich bin nicht hergekommen, um Sie zu beschimpfen, sondern um Ihnen zu sagen, daß Annabelle meine zukünftige Frau ist und daß es mir nicht gefällt, wenn sie mit Männern Ihres Schlages ausgeht, verstanden?«

»Hör sich das einer an! Nicht zu fassen!« Wieder plusterte sich die alte Hexe auf wie eine Glucke im Hühnerhof. »Sie haben genau eine Minute, um dieses Haus zu verlassen, Mr. Kelsey. Und wenn Sie dann nicht draußen sind, hole ich die Polizei!«

»Halt die Klappe!« herrschte David sie an.

»Dave, ich bitte dich«, rief Annabelle. »Du kannst doch nicht einfach hier hereinplatzen und so eine Szene machen.«

»Es tut mir leid, Schatz, aber es ging nun mal nicht anders. Bitte geh und pack deine Sachen.«

»Ach, Dave!« In einer Gebärde der Verzweiflung, wie David sie noch nie an ihr erlebt hatte, warf Annabelle den Kopf zurück.

Er legte ihr die Hände auf die Schultern. »Annabelle…«

»Rühren Sie sie nicht an!« polterte Mr. Barber dazwischen, worauf David Annabelle rasch losließ und Grant einen Kinnhaken verpaßte.

Der taumelte unter dem Schlag, ging aber nicht zu Boden. Er prallte gegen einen Couchtisch und warf ein paar Tassen um, die David gelassen wieder zurechtstellte, während Mrs. Barber schrie und zeterte und Annabelle den trotteligen Grant davon abhielt, sich mit den Fäusten auf ihn zu stürzen, obschon David ihm nicht zutraute, ihn anzugreifen. Grant sah aus, als hätte er Angst vor ihm.

»Ich glaube, du mußt jetzt«, sagte Grant zu seiner Mutter, und diese griff nach dem Telefonhörer.

»Nun seien Sie nicht albern«, rief David und nahm ihr behutsam, aber energisch den Hörer aus der Hand.

»Dave, ich bitte dich… wenn dir auch nur das Geringste an mir liegt, dann gehst du jetzt«, sagte Annabelle.

»Ich habe keine Angst vor ihm«, brummte Grant nervös und mehr zu sich selbst als an Annabelle gerichtet.

»Grant, nimm ihm den Hörer ab!« befahl seine Mutter, aber David schwang den Telefonhörer außer Reichweite über seinem Kopf. »Lauf hinunter und hol Hilfe, Grant! Sonst tu *ich* es!«

»Geh, pack deine Sachen, damit wir endlich von diesen Leuten fortkommen!« schrie David über Mrs. Barbers Gekeife hinweg Annabelle zu.

Jetzt brüllte im Schlafzimmer auch noch das Baby. Eine

weitere Bürde, die es zu tragen galt. Aber nachdem David einmal so weit gegangen war… Bloß, als plötzlich alle drei auf ihn einschrien und obendrein von nebenan noch jemand an die Wand hämmerte, verlor David für einen Augenblick seinen Schwung und hielt schon alles für verloren. Doch dann packte er Annabelle am Handgelenk, schubste sie zur Schlafzimmertür und wiederholte noch einmal, daß sie rasch alles Nötige zusammenpacken solle. Dabei sah er Mrs. Barbers garstigen Runzelmund so dicht vor sich, daß ihn ein unerträglicher Ekel erfaßte, und er hätte ihr mit Freuden einen Schlag ins Gesicht verpaßt, der sie quer durchs Zimmer schleudern würde – wenn er sich nur hätte überwinden können, sie anzurühren. Ihr Sohn zerrte derweil an seiner Schulter. Aber da fuhr David herum, und diesmal landete er einen so bravourösen Kinnhaken, daß er womöglich für ein K.o. gereicht hätte, und Grant krachte mit den Schultern an die gegenüberliegende Wand.

Mrs. Barber schrie so laut und durchdringend, daß das wahnwitzige Stimmengewirr mit einem Schlag verstummte.

»*David!*« schluchzte Annabelle und schlug die Hände vors Gesicht.

»Aber es ist doch ganz einfach!« herrschte David sie an. »Du kommst mit zu mir, und zwar noch heute nacht!«

»Du hast den Verstand verloren!« sagte Annabelle, und es klang, als hätte sie panische Angst vor ihm.

David blickte sich um und sah Mrs. Barber neben ihrem Sohn am Boden kauern. Grant bewegte sich, war aber zu benommen, um aufzustehen. David bückte sich und richtete eine umgeworfene Stehlampe auf. Ein häßliches Ding. »Laß uns gehen«, sagte er ruhig zu Annabelle.

Da klopfte es draußen. »Mrs. Delaney? Was ist denn los bei Ihnen?«

Annabelle rannte zur Tür und öffnete, während David Augen und Ohren vor Mrs. Barbers schrillem Gekeife verschloß, vor ihren geballten Fäusten und dem dicken Unterarm, der ihm zitternd die Tür wies. Gleich darauf betrat ein Mann mit graumeliertem schwarzem Haar das Zimmer. Obwohl er ein finsteres Gesicht machte, sah David, daß er sich noch nicht recht traute, ihn anzugreifen.

»Mrs. Delaney wünscht… sie bittet Sie zu gehen, oder wir holen die Polizei«, sagte der Mann zu ihm.

»*Rufen* Sie die Polizei!« antwortete David. »Damit sie diese zwei Individuen da entfernt.« Und er deutete auf die Barbers.

»Ist er betrunken?« fragte der Mann.

»Nein«, erwiderte Annabelle. »David, jetzt muß endlich Schluß sein. Am besten sag ich's dir, wie's ist: Ich werde Grant heiraten, und du kannst nichts, gar nichts dagegen tun.«

Ungläubig sah er sie an. Er war nicht einmal wütend, sondern bloß verwundert über diese leidige Verzögerung. Sein Blick fiel auf den grimmigen Mann, der sich drohend in der Tür aufgepflanzt hatte, und auf Grant, der eben wieder hochkam. Seine Mutter klammerte sich an ihm fest. Natürlich hätte er den jungen Barber umbringen und so verhindern können, daß er Annabelle oder sonstwen heiratete, doch das wäre lästig gewesen, widerlich und unzivilisiert. David lachte. »Ich glaube dir kein Wort. Du willst bloß, daß ich Ruhe gebe und verschwinde.«

»Das wollen wir allerdings«, sagte der ältere Mann.

»Ja, bitte geh, Dave. Es ist spät, und das ganze Haus ist in Aufruhr«, sagte Annabelle.

Doch da explodierte David. »Das ist ja wohl die Höhe! Was schert es mich, ob das verdammte Haus in Aufruhr ist? Mein ganzes Leben ist in Aufruhr, und jetzt kommst du und erzählst mir, daß du deins zum zweitenmal versauen willst!«

»Ich weiß, was ich will, Dave«, sagte sie. »Und ich schwöre dir, ich bin es leid, daß du dich dauernd in mein Leben einmischst. Ich nehme keine Rücksicht mehr, sondern sage dir, wie es ist, denn ich habe es endgültig satt. Lange genug habe ich Geduld aufgebracht und Verständnis… Ich habe deine Unverschämtheiten ertragen…«

»Unverschämtheiten?« wiederholte er, und verwirrt von ihrer Schönheit, dem Gesicht, das er liebte, von ihren törichten Reden, machte er einen Schritt auf sie zu. Da stürzte der Grauhaarige sich auf ihn, David wich aus, schwenkte zu Grant Barber hinüber und wollte ihn abermals mit einem Faustschlag außer Gefecht setzen, aber der Fremde fiel ihm in den Arm, und der Schlag ging ins Leere. Die Stelle, wo der Mann ihn gepackt hatte, brannte wie Feuer.

»Und jetzt hinaus mit Ihnen!« brüllte der Mann.

Nun fiel auch Grant über ihn her, und David hatte an jedem Arm einen Gegner, den er nicht abschütteln konnte. Er sperrte sich mit den Füßen, als sie ihn zur Tür schleifen wollten, die Mrs. Barber schon offenhielt. Draußen im Flur tauchte noch ein Mann auf, nein, zwei. David duckte sich, um mit voller Wucht gegen Grant anzurennen, und krachte dabei selber mit dem Kopf gegen die Wand. Danach war er halb bewußtlos, auch wenn er noch mitbekam, daß er alle erdenklichen Kräfte mobilisierte und treppabwärts um jeden Zentimeter Boden kämpfte. Mittlerweile waren es womöglich ihrer fünf, die sich mit ihm balgten, ihn an den Knöcheln zerrten, an Handgelenken, Haaren und allem, was sie zu fassen bekamen, und David wehrte sich mit einer nie gekannten Verbissenheit, als ob alle fünf oder sogar zehn Gegner lauter Mrs. Barbers wären, die er nun mit vollem Recht schlagen und treten durfte. Unten im Hausflur fielen er und zwei andere hin, aber man stellte ihn so leicht wieder auf die Füße, als hätte er überhaupt kein Gewicht. Dann spürte er, wie seine Beine über den Boden schleiften, hörte fernes Stimmengewirr, erkannte darunter zwar Annabelles Stimme, war aber so unfähig zu antworten, als ob seine Zunge gelähmt wäre.

Er schlug mit dem Kopf an, als sie ihn in den Wagen stießen. Die Autotür wurde zugeknallt. David wußte, daß er die Augen geschlossen hatte, daß er leicht zurückgelehnt auf dem Fahrersitz saß und sich nicht rühren konnte, obwohl er innerlich immer noch raste und tobte vor Wut.

Als er wieder zu sich kam und sich am Lenkrad hochzog und dabei aus Versehen auf die Hupe drückte, sah er, daß weder in Annabelles Wohnung noch sonstwo im Haus noch Licht brannte. David legte die hohle Hand um seine Armbanduhr, um das Leuchtzifferblatt erkennen zu können. Es war zehn vor drei. Er ließ den Motor an und fuhr sofort los. In einem Vorderzahn spürte er ein Pochen, aber als er ihn mit der Zunge betastete, war er noch ganz, nicht einmal eine Ecke fehlte. Na und, dachte er, na und?

In dem Moment haßte er die ganze Bande dort hinter sich, ohne Ausnahme.

25

Der nächste Tag war ein Montag, doch David ging nicht ins Labor. Morgens um neun rief er an und sagte Rosalie, einer der Sekretärinnen, er habe Darmgrippe und müsse auf ärztliche Anweisung noch einen Tag im Bett bleiben. In Wirklichkeit hatte er Platzwunden im Gesicht und eine schrecklich geschwollene Unterlippe, ganz zu schweigen von einem blauen Auge und etlichen Prellungen, und er hoffte inständig, bis Dienstag wieder halbwegs präsentabel auszusehen. Er schämte sich, weil er in diese Schlägerei geraten war, und auch, weil er verloren hatte. Und verloren hatte er, das stand außer Zweifel. Aber wie konnte Annabelle ihm auch einfach so ins Gesicht sagen, daß sie Grant Barber heiraten würde! Dachte sie etwa, sie müsse zu solchen Mitteln greifen, um ihn loszuwerden? Und dann dieses grauenhafte Mistweib, das mit seinen ekligen Händen an ihm gezerrt hatte!

David tigerte im Haus auf und ab, während er sich in Handtücher gewickelte Eiswürfel abwechselnd auf Auge, Lippe und Wangen preßte. Die Schulternaht seines Jacketts war eingerissen, und am Nachmittag brachte er es nach Troy in eine Schneiderei. Gegen Abend mußte er einsehen, daß sein Gesicht so rasch nicht besser werden würde. Er erwog, den Kollegen im Labor weiszumachen, er hätte einen Einbrecher gestellt. Sie sollten nicht denken, daß er betrunken in eine Schlägerei geraten wäre. Andererseits, warum sollte er ihnen überhaupt was erzählen? Hatte er denn kein Recht auf Privatsphäre? Gerald Delaney hatte sein Leben lang eine noch dickere Unterlippe gehabt, und wahrscheinlich hatte ihn nie jemand darauf angesprochen. Er hatte sogar Annabelle geheiratet. David lächelte, und da platzte seine Lippe auf. Er ging sehr früh zu Bett.

Als er am nächsten Morgen erwachte, fühlte er sich wie ein anderer Mensch. Er konnte wieder klar denken. Soll sie doch Grant Barber heiraten, dachte er, soll sie ruhig noch einmal so einen eklatanten Fehler machen. Lange hält das bestimmt nicht. Doch dann fiel ihm ein, welch idiotische Verzögerung diese neue Eheschließung bedeuten würde. Und bei der Vorstellung, wie dieses Schwein zu ihr ins Bett kroch, brach ihm der kalte Schweiß aus. Er mußte diese Heirat verhindern. Aber wie? Ihr noch mal schreiben? Nein, er hatte das Briefeschreiben aufgegeben. Mit Wonne hätte er Mr. Barber erdrosselt, nur würde man ihn dann einsperren. Haß war wie ein kleines Ventil, das Erleichterung schaffte, Haß und Verachtung für die ganze Bande. Aber Annabelle konnte er nicht ernsthaft hassen. Sie hatte sich nur gründlich hinters Licht führen lassen und verdammte sich nun selbst ein zweites Mal zu einem Leben in Häßlichkeit und Mittelmaß. Aber warum?

Als David ins Labor fuhr, war er wieder ruhig und erkannte fast reumütig, daß sein Jähzorn zu nichts geführt hatte und auch nie zu etwas führen würde. Aber er tröstete sich mit der Gewißheit, daß ihm heute oder morgen oder auch übermorgen irgend etwas einfallen würde, irgendein

Plan, eine Lösung. Mit der nötigen Ausdauer war jedes Problem der Schöpfung lösbar, wenn man es erst gründlich studierte und dann, ganz entspannt, Kreativität und Phantasie walten ließ. Er beschloß, sich heute ganz auf seine Arbeit zu konzentrieren und in der Konferenz mit Dr. Osbourne am Nachmittag durch besondere Aufmerksamkeit zu glänzen. Wenn er das durchhielte, würde er bestimmt noch vor dem Feierabend eine fabelhafte Lösung für sich und Annabelle finden.

Kenneth Laing musterte David verwundert und fragte, was passiert sei.

»Ach, nichts weiter«, antwortete David lächelnd. »Habe bloß am Wochenende eine alte Rechnung beglichen.«

Laing stieß einen Pfiff aus. »Und wer hat gewonnen?«

»Ich natürlich.«

Damit war es ausgestanden. Laing neigte nicht zu Vertraulichkeiten, sondern wahrte immer eine gewisse Distanz.

Am Nachmittag kam es zu einer Auseinandersetzung mit Dr. Osbourne. David hatte sich für die heutige Diskussion gut vorbereitet, und es ging auch alles glatt, bis der Chef die Radioaktivität eines Tuffgesteins erwähnte, das er irgendwann, irgendwo untersucht hatte. Vielleicht hatte er sogar einen Scherz eingeflochten. Aber kaum eine Minute später hatte David sich, ausgehend von einer Diskussion über die Wirkung radioaktiver Strahlen auf lebende Organismen, so rettungslos in unlogischen Argumenten verheddert, daß er, in die Enge getrieben, nach allen Richtungen ausschlug. Wichtigtuerisch führte er seine wissenschaftliche Verantwortung und seine Grundsätze ins Feld, was Dr. Osbourne als nicht relevant und unsachlich zurückwies. David hörte den Einwand und hörte auch seine Replik, doch seltsamerweise konnte er beides ebensowenig miteinander in Beziehung bringen, wie es ihm gelingen wollte, sich im Zaum zu halten oder wenigstens das Thema zu wechseln. Er polemisierte lautstark gegen jene verquasten Wissenschaftler, die vor jedem Experiment zurückschreckten, dessen Resultate womöglich auch zur Erfindung lebensgefährlicher Waffen mißbraucht werden könnten, verteufelte aber gleichzeitig – er hörte es wohl – alle künftigen Experimente mit radioaktiven Strahlen irgendwo auf dem Erdball. Und warum? Weil die Erkenntnis, daß der gegenwärtige Radioaktivitätspegel niedrig und vergleichsweise harmlos sei, nur zu immer neuen Tests führen würde und damit zu einer Steigerung der Radioaktivität sowohl auf der Erdoberfläche wie in der Atmosphäre.

»Ich finde Ihre Ausführungen ebenso amüsant wie verwirrend«, gestand Dr. Osbourne lächelnd, aber David ließ ihn kaum ausreden.

»Ich behaupte nicht, daß ich ein fertiges Alternativkonzept hätte«, fuhr David hastig fort und versuchte vergebens, sich wieder mit der Feindseligkeit und dem Groll gegen Dr. Osbourne zu wappnen, die er vor ein paar Minuten noch empfunden hatte. »Ich bin kein Systemanalytiker. Trotzdem habe ich eine Methode konzipiert, mit der man die Welt verbessern könnte. Der springende Punkt ist das Verhältnis zwischen Akzeptanz und Verweigerung. Mein System würde überall greifen, angefangen beim unbedarften Einzelmenschen bis hin zu den Leuten, welche die Außenpolitik bestimmen.« Aber David hatte keineswegs ein durchdachtes System parat, sondern bloß jene flüchtigen Eingebungen, die ihm unter der Dusche kamen oder spätnachts, wenn er nicht schlafen konnte (und in diesen kritischen frühen Morgenstunden war er geistig nie wirklich auf der Höhe, auch wenn sein Gehirn gerade dann auf Hochtouren zu laufen schien); trotzdem brabbelte er weiter, während Dr. Osbourne, das Kinn in die Hand gestützt, zuhörte. »Man muß eben wissen, was man noch akzeptieren darf und was nicht«, schloß David.

»Das läßt sich nicht bestreiten. Schön, David, sobald Sie das ein bißchen ausformuliert haben…«

»Aber einiges verstehen Sie gewiß«, fiel David seinem Chef ins Wort. Sein Selbstvertrauen regte sich wieder.

»Mein lieber David, sind Sie sicher, daß bei dieser Prügelei nicht auch Ihr Kopf ein bißchen etwas abbekommen hat? Oder haben Sie sich heute morgen mit ein paar Schnäpschen gestärkt? Nicht, daß ich was dagegen hätte, ganz bestimmt nicht! Sagen Sie's mir bloß freiheraus, damit ich weiß, ob es einen Sinn hat, hier fortzufahren.«

David stand auf. Er hatte das dunkle Gefühl, beleidigt worden zu sein. »Ich habe nur versucht, einen sachdienlichen Beitrag zu unserer Diskussion zu leisten.«

»Was Ihnen leider nicht gelungen ist. Ich kann Ihre Ausführungen nicht einmal als Randbemerkung gelten lassen. Aber ich bin nicht böse, David!« Dr. Osbourne lachte leise, doch David merkte sehr wohl, daß er ihn genau musterte.

Wenn er jetzt eine Bemerkung macht, schwor sich David, nur die kleinste Andeutung über mein Privatleben, dann verschwinde ich auf Nimmerwiedersehen aus diesem Büro. Dann haue ich hier ab, ohne ein Wort zu irgend jemandem im Labor, einfach so.

Aber Dr. Osbourne sagte nichts. Er nickte nur vor sich hin, als ob er im stillen mit sich zu Rate gegangen und mit dem Ergebnis zufrieden sei. Und sein Lächeln wirkte überheblich. Mit einer einladenden Geste auf Davids Stuhl fragte er: »Entschuldigen Sie, David. Wollen Sie sich wieder setzen, und wir machen weiter – oder nicht?«

Verwirrt stellte David fest, daß er nicht wußte, was er wollte.

»Na, dann vertagen wir uns doch auf morgen, was David?« Dr. Osbourne erhob sich lächelnd. »Wir haben alle mal einen schlechten Tag, und dieser Wind macht es auch nicht besser.« Er hakte die Daumen in die Westentaschen und drehte den Kopf zum Fenster hinter seinem Sessel.

»Danke, Sir«, sagte David, der plötzlich das Gewicht seiner Unterlippe fühlte. »Wenn Sie mich entschuldigen würden...«

»Aber sicher, David. Sie wissen doch, daß es bei unserer Arbeit nicht auf Schnelligkeit ankommt. Ich möchte nicht, daß Sie sich in irgendeiner Weise unter Druck gesetzt fühlen.«

Während der kommenden Stunde widerfuhr David etwas noch nie Dagewesenes: Er konnte nicht arbeiten. Seine Aufgabe war es, von den binnen eines Monats erstellten Diagrammen den Mittelwert zu berechnen, was bei entsprechender Anleitung jede Sekretärin gekonnt hätte. Trotzdem kam er beim besten Willen nicht über die Hälfte des Pensums hinaus. Probeweise nahm er ein diffizileres Problem in Angriff, mit dem er aber genauso auf der Strecke blieb.

Peinlich berührt von seiner scheinbaren Trägheit, ging David zu Laing, erklärte, ihm sei nicht gut, und bat Kenneth, das doch bitte auch Dr. Osbourne auszurichten, falls er herunterkommen und nach ihm fragen sollte. David wußte, daß der Chef sich so gut wie nie nach unten in ihr Labor verirrte, und er sah Laing an, daß der sich über seine Bitte wunderte.

Den ganzen Heimweg über quälte er sich mit furchtlosen Fragen. Sollte er umkehren und ins Labor zurückfahren? Sollte er Annabelle anrufen und ihr einen Vorschlag machen, den sie nicht übergehen, mißachten oder einfach vergessen konnte? Oder sollte er, statt zu telefonieren, lieber noch einmal nach Hartford fahren?

Daheim hielt er erst einmal Hausputz. Er saugte jedes Zimmer durch, was aber, da eigentlich alles sauber war, nicht viel Zeit in Anspruch nahm. Immerhin hatte David hinterher das Gefühl, den Tag nicht völlig vergeudet zu haben. Irgendwann fiel ihm ein, daß er noch gar nicht nach der Post gesehen hatte, was er sonst immer als erstes tat, wenn er von der Arbeit kam. Er zog einen Regenmantel an und ging über den aufgeweichten Gartenweg zum Briefkasten vorn an der Straße. Die Welt ringsum wirkte seltsam schwarz; nicht so dunkel, daß er nichts mehr hätte erkennen können, sondern eher so, als ob die Atmosphäre mit schwarzer Tusche getränkt worden wäre. David sah ein paar Vögel davonflattern. Dann, gerade als er die Hand nach dem Briefkasten ausstreckte, krachte ein furchtbarer Donnerschlag. Ob das ein Zeichen war? Zitternd riß er den Kasten auf. Unter der Post war nichts Persönliches, bis auf einen Brief von seinem Onkel Bert, und auf den war er nicht neugierig.

Als er wieder ins Haus kam, säuberte er seine Schuhe

unter dem Wasserhahn an der Spüle, trocknete sie mit einem Papierküchentuch und cremte sie ein, bevor er Onkel Berts Brief aufmachte. Nach den üblichen und eher belanglosen Familiennachrichten (Louise hatte einen Freund, der nach Meinung ihrer Eltern zu alt für sie war) leitete Bert seine wohlmeinenden, onkelhaften Ratschläge mit dem Satz ein, den David ihn seit seinem fünfzehnten Lebensjahr unzählige Male mit sanfter Stimme hatte sagen hören: »Ich weiß, du bist alt genug, dein eigenes Leben zu führen, und ich will mich auch nicht einmischen, aber...« Diesmal sorgte er sich ausgerechnet wegen der Forschungsreise mit der *Darwin* im Juli. Davids Glücksbeteuerungen dünkten ihn ein bißchen aufgesetzt. War er wirklich glücklich? Und was war mit Annabelle?

... In Deinem letzten Brief schreibst Du, daß Ihr spätestens im Juni heiraten wollt. Ist das wirklich wahr, Dave? Weißt Du, dieser Tage habe ich zufällig Annabelles Mutter getroffen, und sie hat anscheinend keine Ahnung. Nicht, daß ich sie direkt darauf angesprochen hätte, aber Dich habe ich halt erwähnt. Und was soll ich Dir sagen? Sie ist mir ausgewichen, wollte einfach nicht über Dich reden. Sag mir doch bitte, was da vorgeht, Dave! Meine Meinung zu der ganzen Geschichte kennst Du ja zur Genüge: Höchste Zeit, daß Du Dich nach einem anderen Mädchen umschaust...

Hatte er wirklich von einer Hochzeit im Juni gesprochen? Doch, vielleicht. David legte den Brief auf den Tisch, ohne daß er ihn zu Ende gelesen hatte.

Ungefähr eine Stunde später saß er im Wohnzimmer auf dem Sofa und hatte einen gehörigen Schwips, denn er war bereits beim dritten Martini. Eigentlich waren die Cocktails als festlicher Auftakt zum Abendessen gedacht, doch dann merkte David, daß er gar keinen Appetit hatte. Den dritten Martini stellte er weg, ohne ihn auszutrinken, und lief nach oben, um zu duschen und sich umzuziehen. Unter der Dusche heiterte seine Stimmung sich etwas auf. Er pfiff demonstrativ vor sich hin und dachte an William Neumeister. Bill, der Glückspilz! Unversehens fühlte er sich an viele fröhliche Duschbäder in seinem früheren Haus in Ballard erinnert, die noch viel unbeschwerter gewesen waren. Rückblickend erschien ihm das Ballard-Haus wie ein Paradies. Dort hatte ja auch Gerald Delaney sein Ende gefunden, und zwar durch Neumeisters Hand.

An diesem Abend war er wieder einmal William Neumeister. Schon lief alles viel besser. Er aß eine Kleinigkeit, streckte sich anschließend, mit einem Eisbeutel auf der Lippe und dem kalten Rest eines Porterhouse Steaks auf dem blauen Auge, vor dem Kamin auf einem Teppich aus und hörte Platten.

Als Schönbergs *Verklärte Nacht* zu Ende war, ging er ans Telefon und rief Annabelle an. Er wußte noch nicht, ob er unflätig reagieren wollte, falls Grant oder Mrs. Barber dran wäre. Er war einfach voller Selbstvertrauen.

»Könnte ich bitte Annabelle sprechen«, sagte er ruhig. Natürlich hatte er die alte Hexe erwischt.

»Sind Sie das, David? David Kelsey?« fragte sie mit schreckensstarrer Stimme.

»Nein, hier spricht Bill.«

»Wer?«

»Geben Sie mir Annabelle!«

»Jetzt hören Sie mir mal zu, Mr. Kelsey. Annabelle ist verheiratet.«

»Mhm. Aber ich will trotzdem mit ihr sprechen.«

»Ja, haben Sie denn nicht gehört? Annabelle ist nicht da, sie ist mit Grant verreist.«

»Verheiratet?« David schnappte hörbar nach Luft – wie peinlich! »Sie meinen, die beiden haben geheiratet?«

»Ganz genau, und das haben sie Ihnen zu verdanken, Mr. Kelsey. Nach dem Vorfall Sonntag nacht war Annabelle so außer sich, daß der Arzt ihr geraten hat, keine Minute länger zu warten. Also hat Grant sie geheiratet und ist gestern noch mit ihr weggefahren. Was sagen Sie nun? Die zwei haben die Stadt verlassen, und sie kriegen Polizei-schutz für den Fall, daß *Sie* auch nur versuchen sollten, die arme Annabelle noch mal zu belästigen. Schreiben Sie sich das gut hinter die Ohren!«

»Wo ist sie?«

»Das sage ich Ihnen nicht. Nicht für alles Geld der Welt!« Und zack! – sie hatte den Hörer aufgeknallt.

Wenn Grant Mitspracherecht hat, dachte David, dann sind sie zu den Niagarafällen. Ruhelos lief er vom Telefon weg in die Küche und gleich wieder zurück. Ob Mrs. Barber ihn angelogen hatte? Aber nein, so gut konnte diese schwachsinnige Alte gar nicht lügen. David zuckte die Achseln und lächelte unwillkürlich, als er jetzt die Hände in die Taschen schob und eine selbsterdachte Melodie pfiff. Doch unversehens wurde ihm schwindelig. Er riß das Fenster auf, lehnte sich hinaus und atmete tief durch, aber es half nichts.

Als er im Badezimmer sein Abendessen erbrach, horchte er automatisch auf das Telefonklingeln von unten, doch selbst das Gurgeln der Toilettenspülung ging diesmal unter im Rauschen des Blutes in seinen Ohren. Als er sich hinterher die Zähne putzte, vermied David den Blick auf sein Spiegelbild über dem Waschbecken.

Die Treppe lag teilweise im Dunkeln, und als er wieder nach unten ging, hatte er plötzlich Angst. Angst vor dem, was sich aus dem Schatten lösen oder zur Tür hereinkommen könnte. Im Schein der Stehlampe, deren Lichtkegel wieder auf das Telefon fiel, wirkte das braun und beige gehaltene Wohnzimmer auffallend still. David mixte sich noch einen Martini und schlenderte, an seinem Glas nippend, durchs Haus. Vordergründig kreiste sein Denken um die Taktik, die er einschlagen wollte: abwarten, bis Grant Barbers Spießertum offenbar wurde (falls das nicht schon geschehen war), oder sie aufspüren und ihnen nachfahren? Allerdings ließ sich nicht leugnen, daß die alte Hexe ihn durch ihre Drohung mit der Polizei eingeschüchtert hatte. Ein Körnchen Wahrheit mochte immerhin dran sein. Und wenn die Polizei ihn erst einmal beim Wickel hatte, würde er sich nicht mehr herausreden können. Von der Peinlichkeit ganz abgesehen.

Ruhig Blut, William Neumeister. Laß dich nicht ins Bockshorn jagen. Er machte etliche Fenster auf, doch seine Brust und die Hände brannten, als ob er hohes Fieber hätte. Annabelle hatte einen Fehler gemacht, das war alles. Nicht den ersten. Den zweiten. Den letzten.

Was würde Mrs. Beecham mir wohl raten, fragte er sich. Ihm war eingefallen, wie verständnisvoll die alte Dame sein

Geständnis, er sei verliebt, aufgenommen hatte. Und wie ihre Augen, in denen sich Melancholie und Herzensgüte spiegelten, gestrahlt hatten! David hatte seinerzeit das Gefühl, in ihr endlich eine Verbündete gefunden zu haben. Und sie war ja immer noch da, oberste Etage, Hofseite, an der Hintertür des Lebens und dem Himmel am nächsten. David wollte schon zum Telefon greifen, als ihm einfiel, daß der Apparat in der Pension ja im Erdgeschoß stand und mithin für Mrs. Beecham unerreichbar war. Außerdem war es fast Mitternacht.

Morgens um sechs fand er sich auf der Wohnzimmercouch wieder, ein elendes Erwachen, das allerdings dadurch gelindert wurde, daß sein Gesicht im Spiegel viel besser aussah als gestern. Unter der Dusche pfiff er eine Melodie, und als er sich rasiert und angezogen hatte, ging er hinunter, um ausgiebig zu frühstücken. Aber dann trank er bloß ein großes Glas Milch mit einem Löffel voll Kaffeepulver und zwei Schuß Gin pur versetzt. William Neumeister würde den heutigen Tag schon überstehen. Er wußte bereits jetzt, daß er ein schönes Stück Arbeit leisten und damit die Pfuscherei von gestern wettmachen würde.

26

Hallo, Dave! Wes hier. Wir sind in Troy. Ist das zu früh für dich?«

»Nein«, sagte David verdattert.

»Sonst hätten wir uns hier in der Stadt noch ein bißchen die Zeit vertreiben können. Dann nehmen wir also die Peterborough Road stadtauswärts und halten uns an deine Karte, ja?«

»Genau.«

»Dave, was ist los? Habe ich dich geweckt?«

»Nein, ich war schon auf«, antwortete David. »Kannst ruhig kommen. Bis nachher, Wes.«

»*Ciao.*« Wes legte auf.

David sah auf die Uhr. Fünf nach elf. Samstag morgen. So was Dummes! Und dann dieses »wir«. Wahrscheinlich Effie. Aber wenn er Laura dabeihat, dachte David, dann lasse ich sie einfach nicht herein. Ohne Wenn und Aber. Ich werde einfach sagen, ich hätte auswärts eine dringende Verabredung. Unruhig wanderte David durchs Haus und kontrollierte mit finsterer Miene, ob irgendwo etwas aufzuräumen sei. Als er sich vergewissert hatte, daß alles tadellos in Ordnung war, ging er in die Küche und guckte in den Kühlschrank und ins Gefrierfach, in dem neben dem drei Finger dicken Steak in Wachspapier fast kein Platz mehr war. Dafür reichte das Fleisch zum Glück gut und gern für sechs Personen.

Er legte eine Platte auf, tauschte sie aber schon nach wenigen Takten gegen eine andere mit französischen Chansons aus, allerdings nicht die, die Effie damals in ihrer Wohnung gespielt hatte. Er setzte gleich noch ein paar Aufnahmen mit französischen und italienischen Schlagern auf die Spindel.

David zuckte zusammen, als draußen eine Autotür schlug. Eine zweite klappte zu. Er ging an die Haustür und öffnete. Wes hatte Effie dabei. Sie trug einen Korb, zugedeckt mit einer weißen Serviette.

»Hallo, Dave!« rief sie. »Nein, was für ein schönes Haus!«

»So, da wären wir, Dave!« Wes schüttelte David kräftig die Hand, während er sich auf der Fußmatte die Schuhe abstreifte.

»Ich habe etwas Leckeres mitgebracht!« verkündete Effie. »Brathähnchen und Pastete. – Mann, ein Flügel! Spielst du Klavier, Dave?«

Sie schauten sich das Wohnzimmer an, überschütteten ihn mit Komplimenten, und David mußte ihnen auch die oberen Räume zeigen.

Inzwischen waren er und Wes wieder unten in der Küche, und David holte Eis für Wes' Drink. Effie war im Bad verschwunden.

»Du hast abgenommen«, konstatierte Wes. »Nehmen die dich so hart ran im Labor?«

»Aber nein, sie sind sehr anständig.«

Schweigend kehrten sie ins Wohnzimmer zurück.

David gab sich einen Ruck und sagte: »Ihr bleibt doch über Nacht, oder? Ihr beide?«

»So war es doch ausgemacht, nicht?« Wes rieb sich die Hände. »Ich freue mich schon auf das Steak, das du uns versprochen hast. Weißt du, Dave, nach deinem Anruf am Donnerstag habe ich mir große Sorgen gemacht. Es freut mich, wie erholt du heute aussiehst.«

David nickte, aber er war peinlich berührt. *Wann* hatte er Donnerstag angerufen? Und wo – in der Fabrik oder bei Wes zu Hause? »Deine Stelle hast du also behalten, Wes?«

Wes lächelte. »Ja, hat sich alles im Sande verlaufen. Die Weiber wollen einem bloß angst machen, und Laura ist da keine Ausnahme. Mit ihr ist alles wieder wie gehabt. Das mit Effie macht ihr in Wirklichkeit nichts aus, war alles nur Theater, und da habe ich mir gedacht, was soll's? Verbring ich halt das Wochenende mit ihr. In deinem Haus versteht sich. Und wer daran Anstoß nimmt, kann sich seine drekkige Phantasie sonstwohin stecken.« Er lachte.

Doch als Effie jetzt hereinkam, drehte er sich mit ängstlich-besorgter Miene nach ihr um. David sah es genau.

»Also Dave, ich bin ganz weg von deinem Haus – es ist zu schön!« Effie nahm züchtig in der Mitte des Sofas Platz.

Wes ging in die Küche, um Effie einen Drink zu machen. David hatte fürs erste abgelehnt, versprach aber, abends einen Martini mit ihnen zu trinken. Doch bis dahin galt es noch einen schier unendlich langen Nachmittag herumzubringen.

In der Hoffnung, das würde ihm helfen, sich zwischen Schinkenomelette und einem chinesischen Gericht, das sich ganz leicht aus Fertigpackungen und Dosen zusammenmixen ließ, zu entscheiden, deckte David schon einmal den Tisch fürs Mittagessen. Doch da platzte Effie herein, und als sie ihn am Tisch hantieren sah, packte sie gleich ihr Hähnchen aus.

»Jetzt fehlt bloß noch ein Berg Salat«, sagte sie fröhlich. David machte einen frischen Drink und brachte ihn Wes, der sich im Wohnzimmer die Bücher anschaute.

»Ich hab diese Woche versucht, Annabelle anzurufen, Dave«, sagte Effie leise, als David in die Küche zurückkam. »Ich habe von der Heirat erfahren. Tut mir leid, Dave.«

Er nickte. »Wie schnell sich doch so etwas herumspricht!«

»Ich bin jedenfalls froh, daß du es nicht so schwer nimmst, wie ich dachte.« Sie lächelte, und auf ihren eingefallenen Wangen bildeten sich eckige Falten. Sie trug einen engen schwarzen Rock und eine weiße Rüschenbluse. Auch Effie hatte abgenommen, hatte so gut wie keine Rundungen mehr, und bei genauerem Hinsehen verstand David, warum Wes sein Werben eingestellt hatte. Sie hat so gar nichts Anziehendes mehr, dachte David, außer vielleicht das duftige braune Haar.

»Es wird nicht halten«, sagte David ruhig. Wenn Effie ihn bloß nicht dauernd so anstarren würde.

Effie probierte und lobte die Salatsauce und bewunderte auch die Espressomaschine. David wappnete sich gegen den nächsten Vorstoß.

»Ich habe nicht persönlich mit Annabelle gesprochen. Sie war nicht da. Donnerstag abend war das... nach deinem Anruf bei Wes. Glaubst du, daß sie glücklich ist, Dave? Ich meine, liebt sie diesen Mann?«

»Nein.« Er kehrte der Espressomaschine den Rücken,

wusch unter fließendem Wasser den Kopfsalat und schwenkte anschließend draußen an der Tür das Salatsieb so lange, bis es keinen Tropfen mehr hergab. »Hast du in letzter Zeit etwas von der Beck's Brooker Polizei gehört?« fragte er, als er wieder hereinkam.

»Nein. Wieso?«

»William Neumeister war auf dem Revier und hat ihnen erklärt, warum sie ihn nicht finden konnten. Er war verreist…«

»Du bist tatsächlich hingegangen, Dave?« fragte sie, atemlos vor Staunen.

»…Und – habe Annabelle einen Brief geschrieben und ihr die ganze verdammte Geschichte noch einmal erklärt.« David beugte sich über die Salatschüssel und kippte den Inhalt des Siebes hinein.

»Und waren sie nett zu dir, oder…«

»Sehr nett!« Er sah sie an.

Sie stand da wie eine Salzsäule.

»Und Annabelle hat sich sehr über den Brief gefreut«, setzte er hinzu.

»Ahnt sie nichts?«

»Was gibt's da zu ahnen?«

Effie wurde langsam wütend. »Ich begreife nicht, wie du das so kaltblütig abtun kannst. Ich verstehe dich nicht!«

Wenn in dem Moment nicht Wes dazugekommen wäre, hätte David ihr geantwortet, daß er nicht begreifen könne, warum sie sich so furchtbar aufrege.

Effie machte sich noch einen Drink und nahm ihn mit an den Tisch. Da Wes nicht so gern Wein trank, stellte David ihm ein Bier hin und nahm selber auch eins. Das Hähnchen war ausgezeichnet und die erste Hälfte des Mittagessens ganz angenehm, doch dann machten die beiden ihn zum Gesprächsgegenstand. Wie mit lauter kleinen Nadelstichen setzten sie ihm zu. Er versuchte zwar, ihre Angriffe mit Kopfschütteln, Schweigen, Verneinungen und finsteren Blicken abzuwehren, aber sie gaben nicht nach, sondern piksten immer weiter.

»Du hast diesen Grant also gesehen?… Was hat dich eigentlich in dieses Kaff verschlagen?… Und du findest ihn wirklich nett, Dave?«

»Er ist okay. Hat zwei Augen und eine Nase im Gesicht.«

»Aber am Telefon hast du gesagt, er ist ein Langweiler und ein Schwachkopf… Wirst du weiter hier wohnen bleiben, Dave?«

»Ja. Warum nicht? Was soll die ganze Fragerei?«

»Das hätte ich dir gleich sagen können. Die Frauen sind entweder direkt Feuer und Flamme, oder du hast verspielt… verspielt… verspielt…«

David stand auf. Er war ins Schwitzen geraten, und schlecht war ihm auch.

Von da an hörte es eigentlich überhaupt nicht mehr auf, nicht einmal, wenn Wes Witze erzählte oder Effie auf dem Klavier klimperte und Wes so tat, als ob er zuhörte und Gefallen daran fände. Einer von beiden redete unentwegt auf ihn ein.

»Wenn du uns doch bloß sagen wolltest, was dahintersteckt, Dave… Effie und ich, wir sind deine Freunde. Wenn du diesen Newmester kennst… Hält der sich absichtlich versteckt?«

Als Wes nachmittags um fünf die Cocktailrunde vor

dem Dinner einläutete, trank David mit. Er hatte Wes sein Schlafzimmer angeboten, da es im Haus nur ein Gästezimmer gab, und das, fand er, sollte Effie bekommen. Er selbst wollte im sogenannten Wohnzimmer schlafen, wo auch die meisten seiner Bücher standen. Effie ging gegen sechs nach oben, um sich umzuziehen, und David machte den Kamin an – nicht, weil ihm oder den anderen kalt gewesen wäre, sondern um seine Nervosität abzureagieren.

»Dave«, sagte Wes unvermittelt, »du mußt schon entschuldigen, daß wir dich so mit Fragen gelöchert haben, aber du kannst dir nicht vorstellen, wie du Donnerstag abend geklungen hast. Kein Vergleich mit heute.« Er sprach ruhig und eindringlich, aber er hatte schon den leicht schwiemeligen Blick, den er immer kriegte, wenn er angetrunken war.

»Und wie habe ich geklungen?«

»Absolut verzweifelt. Du müßtest mich unbedingt sehen, hast du gesagt. Gut, vielleicht hattest du ein paar Martini intus, aber ich hatte doch den Eindruck, es war was dran. Tja, und darum bin ich auch gekommen. Ich war sogar bereit, noch am selben Abend herzufahren, erinnerst du dich?«

David erinnerte sich nicht. Aber er wußte, daß er an dem Abend nicht betrunken gewesen war. Donnerstag und auch Freitag war im Labor alles gutgelaufen. »Wann genau habe ich angerufen?«

»So gegen neun. Zuerst war Laura dran. Du hast guten Abend gesagt und sehr… sehr höflich mit ihr gesprochen. Laura war recht angetan.«

»Und was habe ich noch gesagt?«

»Daß du am Ende seist«, antwortete Wes so heiter, als würde er einen Witz erzählen. »Wie sich's angehört hat, warst du ganz schön daneben. Du hast gesagt, mit Annabelle ist alles aus.«

»›Mit Annabelle alles aus‹?« wiederholte David lachend. »Da kann ich nicht bei Verstand gewesen sein.«

»Ich habe gefragt, warum, und du hast gesagt, weil sie wieder geheiratet hat. Zum zweitenmal hätte sie einen Niemand geheiratet. Einen miesen kleinen Durchschnittstypen, einen Schwachkopf und weiß der Teufel was noch alles.« Wes lachte. »Ich nehme dir nicht ab, daß du den Mann ganz nett findest. Aber vielleicht steht ja Annabelle nur auf solche Typen.«

»Das ist nicht wahr. Sie ist in eine Falle getappt, genau wie damals, ehe sie Gerald geheiratet hat«, sagte David.

»Was für eine Falle? Finanzieller Art?«

»Kann sein… das auch.«

»Aber *du* warst doch da.«

»Dann ist sie eben mit mir in die Falle getappt. Ich habe sie zu sehr bedrängt… oder bin ihr jedenfalls nicht ganz gerecht geworden. Aber noch ist es nicht zu spät. Diese Ehe ist doch bloß eine Farce, die wird nicht lange halten.« David stand auf und trat an den Kamin.

»Aber ich… ich dachte, du hast sie aufgegeben, Dave.«

Was für Ausdrücke! Sie *aufgeben*! Als ob man das einfach so beschließen könnte. »Ich möchte nicht weiter darüber reden, Wes.« David starrte in die Flammen. An diesen Abenden – am Mittwoch, Donnerstag und Freitag – hatte er wieder das Spiel gespielt, das Neumeister-Spiel, angefangen bei den zwei Martini vor dem Dinner. Und es war gewesen wie an den Wochenenden in dem Haus in Ballard, fast so. Nur: Was war am Donnerstag abend um neun schiefgegangen, was war in seinem Gehirn abgelaufen, woran er sich bis heute nicht erinnern konnte? Er hatte einen Blackout gehabt. Wes ließ ihn nicht aus den Augen.

Als Effie herunterkam, trug sie eine auf Taille gearbeitete schwarze Hose. Wes mixte ihr in der Küche einen Scotch mit Soda und brachte auch gleich den Martini-Shaker mit, um David nachzuschenken. David erklärte, er wolle draußen den Grill für die Steaks vorbereiten.

»Ich komme mit und helfe dir«, sagte Effie.

»Das mache ich lieber allein.« David fuhr sich mit den Fingern durchs Haar. Er war am Ende seiner Kraft. In der Küche trank er rasch den Martini aus, nahm den Holzkohlesack, Streichhölzer und eine alte Zeitung und ging hinaus. Heute abend würde er keinen Flüssiganzünder zu Hilfe nehmen! Er wünschte sich ein anständiges, ehrliches Feuerchen, entfacht mit Reisig und Papier, das er dann langsam mit Holzkohle speisen wollte. Es war ein mühsames Geschäft, weil selbst das ausgesuchteste Holz noch ein bißchen feucht war, aber das Feuer kam in Gang, und David hatte seine Freude daran – bis die Küchentür aufging und Wes herauskam. Er schwankte ein wenig und blieb mit dem Absatz an der Stufe hängen.

»Laß dich nicht stören, mein Alter, ich bring dir bloß eine kleine Erfrischung.« Er hatte den Martini-Shaker dabei und ein Glas.

»Danke, Wes, aber ich glaube, ich habe mein Quantum.«

»Ach was!« Wes schenkte ein.

David nahm das Glas in die rußverschmierte Rechte.

Das ist die Hölle, dachte er. Als Wes ins Haus zurückgegangen war, ergriff David das Glas, das er auf die Grilleinfassung gestellt hatte, und schleuderte den Martini in Richtung Waldrand.

Trotzdem trank er im Laufe der nächsten ein bis anderthalb Stunden noch mindestens zwei Martini. Sie waren wie ein dringend benötigtes Narkotikum. Er hatte inzwischen geduscht, ein frisches Hemd angezogen und die Hose gewechselt. Die in der Schale gebackenen Kartoffeln waren gar, Effie hatte einen Salat gemacht und eine Avocado, die sie aus dem untersten Winkel ihres Korbs zutage förderte, hineingeschnitten. Für ein kleines Weilchen war David guter Dinge, und es störte ihn auch nicht, daß Wes immer wieder darauf drängte, mit dem Fleischgericht noch zu warten, sondern er holte geduldig weiter Nachschub an Käse und Kräckern und schwarzen Oliven, und dann ging ihnen das Eis aus.

»Weißt du, was hier los ist? Dave hat nicht mit uns gerechnet!« rief Wes. »Er weiß nicht einmal mehr, daß er mich angerufen hat, ist dir das klar?«

Effie machte vor lauter Staunen ein richtig dummes Gesicht. Während sie diesen schrecklichen Verdacht zu verarbeiten suchte, meinte David ein Dutzend neuer Falten auf ihrer Stirn und den Wangen zu entdecken.

»Vielleicht war das ja jemand anders am Telefon, wer weiß?« sagte David, und plötzlich war seine Scham verflogen. Wes hatte selber oft genug einen Blackout gehabt. David kippte sich den Rest aus dem fast leeren Martini-Shaker ins Glas, hauptsächlich Eiswasser und glassplitterfeine Eiswürfelstückchen.

Wes hatte unterdessen die Musik lauter gestellt und tanzte mit Effie, stolperte allerdings ziemlich oft und trat ihr auf die Füße. David lachte, und Effie sah ihn so gekränkt an, als ob er sie beleidigt hätte. Vielleicht wollte sie auch bloß, daß er sie abklatschte, was er aus Höflichkeit hätte tun müssen, nur war ihm der Gedanke, sie um die Taille fassen zu müssen, einfach zuwider. Er hatte sich eben in den Lehnsessel gesetzt, als er Effie sagen hörte: »Newmester war persönlich bei der Polizei in Beck's Brook. Hat mir einer von denen letzte Woche erzählt.«

»Tatsächlich?« Wes lachte. »Das hättest du mir *früher* sagen können. He, soll ich dir das glauben?«

Effie zwinkerte David über Wes' Schulter zu, wie um zu sagen: Siehst du, wie ich mich immer noch für dich ins Zeug lege? David rutschte im Sessel hin und her und schlug die Augen nieder.

»Nein, ich glaub dir nicht!« entschied Wes belustigt. »Wieso deckt eigentlich alle Welt diesen Newmester? Und wer zum Teufel *ist* der Kerl überhaupt?«

Kurzes, spannungsgeladenes Schweigen.

»Dave, hast du das gewußt? Daß dieser Newmester bei der Polizei war?«

»Nicht, bis Effie es mir heute gesagt hat.«

»Aha. Ja, und warum ist er hingegangen? Hat er etwa den Mord an Delaney gestanden?« fragte Wes nun doch gespannt.

»Natürlich nicht!« widersprach Effie hastig. »Die Polizei hatte halt noch ein paar Fragen an ihn. Und ich glaube, auch Mrs. Delaney wollte sich gern einmal mit ihm unterhalten.« Sie hickste.

»Annabelle«, sagte Wes, und David fühlte seine Augen auf sich ruhen. »Sie wollte mit ihm reden?«

»Ja. Die Polizei sagt, Newmester ist zu ihr nach Hartford gefahren.«

»Hartford, genau, so hieß das Kaff«, brummte Wes. »Ja, und, was weiter?«

»Nichts weiter. Wahrscheinlich hat er Mrs. Delaney gesagt, wie es passiert ist und daß es ein Unfall war.«

»Ein Unfall«, wiederholte Wes. »Hmhm. Also ich komme da einfach nicht mit.« Er tanzte jetzt flotter und preßte Effie ungestüm an sich.

»Hör auf, Wes! Laß mich los!«

»So war es nicht gemeint!« Wes versuchte, sie festzuhalten, aber Effie stieß ihn so vehement von sich, daß sie selbst den Halt verlor und rückwärts gegen den Kamin taumelte. »Dich liebe ich!« rief sie David zu. »Nur dich!… Ja, warum soll ich es denn nicht zugeben?« brüllte sie Wes an. »Du weißt es doch sowieso, und was tust du dagegen? Nichts, gar nichts!«

»Was erwartest du denn von mir?« fragte Wes.

»David! David Kelsey!« rief Effie, ging leicht in die Knie und streckte die Arme nach ihm aus.

Aus Angst, sie könnte sich ihm an den Hals werfen, stand David auf. »Zeit für das Steak.«

»Davy!« Effie packte ihn am Arm. »Kannst du mir denn keine Minute zuhören?«

David nahm ihr Handgelenk und befreite seinen Arm so behutsam wie möglich aus ihrer Umklammerung. »Höchste Zeit für das Steak«, sagte er noch einmal.

»Mag sein, ich habe zuviel getrunken, aber *in vino veri-*

tas, so heißt es doch, nicht, Dave? Bitte, hör mir zu! Vielleicht sehe ich dich heute zum letzten… zum allerletzten Mal…«

»Da wäre David aber froh!« warf Wes lachend ein.

David wollte mitlachen, aber die torkelnde Unbeherrschtheit der beiden verschreckte ihn auch.

»Ich sehe nicht ein, Wes Carmichael«, sagte Effie, »warum du dich über ein ehrliches Wort von mir lustig machen mußt.«

»Ich mache mich nicht lustig. Soll ich nach nebenan gehen?«

David wollte sich in die Küche verdrücken, aber als er Effies Schritt hinter sich hörte, wich er so abrupt aus, daß sie gegen den Türpfosten prallte.

»Ich weiß, daß ich mich danebenbenehme«, sagte sie, »aber das ändert nichts an dem, was ich für dich empfinde… und was ich weiß. Dave, du vergeudest dein Leben an diese Frau. Such dir eine andere. Nicht unbedingt mich«, schloß sie mit bebender Stimme.

David wollte sich abwenden, aber Effie hielt ihn fest. In Wes' Gesicht kämpften Wut und Ekel, als er sich eine Zigarette ansteckte und das Streichholz in den Aschenbecher warf.

»Laß Davy doch sein eigenes Leben führen«, brummte Wes. »Er hört sowieso nicht auf dich, egal was du sagst.« Als er mit seinem leeren Glas auf die Küche zusteuerte und David anrempelte, entschuldigte er sich nicht einmal.

David riß Effies Arme so heftig von seinem Hals los, daß sie mit dem Kopf an seine Brust taumelte. Um auch seine Hände aus ihrer Umklammerung zu befreien, wich er einen Schritt zurück, riß einen Arm los, keuchte vor Panik. Er hörte Wes draußen in der Küche verbittert vor sich hin fluchen. Aber Effie mit ihrem Greinen und Jammern war schlimmer, wie eine Schnecke klebte sie an ihm. David, der quer durch die halbe Küche vor ihr zurückwich, war nahe daran, sie zu schlagen.

»Ich will nichts mehr essen«, nuschelte Wes und ging mit seinem vollen Glas hinaus.

»Warum verschwindet ihr nicht beide?« rief David ihm nach.

Effie klammerte sich an den Spülstein, starrte ins Becken und weinte.

Wes drehte sich kampflustig um, und David ging auf ihn zu. Da knallte Wes sein Glas hin und schrie: »Okay, ich verschwinde! Ich verlasse dieses gastliche Haus!«

»Nimm Effie mit«, sagte David.

»Oder vielleicht geh ich auch nicht«, feixte Wes. »Warum sollten wir nach deiner Pfeife tanzen, Mr. Kelsey?«

»Sag Bill zu mir.«

»Was?«

»Nimm dich in acht, Dave«, rief Effie, die sich schwankend über die Spüle aufrichtete. »Sag nichts.«

»Wer ist Bill, Eff?«

»Niemand«, sagte Effie.

Niemand. David riß die Hintertür auf, lief hinaus und schlug die Tür hinter sich zu. Draußen ging ein frischer Wind, der seinem Körper Kühlung verschaffte. Vorbei an der rötlichgelben Glut des Holzkohlenfeuers schlenderte David bis hinüber zum Waldrand. Dort blieb er stehen und hob das Gesicht zu dem schräg geneigten Dreiviertelmond empor. Es war alles still, bis auf seinen Atem. Der ging immer noch keuchend, und seine Augen waren tränenverschleiert, aber er fühlte sich jetzt ganz nüchtern. Ruhig und majestätisch glitt der Mond durchs bläuliche Gewölk. Einmal hatte Annabelle zu ihm gesagt: »Ich liebe dich auch, David«, und in jener Nacht hatte der Mond geschienen, derselbe Mond, zu dem er jetzt hinaufschaute. Und ihre Worte, wo waren die hin? Schwebten sie nicht noch irgendwo dort im Äther? Konnte man sie nicht wieder einfangen, sie mit den Händen aus der Luft klauben? Irgendwo. Irgendwo waren sie verwahrt. Nichts verschwand so einfach spurlos. Die Wahrheit verkehrte sich nicht zur Lüge. Annabelle wußte, daß ihre Worte noch da waren. Das war es, was sie belastete. Eines Tages würde sie zu ihm zurückkommen. Noch war es Zeit, ja, sie hatten viel Zeit, wenn es nur nicht so schwer wäre, diese Zeit zu überbrücken. Aber eines Tages würde sie bei ihm sein – in diesem Haus oder in irgendeinem anderen.

»Ja, William Neumeister«, flüsterte er vor sich hin.

Dann hörte er eine Wagentür zuschlagen und einen Motor anspringen. Er hörte, wie das Auto zurücksetzte, wendete und über die unbefestigte Straße davonfuhr. Gott sei Dank, dachte er, und der Druck in seiner Brust ließ nach. David sah hinauf zum Mond. Er war glücklich, endlich allein zu sein, und allmählich kam auch seine Zuversicht wieder. Er atmete ein paarmal tief durch, dann machte er kehrt und ging zum Haus zurück. Das Durcheinander in der Küche störte ihn nicht, denn jetzt hatte er ja viel Zeit sauberzumachen – allein! Alle Zeit der Welt! Wenn er Lust hatte, konnte er die ganze Nacht aufbleiben, lesen, Platten hören, an Annabelle schreiben, sich hinlegen, von ihr träumen, davon, daß sie eines Tages in seinem Bett schlafen würde. David griff nach einer Ginflasche, in der noch ein kleiner Rest war. Den goß er in ein Glas, das er nonchalant erhob und auf einen Zug austrank. Er erinnerte sich dunkel, daß er schon woanders einmal, um seinen Mut zu beweisen, eine Flasche geleert und sich dabei gut gehalten hatte. Wo war das gewesen? Als er das Glas abstellte, sah er seine alte Armbanduhr wenige Zentimeter vor ihm auf dem Tisch liegen. David zuckte mit den Schultern.

Während er durchs Wohnzimmer ging, pfiff er vor sich hin. In seinem Kopf hing eine Art angenehm weiche, riesige Wolke, schwerelos und blaugrau wie die Augen von Annabelle. Sie ließ weder Probleme herein noch Sorgen. Es war William Neumeisters Wolke. Tief drinnen war er ein gewitzter Schlaukopf, der Glückspilz – William Neumeister. David ging nach oben. Er wollte sich ausziehen, den gräßlichen Nachmittag unter der Dusche fortspülen und wieder in seine Jeans schlüpfen.

An der offenen Schlafzimmertür blieb er stehen. »Annabelle…«

Sie hatte die Arme um sein Kopfkissen geschlungen, auf dem ihr braunes Haar wie ein offener Fächer lag, und sie schlief tief und fest.

Er stürzte zu ihr, nahm sie bei den Schultern, wollte sie sanft herumdrehen und zog gleich darauf angewidert die Hand zurück, die ohne innezuhalten in das Gesicht schlug, das sich von seinem Kissen erhob.

»*Davy!*«

Mit beiden Händen zerrte er sie vom Bett und schleuderte sie von sich. Aber schon richtete sie sich an der Lehne des großen Sessels wieder auf und plärrte ihn an, doch diesmal biß er die Zähne zusammen und packte sie an den Schultern.

»Klappe, halt endlich die Klappe!« drohte er und stieß sie weg.

Er wandte sich wieder zum Bett, fuhr zerstreut mit der flachen Hand über die Decke und strich sie glatt. Die Laken waren zum Glück unberührt geblieben, aber das Kissen zog er unter dem Bettzeug vor und warf es hinter sich an die Wand.

Effie rührte sich nicht. Wahrscheinlich erwartete sie, daß er sie aufheben und trösten würde. David lächelte finster und ging ins Bad, Hände waschen. Er schöpfte Wasser in die hohlen Hände, besprengte sich das Gesicht und rubbelte es mit einem Handtuch trocken. Mit diesem Haus war er fertig. Effie hatte es verdorben. Er wollte nichts aus dem Haus behalten. Außer den Bildern von Annabelle in seinem Schreibtisch, die er heute morgen, bevor Wes und Effie kamen, vom Kaminsims genommen hatte; und vielleicht sollte er auch noch ein paar Papiere aus dem Schreibtisch mitnehmen. Und er würde nicht zurückkommen. Nie mehr.

David ging ins Wohnzimmer, holte sein Scheckbuch und das Bargeld, das er in einem Geheimfach seines Schreibtischs aufbewahrte, und kramte dann noch seine Brieftasche hervor sowie einen mit Gummiband zusammengehaltenen Stoß Papiere, die einzigen wichtigen Dokumente, die er besaß. Er überlegte, ob er noch etwas zum Anziehen mitnehmen sollte, doch die Auswahl der Kleidungsstücke und das Kofferpacken erschienen ihm zu anstrengend. Er rannte die Treppe hinunter, zögerte kurz, als er sah, wie viele Lichter im Haus brannten, dann zerrte er ungeduldig einen Trenchcoat aus dem Flurschrank.

David riß das Garagentor auf und fuhr rückwärts hinaus. Er hatte kaum gewendet und wollte eben in die unbefestigte Straße einbiegen, als er von dort ein Paar Scheinwerfer auf die Einfahrt zuhalten sah. David gab Gas. Das andere Auto hatte unten an der Ecke gehalten, und David erkannte im Näherkommen Wes' Wagen.

»Hallo! Dave!« rief Wes. »Warte einen Augenblick!«

Aber David machte einen Bogen um ihn und fuhr weiter in Richtung Highway.

27

Er fuhr eine Spur schneller als erlaubt, ohne zu wissen oder sich darum zu kümmern, wo der dunkle Highway hinführte. Ein Gefühl von Sinnlosigkeit und Verkommenheit lastete auf ihm. Er sah ein, daß er irgendwann in sein Haus zurückmußte, aber vorläufig konnte er selbst den Gedanken daran nicht ertragen. Wenigstens würden die beiden fort sein, wenn er wiederkam, denn heute abend würde er nicht zurückfahren, und vielleicht morgen auch noch nicht. Er brannte noch immer vor Scham und Zorn, wenn er daran dachte, wie Wes durch seine Küche getorkelt war und ihm geraten hatte, zum Psychiater zu gehen! Wes hatte es gerade nötig, der auf dem besten Weg war, sich zu Tode zu saufen. Der bleierne Stumpfsinn von Wes' verkorkster Ehe bedrückte David fast ebenso wie die SITUATION mit Annabelle. Sicher, Annabelle hatte wieder geheiratet, und das war tragisch genug, aber wenigstens, dachte David bei sich, wenigstens habe ich eine positive Einstellung. Ich weiß, daß sie eines Tages… Ließ Wes Carmichael eine auch nur annähernd positive Grundhaltung erkennen?

Eine plötzliche Müdigkeit zwang ihn, das Tempo zu drosseln. Seine Hände lagen jetzt entspannt unten auf dem Lenkrad, und er fuhr nur noch etwa dreißig Meilen pro

Stunde. Nein, er würde heute abend nicht mehr zum Haus zurückkehren, obgleich die beiden inzwischen wohl das Feld geräumt hatten. Sicherheitshalber wollte er in einem Motel übernachten, wo er sich für den Fall, daß Wes im Rausch auf die Idee kam, ihn bei der Polizei als vermißt zu melden, unter dem Namen William Neumeister eintragen würde. Er rechnete allerdings nicht damit, daß Wes die Polizei verständigte. Er würde sich noch einen Drink genehmigen, weiter über David und seine ungastliche Art herziehen, Effie ins Auto packen und losfahren. Morgen rief er dann vielleicht an, um sich zu entschuldigen. Effie war ein anderer Fall. David bereute, daß er sie geschlagen hatte. *Hatte* er sie denn geschlagen? Er hatte sie von seinem Bett heruntergeworfen. Er sah sie am Boden liegen, ein Bild, das ihn anklagend verfolgte. Keine Entschuldigung machte das wieder wett. Er war entschieden zu weit gegangen, mußte offenbar einen Moment lang geistig weggetreten sein – wie sonst hätte er sich einbilden können, es wäre Annabelle, die da auf dem Bett lag, bloß weil Effie und sie fast die gleiche Haarfarbe hatten!

Und jetzt erinnerte er sich auch, daß er Wes aufgefordert hatte, ihn Bill zu nennen. Beängstigend! Aber vielleicht hatte Wes es nicht so richtig mitbekommen oder würde Bill nicht mit Neumeister in Verbindung bringen. Effies erschrockene Warnung fiel ihm ein: »Dave, paß auf!« David trat aufs Gas und tröstete sich mit dem Gedanken, daß der Abstand zwischen ihm und den beiden sich stetig vergrößerte.

Er sah einen Wegweiser mit einer Reihe von Orten und Entfernungen, und sein Blick fiel sofort auf *Froudsburg, 23,* und er nahm die entsprechende Abzweigung. Er würde zwar erst sehr spät ankommen, und eigentlich hatte er dort gar nichts zu suchen, trotzdem zog ihn etwas dorthin. Vielleicht würde irgend etwas passieren, wenn er erst wieder durch Froudsburgs dunkle, häßliche Straßen fuhr. Und vielleicht konnte er noch zu Mrs. Beecham.

In der Stadt angekommen, fuhr er auf direktem Weg zur Pension, und an der Ecke, wo er in die Ash Lane einbiegen mußte, bremste er ab, um den Wagen sanft über einen Teerwulst zu lenken, den er orten konnte, auch ohne ihn zu sehen. Ihm war, als schlüpfe er in einen bequemen alten Schuh, sobald er in die Einfahrt kam und den Wagen ganz weit links an der schütteren Hecke parkte, wo er ihn auch früher immer abgestellt hatte. In einem Zimmer brannte noch Licht, aber es war das von Mr. Muldaven – vorausgesetzt, er wohnte noch da. David drückte auf die scheppernde Türglocke. Das Flurlicht brannte nicht mehr. Trotzdem sah David, daß Mr. Muldavens Tür geschlossen blieb. Aber dann hörte er Schritte, und zu seiner Überraschung öffnete ihm Sarah.

»Guten Abend, Sarah.«

»Mr. Kelsey!«

»Ist noch wer auf? Entschuldigen Sie, daß ich so spät störe.« Er trat ein.

»Wollten Sie zu Mrs. Mac? Die ist schon schlafen gegangen«, erklärte Sarah, deren Gesicht schon wieder den gewohnt apathischen Ausdruck angenommen hatte.

»Also ich wollte vor allem zu Mrs. Beecham«, sagte David ruhig – gleichzeitig war er seltsam erregt und niedergedrückt von dem vertrauten Geruch des Hauses, einem

Gemisch aus alten Teppichen und undefinierbaren Speisen. »Es ist ziemlich wichtig«, setzte er hinzu. »Könnten Sie für mich nachsehen, Sarah?«

Sarah zögerte noch, aber da öffnete sich Mr. Muldavens Tür. Barfuß und im Nachthemd stand er auf der Schwelle.

»Das ist ja David Kelsey!« Er genierte sich, im Nachthemd in die Diele hinauszutreten, aber als David auf ihn zuging, streckte er ihm freudig die Hand entgegen.

»Wie geht's Ihnen, Mr. Muldaven?« fragte David, gerührt über die Freundlichkeit des Alten und über seinen festen Händedruck. »Alles wohlauf hier?«

»Danke, danke, kann nicht klagen. Sie fehlen uns, David.«

Es kam ihm so vor, als hätte es die ganzen Scherereien nie gegeben. Plötzlich kam es ihm vor, als gäbe es hier in der Pension statt griesgrämiger Muffel und Klatschbasen nur liebe alte Freunde.

»Ihr fehlt mir auch alle sehr«, antwortete er und ließ die Hand des Alten los.

Sarah drehte sich auf der Treppe noch einmal um. »Möchten Sie wirklich, daß ich jetzt noch bei ihr klopfe, Mr. Kelsey?«

»O ja, bitte«, rief David. »Und sagen Sie ihr, David Kelsey ist hier.« Er war sicher, daß sie sich über seinen Besuch freuen würde.

»Kommen Sie uns doch besuchen, Davy«, sagte Mr. Muldaven. »An einem Sonntag zum Dinner.«

»Aber gern«, antwortete David.

»Dann gute Nacht und alles Gute, Davy.«

»Danke gleichfalls, Sir.«

David dachte, daß Mr. Muldaven früher nie Davy zu ihm gesagt hatte, und bestimmt hatte er den Alten nie mit Sir angeredet. Er wandte sich zur Treppe, die ihm gleichsam geweiht schien von der Zeit und durch das gute, gewissenhaft-engagierte Leben, das er unter diesem Dach geführt hatte. Er hatte das Gefühl, sein Verhältnis zu Annabelle sei hier besser gewesen, und diese Erkenntnis war entsetzlich schmerzlich. Andererseits, warum war er denn hier? Doch nur, weil er das erkannte, es schon unterwegs im Auto erkannt hatte. David tastete nach den Papieren in seiner Manteltasche und stieg so leise wie möglich die Treppe hinauf.

Sarah kam vom zweiten Stock herunter. »Sie sagt, Sie können hereinkommen, Mr. Kelsey.«

»Danke, Sarah. Ist sonst noch jemand auf?« Und verlegen setzte er hinzu: »Ich werde nämlich zwei Unterschriften brauchen, wissen Sie. Vielleicht Ihre und die von Mr. Muldaven?«

»Unterschriften?« wiederholte Sarah, als hätte sie das Wort noch nie gehört.

»Ich sage Ihnen in ein paar Minuten Bescheid.« Und David trat beiseite, um sie vorbeizulassen.

Mrs. Beechams Tür stand einen Spaltbreit offen. Er klopfte.

»Kommen Sie nur herein, David!« hieß ihn Mrs. Beecham mit hoher, herzlicher Stimme willkommen.

David trat ins Zimmer und lächelte überschwenglich vor Dankbarkeit und Erleichterung. Mrs. Beecham saß aufrecht im Bett. Sie trug eine weiße Nachthaube und ein weißes Nachthemd mit langen rüschengesäumten Ärmeln. Auf dem Nachttisch brannte ein schwaches Lämpchen mit rosa Schirm. »Verzeihen Sie, daß ich so spät noch störe«, sagte er.

»Aber nicht doch! Was ist für eine alte Frau schon Tag und Nacht. Seien Sie so gut und geben mir meine Brille, David, damit ich Sie richtig sehen kann. Sie liegt da drüben bei meinem Nähzeug. Gleich daneben, rechts davon, glaube ich. Morgens, wenn ich aufstehe und mich anziehe, brauche ich die Brille nicht, denn da weiß ich auch so, wo alles liegt.«

David brachte ihr die Brille ans Bett.

»So, und jetzt lassen Sie sich einmal anschauen.«

Ihr rechtes, vom Star getrübtes Auge, das er im Lampenschein deutlich erkennen konnte, blickte ihn groß an, gespannt und freundlich. David griff nach ihrer rüschenumsäumten Hand und schüttelte sie in einem Anflug verlegener Zärtlichkeit.

»Dünner sind Sie geworden«, stellte Mrs. Beecham fest. »Was bedrückt Sie, David? Ist irgendwas?«

»O nein, gar nichts. Ich bin gekommen, weil…«

»Setzen Sie sich, David. Holen Sie sich den Sessel her.«

»Ich bin hier, weil ich Ihnen ein kleines Geschenk machen möchte. Zumindest *hoffe* ich, daß es eins ist.« Die Peinlichkeit, sich ihr zu offenbaren, quälte ihn furchtbar, aber er war entschlossen, es durchzustehen. »Nur eine Kleinigkeit wegen meiner Lebensversicherung«, sagte er, den Blick fest auf sein Bündel Papiere gerichtet. »Ich möchte Sie als Begünstigte eintragen. Dazu muß bloß eine einzige Zeile geändert werden. Und natürlich werde ich der Versicherungsgesellschaft gleich morgen schreiben.«

»Was denn, Begünstigte? Wieso ich, David?«

»Weil ich möchte, daß Sie das Geld kriegen.«

»Von Ihrer Lebensversicherung? Aber Sie werden mich doch überleben, David!«

»Man kann nie wissen«, versetzte David hastig, während er mit der Füllfeder den Namen Annabelle Stanton Kelsey durchstrich, in Druckbuchstaben Mrs. Molly Beecham darüberschrieb und die Anschrift der Pension hinzufügte. Mrs. Beechams unermüdliche Proteste nahm er nicht zur Kenntnis, sondern drückte ihr Formular und Feder in die Hand. »Jetzt unterschreiben Sie das bitte. Gleich hier, bei ›Begünstigte/r‹. Keine Widerrede«, setzte er fast flehentlich hinzu.

Mrs. Beecham hatte ihre eingefaßte Lupe vom Nachttisch genommen und entzifferte nun mit deren Hilfe Davids gestochene Druckschrift. »Annabelle«, las sie laut und blickte zu ihm auf. »War das nicht das Mädchen, David?«

Woher wußte sie das? Woher wußte sie es so genau? Oder hatte ihr die Altersweisheit das eingegeben? Aber woher sie es wußte, war egal. Wichtig war nur, daß sie die Wahrheit kannte. »Ja«, stieß David hervor, »sie war's. Aber sie würde das Geld nicht nehmen, das weiß ich. Und darum muß ein anderer Name eingesetzt werden, verstehen Sie?«

»Was ist denn passiert, David?«

»Nichts ist passiert! Ich habe lediglich beschlossen… Ich weiß zufällig, daß sie das Geld sowieso nicht nehmen würde, und darum hat es auch keinen Sinn, ihren Namen stehenzulassen.«

»Und was ist mit Effie, David?« fragte Mrs. Beecham traurig, ja es schwang sogar ein kleiner Vorwurf mit.

David zuckte die Achseln. »Die habe ich nicht mehr gesehen... das heißt bis zu diesem Wochenende. Da ist sie mit meinem Freund Wes zu Besuch gekommen. Die beiden sind jetzt noch bei mir im Haus.« David stand auf. »Ich mußte ein Weilchen allein sein, aber nun fahre ich zurück. Ich weiß selbst nicht, was heute abend mit mir los war. Doch jetzt muß ich gehen, Mrs. Beecham. Bitte, unterschreiben Sie das, ja?«

»Also gut, David, wenn Sie wollen«, sagte sie so nachsichtig, als spräche sie zu einem Kind. Und dann schrieb sie mit der großen, betulichen Krakelschrift, die David so vertraut war, ihren Namen in die vorgesehene Zeile.

David wanderte unruhig zur Tür, drehte sich um, kam wieder zurück und nahm ihr sanft das Blatt aus der Hand. »Und jetzt beschaffe ich mir unten noch ein paar Unterschriften, Zeugen, verstehen Sie, für alle Fälle. Dabei weiß ich nicht mal, ob das nötig ist.« Plötzlich hatte er einen ganz trockenen Hals, und das Zimmer kam ihm stickig vor. »Verzeihen Sie mir, Mrs. Beecham.«

»Was verzeihen, David? Aber schlafen Sie sich heute nacht aus. Sie sollten jetzt nicht noch die weite Strecke bis Troy zurückfahren. Ich glaube, im ersten Stock ist ein Zimmer frei. Nicht Ihr altes«, sagte sie lächelnd, »da ist schon wieder jemand eingezogen. Sarah wohnt inzwischen hier im Haus, und sie bleibt immer bis spät nachts auf. Sie kann Ihnen zeigen, wo –«

»Nein, Mrs. Beecham, ich fahre lieber. Aber haben Sie vielen, vielen Dank«, sagte er und öffnete die Tür. »Gute Nacht.«

»Gott behüte Sie, David. Und besuchen Sie mich bald wieder.«

Im Erdgeschoß zögerte David einen Moment, dann klopfte er entschlossen an Mr. Muldavens Tür, unter der jetzt kein Licht mehr durchschimmerte.

David hatte seine Feder parat. Mr. Muldaven war sichtlich überrascht und stellte Fragen, aber statt zu antworten, entschuldigte sich David dafür, ihn aus dem Bett geholt zu haben. Als nächstes wandte er sich an Sarah, die eben aus dem Zimmer hinten links kam, in dem Wes damals gewohnt hatte. Sarah, die ein rüschenbesetztes Partykleid trug, genierte sich offenbar, in diesem Aufzug mit ihm zusammenzustoßen.

»Ich bin verabredet«, sagte sie. »Wir treffen uns im Tanzlokal.«

Sie standen unter der häßlichen Flurlampe, und Sarah legte die Police, die sie unterschreiben sollte, auf den Korbtisch, auf dem so viele Briefe von Annabelle gelegen hatten. Wie viele? Nur fünf oder sechs. David schloß die Augen.

Er fuhr Sarah zu ihrem Rendezvous, einem Tanzsaal im Obergeschoß eines Bürohauses in der Main Street, von dem David gar nicht gewußt hatte, daß es ihn gab.

Dann war er abermals frei und allein und fühlte sich plötzlich furchtbar müde. Er fuhr ungefähr eine halbe Stunde und hielt schließlich an einem mittelmäßigen Motel. Auf dem Meldezettel trug er sich als *Wm Neumeister, N. Y. C.* ein und bezahlte dem schläfrigen, grauhaarigen Mann am Empfang die fälligen fünf Dollar im voraus.

»Möchten Sie morgen früh geweckt werden?« fragte dieser.

»Nein, danke. Ich wache von allein auf«, antwortete David.

Er duschte und schlüpfte dann nackt zwischen die sauberen Laken. Hundemüde war er, wohlig entspannt und so erschöpft, daß auch der Hunger ihn nicht am Einschlafen hinderte.

Als er aufwachte, war es auf seiner Uhr genau acht, und die helle Morgensonne blitzte durch die Jalousien. David blieb noch ein paar Minuten liegen und überlegte, ob er bei sich zu Hause anrufen sollte, bevor er zurückfuhr. Um sich zu entschuldigen oder zu vergewissern, daß sie fort waren. Mußte er sich bei ihnen entschuldigen oder sie sich bei ihm? Er konnte sich darüber nicht schlüssig werden, aber es kümmerte ihn auch nicht weiter. Ihm kam es einzig darauf an, nicht mit den beiden zusammenzutreffen. David stand auf und zog sich an. Er wollte an ein ruhiges Plätzchen fahren und, falls er irgendwo ein schönes Waldstück fand, einen Spaziergang machen und erst am späteren Nachmittag in sein Haus zurückkehren. Eigentlich hätte er sich noch rasieren müssen, aber das konnte warten, bis er wieder zu Hause war.

David wollte eben das Zimmer verlassen, da klopfte es, und der grauhaarige Portier, ein schmächtiger, kleiner Mann, fuhr verdutzt zurück.

»Gerade wollte ich Sie wecken«, sagte er. »Da war nämlich –«

»Nicht nötig, wie Sie sehen. Trotzdem danke«, erwiderte David.

»Die Polizei hat eben angerufen«, fuhr der Mann aufgeregt fort. »Die haben mir eine Zulassungsnummer durchgegeben, und es ist Ihre.«

»Was?«

»Ja, sie suchen einen gewissen Kelsey. Aber das sind nicht Sie, oder?«

»Nein.« Verstohlen blickte David an dem Mann vorbei zum Büro vorn am Highway. Aber dort stand kein Polizeiwagen.

»Vielleicht war's ein Irrtum… kann ja sein«, sagte der Portier. »Sie haben vor zehn Minuten angerufen, und da habe ich gleich die Anmeldungen durchgeguckt. Sie haben Ihre Autonummer gestern abend nicht eingetragen, und ich denke so: Nein, einen Kelsey haben wir nicht. Doch dann gehe ich hier entlang – wollte bloß eben die Gäste auf acht wecken – und sehe Ihr Nummernschild. Ach, und Sie kennen auch keinen David Kelsey?«

»Nein.« David war mit wenigen Schritten beim Wagen und öffnete die Tür.

»Aber das Auto gehört Ihnen?«

»Ja«, sagte David.

Der Mann war auf der untersten Eingangsstufe stehengeblieben und starrte abwechselnd auf Davids Nummernschild und auf das Kärtchen in seiner Hand und verglich die Nummern.

Vielleicht ruft er trotzdem gleich die Polizei an, dachte David. Und dann würde ein Polizist den Namen Neumeister notieren. Seine eigene Stimme klang seltsam weit weg, als er jetzt sagte: »Am besten, ich komme noch mal mit vor ins Büro und trage meine Autonummer ein, damit alles seine Ordnung hat. Ich bin überzeugt, es handelt sich um eine Verwechslung.«

»Okay«, sagte der Mann, wies zerstreut auf das Gebäude vorn an der Straße und schlurfte los.

Mit laufendem Motor ließ David den Wagen vor dem Büro stehen, schon in Fahrtrichtung Highway. Drinnen wartete er geduldig, während der Portier ein Dutzend Karten durchsah und endlich zitternd eine herauszog.

»Hat man Ihnen auch gesagt, warum dieser Mensch gesucht wird?« fragte David, als er die Karte entgegennahm.

»Aber ja doch! Wegen eines *Mordes,* haben sie gesagt. *Mord.*«

Eine Sekunde trafen sich ihre Blicke, dann stürzte David aus der Tür und warf sich in den Wagen.

»He! He, Sie! Halt!«

Der Tacho schnellte auf sechzig, siebzig Meilen hoch, und David mußte sich zwingen, das Tempo zu drosseln. Er zerknüllte die Anmeldekarte des Motels in der Jackentasche. Vielleicht stimmte es ja gar nicht. Womöglich hatten sie dem Alten nur etwas von »Mord« erzählt, damit der gewissenhaft nach der fraglichen Zulassungsnummer suchte. Andererseits mußte David sich eingestehen, daß er insgeheim schon die ganze Zeit befürchtet hatte, Effie könnte tot sein. Wie sie zu Boden getaumelt und reglos liegengeblieben war, das hatte ihn an Gerald Delaney erinnert, der starr an seiner Vordertreppe gelegen hatte. Einen Moment lang erwog er, nach Hause zu fahren und sich dem, was immer ihn dort erwarten mochte, zu stellen, aber schon der bloße Gedanke versetzte ihn in Panik, und er trat wieder aufs Gas. Nein, wenn sie wirklich tot war, war es aus. Dann war alles aus und zu Ende. Sein Mund war trocken, und er atmete rasch, während er verzweifelt zu beiden Seiten des Highways nach einer einsamen Landstraße Ausschau hielt. Lappalien, Äußerlichkeiten – wie der lahme

Motor oder das perfide Ausbleiben von Nebenstraßen – schienen ihn absichtlich zu behindern. Endlich entdeckte er doch eine einspurige, unbefestigte Straße mit tiefen Räderfurchen und bog ein. Ein paar hundert Meter weit mußte er sich auf dem holprigen Weg kräftig durchschütteln lassen, bis ein Baumstreifen auftauchte, hinter dem man das Auto vom Highway aus hoffentlich nicht würde sehen können. Doch als er bei dem Baumstreifen halten wollte, stand da in Sichtweite ein Bauernhaus. Trotzdem stellte David den Wagen ab, nahm seinen Trenchcoat über den Arm und ging zu Fuß zurück zum Highway.

Sowie sich ein Auto näherte, winkte er, aber es hielt nicht an. Ebensowenig wie das nächste und übernächste. Endlich hielt ein langsamer verbeulter Lieferwagen, und David kletterte schwitzend ins Führerhaus.

»Besten Dank«, sagte er.

Der Fahrer nickte und legte geräuschvoll den Gang ein. »Wo soll es denn hingehen?«

»Ach... bloß bis in den nächsten Ort.«

»Ryder?«

David, der nicht wußte, ob das der Name einer Ortschaft war oder nicht, sagte auf gut Glück ja.

»Da muß ich Sie aber circa eine Meile vorher herauslassen«, sagte der Fahrer.

»Geht in Ordnung.«

Ein Polizeifahrzeug überholte sie, eine Verkehrsstreife, die sich aber, nach dem Tachometer des Lieferwagens zu schließen, brav an die vorgeschriebenen fünfzig Meilen pro Stunde hielt.

Sie unterhielten sich über Äpfel. Der Mann war Obstzüchter, und er erzählte David von seinen Apfelplantagen und davon, wieviel besser die Ernte noch vor zwei Jahren gewesen sei und warum. Er war um die Vierzig, hatte stämmige Beine und eine gesunde Gesichtsfarbe. Sein Leben – er hatte Frau und drei Kinder – hörte sich so unglaublich friedlich und unkompliziert an, daß David fast mißtrauisch wurde, als könne der Mann plötzlich auf ihn zeigen und sagen: »Sie sind doch David Kelsey, oder?«

Er ließ David an einer Abzweigung heraus, und dieser ging, nachdem er sich den Kragen aufgeknöpft und die Krawatte abgenommen hatte, zu Fuß weiter. Ryder war ein ganz kleines Nest, alle Geschäfte hatten geschlossen, und David hatte große Angst aufzufallen. In einem Drugstore erfuhr er, daß der nächste Bus in fünfundzwanzig Minuten ging und nach Schenectady fuhr. Die Haltestelle war direkt vor dem Drugstore. David dankte dem Mann hinter dem Tresen, bestellte einen Kaffee und nahm eine Zeitung von dem Stapel neben der Tür, ein Blatt, das in Troy erschien und dessen Sonntagsausgabe er abonniert hatte. Er sortierte die Comicbeilage aus und überflog die ersten drei, vier Seiten. Mit Sicherheit keine Meldung über einen Mord. Aber wahrscheinlich war das Blatt gestern schon am frühen Abend in Druck gegangen oder bereits nachmittags. David trank den Kaffee aus, rutschte vom Hocker und spazierte unruhig in dem kleinen Drugstore umher. Während er zerstreut die Lippenstifte in einer Glasvitrine betrachtete und den Ständer mit den scheußlich kitschigen Geburtstagskarten, fragte er sich, wie es weitergehen solle, und wußte gleichzeitig, daß er gar nicht ernsthaft darüber nachdachte.

Angenommen, Wes war ins Schlafzimmer gekommen, hatte Effie bewußtlos dort liegen sehen – vielleicht war sie wirklich bewußtlos gewesen – und in seiner Panik die Polizei alarmiert? War das nicht die wahrscheinlichste Erklärung? David hätte sich ohrfeigen können, daß er so dumm gewesen war, einfach seinen Wagen stehenzulassen. Den hätten sie im Handumdrehen gefunden, und dann würde die Polizei annehmen, daß David Kelsey entweder übergeschnappt war oder genau wußte, daß er einen Mord begangen hatte. Die Zeitungen würden sein Foto bringen, jemand auf dem Revier in Beck's Brook würde es sehen und sagen: »Aber das ist doch William Newmester, der Mann, der die Schlägerei mit Delaney hatte!«

David überlegte hin und her, ob er den Wagen holen, ein Auto anhalten oder ein Taxi nehmen sollte. Es waren keine fünfzehn Meilen bis zu seinem Wagen.

Unterdessen kam der Bus nach Schenectady, und weil er einmal da war und immerhin Fortbewegung versprach, stieg David ein. Von Schenectady, dachte er, gibt es bestimmt eine gute Busverbindung nach Troy.

Kurz nach zwölf kam er in Schenectady an und erkundigte sich unverzüglich nach einem Bus in Richtung Troy. Der nächste fuhr zwanzig nach zwei. Wenn er eine frühere Verbindung wünsche, solle er es mit dem Zug versuchen, riet ihm der Fahrkartenverkäufer. David hielt das für eine gute Idee.

Als er aus dem Busbahnhof trat, kam ein Zeitungsjunge mit einem Extrablatt auf ihn zu. David wollte schon den Kopf schütteln, da fiel sein Blick auf das Titelbild. Sie lag auf dem Fußboden, der Kopf merkwürdig verrenkt neben dem Bein eines ihm wohlbekannten Sessels. David streckte die Hand aus.

»Macht zehn Cents, Sir.«

David hatte ein Rauschen in den Ohren.

»Zehn Cents, Sir.«

Er zog ein paar Münzen aus der Tasche und drückte sie dem Jungen in die Hand. Dann ging er zu einer Bank und setzte sich. Er hatte Angst, ohnmächtig zu werden, und kämpfte dagegen an, indem er sich einen Moment auf die Gestalt eines Mannes konzentrierte, der ein paar Meter entfernt stand. Und dann senkte er den Blick auf die Zeitung. FEUCHT-FRÖHLICHES WOCHENENDE AUFTAKT ZUM MORD lautete die Schlagzeile. »Die Leiche von Elfrida Brennan (26) aus Froudsburg, N.Y., legt stummes Zeugnis ab …« David überflog die zwei Spalten. Genickbruch. Wesley Carmichael (32), Chemiker bei der Firma Cheswick Fabrics, Inc. in Froudsburg und mit Kelsey sowie der Ermordeten befreundet, sagte aus, es habe Streit gegeben. Er, Carmichael, sei mit dem Auto herumgefahren, um sich zu beruhigen. Bei seiner Rückkehr habe er Kelsey in seinem Wagen wegfahren sehen und dann Miss Brennan tot im Schlafzimmer im Obergeschoß gefunden.

David betrachtete noch einmal Effies Bild, eine Nahaufnahme, die nur ihre Schultern zeigte und das halb abgewandte Gesicht, und er versuchte zu begreifen, daß sie, als das Foto aufgenommen wurde, nicht mehr gelebt hatte, ja daß sie schon nicht mehr am Leben gewesen war, als er das Haus oder dieses Zimmer verließ.

Er stand auf und kehrte dem Bahnhof den Rücken, überquerte eine Straße und lief blindlings weiter. Tot durch seine Hand. Wie Gerald. Doch bei Gerald war es anders gewesen. Da hatte er einen klaren Kopf gehabt, hatte ihn zuerst ausgelacht, ihn geschubst, und dann war Gerald tot gewesen. Aber das hier: Er konnte sich nicht erinnern, Effie geschlagen, geschweige denn sie gewürgt zu haben, oder was immer nötig war, um einem Menschen das Genick zu brechen. Außerdem war es um vieles schrecklicher, den Tod einer Frau verschuldet zu haben als den eines Mannes. David ließ sich auf eine Parkbank fallen und pendelte dort zwischen Schlaf und Ohnmacht; sein Denken setzte einfach aus, wie wenn man einen Motor abschaltet. Er saß reglos da, während ein unvorstellbares, wesenloses Grauen sich in seinem Hirn einnistete, das ihn wieder auf die Beine trieb. Als ihm einfiel, daß die Polizei ja nach ihm suchte, hielt er rings in dem kleinen Park und auf den Gehwegen der angrenzenden Straßen Ausschau nach einem Polizisten, und falls er jetzt einen gefunden hätte, dann hätte er ihn angehalten, sich zu erkennen gegeben und wäre zusammengebrochen. Es war aus und vorbei, und eigentlich wußte er das längst. Er wußte es, seit der dürre Mensch im Motel ihn gefragt hatte, ob er Kelsey heiße. Wieder ein unverzeihlich dummer Fehler von David Kelsey. Und diesmal würde er in sämtlichen Zeitungen Schlagzeilen machen. Diesmal würde Annabelle alles erfahren.

David rannte los, zuerst schnell, dann fiel er in Trab. Drei, vier Häuserblocks weit rannte er, bevor er wieder langsamer ging und endlich sogar einen Mann anhielt, sich schüchtern nach dem Weg zum Bahnhof erkundigte und die Richtung einschlug, die der Passant ihm wies.

Ohne Vorbedacht und ohne Plan bestieg er den Zug

nach New York. Er setzte sich auf einen Eckplatz, schloß die Augen vor der grünen Plastikrückenlehne des Vordersitzes und versuchte abermals, nachzudenken. Doch er schlief darüber ein und träumte, er würde von einem tiefen, finsteren Abgrund verschluckt, der zu einer Zeche gehörte. Es hatte ihn niemand gestoßen, und sein Fall hatte auch nichts mit der Schwerkraft zu tun, trotzdem konnte er nicht anhalten oder sich wenigstens irgendwo an den Seitenwänden des Schachtes festklammern, und sein trudelnd kreiselnder Sturz erzeugte eine Übelkeit, gegen die er ebenso ankämpfen mußte wie vorhin gegen die drohende Ohnmacht. Beim Erwachen wußte er nicht, ob er zwei Minuten geschlafen hatte oder eine Stunde. Auf seiner Armbanduhr war es zehn nach vier, aber auch das half ihm nicht weiter. Er sah Annabelles Gesicht vor sich, in dem Moment, als sie erfuhr, daß Effie Brennan tot war, ermordet von David Kelsey. David rutschte auf seinem Sitz hin und her und rieb die feuchten Handflächen aneinander. William Neumeister hätte niemals einen so törichten Fehler begangen. Der hätte Effie Brennans rührselige Liebesschwüre seelenruhig an sich abperlen lassen. David sah sich wieder in seinem Pensionszimmer bei Mrs. McCartney, wie er sorgsam den Boden fegte, still mit einem Buch auf dem Bett lag oder gelassen an der Fenstertrias stand und hinausschaute auf ein Winterpanorama mit kahlen schwarzen Baumkronen. Auch dieser Mann war William Neumeister.

David richtete sich auf, nahm die Krawatte aus der Jakkentasche, band sie um und vergewisserte sich an seinem Spiegelbild im Abteilfenster, daß sie richtig saß. Heute abend wollte er sich in einem Hotel als William Neumeister eintragen, und er dachte dabei schon an das Barclay. Ein letztes Mal wollte er auf Neumeisters Glück spekulieren. David lächelte bitter und wünschte, er hätte Zigaretten bei sich. Er saß in einem Raucherabteil. Hastig zog er die Zeitung hervor und ging den zweispaltigen Artikel sehr gründlich ein zweites Mal durch, allerdings ohne ihn zu lesen, sondern nur auf der Suche nach dem großen N, dem Anfangsbuchstaben von Neumeisters Namen. Aber William Neumeister wurde in dem Bericht nicht erwähnt.

In der Grand Central Station ließ er sich rasieren, ging dann die Lexington Avenue hinauf zum Barclay und verlangte ein Zimmer. Als man sich an der Rezeption nach seinem Gepäck erkundigte, sagte er, das habe er an der Grand Central gelassen und werde es später abholen. In seiner Brieftasche waren noch neunundsiebzig Dollar. Das Scheckheft war jetzt natürlich unbrauchbar.

David bekam ein nettes Zimmer, das er sogar ausnehmend hübsch fand. Die schwere Tür fiel wohltuend leise und gedämpft ins Schloß. Die Fenster gingen auf die Lexington Avenue hinaus, und das Zimmer lag im achten Stock. Er bestellte zwei Martini.

Den ersten trank er bei seinem Rundgang durchs Zimmer. Mit dem zweiten brachte er einen Toast auf Annabelle und William Neumeister aus. Glücklicher William Neumeister! Er war nicht schuld an all den Mißgeschicken. Für die war David Kelsey verantwortlich, dieser Narr, der nie etwas richtig gemacht und nie Erfolg gehabt hatte – außer vielleicht bei seinen Examen –, David Kelsey, den kein Mädchen eines zweiten Blickes würdigte, außer einer gewissen Effie Brennan! David, der plötzlich Lust hatte, die Fensterscheibe einzuschlagen, wandte sich hastig ab und stellte das leere Glas hin.

»Ich will rasch duschen, Annabelle«, sagte er, »und dann gehen wir essen. Wohin möchtest du gern?«

Unter der Dusche sang er ausgelassen und übertrieb seinen harmlosen Schwips gewaltig.

»William Neumeister«, begann er in feierlichem Selbstgespräch und fuhr fort: »Mr. Neumeister, ein Brief für Sie!« Dabei stellte er sich ein in Annabelles Handschrift an William Neumeister adressiertes Kuvert vor. »Mr. Neumeister!« Es war ein hübscher und respektabler Name, auch wenn er von vielen Leuten »Newmester« ausgesprochen wurde. Ein bißchen ärgerlich war es freilich, daß einen so viele fragten: »Schreibt man das ›N-o-y‹?«, wenn sie den Namen notierten. Aber war ihm das wirklich so oft passiert? David konnte sich eigentlich bloß auf die Polizisten vom Revier in Beck's Brook besinnen, wobei ihm auch wieder einfiel, wie bravourös Neumeister die Delaney-Krise gemeistert hatte, eine aufmunternde Erinnerung, ja ein Ansporn.

David zog sich an, überlegte, ob er noch einen Martini bestellen solle, und beschloß, damit bis zum Restaurant zu warten. »Morgen, Annabelle«, sagte er in den Spiegel, »morgen kaufe ich mir ein paar Hemden und vielleicht auch einen Anzug. Schließlich kann ich in New York nicht gut in Freizeithose und Sportsakko herumlaufen, oder? Ins El Morocco's lassen sie uns so womöglich gar nicht herein.«

Er kam auf die Idee, dem Hotel in Neumeisters Namen

einen Scheck über eine hohe Summe auszustellen – würde er das nicht sogar tun müssen, falls er sehr lange blieb? – und damit auch gleich seinen Vorrat an Bargeld aufzustocken. Er konnte auch an seine Bank schreiben und sie anweisen, von William Neumeister unterschriebene Schecks einzulösen respektive Kelseys Konto damit zu belasten, nachdem Kelsey nun ohnehin passé war. Außerdem machte es ihm Spaß, Kelsey auszunehmen, bis der total pleite sein würde. Vielleicht konnte er aber auch einen von Kelsey unterzeichneten Scheck für Neumeister ausstellen und dem Hotel, falls man mißtrauisch wurde, erklären, es handele sich um einen anderen David Kelsey. Kelsey war schließlich kein allzu seltener Name. David zündete sich eine Zigarette an (am Automaten beim Friseur hatte er ein Päckchen gezogen) und nahm seinen Rundgang durchs Zimmer wieder auf. Ihm war gerade eingefallen, daß der Mordfall womöglich in ein paar Tagen in Vergessenheit geriet, und der Gedanke erleichterte ihn ungemein. Er fing an, die Sache objektiv zu betrachten: Morde, Bluttaten, tödliche Unfälle ereigneten sich Woche für Woche zu Dutzenden. Er hatte viel zuviel Wind um die Geschichte gemacht. Oder besser gesagt, David Kelsey hatte das getan. William Neumeister wußte dergleichen richtig einzuschätzen. David kam zu dem Schluß, es sei durchaus möglich, einen hochdotierten Scheck für William Neumeister auszustellen und ihn mit David Kelsey zu unterschreiben. Falls das Hotel ein paar Tage Zeit beanspruchte, bevor man ihm das Geld auszahlte, weil er sein Konto bei einer auswärtigen Bank hatte, dann sollten sie ihre Frist bekommen.

»Morgen«, sagte er forsch, »gleich morgen früh.«

Er ging in ein kleines, aber gediegen wirkendes Restaurant gleich hinter der Lexington Avenue, ein Lokal, in dem er hoffen durfte, mit seinem Tweedjackett nicht unangenehm aufzufallen. Er verlangte zwei Martini, und der Kellner stellte beide Gläser vor ihn hin. Aber David rückte Salz- und Pfefferstreuer beiseite und schob das andere Glas auf das Gedeck gegenüber.

»William Neumeister trinkt auf dich«, flüsterte er rasch und hob das Glas. »Annabelle, Schatz, ich bin ja so froh, daß dir unser Zimmer gefällt.«

28

Am nächsten Morgen stand William Neumeisters Name in der *Tribune*. David frühstückte im Bett, als er den Namen las, und die Entdeckung machte ihn tieftraurig. Wes Carmichael hatte den Stein ins Rollen gebracht. Er gab zu Protokoll, daß David Kelsey ihn an dem Tag, an dem Elfrida Brennan ermordet wurde, aufgefordert habe, ihn »Bill« zu nennen, und Bill, sprich William Neumeister, war der Besitzer des Hauses, vor dessen Eingang letzten Januar Gerald Delaney erschlagen worden war. Die Polizei, hieß es in dem Artikel weiter, hatte besagten Neumeister nach Delaneys Tod wochenlang gesucht, doch ohne Erfolg. Wesley Carmichael – gegen diesen beschränkten Esel war selbst Effie noch eine Leuchte gewesen – hatte erklärt, Kelsey habe jede Bekanntschaft mit Neumeister abgestritten; er selbst habe jedoch Kelsey einmal beim Betreten von Neumeisters Haus in Ballard beobachtet. David war baß erstaunt, daß Wes immer noch nicht zwei und zwei zusammengezählt hatte und daß auch sonst niemandem ein Licht aufgegangen war. Aber sein Verstand sagte ihm, daß es nur eine Frage der Zeit war – vielleicht dauerte es noch ein paar Stunden, vielleicht war es schon soweit. Annabelle wäre dazu imstande, dachte David. Klar, daß die Polizei jetzt nach William Neumeister fahndete.

David stand auf. Er hatte gewußt, daß seine Tage gezählt waren, aber daß die Spanne so klein sein würde, damit hatte er nicht gerechnet. Er nahm einen Bogen Briefpapier aus dem Schreibtisch und informierte die Versicherungsgesellschaft, daß der Begünstigte seiner Police gewechselt habe. Das war seine erste und dringlichste Pflicht für diesen Morgen gewesen, die einzige des Tages. Allerdings mußte er noch ein längliches Kuvert kaufen, ein Format, in das die Police hineinpaßte, denn die wollte er der Versicherung zusammen mit seinem Begleitschreiben zuschicken. Er steckte Police und Brief in die Jackentasche, um ja nicht zu vergessen, nachher den Umschlag zu kaufen.

»Kopf hoch, Neumeister!« rief er seinem Spiegelbild zu. »Wir lassen uns rasieren und die Haare schneiden, und danach wirst du dich gleich besser fühlen.« Er wandte sich um und lächelte seiner imaginären Annabelle zu, von der er wußte, daß sie eine Phantasiegestalt war; und doch spürte er ihre Gegenwart auf dem leeren Fleck zwischen sich und der Zimmerecke, in der ein cremefarbener Sessel stand, so intensiv wie nie zuvor, ja er hatte sie auch noch nie so deutlich gesehen wie jetzt in dem blauen Morgenmantel, den er zwar nicht im Detail erkennen konnte, aber was machte das schon, solange sie nur drin war? Er küßte sie, bevor er ins Bad und unter die Dusche ging.

Der Zufall könnte es so einrichten, dachte David, als er den Fahrstuhl nach unten nahm, daß die Polizei gerade jetzt die Hotelhalle betritt.

Aber die Lobby war leer, und David gab seinen Schlüssel ab und verließ das Hotel.

Für ein paar Hemden reichte sein Geld auf jeden Fall, aber er wollte seine Bargeldreserve nur ungern angreifen. Bei Schecks indessen schien es ihm nach wie vor sicherer, mit Neumeister zu unterschreiben als mit David Kelsey. Einen Moment lang malte er sich sogar aus, wie die Polizei ihn anhalten und er beteuern würde, daß er William Neumeister heiße und David Kelsey bloß ein Freund von ihm sei. Trauriger Fall, dieser Kelsey, geriet dauernd in Schwierigkeiten. Aber was hatte denn Neumeister getan, um mit dem Gesetz in Konflikt zu kommen? Nicht das geringste! Nein, wo Kelsey sich aufhalte, könne er ihnen leider nicht sagen, denn er habe schon seit Wochen nichts mehr von David gehört.

Wegen der Hemden wäre David normalerweise zu Brooks Brothers gegangen, aber die elegante Fensterfront ließ darauf schließen, daß man in diesem Laden einen Ausweis oder zumindest den Führerschein verlangen würde, wenn er mit Scheck bezahlen wollte. David stellte sich vor, daß es in kleinen Geschäften weniger streng zuging. Also suchte er sich in einem abgelegenen Lädchen zwei weiße Hemden aus, eins davon angeblich bügelfrei, und fragte den Verkäufer, ob er auch Schecks annehmen würde. Der bejahte, bat aber um eine Legitimation. Daraufhin tat David so, als suche er in seiner Brieftasche nach dem Führerschein, den William Neumeister in Wahrheit nie besessen hatte. Dabei stieß er unvermutet auf den Leseausweis von der Bücherei in Beck's Brook. Den hatte er offenbar vergessen wegzuwerfen. Ein Glücksfall – Neumeister-Glück!

»Wie es scheint, habe ich meinen Führerschein zu Hause gelassen. Reicht Ihnen das hier?«

Der Verkäufer betrachtete den Leseausweis, der von der Bibliothekarin gegengezeichnet war, und nickte lächelnd. »Doch, ich denke schon. Haben Sie sonst noch einen Wunsch, Sir?«

»Ich könnte auch einen Anzug gebrauchen.«

Der Scheck belief sich auf $ 138,14 und war natürlich völlig wertlos, da Neumeisters Konto in Beck's Brook aufgelöst war und das Scheckheft überdies von Kelseys Bank in Troy stammte. Aber David dachte, Kelsey würde dem Geschäft den Schaden vielleicht irgendwann ersetzen, und beschloß, auf jeden Fall die Rechnung aufzuheben.

Zum Rasieren ging er in einen Friseurladen in einer der Fünfziger Straßen. Der Friseur bückte sich und musterte sein Profil. Er lächelte. David fand ihn lästig, war aber froh, daß der Mann zumindest nicht versuchte, Konversation zu machen. Als er mit Rasieren fertig war, griff der Friseur nach einer Boulevardzeitung, in der er geblättert hatte, als David seinen Laden betrat. Jetzt zeigte er auf ein Bild, das David sehr bekannt vorkam. Dennoch brauchte er ein, zwei Sekunden, um darin die Zeichnung zu erkennen, die Effie von ihm gemacht hatte.

»Sie sehen dem Kerl ähnlich«, sagte der Friseur und lächelte wieder. »Finden Sie nicht auch?«

David rang sich seinerseits ein Lächeln ab. »Ich verstehe, was Sie meinen«, sagte er ruhig und griff nach seinem Portemonnaie. »Aber ich heiße Neumeister.«

»Aha«, machte der Friseur. Und mehr sagte er nicht.

Bei einem Schreibwarenhändler kaufte David einen Umschlag, adressierte ihn mit einem im Geschäft ausgeborgten Stift und warf seine Versicherungspolice in den nächsten

Briefkasten. Dann ging er zu Fuß zum Hotel zurück. Die Rasur hatte ihn belebt, und mit einem frischen Hemd würde er sich wieder richtig wohl fühlen. Er stellte sich vor, wie Annabelle, die im Hotelzimmer auf ihn wartete, seine neuen Hemden begutachtete und ihm sagte, welches von beiden er heute anziehen solle. Dann würden sie gemeinsam überlegen, was sie mit dem restlichen Vormittag anfangen und wo sie zu Mittag essen wollten. Vielleicht im Museum of Modern Art, dachte David, nachdem wir uns vorher ein Stündchen in der Ausstellung umgesehen haben. Natürlich wollte er ihr auch den neuen Anzug beschreiben – womöglich gefiel er ihr gar nicht –, dessen Jacke im Rücken geändert werden mußte und heute nachmittag fertig sein würde. Da er doch ein bißchen neugierig war auf das Bild von David Kelsey, kaufte er an einem Kiosk in der Nähe des Hotels die beiden bekanntesten Boulevardblätter und nahm sie mit auf sein Zimmer.

Als erstes machte er die Schachtel mit den Hemden auf. Er redete jetzt nicht direkt mit Annabelle, sondern stellte sich ihre Unterhaltung im stillen vor. Annabelle lächelte und zeigte auf das Hemd mit dem Button-down-Kragen, das bügelfreie. Also zog er es an, schob die beiden Kissen hochkant nebeneinander ans Kopfende des Bettes und legte sich mit den Zeitungen neben sie.

SKIZZE VON DER HAND DES MORDOPFERS
UNTERSTÜTZT KELSEY-FAHNDUNG

Und dann folgte die jämmerliche Geschichte von Elfrida Brennans hoffnungsloser Liebe zu dem jungen Mann, dem sie absolut gleichgültig war und der ihr Mörder werden sollte. David überflog den Artikel auf der Suche nach dem Namen William Neumeister, der aber nicht vorkam. Doch auch das, dachte er, ist bloß eine Frage der Zeit: Die Polizei von Beck's Brook wird den Mann auf der Zeichnung als William Neumeister identifizieren. Wieso war ihm das nicht gleich eingefallen, als der Friseur ihm die Zeitung zeigte? Effie hatte mit ihrer Prophezeiung recht behalten, ihr Porträt würde ihn verraten. Effie würde ihre Rache bekommen. David nahm sich die Zeitung nochmals vor und zwang sich, den Artikel Wort für Wort zu lesen. David Kelseys Wagen, ein hellblaues Dodge-Kabrio, war gestern unweit des Highways auf einer abgelegenen Nebenstraße südlich von Ryder, New York, gefunden worden. Darius McCloud (68), Besitzer des Sunrise Motels am Highway Nr. 9, gab zu Protokoll, Kelsey habe die Nacht von Samstag auf Sonntag in seinem Motel verbracht, sich aber unter einem anderen Namen eingetragen, an den er, McCloud, sich nicht mehr erinnern könne. Kelsey sei überstürzt aufgebrochen etc., etc., sobald McCloud in seinem Autokennzeichen das von David Kelsey wiedererkannte. Man hatte auch seine ehemalige Pensionswirtin vernommen, Mrs. Ethel McCartney aus Froudsburg, die sich »schockiert und fassungslos« zeigte. Mr. Kelsey sei ein »vorbildlicher Mieter« gewesen. Kelsey war am Samstag gegen Mitternacht in der Pension aufgetaucht und hatte seine Lebensversicherung auf Mrs. Molly Beecham (88) überschrieben, seit elf Jahren ebenfalls in der Pension wohnhaft. David Kelsey wurde als brillanter, aber leicht exzentrischer junger Wissenschaftler beschrieben, »ein Sonderling«, der sich fast zwei Jahre lang jedes Wochenende allein irgendwo verkrochen hatte, während er seine Umgebung glauben ließ, er besuche seine kranke Mutter in einem Pflegeheim. Der vulgäre Kolportagestil gab David das Gefühl, als ginge es um einen Wildfremden, um eine Fallgeschichte aus einem Lehrbuch über die Psychologie des Abnormen. Am meisten betroffen war er von der lakonisch-schlichten Aussage Dr. Osbournes: »Ich wußte, daß David aufgrund persönlicher Probleme unter einem gefährlichen Druck stand. Er sprach gelegentlich von einem Mädchen, das er heiraten wollte. In den letzten Wochen habe ich ihm wiederholt vorgeschlagen, Urlaub zu nehmen, ein Rat, den er leider nicht befolgt hat. Ich finde es äußerst bedauerlich, daß ein so talentierter junger Mensch sich und seiner Zukunft derart schadet.«

Schadet. Welch süße Hoffnung dieses Wort bot! David schloß die Augen und dachte darüber nach. Schaden hieß weder vernichten noch zerstören oder unwiderruflich erledigen. Etwas, was beschädigt war, konnte man womöglich noch reparieren. Und dann fiel ihm die Zeichnung ein und die Polizei von Beck's Brook.

Er wandte sich Annabelle zu, umarmte sie und fing an zu weinen. Aber das dauerte nur ein paar Sekunden, dann sprang er entschlossen auf, wusch sich das Gesicht und kämmte sich.

»William Neumeister«, ermunterte er sein Spiegelbild, »laß dich nicht unterkriegen! Du bist vielleicht kein brillanter Wissenschaftler, aber Annabelle hat dich lieb. Viel lieber als David Kelsey. Sie wohnt mit dir in einem Hotelzimmer, und dabei seid ihr nicht mal verheiratet.« Er flüsterte mit seinem Spiegelbild, als ob Annabelle ihn, wenn er laut spräche, nebenan hören könnte. Als er ins Zimmer zurückkam, schlug er ihr einen Rundgang durchs Museum of Modern Art mit anschließendem Lunch vor, und Annabelle stimmte begeistert zu.

»Ach nein, zieh doch das Tweedkostüm an«, sagte er. Er sah sie vor dem Schrank stehen, die Hand schon auf einem Kleiderbügel. Jetzt wanderte die Hand weiter, und Annabelle holte ein braunes Tweed-Ensemble mit weitem Rock heraus, dessen Oberteil große Ähnlichkeit mit einem seiner alten Jacketts hatte.

Um die Taille band sie einen breiten braunen Ledergürtel. Üppiger Faltenwurf an ihrer üppigen Figur. Die meisten Frauen, dachte er, während er zusah, wie sie sich vor dem Spiegel zurechtmachte, die meisten Frauen wären viel zu eitel, ein solches Kostüm zu tragen, wenn sie nicht gerade dünn wären wie eine Bohnenstange. Annabelle war im Nu fertig.

Sie gingen zu Fuß zur Fifth Avenue. Es war ein strahlend schöner Tag. Unterwegs sahen sie sich die Auslagen an, erst Barometer, dann Damenschuhe und im Schaufenster eines Reisebüros eine Dekoration mit afrikanischen Speeren und Schilden. An der Museumskasse sagte er: »Zweimal, bitte« und bekam die Karten nebst Wechselgeld. Die Tickets gab er dem Mann in der grauen Uniform am Eingang.

»Zwei, Sir?« fragte der Kontrolleur und spähte suchend an David vorbei.

»Ja«, sagte David und trat ein.

Im Erdgeschoß gab es eine Fotoausstellung. Und an diesem Morgen waren David Fotos lieber als Gemälde. Verschiedene Fotografien, die durchs Mikroskop aufgenommen worden waren, zeigten die Bahnen von Atomteilchen, und diese Verquickung von Kunst und Wissenschaft dünkte David am schönsten. Er erklärte Annabelle die konzentrischen Muster, die Magnetlinien. Eine Frau rückte diskret beiseite, um ihm Platz zu machen, und David lächelte. Ein hochgewachsener, grauhaariger Mann lächelte zurück. Hand in Hand betrachteten David und Annabelle Fotos von Menschen im Trockengebiet Oklahomas und die Meisterwerke von E. J. Steichen.

Die Cafeteria des Museums schien ihm überfüllt und war außerdem an so einem besonderen Tag wie heute auch nicht gut genug für Annabelle. Also ging David auf der Fifty-third Street ostwärts und entschied sich für Michel's Restaurant, wo er zwar auch auf einen Tisch warten mußte, aber dazu an die Bar gehen und einen Martini trinken konnte. Die Zeit reichte sogar für einen zweiten, den er eigentlich gar nicht wollte (er tat so, als hätte Annabelle einen Cocktail abgelehnt), dann aber doch mit an den Tisch nahm. Ihm war, als hätte Annabelle diesen zweiten Martini getrunken, jedenfalls war er sicher, daß nicht er allein die Wirkung des Alkohols zu spüren bekam. Das Mittagessen war ausgezeichnet, und da er zum Essen keinen Wein bestellt hatte, beendete er das Mahl mit einem Brandy.

»Es sind doch unsere Flitterwochen«, beschwichtigte er Annabelles Einwand. »Zumindest könnten wir so tun als ob, meinst du nicht?« Er wußte natürlich, daß sie in Wirklichkeit nicht auf Hochzeitsreise waren, denn sie waren ja schon seit geraumer Zeit verheiratet. Dank Kaffee und Brandy sah er einen Moment ganz klar und erkannte, daß der Stuhl mit der geschwungenen Lehne ihm gegenüber leer war. Aber was machte das schon? Er brauchte sich nur ein kleines bißchen Mühe zu geben, und gleich hatte er sie wieder. Sie lächelte, ihr Haar war weich und halblang, sie trug ihr braunes Tweed-Ensemble, und ihr Parfüm (ein schlichterer Duft als der, den sie abends benutzte) drang kaum spürbar zu ihm über den Tisch.

Sie gingen die Madison Avenue hinunter und holten seinen Anzug ab. Er probierte das Jackett noch einmal vor dem Spiegel an.

»Ihnen geht es heute wohl besonders gut«, sagte der Verkäufer wie aus heiterem Himmel.

David war ziemlich überrascht, aber er lächelte. »Ich bin ja auch in den Flitterwochen«, sagte er.

»Ach so! Na, hoffentlich haben Sie den Geschmack Ihrer Frau getroffen.«

Als David den Verkäufer das nächste Mal ansah, wirkte der plötzlich miesepetrig. Ist wohl neidisch, dachte David.

Er kaufte Zigaretten und in einem Spirituosengeschäft eine Flasche Champagner. Kaum daß er den bezahlt hatte, fiel ihm ein, daß er Champagner ja auch im Hotel hätte bestellen können. Doch dann wäre sofort das Theater mit dem Eiskübel losgegangen, so aber konnte er die Flasche erst eine Weile auf die Kommode stellen, was das Zimmer gleich wohnlicher machen würde. Er kaufte sich auch noch eine Abendzeitung. Dabei interessierte ihn die Entwicklung im Fall David Kelsey eigentlich kaum, nicht mehr als ihn, sofern er an der Börse spekulieren würde, die Kursnotierungen interessiert hätten, vielleicht sogar noch weniger. Das war alles relativ, denn einem Armen ist sein bißchen Geld teuer, ihm aber lag weder an seinem Leben noch an sich selbst. Ja, er hatte das Gefühl, sich von sich losgesagt und gerade dadurch das Leben gefunden zu haben, vielleicht sogar das ewige. Das Glück hatte er ganz sicher gefunden. Heute konnte er allen Menschen offen ins Gesicht sehen. Die Mißlaunigkeit, die Schweißausbrüche und seine Intoleranz gegen unabänderliche Übel wie etwa langsame Fahrstühle hatte er überwunden. Denn er war William Neumeister, und auch wenn die Polizei nach ihm fahndete, war Neumeisters Glückssträhne noch nicht zu Ende. Noch lange nicht.

Oben auf seinem Zimmer legte er den Karton mit dem Anzug aufs Bett, öffnete ihn und hängte Jackett und Hose auf zwei verschiedenen Bügeln über die Schranktür. »Heute abend wollen wir groß ausgehen«, sagte er. »Allerdings hätte ich da vorhin schon Theaterkarten besorgen sollen.« Die Tatsache, daß er das vergessen hatte, betrübte ihn flüchtig, aber Annabelle schien es nichts auszumachen. In New York liefen so viele gute Filme, und fürs Kino brauchte man keine Karten vorzubestellen. David setzte sich aufs Bett, überflog die Titelseite der noch zusammengefalteten Zeitung, deren Schlagzeilen einer geplanten Konferenz in Europa galten, und dann griff er zum Telefon.

»Die Auskunft, bitte«, sagte er und wartete. »Geben Sie mir bitte die Nummer vom Romeo Salta in der Fifty-sixth Street West.«

Er reservierte für halb acht einen Tisch für zwei Personen auf den Namen Neumeister. David hatte irgendwann irgendwo irgendwas über das Romeo Salta gelesen und sich damals schon vorgenommen, es bei seinem nächsten

New-York-Aufenthalt auszuprobieren. Jetzt erinnerte er sich auch, daß es eins von den Restaurants war, in die er Annabelle auszuführen gedachte, als er letztes Jahr vor Weihnachten mit ihr nach New York wollte. Aber sie war nicht gekommen. Nun lehnte er sich genüßlich in die Kissen zurück und schlug die Zeitung auf. Auf der Titelseite stand nichts. Doch als er umblätterte, sah er auf Seite zwei Effies Zeichnung und darüber, fett gedruckt:

KELSEYS DOPPELLEBEN
WIRFT NEUES LICHT AUF MORDFALL

Sergeant Everett Terry aus Beck's Brook, N.Y., identifizierte heute den 28jährigen Physiker David Kelsey, der als Elfrida Brennans Mörder gesucht wird, als den Mann, der fast zwei Jahre unter dem Decknamen William Neumeister in Ballard, N.Y., lebte.

Am 18. Januar dieses Jahres brachte besagter »Neumeister« die Leiche von Gerald Delaney auf das Polizeirevier nach Beck's Brook und gab zu Protokoll...

David konnte nicht weiterlesen. Unten auf derselben Seite entdeckte er Annabelles Namen:

Mrs. Annabelle Barber (26), aus Hartford, Connecticut, die frühere Mrs. Annabelle Delaney, sagte aus, daß sie Kelsey seit zweieinhalb Jahren kenne und daß er ihr wiederholt seine Liebe erklärt und auch nach ihrer Vermählung mit Gerald Delaney 1957 noch die Absicht bekundet habe, sie zu heiraten.

Mrs. Barber gab heute in ihrer Wohnung in der Talbert Street 48 in Hartford folgende Erklärung ab: »Ich verstehe jetzt, warum mein Mann sterben mußte. An jenem Sonntag in Ballard hat er mit Dave gesprochen und nicht mit Mr. Neumeister. Dave hat ihn vorsätzlich getötet, und ich weiß jetzt, daß er geisteskrank ist. Aber Angst habe ich immer schon vor ihm gehabt. Wenn er uns mit seinen Briefen und Besuchen nicht so bedrängt hätte, wäre mein Mann niemals auf die Idee gekommen, ihn aufzusuchen.« Mrs. Barber war, als sie ihre Aussage beendete, in Tränen aufgelöst.

David ließ die Zeitung fallen und stand auf. Er ging ans Fenster, preßte die feuchten Handteller zusammen und starrte auf das lückenhafte Muster erleuchteter Fensterreihen im Haus gegenüber. Er war also geisteskrank. Er lachte leise, ein nervöses Lachen. Sollte er ihnen glauben? Spielte es eine Rolle? Annabelles Worte gellten wie hysterische Schreie in seinem Hirn nach. Er hörte ihre Stimme, wütend und schrill, tränenerstickt: *Dave hat ihn vorsätzlich getötet,* und etwas in ihm erlosch unwiderruflich für alle Zeit. Als er sich vom Fenster abwandte, war er ein anderer, nicht David Kelsey und auch nicht William Neumeister, sondern ein völlig anderer Mensch. Ihn selbst dünkte diese Verwandlung so seltsam und unerklärlich wie eine religiöse Erleuchtung, und er wußte zugleich, daß dies das Äußerste war, was er je im Leben an religiöser Offenbarung erfahren hatte.

Eine Viertelstunde später hatte er geduscht und seinen neuen Anzug mit dem zweiten neuen Hemd angezogen. Er hatte keine klare Vorstellung davon, was er als nächstes tun würde, und doch schien alles Weitere unabwendbar, und er verließ ohne Zögern sein Zimmer.

Unten in der Halle war wieder keine Polizei, und David konnte das nicht begreifen, er verstand nicht, wieso noch niemand an seine Zimmertür gepocht oder warum man ihn nicht festgenommen hatte, als er vor einer Stunde ins Hotel zurückgekehrt war. Scheinbar profitierte er hier wieder einmal von Neumeisters Glück, das vielleicht nicht ewig dauern würde, aber doch Stunden, ja vielleicht sogar Tage länger als das Glück anderer. Seinen Schlüssel hatte er oben steckenlassen, und er ging an der Rezeption vorbei, ohne stehenzubleiben. Er würde nicht wiederkommen.

Er wandte sich nach Westen. Es war ein schöner Frühlingsabend – vielleicht mein letzter, dachte David. Die acht Dollar in seiner Brieftasche würden wahrscheinlich nicht reichen für Cocktails und Abendessen, und er wußte nicht, was passieren würde, wenn man ihm die Rechnung präsentierte, aber das war eigentlich auch egal.

»Hab keine Angst, Annabelle«, raunte er ihr zu und drückte den rechten Arm, den sie untergehakt hatte, fester an den Körper.

Doch sie hatte Angst. Er spürte, wie sie zurückwich, sogar vor ihm. Sie hatte nicht gewußt, daß William Neumeister – David Kelsey – der Mann war, der Gerald niedergeschlagen und seine Leiche ins Auto bugsiert hatte.

»Im Restaurant wird's dir gleich bessergehen«, sagte David.

Er ging die Fifth Avenue hinauf bis weit über die Fifty-sixth Street, und es war beruhigend, daß niemand von ihm

Notiz zu nehmen schien. Dies sollte unbedingt ein schöner Abend werden, ohne jeden peinlichen Zwischenfall, das hatte er sich fest vorgenommen. Und mit der Entschlossenheit erwuchs ihm ein starkes Selbstvertrauen. Was auch geschah, er würde das Richtige tun und sagen, ja sich lediglich mit ein, zwei Worten jede Situation meistern, das hatte er im Gefühl, und er machte sich klar, daß er frei sei, ganz und gar frei. Ein Teilchen im All. Unterdessen hatte er Annabelle bei der Hand genommen. Ihre kräftigen Finger spreizten sich und verschränkten sich dann fest mit den seinen. Es machte ihr nichts aus, daß sie für heute nacht noch keinen Schlafplatz hatten. Bestimmt würden sie irgendwo ein Quartier finden, und wenn nicht, konnten sie bei dem schönen Wetter auch die ganze Nacht spazierengehen.

»Neumeister«, sagte er zum Oberkellner. »Ich habe für zwei Personen reserviert.«

»Gewiß, Sir. Wenn Sie mir bitte folgen wollen, Sir.«

David war regelrecht euphorisch, als er vorbei an den Weinflaschen, die zur Dekoration aufgehängt waren, und umweht von delikaten Küchendüften hinter dem Kellner her zu seinem Tisch ging.

»Zwei Martini, bitte«, sagte er und steckte sich eine Zigarette an. »Wenn du keinen magst, trink ich deinen mit«, versprach er Annabelle. »Oder hättest du lieber was anderes?«

Als der Kellner die Drinks brachte, bestellte David noch einen Daiquiri.

»Einen Daiquiri, Sir?«

»Ja. Einen Daiquiri«, wiederholte David.

Er zog den Martini, den der Kellner auf das Gedeck neben dem seinen gestellt hatte, zu sich herüber, und als der Ober wiederkam, bedeutete David ihm, den Daiquiri an den anderen Platz zu stellen, was der Mann schwungvoll besorgte. David trank den ersten Martini und dachte dabei an Wes und Effie und an David Kelseys trauriges Intermezzo bei Dickson-Rand. Während dieser unvoreingenommenen, ja objektiven Rückschau stieß er auf eine ganz erstaunliche Verkettung unglücklicher Umstände, die weit, weit zurückreichte, bis zu dem Tag, an dem er erfuhr, daß Annabelle Stanton Gerald Delaney geheiratet hatte. Er sah die ganze Tragödie auf eine Szene von fünf Sekunden komprimiert, sah Annabelle, die in wildem, feurigem Tanz flirrende Pirouetten drehte, ihn dabei auch mehrmals berührte, aber endlich so weit wegfederte, daß sie für ihn unerreichbar war. Angesichts dieser Vision schüttelte er entmutigt den Kopf, griff nach dem zweiten Martini und wandte sich diesmal eher gegen seinen Willen oder doch unbeabsichtigt an Annabelle, denn er sah wohl, daß der Platz neben ihm leer war:

»Du siehst heute abend besonders hübsch aus. Möchtest du nachher nicht lieber tanzen gehen als ins Kino?«

Sie bat um Bedenkzeit, wollte sich erst nach dem Essen entscheiden. Ihr weiter roter Rock, purpurn wie frisches Blut, bauschte sich zwischen ihnen auf der Sitzbank und streifte Davids dunkelblaue Hose.

David winkte dem Kellner, überflog noch einmal die Speisekarte und bestellte Muscheln, Piccata alla milanese, gemischten Salat und einen Valpolicella.

»Soll ich den Daiquiri wieder mitnehmen, Sir?« fragte der Kellner und griff nach dem Glas.

»Nein, nein! Lassen Sie ihn stehen«, herrschte David ihn unwirsch an. »Ach, und das Essen bringen Sie auch für zwei.«

»Zwei, Sir?«

»Ganz recht, jeweils zwei Portionen, bitte.« Er zündete sich wieder eine Zigarette an. Auf das Geld kam es ihm nicht an. Hatte er denn je aufs Geld geschaut, wenn es um Annabelle ging?

Er verlangte ein zweites Weinglas, und als das Fleischgericht kam, schenkte er beide Gläser voll und bestellte zwei Portionen *piselli* extra. Und je verwunderter die Kellner ihn anstarrten, desto unbefangener plauderte er mit Annabelle. Bevor die Muscheln serviert wurden, hatte er noch den Daiquiri getrunken, und da er jetzt die Wirkung spürte, aß er zur Vorsicht ein paar Happen Brot mit Butter. Die Gäste am Tisch gegenüber, ein dunkler, korpulenter Herr mit Schnurrbart und eine dunkle, korpulente Frau, blickten ihn lächelnd an, und der Schnurrbärtige prostete David sogar irgendwann zu. David revanchierte sich, und beide Männer tranken.

»Du mußt wenigstens einmal an Bord kommen«, sagte David eben leise zu Annabelle. »Mußt dir meine Kajüte auf der *Darwin* anschauen… Nein, ich kenne das Schiff bisher auch nur von Fotos. Zur Zeit wird es nämlich in Brooklyn überholt.«

Er aß gut und reichlich und trank auch den Wein aus, obwohl man statt einer halben eine ganze Flasche gebracht hatte. Annabelle meinte, wenn er so weitermache, würde er aber ordentlich zunehmen, worauf David antwortete, daß die Leute dann aufhören würden, ihm vorzuhalten, daß er zu dünn sei. Er trank noch einen Espresso. Annabelle wollte keinen Kaffee, was ihn ziemlich enttäuschte, aber er überredete sie wenigstens, einen Schluck bei ihm zu probieren. Im Restaurant wurde gelacht, Gläser und Bestecke klirrten, es duftete nach Espresso mit Zitronenschale.

»Mal sehen, ob sich in der Weihnachtszeit was machen läßt«, sagte David zu ihr. Sie sprachen gerade über eine Reise nach Europa. Er schlug zum Abschluß noch einen Brandy vor, aber sie lehnte ab und meinte, er habe wohl eigentlich auch genug getrunken. »Da könntest du recht haben«, antwortete er und gab sich Mühe, die sich überlappenden Gestalten des Kellners wieder zu einer zusammenzufügen. »Zahlen, bitte!« sagte er und griff gelassen nach seiner Brieftasche, die, wie er genau wußte, nur noch acht Dollar enthielt. Eine Frau vom Nebentisch lächelte ihn an. Davids freundliche Miene blieb unverändert.

Die Rechnung betrug $ 16,37. David legte seine acht Dollar auf den Tisch, steckte die Zigaretten ein und stand auf. Der Kellner nahm Rechnung und Geld, und als er beides erstaunt verglich, deutete David zum Eingang.

»Ich hab noch Geld im Mantel«, sagte er.

Der Garderobenfrau gab er fünfunddreißig Cents. Der Kellner blieb, freundlich lächelnd, in seiner Nähe.

»Für Sie«, sagte David und wies mit dem Kopf auf die Münzen in seiner Hand.

»Es fehlen noch acht Dollar, Sir«, wandte der Kellner ein, und David sah ihm an, daß er ihn für betrunken hielt.

David warf sich in die Brust.

»Um was geht's denn?« fragte der herbeigeeilte Oberkellner.

»Vielleicht gebe ich Ihnen lieber einen Scheck«, sagte David und versuchte, sein Scheckbuch aus dem Papierwust in seiner Manteltasche herauszufischen. »Hätten Sie etwas zum Schreiben für mich?«

»Haben Sie eine New Yorker Hausbank, Sir?« erkundigte sich der Oberkellner, der David gleichwohl schon einen Stift reichte.

»Nein, ich habe mein Konto bei einer Bank in Troy.«

Der Oberkellner schüttelte bedauernd den Kopf.

David war in seiner Verlegenheit direkt froh, daß er so betrunken war, weil ihm das half, seine Nervosität zu überspielen. Seinem eigenen Zeitempfinden nach zauderte er ganze fünf Minuten (der Oberkellner hatte ihn um einen Ausweis gebeten), aber er konnte sich nicht zwischen David Kelsey und William Neumeister entscheiden: *Lieber* hätte er mit David Kelsey unterschrieben, denn wie tief Kelsey auch gesunken sein mochte, sein Scheck war gedeckt, und David wollte das Restaurant nicht betrügen. Andererseits hatte er vor, seine Bank anzuweisen, Neumeisters Schecks einzulösen, und heute abend *war* er nun einmal William Neumeister.

»Annabelle…«

»Ist Ihnen nicht gut, Sir?«

David beugte sich kurz entschlossen über die Garderobentheke, schrieb *Wm Neumeister* aufs Formular und darüber in Klammern *David Kelsey*. Dann riß er den Scheck vom Block und reichte ihn mit einer kleinen Verbeugung dem Kellner. Der gab ihn an den Oberkellner weiter, und der studierte ihn aufmerksam. Der Scheck war auf zwanzig Dollar ausgestellt. David streckte die Hand aus und wollte den Kellner schon um seine acht Dollar bitten, da blickte der Oberkellner ihn erstaunt an.

»David Kelsey?« fragte er stirnrunzelnd.

Der Name war wirklich ein Fluch.

David machte kehrt und rannte zur Tür hinaus. Aber er stolperte auf der Schwelle und landete auf allen vieren auf dem Gehweg.

Hinter ihm wurden Stimmen laut. Als er über die Straße rannte, schrillte eine Trillerpfeife, die sich ganz nach Polizei anhörte. Vor ihm brauste ein Feuerwehrauto mit laufender Sirene die Sixth Avenue herauf. David überquerte die Fahrbahn unmittelbar hinter ihm und bog dann in westlicher Richtung in die Fifty-sixth Street ein, weil die ihm dunkler erschien als die Avenue. Nach einer Weile verfiel er in einen mäßigen Trab.

»Verdammt, Annabelle, verdammt«, fluchte er. »Das hätte ich dir gern erspart!«

»Schon gut, Dave, und der Scheck ist doch gedeckt.«

»Ja, natürlich ist er das.«

Auf dem Broadway wandte er sich erst südwärts, überlegte es sich dann aber anders und schlug die entgegengesetzte Richtung ein. Nichts deutete darauf hin, daß er verfolgt wurde. Und da vorn war gleich der Central Park. Er hatte sich immer schon gewünscht, mit Annabelle durch den Central Park zu gehen! Ihr die Seehunde zu zeigen und die Affen, die Lamas…

David entdeckte einen Polizisten und nahm Reißaus, rannte ein ganzes Stück, bevor er sich wieder in der Gewalt hatte und begriff, daß der Mann ihn überhaupt nicht beachtet hatte. Er sah sich um. Der Polizist war auf dem

Gehweg stehengeblieben und schaute ihn an. David wandte sich ab und ging weiter. Nach ein paar Schritten drehte er sich wieder um, und jetzt lief der Polizist ihm nach. David kletterte über die Parkmauer und hetzte geduckt durchs Gebüsch, dahin, wo es am dunkelsten schien, weg vom Spazierweg, wo eine Straßenlaterne zwei langsam dahinschlendernde Gestalten beleuchtete. Im Laufen stieß er gegen einen Baum und prellte sich Schulter und rechte Kopfhälfte. Er hatte dabei ein verschwommenes Déjà-vu-Gefühl, aber wo war er schon einmal gegen einen Baum gerannt? Und wann? Langsam ging er zurück und legte die Hand an den festen, schrundigen Stamm. Er war überzeugt, daß der Baum ihm eine wichtige, weise Lehre, ein Geheimnis enthüllen würde. Er spürte es ganz deutlich, fand nur keine Worte dafür: Es ging irgendwie um Identität. Der Baum wußte, wer er *wirklich* war, und daß er mit ihm zusammenstieß, war Schicksal. Aber der Baum hatte noch eine zweite Botschaft für ihn. Er riet ihm, ruhig und gefaßt zu sein und bei Annabelle zu bleiben.

»Aber du weißt ja nicht, wie schwer das ist, Ruhe zu bewahren«, klagte David. »Ja, du tust dich leicht…«

Er sah einen Polizisten auf dem erleuchteten Spazierweg, sah, wie er einen Mann anhielt und mit ihm sprach. Doch David wußte nicht, ob es derselbe Polizist war, der ihn verfolgt hatte. Vor lauter Verwirrung schüttelte er ratlos den Kopf. »Du bist viel weiser als wir«, flüsterte er und tätschelte die Rinde zum Abschied.

Leise schlich er zurück zur Mauer, stemmte sich daran hoch und kletterte hinüber. Annabelle erwartete ihn auf der anderen Seite.

»Wo bist du nur gewesen?« fragte sie.

»Verzeih mir, ich hab mich aufgeführt wie ein Idiot.« Er mußte dringend austreten. Aber wo? Nun, die U-Bahnhöfe hatten Toiletten. Er murmelte eine Entschuldigung und zog Annabelle mit sich zur nächsten Subway-Station. Doch die war geschlossen, und über der Treppe hing eine Sperrkette. Ärgerlich wandte er sich ab und suchte einen anderen Eingang. Schließlich war das hier Columbus Circle! Er entdeckte ein weiteres Subway-Schild weit hinter einer breiten Straßenkreuzung und stürzte darauf zu. »Warte hier, Schatz«, bat er und lief die Treppe hinunter.

Um in die Toilette zu kommen, mußte man eine Marke kaufen, und beim Bezahlen vermied er es, sein restliches Kleingeld zu zählen, denn er wollte lieber nicht wissen, wie wenig noch übrig war. Bis zur Toilette waren es anderthalb Blocks – unterirdisch. Noch nie war ihm das Leben so trostlos vorgekommen, und er fragte sich verwundert, warum die meisten Menschen sich so daran klammerten.

Kaum daß er sich erleichtert hatte, kam ihm ein glänzender Einfall: Er hatte doch Freunde in New York! Zum Beispiel Ed Greenhouse, der inzwischen verheiratet war und bei Sperry in Queens arbeitete. Aber nach dem, was David zuletzt von ihm gehört hatte – er erinnerte sich genau an den Absender auf einer Weihnachtskarte –, wohnte Ed in Manhattan. Außerdem waren da noch Reeves Talmadge und Ernest Cioffi, ehemalige Kommilitonen, an deren Namen er sich mühelos erinnerte und deren Gesichter wie die von lieben alten Freunden aus seinem Gedächtnis auftauchten.

»Ich werde Ed Greenhouse anrufen«, sagte David, als er zu Annabelle zurückkam.

Sie steuerten auf die pinkfarbene Neonreklame eines Restaurants zu. Drinnen, gleich neben der Telefonzelle, war eine Herrentoilette, die er gratis hätte benutzen können. David kniff ein Auge zu und fand den Eintrag im Telefonbuch: Greenhouse, Edgar, Riverside Drive 410. Und wo genau war das? Eine Band oder eine Musikbox spielte: *It was only a paper moon – hanging over a cardboard sky…* Ein Mädchen sang, und David schloß die Augen und hörte einen Moment lang verträumt zu. Dabei stellte er sich das Wiedersehen mit Ed vor, die Begrüßung, das Händeschütteln, die erste Begegnung mit Eds Frau. Was war denn peinlich daran, Ed um zehn Dollar zu bitten oder auch fünfzig oder hundert? Er würde das Geld ja zurückkriegen. David machte die Augen wieder auf und holte sein Kleingeld aus der Tasche: ein Zehn-, zwei Fünfcentstücke und drei Pennies. Er hatte den Zehner schon in der Hand, als er ausrechnete, daß ihm, wenn er den jetzt fürs Telefonieren ausgab, nachher zwei Cents für die Subway fehlen würden, die fünfzehn Cents kostete.

»Du hast nicht zufällig zehn Cents bei dir, Schatz?«

Aber Annabelle hatte ihr kleines Portemonnaie im Hotelzimmer gelassen, und dorthin konnten sie nicht zurück, nie den Champagner genießen, der auf der Kommode stand.

»Wir gehen jetzt zu Ed, einfach so«, sagte er ruhig.

Er fragte den Schalterbeamten in der Subway nach Riverside Drive 410 und bekam zur Antwort, er solle an der One hundred and tenth Street aussteigen. Er kaufte eine

Marke, zwängte sich mit Annabelle zusammen durchs Drehkreuz, und dann nahmen sie den nächsten Zug in Richtung Norden.

29

Es war ein riesiges, düsteres Wohnhaus mit Rußablagerungen auf dem steinernen Schnörkelfries rings um den Eingang. In der Halle waren links und rechts lange Namenslisten angeschlagen, und er brauchte eine ganze Weile, bis er *Greenhouse, E. 9K* gefunden hatte. David läutete und wartete dann, die Hand auf dem Messingtürknauf. Er mußte noch einmal klingeln, und wieder wartete er, bereit, beim ersten Summton die Tür aufzustoßen, aber auch diesmal rührte sich nichts. Doch dann kam ein Paar, das mit eigenem Schlüssel aufsperrte, und David schlüpfte hinter den beiden hinein. Er ließ ihnen den Vortritt im Fahrstuhl, der von einem grauen Männchen in abgetragener blauer Uniform bedient wurde. Das Paar stieg im achten Stock aus, und David sagte: »Neunter, bitte.«

Im neunten Stock suchte er nach Appartement K, wobei er sich ganz dicht über die Türschilder beugen mußte, weil der Flur nur schwach erleuchtet war. Endlich hatte er die richtige Wohnung gefunden, drückte auf die Klingel und hörte es drinnen läuten.

»Wer ist da?« rief eine Männerstimme.

»Ed?« David lächelte. »Hier ist dein alter Freund Dave.«

Die Tür öffnete sich einen Spaltbreit, und Ed Greenhouse – kleiner und untersetzter, als David ihn in Erinnerung hatte – schaute ihn verdutzt an.

»Ja doch, ich bin's wirklich, Ed!« rief David und stieß die Tür ein Stück weiter auf. Er klopfte Ed auf die Schulter. »Na, wie geht's dir denn, alter Knabe?«

»Dave Kelsey?« Ed hätte nicht überraschter sein können. Seine eng zusammenstehenden schwarzen Augen rechts und links der Hakennase starrten David durchdringend an, und der erinnerte sich, daß ihm Ed früher immer wie die Karikatur einer Eule vorgekommen war.

»Hab ich mich denn in sechs Jahren so verändert? Oder sind's bloß fünf?«

Ed blickte über die Schulter zu einer blonden Frau, die mitten im Wohnzimmer stand.

»Deine Frau?« erkundigte sich David. »Sehr erfreut.« Er machte eine Verbeugung. Mittlerweile war er bis in die Diele vorgedrungen, aber Ed stand immer noch in der halb geöffneten Tür. »Ihr seid mir hoffentlich nicht böse, daß ich so unangemeldet hier hereinplatze«, begann David. »Ich wollte natürlich vorher anrufen, aber…« Auf einmal war er zu verlegen, als daß er sich getraut hätte, von Geld zu sprechen. Und daß Ed so stocksteif dastand, machte es ihm auch nicht leichter. Ed war früher kein Spießer gewesen, ganz im Gegenteil. David runzelte die Stirn und sah sich verstohlen nach Annabelle um, die sich aber schon in den Hintergrund zurückgezogen hatte, um ja nicht aufdringlich zu erscheinen.

»Schon in Ordnung, Dave«, sagte Ed und ging endlich von der Tür weg. »Schatz, das ist… das ist Dave Kelsey, ein alter Studienfreund von mir.«

»Sehr erfreut«, wiederholte David artig.

»Ganz meinerseits«, stieß sie atemlos hervor und starrte ihn entgeistert an.

»Störe ich?« fragte David.

»Nimm Platz, Dave. Darf ich dir etwas anbieten? Kaffee? Bier?« Er ging voraus ins Wohnzimmer, und als er sich nach David umdrehte, hatte er die fleischigen, behaarten Hände, an die David sich gut erinnern konnte, in die Hüften gestemmt. Ed bekam langsam eine Glatze. Und er war auffallend blaß.

David lächelte. »Nein, danke. Ich will auch gar nicht lange bleiben.« Damit setzte er sich auf das Sofa.

Ed dagegen blieb stehen, genau wie seine Frau, der Ed dauernd Blicke zuwarf, als wolle er ihr damit irgend etwas signalisieren. Und David kam es auch so vor, als nicke er ihr verstohlen zu.

»Ich störe, nicht wahr?« fragte David wieder und machte schon Anstalten aufzustehen. »Ich hätte euch wirklich nicht so überfallen dürfen…«

»Aber nicht doch, nicht doch! Ich freue mich ja, dich wiederzusehen, Dave. – Liz, ich hätte eigentlich gern ein Bier, aber wir haben, glaube ich, keins mehr im Haus, oder? Bist du so gut und holst rasch welches?«

David sprang auf. »Nein, nein, ich gehe!«

»Also das kommt ja gar nicht in Frage«, widersprach Ed.

»Nein, natürlich nicht, ich mache das schon«, sagte die Frau und ging zur Tür.

»Ziehen Sie aber einen Mantel über«, rief David. »Ist ziemlich kühl draußen.«

Sie warf über die Schulter einen raschen Blick auf ihn und schüttelte den Kopf. Dann lief sie nach draußen, machte die Tür jedoch nicht ganz zu.

»Na?« sagte Ed liebenswürdig und steckte sich eine wohlgeformte Pfeife in den Mund. Er versuchte sie anzuzünden, blies das Streichholz aber gleich wieder aus, drückte mit dem anderen Ende den Tabak fest, warf dann das Streichholz in den Aschenbecher und strich ein neues an. Die Prozedur dauerte gewiß mehr als eine Minute, doch David wartete geduldig, bis Ed weitersprach. »Gut siehst du aus, Dave.«

»Du auch! Der Ehestand bekommt dir anscheinend, was? Hast auch zugenommen.«

Ed nickte, aber wieder bemerkte David jene kühle Zurückhaltung an ihm, als ärgere er sich, daß David ihn so einfach überfallen hatte; ja er schien drauf und dran, ihm das ins Gesicht zu sagen.

David befeuchtete die Lippen und senkte den Blick auf den blaßgrünen Teppich. Auf einmal war er außerstande, Ed nach seiner Arbeit zu fragen, obwohl er das fest vorgehabt hatte. Vielleicht falle ich lieber gleich mit der Tür ins Haus, dachte er. Entweder das, oder aufstehen und gehen.

»Du wunderst dich sicher, warum ich so einfach hier hereinschneie«, sagte er. »Also, die Sache ist die ... Ich mußte überraschend nach New York, und jetzt sitze ich auf dem trocknen – mir ist das Bargeld ausgegangen. Dummerweise habe ich kein Konto in der Stadt, und deshalb ist es schwer, einen Scheck einzulösen. Ich könnte dir aber einen garantiert gedeckten Scheck ausstellen, Ed, über jeden Betrag, mit dem du mir aushelfen würdest. Fünfzig Dollar wären prima. Aber wenn das nicht geht, tut's auch weniger.«

»Natürlich, Dave«, rief Ed überraschend hilfsbereit. »Fünfzig Dollar dürfte ich zwar ehrlich gesagt nicht im Haus haben, aber zwanzig kannst du gern kriegen.« Und schon zückte er seine Brieftasche aus der hinteren Hosentasche.

David erhob sich und langte nach dem Scheckbuch in seinem Mantel. »Kommt mir vor wie ein Geschenk des Himmels«, sagte er mit einem glücklichen Lächeln. »Wenn man mit einem Mädchen nach New York kommt, du weißt ja, wie das ist!«

»Ach? Was denn für ein Mädchen?«

»Meine zukünftige Frau. Das heißt, wir sind so gut wie verheiratet, bis auf den Papierkram, und der ist doch wirklich reine Formsache, nicht?« David holte sich vom Schreibtisch auf der anderen Seite des Zimmers einen Stift und füllte dann am Couchtisch den Scheck aus. Diesmal kam es ihm nicht in den Sinn, mit William Neumeister zu unterschreiben, aber er hätte Ed gar zu gern von dem Glückspilz Bill erzählt. »Erinnerst du dich noch an das Wochenende in Los Angeles? Als wir es um ein Haar nicht mehr rechtzeitig zur Silvesterfeier bei deiner Mutter geschafft hätten?«

Ed nickte lächelnd. »Allerdings.«

»Siehst du, ich erlebe dieser Tage hier in New York etwas ganz Ähnliches. Vorhin zum Abendessen, da habe ich Wein getrunken, aber im Grunde genommen braucht's das gar nicht… Auf die Stimmung, meine ich, kommt es an… Und meine ist blendend.«

»Schön.« Und mit dem immer gleichen wohlwollenden

Lächeln schlich Ed auf Zehenspitzen aus dem Wohnzimmer über den Flur. David sah nur noch seinen linken Arm und den Kopf, als er draußen geräuschlos eine Tür zumachte. Dann kam er ebenso leise zurückgetappt.

»Ist noch jemand da? Habe ich vielleicht zu laut gesprochen?«

»Nein, nein, dort drin ist niemand. Sag, möchtest du wirklich keinen Kaffee? Wir haben auch Pulverkaffee.«

Doch David lehnte wieder ab. Wenn Ed sich nur endlich setzen würde, dachte er, aber natürlich konnte er ihn nicht gut dazu auffordern. Er sah sich in dem Zimmer um – an den Wänden langweilige Reproduktionen bekannter Impressionisten, die Einrichtung halb modern, halb viktorianisch, der Schreibtisch unaufgeräumt, mit überquellenden Fächern und chaotischem Papierwust auf der Platte. Und dann entdeckte er auf dem Boden neben einem Sessel zwei rosa Babyrasseln. Nein, nur *eine*. »Komisch«, sagte David, »komisch, aber Babyrasseln sehen seit Jahrhunderten gleich aus, oder?«

»Nein.« Ed lachte leise vor sich hin, aber seine Fröhlichkeit klang aufgesetzt, und David erschrak ein bißchen. »Wo ist sie denn jetzt?«

»Wer?«

»Deine Freundin.«

»Ach so… ja, die…« David machte eine lässige Handbewegung und stockte. Als er Ed ansah, wurde er gleich wieder verlegen und wußte nicht, ob er sagen sollte, daß sie unten auf ihn warte. »Die ist im Hotel.«

»Ja? Und in welchem?« Jetzt setzte Ed sich doch noch, allerdings auf eine Fußbank vor dem Sessel.

»Der Name ist mir offenbar entfallen. Aber ich finde wieder hin.« David lachte. Die Beine, die da vor ihm über den Sofarand ragten, sahen nicht aus wie seine. Die Schenkel waren ganz dünn. Er legte eine Hand aufs Knie. »Tja, Ed…«

»Es ist nicht zufällig das Barclay, oder?« fragte Ed.

»Doch!« erwiderte David lächelnd. »Natürlich, so heißt es.«

»Und du gehst heute abend dorthin zurück?«

»Ja«, sagte David. »Aber woher weißt du das?«

»Ach, das war nur geraten.« Er zog an seiner Pfeife. »Und wie heißt das Mädchen?«

Durch die nur angelehnte Wohnungstür hörte David den Fahrstuhl. Ed stand auf, ging zur Tür und trat, kaum daß er hinausgesehen hatte, eilig beiseite.

»Er ist da drin«, sagte Ed.

David war aufgesprungen.

Zwei Polizisten kamen herein. Nein, drei.

»Bleib, wo du bist, Liz!« rief Ed auf den Flur hinaus.

»Mr. Kelsey?« fragte der erste Polizist, ein Riese mit kleinen grauen Augen unter dem Mützenschirm.

David fuhr herum, schlug mit dem Unterarm die Fensterscheibe ein, und kaum daß er die Öffnung per Fußtritt vergrößert hatte, schwang er sich auch schon hinaus auf den Sims und hielt sich an einer zusammengeklappten Markisenstange fest. Eine Hand packte seinen Knöchel, doch David schüttelte sie ab.

»Kelsey!« rief der Bulle in mahnendem Ton. »Kelsey!«

David krallte sich mit den Fingern in eine Ritze zwischen den großen Betonquadern der Hausfassade und rutschte vom Fenster weg. Mit den Füßen ertastete er einen etwa fünfzehn Zentimeter breiten Vorsprung, der bis zur Hausecke verlief und dann verschwand. Aber bis dorthin gab es keine Fenster mehr.

»Kehren Sie um, Kelsey! Wollen Sie hinunterfallen?«

Die Hand des Polizisten oder sein Schlagstock streifte Davids Hosenaufschlag. Und während er sich langsam weitertastete, schürfte der Putz ihm die Nase auf. Als der Polizist ihn nicht mehr erreichen konnte, hielt David inne und sah sich nach ihm um. Er war ein großer, schwerer Mensch, aber er hatte auch große Angst, das sah David ihm an. Erst stützte er sich mit der Hüfte aufs Fensterbrett und hielt sich an der Markisenstange fest, wie vorher David. Dann steckte er seinen Schlagstock ein, kletterte in gebückter Haltung ebenfalls auf die äußere Brüstung und richtete sich auf. David rückte noch ein Stück weiter von ihm weg, was indes nicht nötig gewesen wäre, denn der Mann dachte nicht daran, die Stange loszulassen.

So plötzlich, als wären die Personen im Zimmer bis jetzt vor Entsetzen stumm gewesen, erklangen von drinnen Stimmen, die Ratschläge hinausbrüllten. Und nun lehnten sich auch noch zwei andere Gesichter zum Fenster heraus.

»Kommen Sie doch zurück, Kelsey«, sagte der Polizist auf dem Sims mit Todesangst in der Stimme. »Ich kann Sie auch von hier aus erschießen.«

David mußte lachen. Wie albern und abgeschmackt ihm das alles vorkam! Und immer noch lächelnd, stellte er sich vor, wie in seine rechte Seite eine Kugel eindrang, die ihn im Nu außer Gefecht setzte, so daß er hintenüberfallen, sich ein ums andere Mal überschlagen und jenem letzten stei-

nernen Kuß unten auf dem Pflaster entgegenstürzen würde, den er sich nicht richtig vorstellen konnte. Er schloß die
Lider vor dem abwechselnd warm und kalt in seine Augen
sickernden Blut. Auch seine Fingerkuppen bluteten (wahrscheinlich abgeschürft), und das machte sie rutschig. Aber
wenn sie trocknen, dachte er, werden sie dann nicht am
Putz festkleben?

»Dave…« Jetzt lehnte Ed sich aus dem Fenster, und der
Polizist war verschwunden. »Dave, so komm doch wieder
herein. Du mußt dich dieser Sache stellen. Dave!«

Aber Ed hatte ihn verraten. David konnte sich nicht
dazu aufraffen, ihn anzuspucken. Statt dessen richtete sich
sein Blick wie zwanghaft in die Tiefe, auf den Gehweg unter ihm, denn halb und halb erwartete er, daß der dicke Polizist in stiller Pflichterfüllung abgestürzt sei. Das Pan-
orama dort drunten – keine gähnende Leere, sondern ein
Geflecht von Linien, die unter ihm zu einem imaginären
Strudel zusammenliefen – entsprach so ganz seiner Vorstellung, daß die Furcht davor schwand. Eine perspektivisch
verkleinerte Frauengestalt zeigte von unten zu ihm herauf,
und ein Mann blieb stehen und folgte ihrem Beispiel. Zwei
weitere Passanten, die sich aus verschiedenen Richtungen
näherten, verharrten ebenfalls gebannt. Zu viert bildeten
sie ein schmuckes, blütengleiches Muster, und im Schein
der Straßenlaterne wirkten ihre emporgereckten Gesichter
bleich, hintergründig und geheimnisvoll.

»Kommen Sie wieder herein, Kelsey. Sie fallen sonst herunter!«

David hatte die Zähne aufeinandergebissen und antwortete nicht. Er hielt die Nase an den Putz gepreßt, verschob

aber seine Füße ein bißchen, so daß die Absätze auf dem Vorsprung nicht mehr überstanden. Sein Herz hämmerte vor Wut, eine Wut, gegen die er machtlos war. Und dann fühlte er sich auf einmal müde. Wenn mein Zorn irgendein Ziel gehabt hätte, dachte er... Aber er war weder auf die Polizei böse noch auf Ed oder seine Frau oder sonst jemanden. Er sah sich jetzt ganz objektiv und kam sich einfach nur albern vor, wie er da auf dem Sims stand und sich anstarren ließ, während man ihn aufforderte, ja anflehte, doch wieder durch das Fenster hereinzukommen. Aber wozu? Ein Polizist ließ den Lichtkegel seiner Taschenlampe über seinen Körper gleiten.

»*Schwein!*« brüllte David völlig grundlos die beiden gestikulierenden Bullen an, die sich jetzt aus dem Fenster beugten.

»Ich habe Sie genau im Visier, Kelsey. Entweder Sie kommen wieder herein, oder ich schieße.«

»Fahr zur Hölle!« rief David ungeduldig.

»Sie sind ein Mörder, Kelsey. Mir liegt nichts daran, Ihr Leben zu retten.« Und der Polizist fuchtelte mit seinem schweren Revolver, der auf David gerichtet war.

»Wenn ihr dem Mädchen da drin auch nur ein Haar krümmt...«, zischte David.

»Welches Mädchen? Liz?«

Ein heftiger Windstoß zwang ihn, sich fester an die Mauer zu pressen. Wieder schloß er die Augen. Warm sickerte das Blut zwischen seinen Brauen durch und lief als kühles Rinnsal an seinem linken Nasenflügel entlang. David überlegte, ob er es wagen sollte, sich bis zur Hausecke vorzutasten und auf der anderen Seite durch ein anderes Fenster einzusteigen. Aber wozu? Es spielte keine Rolle, ob er abstürzte oder auf unbestimmte Zeit, ja vielleicht für immer auf diesem Sims stehenblieb. Diese Erkenntnis verlieh ihm ein Gefühl von Freiheit und Macht, und er wippte ein bißchen mit den Zehen. Hinter der breiten Schulter des Polizisten sah David zwei, drei Personen, die sich aus anderen Fenstern im selben Stockwerk beugten. Jetzt ging auch über ihm ein Fenster auf, und eine Frau stieß einen unterdrückten Schrei aus, aber David hatte keine Lust hochzugucken. Außerdem hätte ihn dabei womöglich das Gewicht des eigenen Kopfes aus der Balance gebracht, und noch wollte er nicht abstürzen.

»Was ist los?« fragte eine Männerstimme von oben.

»Wir müssen den Mann da kriegen«, antwortete der Polizist so feierlich wie der inbrünstigste Gralssucher. Dann drehte er sich zu den Leuten im Zimmer um, und seine Stimme verwandelte sich in ein abscheuliches Gebrüll.

David schloß die Augen, preßte Stirn und Nase an den kühlen Stein und krallte die Finger fester in die Mauerritze. Irgendeine Entscheidung mußte getroffen werden. Wirklich? Warum konnte er nicht für den Rest seines Lebens hierbleiben? Die Situation paßte doch erstaunlich gut zu David Kelsey: Da kam er zu einem alten Studienfreund, um sich ein paar Dollar zu borgen, die er umgehend hätte zurückzahlen können, und was passiert? Er wird verraten! Erinnerungen an Ed Greenhouse tauchten vor ihm auf, sehr persönliche, vertraute Erinnerungen, als ob Ed ihm mehr als nur ein Studienkamerad gewesen wäre, was jedoch nicht stimmte: Ed mit furchtbarem Nasenbluten in einem Seminarraum; das Blut tropfte und tropfte auf seinen

Prüfungsbogen, bis er nicht mehr weiterschreiben konnte und abbrechen mußte, obwohl zwei, drei Kommilitonen (darunter auch David) ihm ihr Taschentuch geliehen hatten. Oder Ed auf irgendeinem Ball, mit einem auffallend hübschen Mädchen, um das alle anderen ihn beneideten. Konnte das die Frau dort drinnen gewesen sein?

David spürte, daß es ihm vorherbestimmt war, heute abend hier in Eds Wohnung zu landen.

»Wer ist der Mann?«

»Warum fangt ihr ihn nicht mit einem Lasso?«

»Was hat er denn vor?«

»Will er sich umbringen?«

»N-nein«, knurrte der Polizist, der David unausgesetzt beobachtete, als hätte er einen Probanden im Laborversuch vor sich.

David kniff die Augen fest zu und versuchte, all diese Menschen auszublenden. Solch lästige Frager, die einen immerfort piesackten, hatte er zur Genüge erdulden müssen. Bei Mrs. McCartney und ein paarmal, wenn auch in kleinerem Rahmen, bei Annabelle. Aber jetzt blendete er sie alle aus, und dann erschien ihm Annabelles Gesicht deutlicher denn je zuvor, und mit der Erinnerung kam die Erkenntnis, daß es sie gab. Es war wie in den Momenten gleich nach dem Aufwachen, frühmorgens, wenn sein Kopf noch ganz frei und leer war und die ersten Gedanken ihr galten und ihm wieder bewußt wurde, daß sie lebte und atmete, und er sich fühlte wie ein schlaffes Segel, das sich vor dem Wind strafft und sein Schiff aufbringt.

Wasser oder sonst etwas Nasses klatschte auf seinen Kopf, und über ihm lachte eine Frau oder ein Kind.

»Laßt den Quatsch!« schalt eine barsche Stimme. »Wir wollen ihn lebend!«

Aber lebend kriegt ihr mich nicht, dachte David, und wie ein schrilles Lachen oder ein trotziger Schrei, der auch aus seiner Kehle hätte kommen können, heulte im selben Moment eine Sirene auf.

David tastete sich näher an die Hausecke heran, mehr, um seine schmerzenden Fingerkuppen zu bewegen, als um irgendwo hinzugelangen, und dabei konzentrierte er sich – mit dem blinden Glauben, den Sterbende bisweilen auf das Kreuz setzen – auf Annabelles Gesicht. Teilnahmslos registrierte er, daß unten mit Leitern und Netzen hantiert wurde, und auch, daß sie durchaus eine Chance hatten, ihn zu kriegen, selbst im neunten Stock. Die Vorstellung, wie er eine nahende Leiter mit einem kräftigen Fußtritt umstieß, gefiel ihm. Oder verankerten sie ihre Leitern vielleicht am Boden? Jedenfalls würde er sich umdrehen müssen, um ihnen die Stirn zu bieten. Er verschwendete kaum einen Gedanken daran, wie gefährlich ein solches Manöver war, denn er wußte, daß es nur schwerer würde, je länger er es sich ausmalte. Er tastete mit der Rechten hinüber nach der anderen Hand, drückte die Finger tief in die Mauerspalte und verdrehte den Körper so weit wie möglich, bevor er die Linke von der Wand löste und blitzschnell auf die andere Seite schwenkte. Seine Finger suchten einen Moment lang ungeschickt nach einem neuen Halt, doch preßte er sich dabei mit der Rechten um so fester gegen die Hauswand, und alles in allem hatte er, wie ihm schien, die Wende so elegant vollführt wie ein Ballettänzer seine Pirouette.

»Nicht springen, Kelsey! Wir sind gleich bei Ihnen!« sagte eine Stimme.

Es war, als ob man vom schwankenden Trapez auf eine Zirkusarena hinabblicken würde. Ein Lichterkreis umrahmte die beiden leuchtendroten Feuerwehrwagen, die im rechten Winkel zueinander standen, und ein großer Scheinwerfer schwenkte suchend hin und her, erfaßte ihn. Polizisten bliesen in ihre Trillerpfeifen und winkten den Autofahrern hektisch weiterzufahren, aber die rührten sich nicht von der Stelle. Vielmehr staute sich der Verkehr den ganzen Riverside Drive hinunter und weiter bis in die Nebenstraßen. David mußte lachen – nicht, weil sich das ganze Theater um ihn drehte, auch wenn er sich das widerstrebend eingestand, sondern weil erwachsene Menschen alles hatten stehen und liegenlassen, nur um blöd zu gaffen, weil sie den Stau in Kauf nahmen und mit unnatürlich verrenktem Kopf dastanden und glotzten, und alles bloß, weil da vielleicht ein Mann abstürzen oder in den Tod springen würde.

»Keine Angst, ich werde nicht springen«, sagte David ruhig zu dem massigen Polizisten, der sich wieder in Gefahr brachte oder diesmal vielleicht auch nur den Schaulustigen dort unten imponieren wollte, indem er sich weit aus dem Fenster lehnte und mit der Hüfte auf dem Sims balancierte.

Ein zweiter Beamter, offenbar ein ernster und entschlossener Typ, streckte nun den Kopf heraus und löste den massigen Kollegen ab. Er streckte David etwas entgegen, das auf den ersten Blick aussah wie ein Zollstock, sich aber bei näherem Hinsehen als Besen entpuppte, dessen Borstenende der Polizist gepackt hielt. »Da, halten Sie sich fest,

Kelsey! Und kommen Sie wieder herein! Keine Angst, wir lassen Sie nicht fallen!«

David blieb das Lachen im Halse stecken. Ein Besen! Symbol für Sauberkeit und häusliche Idylle! Jetzt ließ er den Blick beherzter nach oben und unten schweifen. Furchtsame Gesichter starrten auf ihn herab, eine Zickzackreihe von Gesichtern, alle verkehrt herum oder nur im Profil zu erkennen, und das machte David melancholisch.

Eine Trillerpfeife forderte energisch Aufmerksamkeit. Es schepperte furchtbar laut und metallen, als ein schon ausgefahrenes Leitersegment zusammenkrachte, und nun mußte David doch lachen, als er sah, wie drei Feuerwehrmänner in Gummianzügen herumwuselten und die Leiter wieder aufzurichten suchten, als handele es sich um ein Heiligtum, das niemals profanen Boden hätte berühren dürfen.

»Wollen Sie einen Kaffee, David?« fragte eine Männerstimme, und als er sich nach links wandte, sah David, wie der ernste junge Polizist den Arm ausstreckte und ihm eine Tasse hinhielt.

»Ich will meine Frau«, sagte David.

»Klar! Wie heißt sie denn?«

David ließ sich zu keiner Antwort herab. Er blickte ruhig auf den schwarzgrünen Baumstreifen jenseits des Riverside Drive und dachte an die endlosen Wälder rings um sein Haus in Ballard und um das in Troy, das Annabelle nie gesehen hatte. Oder doch? Ja, war sie nicht dort gewesen?

»Wie heißt sie, David? Wir holen sie her«, versprach die tüchtige, aber offenbar begriffsstutzige Stimme.

David räusperte sich und schwieg. Er erwog noch einmal,

um die Hausecke zu fliehen und sich durch ein anderes Fenster Einlaß zu ertrotzen: Aber natürlich würde man ihn mit Freuden hineinzerren, und er müßte sich dann den Weg aus der Wohnung freikämpfen. Vage erinnerte er sich der drei oder vier Männer, die ihn in Annabelles Wohnung angegriffen hatten. Kein Mensch verfügt über unbeschränkte Kräfte, dachte er seufzend und war sehr, sehr müde. Er taumelte nach vorn, aber eine Welle der Bestürzung, ein gemeinsamer Aufschrei aus der Tiefe bewog ihn, die Finger fester in die Mauerritzen zu bohren. Und schon stand er wieder aufrecht! Kein Gedanke an Absturz. David lächelte.

Und er hörte, wie die Leute unten ihrerseits nervös kicherten und rhythmisch in die Hände klatschten, so wie das Publikum es im Theater zu tun pflegt, wenn sich der Beginn der Vorstellung verzögert. Aber die Feuerwehr brachte den Applaus zum Schweigen. Und nun kam die Leiter.

»Okay, David, das war's«, sagte eine ruhige Stimme, vielleicht war es Eds, vom Fenster her, aber David schaute nicht einmal in die Richtung. »Alles klar, David, bleib ganz ruhig.«

Er fühlte sich von William Neumeister beobachtet, der unbedingtes Vertrauen in ihn setzte. William Neumeister mit verschränkten Armen und gelassener Miene.

»Wir holen dir dein Mädchen, David. Wie heißt sie noch? Annabelle?«

David sah empor zu einem einzelnen Stern. Er hielt es für unter seiner Würde, darauf zu antworten.

»Sie ist da unten und wartet auf dich, David. Unten auf der Straße. Du brauchst bloß die Leiter hinunterzusteigen.« Die Stimme triefte nur so vor Heuchelei.

Es gab keine Wahrhaftigkeit, nur Lebensüberdruß und Enttäuschung ohne Ende.

Die Feuerwehrleute schrien sich Befehle und Erklärungen zu. Ein kleiner Mann kletterte bereits die Leiter hoch, als sie noch schwankend aufgerichtet wurde. David war auf der Hut. Er fühlte sich durchaus imstande, den Kerl hinunterzustoßen, aber das durfte, das wollte er nicht, solange der andere keine Gewalt anwendete. Ansonsten hatte der kleine Mann schließlich nichts mit ihm zu schaffen, sondern tat nur seine Pflicht.

»Sie ist da unten, David, siehst du sie?« fragte die Stimme vom Fenster. »Da! Sie winkt dir zu.«

David glaubte ihm nicht, aber er guckte trotzdem. Er sah kein Mädchen winken.

»Halt durch, mein Junge!« schrie der Feuerwehrmann auf der Leiter erschrocken, und David erschrak auch, aber nur, weil die Stimme schon so nahe war.

Es blieben nur noch wenige Sekunden. David blinzelte und überflog seinen kleinen Spielraum an Möglichkeiten: die Hausecke, das Fenster mit dem halben Dutzend ausgestreckter Arme, denen er sich um keinen Preis ausliefern wollte, über ihm eine flatternde Decke, die nicht ganz bis zu ihm herunterreichte und vielleicht ohnehin als Witz oder ihm zum Hohn geschwenkt wurde. Und dann konnte er natürlich noch springen.

Ich habe schon so oft hier gestanden, dachte er, inmitten einer Sammlung von erbärmlichen Alternativen, die alle zu nichts führen. Er zappelte unschlüssig hin und her. Sein linkes Auge pochte blind hinter blutverklebten Wimpern.

»Okay, gleich haben wir's«, rief der Feuerwehrmann.

»*Olé!*« brüllte eine Stimme von der Straße herauf.

»Die kriegen ihn«, prophezeite ein tiefer Baß von oben.

Und auf einmal war da ein Mädchen. Ein Mädchen im weißen oder pastellfarbenen Mantel, hutlos, reglos, das Gesicht emporgewandt und die Hände in nervöser Spannung vor der Brust aufeinandergepreßt. Ihr Haar, dachte er, hatte die Farbe von Annabelles Haar, auch wenn sich das im Dunkeln kaum eindeutig feststellen ließ.

»Sag ihr doch mal guten Abend, David!« rief der Polizist (der ohne Unterlaß auf ihn einredete). »Sag ihr, daß du herunterkommst. Gleich, in ein paar Minuten schon…«

Knapp einen Meter unter dem Sims, auf dem er stand, scheuerte die Leiter knirschend über den Putz.

Das Mädchen winkte nicht zu ihm hinauf, was David eher in dem Glauben bestärkte, daß es tatsächlich Annabelle war. Annabelle hätte vielleicht nicht einmal dann gewinkt, wenn er sie darum gebeten hätte. Es gibt keinen anderen Ausweg, dachte er. Die Vorstellung, daß der Feuerwehrmann ihn anfassen würde, war ihm zuwider.

Ohne sich weiter zu besinnen, trat er hinaus in den kühlen Raum und nahm den kürzesten Weg zu ihr, im Herzen nur die Erinnerung an ihr sanft geschwungenes Schulterblatt, nackt, wie er es nie gesehen hatte.

Anhang

Nachwort

Im Sommer 1958 verliebt sich Patricia Highsmith in eine Frau, die mit einer anderen zusammenlebt. Für ihren siebten Roman, *Der süße Wahn,* wird das ungeahnte Auswirkungen haben. Die Notizbücher dieser Wochen, wo sie von Privatem sprechen, lassen zwei nicht ganz gewöhnliche Themen anklingen: die Qualen von Streit- und Versöhnungsritualen in der Ehe, wofür man getrost die abgenutzte Beziehung einsetzen darf, in der die Schriftstellerin zu jener Zeit noch lebt, und die abwesende Frau, deren sehnsüchtig heraufbeschworenes Bild der Liebenden schon genug zu sein scheint.

Daß die beiden Gedanken zwei Seiten derselben Medaille sind, weiß auch Patricia Highsmith. Die Notizbücher halten einen Zustand fest, in welchem sich die siebenunddreißigjährige Schriftstellerin, dankbar für jeden vermiedenen Schmerz, aus der trüben Wirklichkeit einer zerrütteten Freundschaft fortstiehlt in das Land ihrer Phantasie. Bezeichnenderweise wohnen Liebe und Kunst darin nebeneinander. »Wie ermüdend es ist«, schreibt sie am 3. Juni 1958, »nicht in ein anderes Zimmer fliehen zu können!« Gemeint ist ein gemeinsames Haus als Schauplatz erbarmungsloser Beziehungsschlachten. Dann der Ausweg: »Give me fantasies any day!« Phantasien, so fährt sie fort, von der Liebe mit einer attraktiven, nicht verfügbaren Freundin. Oder vom Schreiben, den »gewisseren Erwartungen künftiger Bücher und Geschichten«.

Die persönlichen Aufzeichnungen von Patricia Highsmith enthalten über Jahrzehnte hinweg konkrete Klagen, Sorgen, viel Verlust- und Trennungsschmerz. Um so stärker leuchtet hier die sonderbare Verehrung einer Abwesenden hervor. Für ein paar Monate bescheidet sich die Schriftstellerin mit einer idealisierten Liebe und findet sogar Frieden darin. »Sie macht mich glücklich, wenn ich mit meinen Gedanken allein bin«, schreibt sie am 30. Juli 1958 von der geliebten Freundin. »Wir teilen den Mond mit dreihundert Millionen Menschen. Doch wenn ich ihn anschaue, weiß ich, daß sie an mich denkt und daß meine Gedanken denen eines chinesischen Reisbauern gleichen, der vielleicht noch nicht niederschreiben kann, was er denkt und empfindet. Was ich sagen und glauben möchte: daß sie die letzte Frau ist, die ich jemals lieben werde. Liebe ist eine Idee, und ein Mensch kann sie genauso gut verkörpern wie ein anderer.« Einen Tag darauf schreibt sie die Zeile, die dem gerade in Planung befindlichen Roman den Titel geben wird: »This sweet sickness runs its rapid course.« (Dieser süße Wahn geht seinen raschen Gang.)

Das Leben erklärt gewiß nicht die Kunst, aber es liefert mit größter Beiläufigkeit ihre Anlässe. Das Bild des Mondes, den dreihundert Millionen Menschen sehen, von denen aber nur zwei – die Liebenden – in die Gedanken des anderen eingeweiht sind, spricht von einer Exklusivität, die neben dem Liebespaar nur noch die Planeten als Bezugspunkte gelten läßt. Alles andere ist trivialer, vernachlässig-

barer Erdenrest. Genau dieses Übersteigen des auf Augen-
höhe Sichtbaren, diese Verachtung des Durchschnitts und
das Leugnen aller gewöhnlichen Evidenz geben David Kelsey, der Hauptfigur des Romans *Der süße Wahn,* seinen ei-
gentümlichen Charakter. Und seine schwer zu definieren-
de, aber Zeile für Zeile spürbare Würde. Kelsey *hat* keine
verrückte Idee, er *ist* diese Idee, er lebt sie mit jeder Faser
und mit derselben Konsequenz wie Don Quijote vor vier-
hundert Jahren die seine. Insofern ist er in bezug auf alles,
was er heraufbeschwört und anrichtet, nicht schuldfähig.
Was den *Süßen Wahn* außergewöhnlich macht – auch im
Kontext weiterer Highsmith-Romane, deren Helden als kli-
nische Fälle von Geisteskrankheit gelten müssen –, ist die
buchstäblich weltenstiftende Macht eines Phantasmas, das
man zwar Illusion, Trug oder Einbildung nennen könnte,
das die Autorin aber mit den Ehrenzeichen eines unanfecht-
baren Gefühls ausstattet.

»Liebe ist eine Idee.« Man kann diesen Satz aus dem Notizbuch nicht wörtlich genug nehmen. Der Roman behauptet und beschwört mit tausend Zungen, nicht Wahnsinn,
sondern Liebe sei die Triebfeder für David Kelseys Handeln. Selten, vielleicht nirgendwo sonst hat Patricia Highsmith die Fähigkeit der Liebe, die Existenz zu verwandeln,
mit soviel poetischem Feuer beschrieben. Die Hoffnung
auf Liebe ist in den Highsmith-Büchern die dritte Kraft,
die der inneren Krankheit (der Schizophrenie) ebenso ent-
gegentritt wie der äußeren Krankheit (dem Verbrechen).
Daß sie scheitert und überrollt wird, tut dabei nichts zur
Sache. *Der süße Wahn,* was immer das Buch auch von Gewalt und Getriebenheit erzählt, ist dank seiner sehnsuchts-

voll-romantischen Beschwörungsenergie ein Liebesroman, etwa so, wie auch Nabokovs *Lolita* unter anderem ein Liebesroman ist. Was zugleich heißt: ein Roman über ihren Verlust.

Es wäre falsch, unter diesen Bedingungen nach dem moralischen Zuschnitt der Hauptfigur zu fragen. Seit Patricia Highsmith mit dem Roman *Der talentierte Mr. Ripley* einen amoralischen Helden davonkommen ließ und sich sogar auf seine Seite schlug, gelten in ihrem Werk andere Spielregeln. Sie habe das »Gespür für Gut und Böse« verloren, schreibt sie nach Abschluß des ersten Ripley-Romans am 6. April 1955 in ihr Notizbuch.

Auch die Liebe, gleich welcher Art sie sei, wird nicht zensiert. Die Intensität des dargestellten Gefühls hat nichts damit zu tun, ob es vernünftig, begreifbar, legitim oder auch nur erlaubt ist. Liebe ist das Gegenteil von Scheitern. Sie ist von vornherein tautologisch und will nur sich selbst: Erfüllung und Dauer. Als Verheißung reicht das aus. Deshalb gibt es im Werk von Patricia Highsmith, von den frühesten Erzählungen an, keine törichte oder verachtenswerte Liebe. Ihr erster Roman *Zwei Fremde im Zug* von 1950 nimmt den aufdringlichen Charles Bruno – den Säufer, das Muttersöhnchen, das seinen Vater ermorden läßt – in Schutz, weil er außerdem ein Liebender ist. Als solcher stirbt er nicht den Highsmith-typischen Tod der Verwerflichen, Dummen oder Dicken, sondern fast den eines tragischen Helden. »Bin so glücklich, wenn Bruno im Roman wieder erscheint!« notierte die sechsundzwanzigjährige Autorin während der Arbeit. »Ich liebe ihn!«

In Notizbuch Nummer 25, das die Entstehungszeit von

Der süße Wahn umfaßt, lassen sich die Stimmungen von Patricia Highsmith zwischen Sommer 1958 und Frühjahr 1959 ziemlich genau nachzeichnen. Wenn irgend etwas diese Seiten von anderen Notizbucheintragungen unterscheidet, dann ein elegischer Ton, der dem üblichen Pessimismus der Schriftstellerin eine Nuance hinzufügt. Das Leiden an der Liebe muß offenbar mit angemessener sprachlicher Feier einhergehen. Das Motto dieser Monate könnte lauten: Versenkung und Entsagung. Es ist bekannt, daß Patricia Highsmith Wörterbücher hochschätzte und sie immer griffbereit neben sich hatte. Aber es ist doch etwas anderes, wenn sie am 8. Oktober 1958 schreibt: »Wie schön es ist, im Wörterbuch zu lesen! Das einzige wahre und aufrichtige Buch, das ich kenne.«

Keine Frage, das seelische Gleichgewicht der Autorin ist eine heikle Angelegenheit. Am 5. November macht sie sich Gedanken über den Menschen, der sie außerhalb ihrer Bücher ist – und was von ihr übrigbleibt, wenn sie nicht bei der Arbeit sitzt. Sie findet: wenig. »Es ist, als würde eine Fassade weggerissen, und alles, was ich sehen und empfinden kann – alles, was ich bin –, sind die häßlichen, gezackten Ränder. Heute ist keine Vorstellung, nur die staubige, schmierige Bühnenapparatur ist sichtbar. Doch nicht annähernd so vertraut, überhaupt nicht vertraut. Mich erschreckt dieser Abgrund durch die Mitte meines Ichs, der dunkel, tief und nutzlos daliegt und nur darauf wartet, daß ein unschuldiges Opfer hineinfällt. Und ich sage mir: Ist das nicht meine Seele, mein tiefinnerstes Wesen (ich weiß es haargenau), mit dem ich durch mein Bewußtsein in Verbindung treten will?«

Es lohnt sich, bei solchen Sätzen an David Kelsey aus dem *Süßen Wahn* zu denken. Das Maß an Einfühlung, das Patricia Highsmith ihrer Figur entgegenbringt, beruht auf Einfühlung in sich selbst und könnte erklären, warum das Schicksal eines so offensichtlich gestörten jungen Mannes dem Leser nahegeht. Schon als Neunjährige hat sie durch die Lektüre von Karl Menningers Buch *The Human Mind*, eine Sammlung populärwissenschaftlicher Studien über abnorme menschliche Verhaltensweisen und die Psychopathologie von Kleptomanen, Pyromanen oder Schizophrenen, einen Eindruck vom trügerischen Charakter der Normalität gewonnen. Menningers Fallstudien hätten ihre Phantasie geweckt, so die Autorin viele Jahre später. »Ich erkannte, daß der Mann oder die Frau nebenan eine sonderbare Geisteskrankheit haben konnte, ohne daß ich es ihnen ansähe.« Auf vergleichbare Weise analysiert Patricia Highsmith sich selbst, und jede Schönfärberei ist ihr dabei fremd. »Es ist eine schreckliche Sache«, fährt das Notizbuch fort, »das eigene Innere zu sehen und darin die kalte Seite des Mondes zu entdecken, doch wenn man sich diese Wahrheit eingesteht, statt ein poetisches Bild daraus zu machen – dann kann man dem Tod etwas leichter gegenübertreten.«

Gibt es angesichts dieser nachtschwarzen Gedanken einen Trost? Man braucht im Notizbuch nur eine Seite weiterzublättern, zum folgenden Tag, und stößt gleich im ersten Satz auf die Antwort: »Das herrlichste Gefühl auf der Welt ist, verliebt zu sein.« *(The most delicious sensation in the world is to be in love.)* Das sind die beiden Pole, zwischen denen sich das Empfinden der Schriftstellerin bewegt: der Blick in den Abgrund des eigenen Ichs und die Selbstpreisgabe durch Liebe. Aus diesen sehr unterschiedlichen Elementen, die im Notizbuch wie Nachbarn nebeneinanderstehen, setzt sich die Romanfigur David Kelsey zusammen.

Der Entstehungsprozeß von *Der süße Wahn* ist gut dokumentiert und obendrein so kurios, daß Patricia Highsmith den Roman in ihrem Werkstattbericht *Suspense oder Wie man einen Thriller schreibt* (1966, deutsch 1985) als Lehrbeispiel für einen »untauglichen Geschichtenkeim« heranzog, der erst durch eine zweite Idee zum Leben erwacht sei. »Ein Mann will sich Geld beschaffen durch den alten Versicherungstrick«, heißt es in *Suspense*. »Er schließt eine hohe Lebensversicherung ab, kommt dann scheinbar zu Tode oder verschwindet und streicht schließlich die Versicherungssumme ein.« Doch das Material blieb kalt. »Wochenlang zerbrach ich mir abends den Kopf darüber«, schreibt die Autorin. »Mein Verbrecherheld sollte unter neuem Namen ein anderes Haus beziehen, ein Haus, in das er endgültig einziehen konnte, wenn sein wahres Ich allem Anschein nach tot und verschwunden war. Aber die Idee wollte kein Leben annehmen.

Dann tauchte eines Tages der zweite Teil auf – in diesem Fall ein weit besseres Motiv, als ich bis dahin geplant hatte: ein Liebesmotiv. Der Mann richtete das zweite Haus für das Mädchen ein, das er liebte, doch niemals für sich gewann […]. Es war ein Mann, der von seinem Gefühl besessen war.«

Zwischen dem ersten »Keim« (wie Patricia Highsmith ihre Ideenskizzen auf deutsch bezeichnete) und der ersten tiefgreifenden Änderung im Handlungsverlauf von *Der süße Wahn* liegen gut fünf Wochen. Und tatsächlich hat die erstmals am 6. Juni 1958 im Notizbuch auftauchende Geschichte von dem Mann, der sich aus Geldgier eine Doppelexistenz zulegt, wenig mit dem vollendeten Roman gemein. Doch mindestens zweierlei fällt an dem frühen Entwurf ins Auge. Erstens das Motiv der Persönlichkeitsspaltung, der »zwei Seiten« der menschlichen Seele, das die Schriftstellerin in ihrem Werk beständig variiert: in den Gut-Böse-Bündnissen komplementärer Charaktere wie etwa in dem Roman *Zwei Fremde im Zug;* in der Schizophrenie, die einem ruhigen, kultivierten Mann eine geheime Nebenexistenz als Mörder erlaubt *(Tiefe Wasser);* in der erfundenen Wirklichkeit der Fiktion, die das reale Leben erträglich macht, indem sie es leugnet und verdrängt *(Ediths Tagebuch);* oder eben in der wahnhaft verdoppelten Identität im vorliegenden Roman.

Die zweite Auffälligkeit betrifft die Arbeitsmethode. Anders als viele ihrer Schriftstellerkollegen, die bei der Planung mit einem Problem, einem Schauplatz, einer Situation oder auch nur einem Motiv beginnen, zu dem sie die passende Handlung entwerfen, scheint Patricia Highsmith einen vollständig tragfähigen Plot zu benötigen, bevor sie überhaupt weiß, was ihr Thema ist. (Die Ausnahme bildet der Anblick eines einsamen jungen Mannes frühmorgens am Strand von Positano, im Jahr 1951, aus dem der Roman *Der talentierte Mr. Ripley* hervorging.) Zwar spricht sie in dem Buch *Suspense* davon, die Aufteilung in Haupt- und Nebenwege der Handlung finde bei ihr erst statt, »wenn die Idee entwickelt ist und ihre Elemente feststehen«. Doch diese schematische Trennung dürfte nicht immer der Wirklichkeit ihres Arbeitsalltags entsprochen haben.

Die Entwürfe, die sie zwischen dem 16. Juni und dem 9. Juli 1958 auf fünfzehn Seiten des Notizbuchs niederschreibt, sind ausführlich und detailliert; sie wühlen sich ins Thema hinein wie der Maulwurf in die Erde. An Einfällen mangelt es also nicht; doch sie scheinen sich gegenseitig im Weg zu stehen. Der frühe Entwurf handelt nicht nur von einem Mann, der sich mit verbrecherischer Absicht eine heimliche Existenz errichtet, sondern auch von den Reibungsverlusten in der Ehe und allgemein davon, wie man sich aus dem komplizierten Geflecht eines verbrecherischen Plans wieder befreit. Und wie bringt man unliebsame Zeugen um? Verschiedene Methoden werden erwogen: Tod im Wasser, ein fingiertes Zugunglück, körperlicher Angriff, Sprengstoff. Die Devise der Autorin könnte lauten: *learning by doing.* Patricia Highsmith will sich beim Schreiben selbst überraschen. Aber es hilft nichts, sie kann dem Stoff kein Leben einhauchen. Eine markante Zeile zum Schluß sagt das Nötige: »Alles Vorhergehende ist Unsinn und obendrein uninspiriert.«

Der zweite Entwurf, ein dreiseitiger Eintrag vom 22. Juli 1958, kommt dem veröffentlichten Roman *Der süße Wahn* erheblich näher. Hier taucht ein junger Mann auf, der in einer einfachen Pension lebt und an anderem Ort, unter falschem Namen, heimlich ein Haus unterhält, in das er sich zurückziehen will, sobald er durch Betrug das Geld seines Arbeitgebers erbeutet hat. Fast wider Willen hat der Mann eine Affäre mit Effie, einer Mitbewohnerin der Pension. Eines Tages entdeckt die junge Frau sein Geheimnis, und der Mann kann gerade noch vermeiden, die Mitwisserin zu töten. Doch er begreift, daß er zum Mord fähig wäre. An diese Skizze läßt sich eine Beobachtung knüpfen, die für das gesamte Werk von Patricia Highsmith Bedeutung hat: daß die fertigen Bücher noch die Spuren der früheren Entwürfe tragen, nicht als sichtbare Markierungen, aber doch als Gewicht, als Aura und Schatten. Die Figuren werden tiefer, reicher, schwerer, ohne deswegen verworren zu wirken. Es ist, als wären sie einfach und kompliziert zugleich, unmittelbar verständlich und doch vieldeutig.

Eine Highsmith-Figur, so könnte man verallgemeinern, ist Summe und Konzentrat ihrer verschiedenen Werkstattphasen: Sie drückt noch sämtliche Zustände aus, die sie durchlaufen hat, bevor sie sich in die Figur verwandelt hat, die sie im vollendeten Werk verkörpert. So erklärt sich die Glaubhaftigkeit selbst ihrer exzentrischen Facetten, die Plausibilität des Unplausiblen. Wahrscheinlich geht die Aggressivität von David Kelsey gegenüber einem Mädchen, das um ihn wirbt und sich selbst in demütigenden Situationen geduldig, verständnisvoll, ja anspruchslos zeigt, auf die Konstellation des früheren Entwurfs zurück: Dort ist Effie schwanger, also eine Bürde für den jungen Mann, der sich schuldig fühlt, und dort wird sie zur Zeugin seiner verbrecherischen Pläne.

Eine weitere wichtige Drehung des Plot gelingt der Schriftstellerin allerdings erst am 6. August 1958, nach einer Pause von zwei Wochen. Der junge Mann heißt jetzt wieder Barry, eines der wenigen Details, das Patricia Highsmith aus der allerersten Skizze gerettet hat, und er steht zwischen zwei Frauen: Die eine (Effie) umwirbt ihn in der Pension, die andere (Annabelle) fürchtet und verachtet ihn, ganz zu schweigen davon, daß sie längst verheiratet ist. Unglücklicherweise ist es jene zweite, die Barry liebt und gewinnen will. In diesem Entwurf spricht die Autorin unverhüllt aus, was der veröffentlichte Roman wieder sorgfältig ummänteln wird: die unterdrückte und sublimierte Sexualität der Hauptfigur, die Konstruktion einer asexuellen, »reinen« Liebe zu der unerreichbaren Annabelle, benannt nach Edgar Allan Poes »Annabelle Lee« – was dem Helden andererseits eine irdische Affäre mit Effie ermöglicht, ohne Gewissensbisse zu verursachen. »Liebe ist eine Idee«: Dieser Gedanke aus dem Notizbuch nimmt nun im Kopf des armen Barry Gestalt an. Denn der junge Mann dieses Entwurfs *glaubt* nur, er liebe Annabelle, er empfindet die Liebe nicht einfach, sondern *überzeugt sich selbst* von ihr: »eine Travestie«, heißt es in den Aufzeichnungen, »aber herzzerreißend, ganz wie in echt«.

Doch die letzte Stufe ist noch längst nicht erreicht. Patricia Highsmith spielt jetzt mit den Einzelheiten der Geistesstörung. Vielleicht stellen die Notizen eine Art Intensivbad dar, das mehrmaliges Ausspülen erfordert, damit sich nach der Wäsche der richtige Effekt einstellt. Auf diesen Seiten jedenfalls ist der junge Mann offensichtlich derangiert. In der Pension nennen sie ihn den »Heiligen«, weil ihn seine Sublimierungsstrategien umgeben wie Weihrauch, und einmal will er Annabelle sogar töten, damit sie für ihre Herzenskälte büße. Mehrere Eintragungen im August malen die Motive aus, man ahnt, daß die Autorin ihren Spaß dabei hat. Aus »Annabelle« wird »Emily«. Der Held verwandelt sein Zimmer in einen Schrein, welcher der jungen Frau geweiht ist. Wenn er abends aufs Kissen sinkt, stellt er sich seine Emily körperlich vor, bei sich, neben sich, sogar unter sich, obwohl er den Gedanken an Beischlaf wegen des selbstauferlegten Reinheitsgebots meidet. Doch selbst das ist noch nicht alles. Der junge Mann fühlt sich von Emily beobachtet, so daß er sich stets gut benimmt; er benutzt für die Nase immer ein Taschentuch statt des Fingers. Übrigens heißt er jetzt »Edmund«, und tief drinnen ist er Schriftsteller. Als Effie, das dritte E in dieser Reihe, den gedrängten, gepeinigten Edmund eines Tages in seinem Bett erwartet, das ja Emily geweiht ist, was Effie jedoch nicht wissen kann, da bringt Edmund Effie kurzerhand um. Soweit der Monat August.

Man muß tief durchatmen, wenn man diese Notizen gelesen hat, und vielleicht reibt man sich ein wenig die Augen. Weil man es nicht gewohnt ist, Patricia Highsmith beim Hantieren in der Giftküche zu beobachten. Weil wir ihre Bücher nur im geschliffenen und polierten Zustand kennen. Dabei zeigt gerade dieses auf den ersten Blick wüste Beispiel, daß die Skizzen die Dinge lediglich beim Namen nennen, daß sie die Grundmauern des Hauses sind, dessen Teppiche, Lampen und Armaturen noch fehlen, Skelett ohne Fleisch. Sieht man sich jedoch die Endfassung von *Der süße Wahn* an, stellt man fest, daß die Aufzeichnungen kaum übertreiben, ja daß sie in mancherlei Hinsicht, was Exzentrik und schieren Wahnsinn betrifft, noch hinter dem vollendeten Roman zurückbleiben. Patricia Highsmith ermöglicht es dem Leser, ihre Welt zu betreten, ohne deren Ungeheuerlichkeit sofort wahrzunehmen. Sie verschleiert in ihrem Roman, daß es sich um eine monströse Szenerie handelt, und schiebt das Gewöhnliche und Anomale so mühelos ineinander wie Theaterkulissen. Daß wir nicht genau wissen, was wir da lesen, aber weiterlesen müssen, um es zu erfahren, diesen Prozeß lenkt die Autorin mit jeder Zeile, die sie schreibt.

Darin liegt eine Kunstleistung, von der selbst die Notizbücher schweigen. Diese dokumentieren die Entwicklung des Plot nur bis zu einem bestimmten Punkt, danach brechen sie ab. Zu schriftstellerischen Selbstkommentaren versteigen sie sich selten, was gewiß auch an der Abneigung der Autorin gegen Theorien liegt. Im Monat September werden noch wesentliche Bauteile eingefügt, etwa die Rivalität zwischen David und seinem Arbeitskollegen Wes sowie der Einfall, daß Annabelles (nicht mehr »Emilys«) Ehemann seinerseits gegen den Störenfried aktiv werden sollte. Auch ein Nebenmotiv wie Wes' komplizierte Ehe, die einen komisch-jämmerlichen Kontrast zu David Kelseys hohem Liebesideal bildet, findet in diesen Tagen den Weg ins Buch. Am 23. September 1958 erfolgt die letzte Skizze zu *Der süße Wahn*. Dabei scheint der Roman noch gar nicht fertig geplant zu sein. Man glaubt sogar, die Autorin stecke mitten in der Arbeit, denn sie eröffnet die Aufzeichnung mit einem Satz, den wir aus der Skizze vom 9. Juli kennen: »Das Obige ist Unsinn!« Doch darunter folgen nur noch sechsundzwanzig Zeilen. Verstand sich der Roman nach soviel Skizzieren, Verschieben und Verwerfen von selbst? Vieles deutet darauf hin.

Was keinen Zweifel erlaubt, ist der enge Zusammenhang zwischen der idealisierten jungen Frau im Leben der Autorin und einem Phantom namens Annabelle im *Süßen*

Wahn. »Diese einsame Liebesaffäre, die nichts Körperliches hat!« schreibt Patricia Highsmith am 12. August 1958. »Sie ist wie die Liebesaffäre, die ich mit meinem nächsten Buch haben werde – dieser süße Wahn.« Patricia Highsmith arbeitet den Herbst, den Winter und den Frühling hindurch. Allerdings, von Oktober 1958 an wird der Fortgang des Typoskripts mit keinem Wort mehr erwähnt. Manchmal vergehen vierzehn Tage ohne eine einzige Eintragung im Notizbuch. Aus gelegentlichen Bemerkungen über die geliebte Frau, die wie verschlüsselt wirken, als fürchtete die Schreiberin heimliche Leser, läßt sich der seelische Druck erahnen. Am 9. November klingt es nach falschem Trost: »Wie die Liebe doch wächst, wenn man voneinander getrennt ist! Wie guter Boden, Wasser und Sonnenlicht für eine Pflanze.« Am 7. Dezember notiert sie: »Innerer Frieden. Wer will schon ›Glück‹? Eine erwiderte Liebe, ein Scheck vom Verleger, das gibt mir Zufriedenheit. Das drängt die echten und eingebildeten Ängste wieder ein Weilchen zurück.« Zu diesem Zeitpunkt, so vermutet der Highsmith-Biograph Andrew Wilson, ist aus der erträumten Liebe eine reale Affäre geworden.

Doch mit der Zufriedenheit scheint es nicht weit her zu sein, schriftliche Selbstermutigung muß sein. Die ersten Worte im Notizbuch am Neujahrstag 1959 sind abermals eine Ermahnung, die eigene Lebenssituation für die beste zu halten: »Allein leben. Wenn man mit jemandem zusammenlebte, hätte man dieselben Schrecken und Ängste, dieselbe Angst vor Geisteskrankheit oder davor, nicht geliebt oder gewollt zu werden. Das Alleinleben verstärkt das Ganze nur etwas. Für einen Künstler vielleicht sogar von Vorteil. Das Leben ist sowieso zu kurz, und es dauert lange, das Handwerk zu erlernen.« Nur vier Tage später zitiert sie ein paar Zeilen aus einem Gespräch, das sie mit der Freundin geführt hat, und endet mit den Worten: »O Gott! Nicht daß ich ungeduldig wäre, doch ich bin einsam!«

Es ist auch kein guter Monat, Winter, sie schläft schlecht, und die endgültige Trennung von ihrer Freundin (die ihre Partnerin niemals aufgegeben hat) steht der Schriftstellerin am 13. Januar 1959 als »würgender Tod« vor Augen. Und weil sie am 19. Januar auch noch Geburtstag hat, nehmen die Gedanken der nun Achtunddreißigjährigen eine bedrohliche Färbung an. »Mein Leben ist völlig verzweifelt«, schreibt sie am 28. Januar 1959. »Es hängt an einem einzigen Faden.« Mit Grund. Allmählich begreift Patricia Highsmith, daß ihre unerwiderte Liebe »hoffnungslos« ist. Und dann meint sie in ihrem literarischen Werk einen Schnitt zu erkennen, das Ende einer Etappe, ohne daß sie schon deutlich den Beginn der nächsten sähe, nur daß es mit ihr bergab geht, davon ist sie mit merkwürdiger Sicherheit überzeugt. »Ich komme dem Ende immer näher und muß deshalb soviel wie möglich aus der Zeit herausholen, die mir noch bleibt.« So denkt eine Autorin, die soeben an ihrem siebten Roman arbeitet und nicht ahnt, daß ihm noch fünfzehn weitere folgen werden.

Also reagiert sie wie üblich, mit Arbeit und noch mehr Arbeit. Der Roman profitiert davon ebenso wie vom emotionalen Druck, der Sehnsucht, der Einsamkeit. Denn die traurige Stimmung übersetzt sich in Bilder und Szenen. *Der süße Wahn* saugt alles auf. Wann immer Patricia Highsmith die Struktur für ihren Roman fand, sie ist blendend ausgedacht, denn sie sorgt durch eine Handvoll Elemente für stetige Beschleunigung: Langsam wächst das Lügengespinst, das David Kelsey irgendwann fesseln wird. Da sind die Häuser, die er liebevoll einrichtet und überhastet wieder verläßt (und in denen sich auch Patricia Highsmith wohl gefühlt hätte). Da ist die Frau, die vor ihm davonläuft, so wie er seinerseits vor einer anderen flieht. Und da sind seine beiden säuberlich voneinander getrennten Existenzen, David Kelsey und William Neumeister, der erste ein Versager, der zweite ein Sieger, fröhlich und souverän, ein Mann fürs Wochenende, der nicht daran zweifelt, die Liebe der von ihm angebeteten Frau zu erobern. Alle Elemente des Romans sind in Bewegung, ein stetiges Tricksen, Planen, Lügen, doch seitens des Helden mit allerbester Absicht, gleichsam unschuldig. Deshalb ist David von außen nicht erreichbar, weder durch das Tuscheln in der Pension noch durch die bohrenden Fragen der Polizei. Sieht man genau hin, ist die Welt des *Süßen Wahns* in Paare aufgeteilt, die wie beim Tanz zusammenfinden und wieder auseinanderstreben. So ängstlich David Kelsey befürchtet, man könne in seine Intimsphäre eindringen, so bedenkenlos bricht er in das Privatleben anderer ein. Das Unwichtigste bei alledem sind die beiden Unfälle – keine Morde –, von denen der erste schon reichlich sonderbar wirkt und der zweite kaum noch glaubhaft: So leicht fallen Menschen dann doch nicht um und sterben. Aber die zweifelhafte Qualität der Bühnentricks spielt in diesem genau ausbalancierten Buch keine Rolle, denn was wirklich zählt, ist die heiß beschworene Liebe.

Wahrscheinlich gehört es zu den schwierigsten Aufgaben, bei der Schilderung von Geisteskrankheit das richtige Maß zu finden. Daß David Kelsey psychisch nicht stabil ist, wird rasch klar, entscheidend für das Gelingen des Romans ist jedoch, daß seine Fixierung weder allein als Krankheit noch ausschließlich als romantische Liebe erkennbar wird. Sie muß in der Mitte verharren und sich von beidem ernähren, erst dann wird sie zur kranken Sehnsucht: zum süßen Wahn, der alle Register der Liebesrhetorik zieht, bevor er den Helden in den Tod schickt. Nichts an David Kelsey ist lächerlich, im Gegenteil, seine Liebe verbindet sich mit Mut, Sturheit, Entschlußkraft und einer Aversion gegen Mittelmäßigkeit, die nicht einmal unsympathisch wirkt. Genau wie Patricia Highsmith mag er Kunst, Literatur und das Schreinerhandwerk, hört Bach, Haydn, Brahms und Alban Berg. Von Wein und gutem Essen versteht er etwas. Verkörpert er nicht für Augenblicke, ja für Stunden den romantischen Helden? Seine Briefe sind gewissenhafte Kompositionen, die sein ungeschütztes Herz darbieten. Seine Geduld ist heroisch. Und seine Aufmerksamkeit für die geliebte Frau gehört zum Bewegendsten, was Patricia Highsmith je geschrieben hat, allein die Wiedersehensszene im siebten Kapitel stellt ein kleines Meisterwerk der Dialogregie dar. *Der süße Wahn* ist einer der wenigen Romane der Autorin, in denen das weibliche Objekt männlicher Sehnsucht nicht nur Vorwand und Staffage ist, sondern die Flamme, die die Existenz von innen heraus verzehrt.

Wie immer hängt die emotionale Wucht einer solchen Konstellation von Einzelheiten ab: Sie müssen den Leser überreden, überzeugen, verführen und ihn vor Angst, Hoffnung oder Triumph genauso schwindeln machen wie den verzweifelt Liebenden. David Kelsey beschwört für seine Annabelle eine vollständige Welt herauf, mit dem richtigen Parfüm und der passenden Kleidung. Diese Frau hat ein Piano im Wohnzimmer verdient! Könnte sie nur mit ihm zusammenleben, so glaubt David, würde sie endlich ihr Buch über Mozart und Schubert schreiben. Seine Warnungen vor schlechteren Lösungen klingen nicht nur passioniert, sondern auch begründet. Im ersten Kapitel denkt er: Wie kann man so etwas Kostbares wie die Ehe verfaulen sehen wie einen Apfel! Im dritten Kapitel fürchtet er, Annabelles künstlerische Inspiration könne im Abfluß verschwinden »wie dreckiges Spülwasser«. Immer wieder kontrastiert der Roman die hohe kulturelle Sphäre mit banaler Häuslichkeit: Klavierkonzert gegen Kochschürze. Wo die Sympathien der Autorin liegen, bedarf wohl keiner Antwort. Sie ist mit ihrem derangierten Helden im Bunde. Klingt Annabelle nicht tatsächlich etwas matt, als sie die »verschiedenen Arten von Liebe« erwähnt und den noch viel matteren Satz hinterherschickt: »Und mit der Ehe wird sowieso alles anders.«? Das ist Davids Stichwort. »›Wie anders? Zwei Menschen verlieben sich ineinander und heiraten…‹ Er starrte sie an, wußte nicht, wie er sich einzig mit dem Wort ›Liebe‹ verständlich machen sollte, doch dann setzte er alles auf eine Karte. ›Heißt lieben denn nicht sich kümmern, für den anderen sorgen, Rücksicht nehmen – Opfer bringen?‹«

Natürlich bedeutet es das. So wie an dieser Stelle funktioniert der ganze Roman. Unabhängig von Davids Geisteszustand und seinen ruppigen Methoden sind seine Argumente immer die besseren. Seine Liebe spreizt sich in ihrem Glanz. Annabelles graue Eheroutine dagegen bleibt stumpf. Eine Kanonade von Schimpfwörtern überzieht nicht nur die inferioren Ehemänner, sondern auch ihre vulgären Angehörigen und ihr billiges Küchenmobiliar. David Kelsey zelebriert für das ideale Paar einen Kult der Ausschließlichkeit, und der Roman stellt sich mit allen stilistischen Mitteln in seinen Dienst: Wenn der Held allein ist, sieht er nicht einen, sondern zwei Menschen. Und wenn er Annabelle in Gegenwart anderer trifft, sieht er dennoch nur zwei. »Er kleidete sie in Seide, in flauschige Wolle, Nerz und Hermelin. Sie saßen in einer Loge in der Met und hörten *Die Zauberflöte, Elektra, Wozzeck,* und wenn sie zusammen auf eine Party gingen, dann waren sie bei Verheirateten und Ledigen gleichermaßen beliebt, wurden aber auch immer ein bißchen beneidet.«

Mehr noch als diese Visionen berühren die beiläufigen Gesten des Liebessehnens und die Verzweiflung im kleinen. David Kelsey *sagt* nicht nur, er verehre den Boden, den Annabelles Fuß betritt. Er tut es wirklich. Der Gedanke an Annabelle verwandelt den Regen, der ihm ins Gesicht fällt, in eine wunderbare Erfrischung. Mit so kranker Aufmerksamkeit lauscht er auf das Telefon (es bleibt stumm), daß er sich vom Geräusch des einlaufenden Wassers im Toilettentank narren läßt. Das Hohe Lied im Inneren dieses Romans gilt Annabelles Schönheit und ist überaus spezifisch. Es besingt ihr Haar, das sie kürzer trägt als zuvor, das staubige Graublau ihrer Augen, ihre Haut, ihre Wangen, ihre Lippen, ihre Stimme, ihre Hände, ihre Taille, ihre Oberschenkel, Fesseln und Füße. Selten ihre Brüste (sie ist Mutter geworden, daran erinnert David sich ungern). Augen und Hände aber scheinen unter dem Blick des Liebenden ein eigenes Leben zu führen. Annabelles Augen sind sanft wie Rauch oder Wolken, und er erträgt es nicht, sie in Tränen zu sehen. Da aber die Zeit, die er mit der geliebten Frau verbringt, immer viel zu kurz ist, muß der Liebende ihr Bild speichern: »David, der verkrampft auf der Stuhlkante saß, ertappte sich dabei, wie er aus schierer Gewohnheit versuchte, sich jede zarte Rundung ihres länglich-ovalen Gesichts von der Schläfe bis zum Kinn einzuprägen, um später wenigstens die Erinnerung daran mitnehmen zu können.«

Am 18. Februar 1959, nach monatelanger Schreibarbeit ohne Pause, fühlt Patricia Highsmith sich völlig erschöpft. Doch was noch schlimmer ist: »Mein Glaube in das Mädchen, das dieses Buch inspiriert hat, ist erschüttert.« Es sei ihre eigene Schuld, fügt sie an, es habe nichts mit dem Buch zu tun. Doch am Buch werde es spürbar. So schleppt sie sich durchs Frühjahr, arbeitet weiter und verdrängt »das Mädchen« aus dem Notizbuch, so gut es ihr gelingen will. Irgendwann im Mai schreibt sie den letzten Satz. Er ist dieses Romans würdig, dessen Vision er im kleinen wiederholt: Er hebt die liebende Anbetung über den Tod hinaus. Der Satz handelt von David Kelseys Erinnerung an ein sanft geschwungenes Schulterblatt, »nackt, wie er es nie gesehen hatte«.

Am 2. Juni 1959 notiert Patricia Highsmith über ihre unerwiderte Liebe: »Manchmal wünschte ich, ich hätte *darüber* Tagebuch geführt.« Wer den Roman *Der süße Wahn* liest, wird nicht finden, daß etwas fehlt.

Paul Ingendaay

Editorische Notiz

Drei Monate vor den ersten Notizen zu ihrem siebten Roman *This Sweet Sickness* hört Patricia Highsmith auf, regelmäßig Tagebuch zu schreiben. Die Notizbucheinträge der Autorin legen große Parallelen zwischen ihrem Privatleben und dem Roman nahe, den sie sich 1958 in einem halben Jahr in zwei Anläufen »von der Seele geschrieben« hat. Das (nicht erhaltene) Originalmanuskript schickte Patricia Highsmith im Februar 1959 an ihren New Yorker Verlag Harper & Row. Obwohl ihre Lektorin Joan Kahn von dem Roman begeistert war, verlangte sie noch langwierige Korrekturgänge, so daß die amerikanische Originalausgabe erst im Frühling 1960 erscheinen konnte.

Eine gegenüber dem amerikanischen Original gekürzte erste deutsche Übersetzung von Christian Spiel erschien 1964 unter dem Titel *Der süße Wahn* im Rowohlt Verlag, Hamburg, und 1974 unverändert im Diogenes Verlag, Zürich (detebe 20175). Die erstmals vollständige, von Christa E. Seibicke vorgelegte Neuübersetzung erschien zuerst 2002 als Jubiläumsband zum fünfzigjährigen Bestehen des Diogenes Verlags und wurde für diese Ausgabe noch einmal leicht überarbeitet. Sie folgt dem Text der amerikanischen Originalausgabe.

Anna von Planta

Patricia Highsmith
im Diogenes Verlag

Im Frühling 2002 hat der Diogenes Verlag eine Werkausgabe von Patricia Highsmith mit weltweit unveröffentlichten Stories aus dem Nachlass und mit Neuübersetzungen ihres zu Lebzeiten erschienenen Werks gestartet (u. a. von Nikolaus Stingl, Melanie Walz, Irene Rumler, Christa E. Seibicke, Dirk van Gunsteren, Werner Richter und Matthias Jendis). Alle Bände in neuer Ausstattung, kritisch durchgesehen nach den Originaltexten und mit einem Nachwort zu Lebens- und Werkgeschichte. Die Edition macht sich erstmals die Aufzeichnungen der Autorin zur Entstehungsgeschichte einzelner Werke, zu Plänen und Inspirationsquellen zunutze und informiert über den schöpferischen Prozess und über die Lebenszusammenhänge, wie sie sich aus den Notiz- und Tagebüchern der Autorin rekonstruieren lassen.

»Der Diogenes Verlag, lang möge er leben, hat eine Patricia-Highsmith-Werkausgabe gestartet, alle Bände mit hervorragenden Nachworten von Paul Ingendaay. Ein beklemmender Sog, ein Genuss, ein Fest.«
Alex Rühle / Süddeutsche Zeitung, München

»Die Werkausgabe von Patricia Highsmith ist eine verlegerische Großtat.«
Heinrich Detering / Frankfurter Allgemeine Zeitung

»Mit der erstmals vollständig und höchst nuanciert neu übersetzten Werkausgabe kommen auf Highsmith-Leser glänzende Tage zu. Der wahre Genuss. Wir warten schon.«
Tobias Gohlis / Die Zeit, Hamburg

»Obwohl heute eine der weltweit meistgelesenen Schriftstellerinnen der Gegenwart, bleibt das Werk von Patricia Highsmith noch zu entdecken.«
Le Monde, Paris

Werkausgabe in 32 Bänden. Herausgegeben von Paul Ingendaay und Anna von Planta in Zusammenarbeit mit Ina Lannert, Barbara Rohrer und Kate Kingsley Skattebol. Jeder Band mit einem Nachwort von Paul Ingendaay.